P. S. 여전히 널 사랑해

P. S. I STILL LOVE YOU

P.S. I still love you

P. S. 여전히 널 사랑해

제니 한 지음 | 이성옥 옮김

한스미디어

로건에게

너를 사랑해. 처음 만난 순간부터……

그녀는 지금 아늑한 집에
엄마와 아빠, 벽난로 불빛, 음악이
모두 함께 있다는 사실에 기뻤다.
지금은 지금이니까 지금 존재하는 것들을 잊을 수 없을 것 같았다.
지금은 절대 아득한 과거가 될 수 없었다.

_ 로라 잉걸스 와일더, 《큰 숲속의 작은 집Little House in the Big Woods》

시간은 두 공간을 잇는 가장 먼 거리다.

_ 테네시 윌리엄스, 《유리 동물원The Glass Menagerie》

피터에게

보고 싶어. 아직 5일밖에 안 됐는데 5년은 지난 것처럼 네가 그리워. 이대로 우리가 끝나는 건 아닌지, 너와 내가 다시 이야기 나눌 기회가 있을지 알 수 없어서 그런 거겠지. 화학 교실이나 복도에서 마주치면 인사는 하겠지만, 과연 예전 같을 수 있을까? 이런 생각을 하면 슬퍼져. 너에게는 무슨 말이든 할 수 있겠다고 느꼈어. 너도 마찬가지였을 거라 생각해. 그랬으면 좋겠다.

그래서 이제 네게 어떤 말이든 하려고 해. 아직 내게 용기가 남아 있는 것 같으니까. 그날 야외 온탕에서 있었던 일을 생각하면 겁이 나. 네겐 그저 평범한 하루였는지 몰라도 나한테는 엄청 큰 사건이었고, 그래서 무서웠어. 애들이 그 일에 대해서나 나에 대해 했던 말들도 그렇지만, 어쨌든 진짜 있었던 일이잖아. 정말 자연스럽게 벌어진 일이고, 나도 정말 좋았어. 그런데 겁이 나서 네게 분풀이를 한 것 같아. 정말 미안하게 생각해.

그리고 리사이틀 파티 때 조시 오빠 앞에서 네 편을 들어주지 않은 거 미안해. 당연히 네 편을 들어줬어야 했는데…… 너한테 미안한 게 너무 많아. 다 갚을 수 없을 만큼. 아직도 믿기지 않아. 네가 그날 우리 집에 왔던 거랑 과일 케이크 쿠키를 가져왔던 거 말이야. 그날 입고 온 스웨터도 귀여웠어. 너 기분 좋으라고 하는 말 아냐. 진심으로 하는 말이야.

네가 정말 너무 좋아서 마음을 억누르기 힘들 때가 있어. 내 안에서 널 사랑하는 마음이 점점 커지다 결국 가득 차서 흘러넘치는 게 느껴져. 너를 너무 좋아하는데 어떻게 해야 할지 모르겠다는 의미야. 너를 다시 만날 생각을 하면 심장이 미친 듯이 두근거려. 그리고 네가 나를 바라볼 때의 눈빛 있잖아, 그런 눈빛으로 나를 바라봐주면 난 세상에서 가장 운 좋은 여자가 된 기분이 들 거야.

조시 오빠가 너에 대해 했던 말들은 모두 사실이 아니야. 넌 날 망가뜨리지 않았어. 오히려 그 반대지. 내게 있는 줄 몰랐던 새로운 모습을 보게 해주었으니까. 피터, 너는 내게 첫사랑이 되어준 사람이야. 그 이야기를 아직 끝내지는 말아줘.

사랑을 담아,
라라 진

라라 진의 두 번째 이야기

01

키티는 아침 내내 꿍얼거리고 있었고, 마고 언니와 아빠는 신년 전야의 숙취로 괴로운 모양이었다. 그렇다면 나는? 내 두 눈에 하트가 뿅뿅 들어와 있고, 코트 주머니는 뜨겁게 불타오르는 편지 때문에 구멍이라도 날 것 같다.

캐리 이모와 빅터 이모부 댁에 가려고 신발을 신고 있는데, 키티는 한복 입기가 싫어서 또 꾀를 부렸다. "이 소매 좀 보라고! 완전 칠부잖아!"

"원래 그렇게 입는 거야." 아빠의 대답은 별로 설득력이 없었다.

"그럼 언니들 옷은 왜 딱 맞는 건데요?" 키티는 나와 마고 언니를 손가락으로 가리키며 따졌다. 외할머니가 지난번 한국에 갔을 때 우리 주려고 한복을 사 오셨다. 언니 한복은 노란 저고리에 풋사과색 치마였다. 내 저고리는 핫핑크색에 상아색이 섞였고 핫핑크색 긴 고름에 꽃이 수놓아져 있었다. 치마는 폭이 엄청 넓어서 종처럼 풍성하게 부풀었고 거의 바닥까지 닿았다. 그런데 키티의 한복은 발목까지밖에 안 왔다.

"네가 잡초처럼 커버린 게 우리 잘못은 아니잖아." 내가 고름을 만지작거리며 말했다. 고름을 매는 게 가장 어려웠다. 고름

매는 방법을 배우려고 유튜브 동영상을 여러 번 봤지만 아무리 해도 한쪽으로 축 처져서 처량해 보였다.

"치마도 너무 짧다고." 키티가 치마를 들어 올렸다.

사실 키티는 한복 입는 걸 싫어한다. 한복을 입으면 한 손으로 치맛자락을 잘 모으고 우아하게 걸어야 하기 때문이다. 안 그러면 치마가 활짝 벌어진다.

"사촌들도 다 한복 입고 올 거야. 그래야 너희 외할머니가 좋아하시거든." 아빠가 양쪽 관자놀이를 문지르며 말했다. "이걸로 사건 종결."

"난 새해 첫날이 싫어." 키티가 차에 타서도 계속 구시렁거리는 바람에 나를 제외한 다른 가족들까지 기분이 언짢아졌다. 언니는 친구네 산장에서 자다가 시간 맞춰 오느라 새벽부터 일어나서 이미 상태가 좋지 않았다. 숙취도 한몫했을 것이다. 하지만 그 무엇도 내 기분을 망칠 순 없다. 심지어 나는 지금 이 차에 타고 있는 것 같지도 않다. 나는 완전히 다른 세상에서 피터에게 쓴 편지를 생각하고 있었다. 편지에 내 진심이 제대로 담겼는지, 언제 어떻게 편지를 건네줄 것인지, 그러면 피터가 뭐라고 대답할지, 그 말이 무슨 의미일지 궁금했다. 우편함에 넣고 올까? 아니면 사물함에 넣어둘까? 그러면 피터를 만났을 때 피터가 편지를 농담 소재 삼아 분위기를 띄우려고 하겠지? 어쩌면 아무렇지 않은 척하려고 편지를 못 본 척할지도 모른다. 그건 별로 안 좋을 것 같다. 명심하자. 그런 일들이 있었는데도 피터는 늘 상냥하고 느긋했다. 피터는 무슨 일이 있어도 그렇게 잔인한 행동을 할 사람이 아니다. 그건 확실하다.

"뭘 그렇게 열심히 생각해?" 키티가 물었다.

나는 듣는 둥 마는 둥 했다.

"여보세요?"

나는 두 눈을 감고 자는 척했다. 피터의 얼굴밖에 보이지 않았다. 내가 피터와의 관계에 대해 얼마나 준비되어 있는지, 피터에게 원하는 게 정확히 뭔지는 모르겠다. 진지하고 탄탄한 사랑을 나누는 남자친구와 여자친구의 관계인지, 아니면 우리가 처음에 그랬던 것처럼 요기조기 뽀뽀하면서 장난치는 관계인지, 그것도 아니면 그 중간쯤의 관계인지……. 어쨌든 피터처럼 '잘생긴 남자'의 얼굴을 마음속에서 지울 수 없는 건 분명하다. 내이름을 부르면서 능글맞게 웃는 피터의 얼굴은 쉽사리 잊혀지지 않는다. 피터가 곁에 있을 때 나는 숨 쉬는 것조차 까먹는다.

캐리 이모와 빅터 이모부 댁에 도착해서 보니 사촌들 중에 한복을 입고 온 사람은 당연히 아무도 없었고, 키티는 아빠한테 소리 지르고 싶은 걸 참느라 말 그대로 얼굴이 벌겋게 달아올랐다. 언니와 나도 아빠를 계속 곁눈질했다. 하루 종일 한복을 입고 앉아 있는 건 너무나 불편하다. 하지만 외할머니가 나를 보며 뿌듯한 미소를 지어주자 모든 걸 보상받은 기분이었다.

나는 현관에서 신발과 코트를 벗으며 키티에게 소곤거렸다. "한복 입고 왔으니 어른들이 세뱃돈 더 주실지도 몰라."

"어쩜 예쁘기도 해라." 캐리 이모가 우리를 끌어안았다. "헤이븐은 안 입겠다고 하지 뭐야!"

헤이븐이 자기 엄마를 째려보았다. "언니 머리 예쁘네." 헤이븐이 마고 언니에게 말했다. 헤이븐은 나보다 고작 몇 달 먼저 태어났으면서 자기가 나보다 훨씬 언니라고 생각하는지 늘 마고 언니하고만 어울리려 했다.

우리는 먼저 세배부터 했다. 새해 첫날 어른들에게 만수무강을 기원하며 절을 올리면 어른들이 답례로 세뱃돈을 주시는 게 한국 문화다. 연세가 가장 많은 분께 먼저 세배하고 나이 순으로 차례차례 절을 올린다. 가장 연장자인 외할머니가 소파에 앉자 이모와 이모부가 먼저 세배를 올렸고, 그다음으로는 아빠가, 그리고 마지막으로 가장 어린 키티까지 모두 세배를 올렸다. 아빠가 소파에 앉아 세배를 받을 차례가 되었을 때 아빠 옆자리는 텅 비어 있었다. 엄마가 돌아가신 후 새해 첫날이면 늘 그랬다. 아빠가 소파에 혼자 앉아 꿋꿋하게 미소 지으며 10달러짜리 지폐를 나눠주는 모습을 보고 있으려니 가슴 한구석이 쓰렸다. 외할머니도 나와 같은 모양이었다. 얼굴에 그렇게 쓰여 있었다. 이제 내가 세배할 차례다. 나는 무릎을 꿇고 두 손을 얼굴 앞에 포개며 내년에는 저 소파에 아빠 혼자 앉게 하지 않으리라 다짐했다.

캐리 이모와 빅터 이모부가 10달러, 아빠도 10달러, 친이모 친이모부는 아니지만 육촌인(아니, 오촌인가? 어쨌든 우리 엄마하고는 사촌인) 민 이모와 샘 이모부도 10달러, 그리고 외할머니가 20달러를 주셨다! 한복을 입었다고 해서 더 받지는 못했지만 그래도 이 정도면 수입이 짭짤한 편이다. 작년에는 이모 이모부 들한테 5달러씩밖에 못 받았다.

세배가 끝나고 복을 기원하며 떡국을 먹었다. 캐리 이모는 동부콩을 갈아서 팬케이크처럼 생긴 전병도 만들었다. 아무도 먹으려 하지 않자 이모는 계속 한 조각만이라도 먹어보라고 권했다. 쌍둥이 형제인 해리와 리온은 떡국과 동부콩 전병을 모두 거절하고 티비 방에서 치킨너깃을 먹었다(그런데 얘들은 나와 팔촌인가, 육촌인가?). 식탁에 자리가 부족해서 키티와 나는 따로 떨어져 있는 조리대에 의자를 놓고 먹었다. 여기서도 웃는 소리가 잘 들렸다.

나는 떡국을 먹으며 기도했다. *제발, 제발 피터와 다시 잘되게 해주세요.*

"내 그릇은 왜 다른 사람들보다 작은 거야?" 키티가 소곤거리며 물었다.

"그야 네가 제일 어리니까."

"왜 우리 식탁엔 김치가 없어?"

"캐리 이모는 우리가 김치를 싫어하는 줄 알아. 우리가 완전한 한국 사람이 아니라서 말이야."

"가서 좀 달라고 해." 키티가 소곤거렸다.

그래서 내가 김치를 달라고 했지만 실은 나도 먹고 싶었다.

어른들이 커피를 마시는 동안 마고 언니와 나는 헤이븐을 따라 위층 방으로 올라갔고 키티도 우리를 따라왔다. 키티는 원래 쌍둥이 형제와 놀았지만 오늘은 캐리 이모의 요크셔테리어인 스미티를 안고 아무렇지 않게 위층으로 왔다.

헤이븐의 방에는 나는 거의 들어보지도 못한 인디 록 밴드 포스터가 여러 개 붙어 있었다. 헤이븐은 수시로 포스터를 바꿨는데 이번에는 '벨 앤 세바스찬'이라고 인쇄된 새로운 포스터가 보였다. 포스터의 재질이 꼭 데님 같았다. "이거 멋지다." 내가 말했다.

"그거 떼려던 참인데, 갖고 싶으면 가져가." 헤이븐이 말했다.

"괜찮아." 버릇을 못 버리고 또 언니인 척하느라 그러는 거 모를 줄 알고?

"내가 가질래." 키티의 말에 헤이븐은 잠시 인상을 찌푸렸다. 하지만 키티는 이미 벽에서 포스터를 떼고 있었다. "고마워, 언니."

마고 언니와 나는 눈이 마주치자 웃지 않으려고 애썼다. 키티에 대한 헤이븐의 인내심은 절대 깊지 않았고, 키티도 헤이븐에 대해서는 마찬가지였다.

"마고 언니, 스코틀랜드에서 공연 본 거 있어?" 헤이븐이 침대에 털썩 앉아 노트북을 열며 물었다.

"별로. 수업 듣느라 바빠서."

언니는 라이브 음악을 즐기는 편이 아니었다. 언니는 휴대폰을 들여다보고 있었다. 한복 치마가 부채처럼 펼쳐져 있다. 지금 우리 송 자매 중에 한복을 제대로 입고 있는 사람은 언니뿐이다. 나는 저고리를 벗고 슬립 위에 치마만 걸쳤으며, 키티는 저고리와 치마 다 벗어버린 채 내의와 속바지만 입고 있었다.

나는 헤이븐과 나란히 침대에 걸터앉았다. 헤이븐은 인스타그램에 들어가 가족들과 버뮤다로 휴가 갔을 때 찍은 사진들을 보여줬다. 헤이븐이 게시물을 훑는데 스키 여행 사진 하나가 툭 튀어나왔다. 헤이븐은 샬러츠빌 유스 오케스트라* 단원이어서 우리 학교를 비롯해 많은 학교 학생들을 알고 있었다.

그 사진을 보는 순간 한숨이 절로 나왔다. 스키 여행을 마치고 돌아오던 날 아침, 버스에 타고 있을 때 찍힌 사진이었다. 피터가 한 팔로 나를 감싸고 내 귀에 뭐라고 속삭이는 모습이 보였다. 그때 뭐라고 말했는지 기억할 수 있다면 좋을 텐데…….

헤이븐이 화들짝 놀라서 물었다. "어, 야야! 이거 너잖아, 라라진. 이거 언제야?"

"우리 학교 스키 여행."

"네 남자친구야?" 헤이븐은 깜짝 놀랐으면서 놀란 티를 내지 않으려는 인상이 역력했다.

내 남자친구 맞다고 대답하고 싶었다. 하지만 현실은…….

키티가 잽싸게 침대로 올라와 우리 뒤에서 얼굴을 들이밀었다. "남자친구 맞아. 헤이븐 언니가 살면서 본 남자들 중에 가장 섹시한 남자일걸?" 키티가 도전장을 내밀었다. 휴대폰 화면을 넘기던 마고 언니가 우리를 보고 큭큭거렸다.

"음, 그건 아닐 거야." 나는 얼버무렸다. 그러니까 내가 살면서 본 남자들 중에 피터가 제일 섹시한 건 맞지만 헤이븐이 학교에

* 미국 버지니아주의 도시 샬러츠빌을 대표하는 청소년 관현악단.

서 어떤 애들과 어울려 다니는지 나는 모르니까.

"아냐, 키티 말이 맞아. 섹시하네." 헤이븐도 인정했다. "아니, 그런데 둘이 어떻게 만난 거야? 기분 나쁘게 생각하진 말고. 넌 데이트 안 하는 타입인 줄 알았거든."

나는 얼굴을 찌푸렸다. 데이트 안 하는 타입이라니? 그건 대체 무슨 타입이지? 어둑어둑한 방에 틀어박혀서 이끼나 키우는 작은 버섯 같은 건가?

"라라 진이 데이트를 얼마나 많이 하는데." 의리 넘치는 마고 언니가 거들었다.

얼굴에서 열이 났다. 내가 무슨 데이트를 많이 한다고! 피터를 포함해도 거의 안 하는 셈인데. 하지만 거짓말 덕분에 기분은 좋았다.

"남친 이름이 뭐야?" 헤이븐이 물었다.

"피터. 피터 카빈스키." 피터의 이름을 말하는데 그 이름이 혀 끝에서 녹아 사라지는 초콜릿 조각처럼 천천히 음미해야 할 무언가라도 되는 듯 아련하고 달콤했다.

"어어, 걔는 엄청 예쁜 금발 애랑 사귀는 줄 알았는데. 이름이 뭐더라? 제나였나? 너 예전에 그 여자애랑 절친 아니었어?"

헤이븐의 말에 가슴이 쓰렸다. "제나가 아니고 제너비브야. 예전에 친구였지만 지금은 아니고. 제너비브는 피터랑 헤어진 지 꽤 됐어."

"그럼 너랑 피터는 얼마나 만난 거야?" 헤이븐은 의심쩍어하는 눈빛이었다. 나를 90퍼센트 정도 믿긴 하지만 아직 10퍼센트

라라 진의 두 번째 이야기

는 의심스럽다는 듯…….

"우린 9월부터 같이 다녔어." 어쨌든 이건 사실이다. "요즘은 안 만나. 일종의 휴지기랄까…… 그래도 난…… 낙관적으로 보는 중이야."

키티가 새끼손가락으로 내 뺨을 폭 찔러서 보조개를 만들었다. "이렇게 웃어봐." 키티가 웃으며 말했다. 그리고 나를 바짝 끌어안았다. "오늘 피터 오빠랑 화해해. 알았지? 피터 오빠 보고 싶어."

"그렇게 간단한 문제가 아니야." 나는 이렇게 말했지만, 그렇게 간단할 수도 있지 않을까?

"완전 간단한 문제야. 피터 오빠는 아직도 언니를 많이 좋아해. 언니도 오빠한테 아직 좋아한다고 말하고 둘이 다시 합치는 거야. 그럼 언니가 오빠를 우리 집에서 쫓아내기 전으로 돌아갈 수 있어."

헤이븐의 두 눈이 휘둥그레졌다. "라라 진, 네가 그 남자애를 찼다고?"

"세상에, 그게 그렇게 믿기 힘든 일이야?" 나는 눈을 가늘게 뜨고 헤이븐을 노려봤다. 헤이븐은 그제야 눈치를 장착하고 쩍 벌렸던 입을 다물었다.

헤이븐은 피터의 사진을 한 번 더 들여다보고는 화장실로 갔다. 그리고 문을 닫기 전에 말했다. "한마디만 하자. 저 남자가 내 남친이라면 난 절대 안 놔줄 거야."

그 말을 들으니 머리가 멍했다.

예전에 조시 오빠를 보면서 정말 똑같은 생각을 한 적이 있었다. 그런데 지금 뭐 하고 있는 거지? 시간이 백만 년 흘러서 피터는 추억으로만 남은 것 같잖아. 피터를 추억으로 남기고 싶지 않다. 아무리 애써도 두 눈을 감았을 때 피터의 얼굴이 떠오르지 않는다거나, 아득한 옛 감정을 열어보는 그런 느낌으로 추억하긴 싫다. 무슨 일이 있어도 피터의 얼굴을 영원히 기억하고 싶다.

집에 갈 시간이 되어 코트를 입는데 피터에게 줄 편지가 주머니에서 떨어졌다. 마고 언니가 편지를 주웠다. "편지를 또 썼어?"

나는 얼굴이 붉어져서 급하게 얼버무렸다. "언제 줘야 할지 모르겠어서. 걔네 우편함에 넣고 올까? 아니면 진짜 우편으로 부칠까? 그냥 직접 만나서 줘야 하나? 고고, 언니는 어떻게 생각해?"

"일단 직접 만나서 얘기해. 지금 곧장 가서 만나. 아빠가 데려다주실 거야. 일단 집으로 찾아가서 피터에게 편지를 건넨 다음 그 애가 하는 얘길 들어봐."

피터를 만난다고 생각하니 심장이 요동치기 시작했다. 지금 당장? 전화도 걸지 말고, 아무 계획도 없이 일단 그냥 가보라고? "그건 아닌 것 같아." 나는 말을 얼버무렸다. "좀 더 생각해보고 가야 할 것 같아."

언니가 입을 열려는 순간 키티가 튀어나오며 말했다. "편지는 그만하면 됐어. 가서 피터 오빠나 다시 데리고 와."

"너무 질질 끌지 마." 언니가 말했다. 나와 피터에 관한 얘기만은 아닌 것 같다.

나는 조시 오빠 문제를 놓고 계속 빙빙 맴돌고 있었다. 그런 난리가 있었으니 어쩌겠어. 마고 언니가 나를 용서해주긴 했지만 그렇다고 나서서 일을 키울 필요는 없잖아. 그래서 요 며칠 동안 말없이 응원을 보내며 그걸로 충분하길 기도했다. 하지만 언니는 일주일 안에 다시 스코틀랜드로 떠날 예정인데, 언니가 조시 오빠와 말 한마디 나누지 않은 채 그냥 떠나버리는 건 좀 아닌 것 같다. 우리 셋은 오랫동안 친구로 지냈다. 조시 오빠와 나는 시간이 지나면 다시 괜찮아질 것이다. 이웃이니까. 자꾸 마주치다 보면 그렇게 되기 마련이니까. 그런 사이라면 관계는 저절로 회복된다. 하지만 언니와 조시 오빠는 그럴 수 없다. 언니가 멀리 떨어져 있으니까. 지금 두 사람이 이야기를 나누지 않으면 시간이 지날수록 상처는 더욱 깊어지다가 딱딱한 딱지가 되어 서로 사랑한 적 없는 낯선 사이로 남게 될 것이다. 그게 제일 슬픈 일이다.

키티가 부츠를 신는 동안 나는 언니에게 속삭였다. "내가 피터와 얘기하면 언니도 조시 오빠하고 얘기해야 해. 지금 이런 상태로 스코틀랜드에 돌아갈 생각 하지 마."

"곧 만날 거야." 언니가 대답했다. 언니의 두 눈에서 반짝이는 희망이 내게도 힘이 되어줬으면 좋겠다.

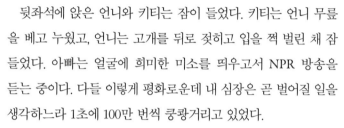

02

뒷좌석에 앉은 언니와 키티는 잠이 들었다. 키티는 언니 무릎을 베고 누웠고, 언니는 고개를 뒤로 젖히고 입을 쩍 벌린 채 잠들었다. 아빠는 얼굴에 희미한 미소를 띄우고서 NPR 방송을 듣는 중이다. 다들 이렇게 평화로운데 내 심장은 곧 벌어질 일을 생각하느라 1초에 100만 번씩 쿵쾅거리고 있었다.

바로 오늘 밤 실행에 옮기는 것이다. 학교로 돌아가기 전에, 모든 게 다시 원래대로 돌아가서 피터와 나의 관계가 그저 하나의 추억이 되어버리기 전에 해치워야 한다. 꼭 스노 글로브* 같다. 한 번 흔들면 모든 게 뒤죽박죽 되어 반짝이는 모습이 꼭 마법 같다. 그러다가 가만히 내려놓으면 원래 모습으로 돌아간다. 물건은 다시 되돌려놓을 수 있다. 하지만 나는 되돌아갈 수 없다.

나는 타이밍을 보고 있다가 피터네 동네에 들어가기 전 마지막 신호등을 지날 때 아빠에게 내려달라고 부탁했다. 아무것도

---

* 투명한 구 안에 어떤 모형과 투명 액체, 입자들이 들어 있는 장난감. 흔들면 눈보라가 일며 환상적인 장면이 펼쳐진다.

라라 진의 두 번째 이야기

묻지 않고 알았다고만 하는 걸 보니 아빠도 내 목소리에 담긴 단호함과 절박함을 느낀 게 분명했다.

차가 피터네 집 앞에 멈춰 서자 불이 켜져 있는 전등과 진입로에 주차된 피터의 차가 보였다. 카빈스키 아줌마의 미니밴도 거기 있었다. 길 건너편을 보니 동네 사람들이 아직도 크리스마스 전등을 켜놓고 있었다. 이것도 오늘이 마지막일 것이다. 이제 진짜 새해니까. 새해, 새 출발.

손목에서 맥박이 고동치는 게 느껴졌다. 긴장됐다. 너무나 긴장됐다. 차에서 내려 초인종을 눌렀다. 집 안에서 발소리가 들리자 나는 아빠에게 먼저 가라고 손짓했다. 아빠의 차가 진입로에서 멀어져갔다. 잠에서 깬 키티가 뒷유리에 얼굴을 붙이고 활짝 웃으며 엄지를 척 세웠다. 나도 키티를 향해 손을 흔들었다.

피터가 문을 열었다. 가슴 안에 멕시칸 점핑 빈*이라도 있는 것처럼 심장이 요동쳤다. 피터는 처음 보는 격자무늬 남방을 입고 있었다. 크리스마스 선물로 받은 모양이었다. 누워 있다가 나왔는지 머리 위쪽이 헝클어져 있었다. 나를 본 피터는 그리 놀란 눈치가 아니었다. "왔어?" 피터의 눈이 내 한복 치마로 향했다. 코트 아래로 삐져나온 치마가 야회복처럼 불룩하게 부풀어 있었다. "왜 그렇게 입고 있어?"

"새해 첫날이잖아." 집에 가서 옷부터 갈아입고 올 걸 그랬다.

---

* Mexican jumping bean. 멕시코산 콩과 식물. 콩 꼬투리 안에 벌레가 있는데 열을 가하면 이 벌레가 팔딱거린다.

그랬으면 지나치게 공손해진 기분으로 피터네 현관에 서 있지 않아도 될 텐데. "음, 그러니까, 크리스마스는 어떻게 보냈어?"

"잘 보냈어." 피터는 뜸을 들이며 4초를 꽉 채우고는 내게 물었다. "너는 어떻게 보냈어?"

"아주 잘 보냈어. 강아지도 생기고. 이름은 제이미 폭스피클이야." 피터의 얼굴에는 미소 비슷한 것도 없었다. 차갑다. 이렇게 차갑게 나올 줄은 예상하지 못했다. 그냥 차가운 게 아니라 무관심인지도 모르겠다. "나랑 잠깐 얘기 좀 할래?"

피터는 어깨를 으쓱했다. 그러겠다는 말 같은데 집 안으로 들어오라고 하지는 않았다. 순간 제너비브가 안에 있을지도 모른다는 두려움에 속이 울렁거렸다. 하지만 정말 제너비브가 있다면 피터가 이렇게 밖에 나와 있지도 못할 거라고 생각하자 두려움이 사라졌다. 피터는 문을 약간 열어둔 채 스니커즈를 신고 코트를 입고 나와 문을 닫았다. 그리고 계단 위에 앉았다. 나는 피터 옆에 앉아 치마를 매만졌다. "그래서, 무슨 일인데?" 피터는 나 때문에 소중한 시간을 낭비하고 있다는 듯 물었다.

이건 아니야. 이건 내 예상과 너무 다르잖아.

하지만 내가 피터에 대해 정확히 예상할 수 있는 게 있긴 할까? 편지를 건네주면 피터가 그걸 읽고 나를 사랑하게 될까? 두 팔로 나를 감싸 안고 열렬히 키스할지도 모른다. 하지만 순수하게 키스로 끝날 것이다. 그런 다음에는? 데이트를 하게 될까? 피터가 나한테 질려서 제너비브를 그리워하다가 침대에서, 그리고 인생에서 내가 줄 수 있는 것 이상을 원하게 되기까지 얼마

라라 진의 두 번째 이야기

나 걸릴까? 피터 같은 남자는 집에서 소파에 가만히 앉아 영화나 보는 삶에 절대 만족할 수 없다. 피터 카빈스키란 남자는 그런 사람이다.

내가 시간 가는 줄 모르고 몽상에 빠져 먼 미래나 들여다보고 있으니 피터가 다시 물었다. 그나마 이번에는 조금 덜 차가웠다. "뭔데 그래, 라라 진?" 피터는 무언가를 기다리는 사람처럼 나를 바라봤다. 갑자기 편지를 주기가 두려웠다.

주머니 속에서 편지를 꽉 움켜쥐고 깊숙이 밀어 넣었다. 손이 시렸다. 모자도 장갑도 없었다. 그냥 집에 갈걸. "나는 그냥…… 일이 그렇게 되어버려서 사과하고 싶어서, 그리고…… 계속 친구로 지냈으면 좋겠다는 말도 하고 싶고. 새해 복 많이 받아."

이 말에 피터가 인상을 찡그렸다. "새해 복 많이 받으라고?" 피터는 내 말을 그대로 따라 했다. "여기까지 와서 한다는 말이 그거야? 미안하니까 새해 복 많이 받으라고?"

"그리고 계속 친구로 지냈으면 좋겠다고……." 나는 입술을 깨물었다.

"계속 친구로 지내고 싶다고?" 피터는 비꼬는 투로 내 말을 또 따라 했다. 그 말투가 이해되지도, 마음에 들지도 않았다.

"내 바람은 그래." 나는 자리에서 일어났다. 피터가 집까지 데려다줬으면 했지만 부탁하기가 좀 그랬다. 날이 추운데 어쩌지? 추운 척해볼까? 나는 양손에 입김을 불며 말했다. "그럼 나는 이만 갈게."

"잠깐 기다려봐. 사과로 돌아가보자. 정확히 뭘 사과하고 싶은데? 집에서 내쫓은 거? 아니면 섹스 따위 하지도 않았는데 했다고 떠벌리고 다니는 얼간이 취급했던 거?"

목구멍에 뭐가 걸린 것 같았다. 피터가 대놓고 그렇게 말하니 진짜 끔찍하게 들렸다. "둘 다. 둘 다 미안해."

피터가 고개를 기울이며 한쪽 눈썹을 까닥거렸다. "또 다른 건?"

머리카락이 쭈뼛거렸다. 또 다른 거? "또 다른 건 없는데. 그게 다야." 편지부터 주지 않은 게 천만다행이었다. 피터가 이렇게 나올 줄은 꿈에도 몰랐다. 사과할 일이 나한테만 있는 건 아니잖아.

"야, 다짜고짜 찾아와서 미안해, 계속 친구 하자, 이런 말을 한 사람은 너야. 그런 엉터리 사과를 무작정 받아들이라고 하면 안 되지."

"어쨌든 새해 복 많이 받길 기도할게." 이젠 내가 빈정거리고 있었다. 빈정거리며 체념하는 것도 썩 나쁘지는 않았다. "잘살아. 오랫동안 사귀었던 정든 내 친구여."

"그래. 잘 가."

나는 걸음을 옮겼다. 오늘 아침에만 해도 희망에 가득 차 있었는데, 이 모든 일이 어떤 결과에 이를지 상상하는 재미에 두 눈이 그토록 반짝거렸는데. 세상에, 뭐 저런 멍청이가 다 있지? 이제 안 봐도 되니 속이 다 시원하다!

"잠깐만."

제이미 폭스피클이 내 침대로 뛰어들 때처럼, 희망이라는 것이 부르지도 않았는데 재빠르게 내 가슴으로 뛰어들었다. 나는 '거참, 뭘 또 어쩌라는 거야'라는 표정으로 돌아섰다. 하지만 피터는 내 얼굴을 보고 있지 않았다.

"주머니에 구겨 넣은 그건 뭐야?"

나는 얼른 손을 주머니에 찔러 넣었다. "이거? 아, 아무것도 아냐. 우편 광고물. 너희 우편함 옆에 떨어져 있더라고. 신경 쓰지 마. 내가 분리수거함에 버릴게."

"이리 줘. 내가 버릴 테니까." 피터가 손을 내밀었다.

"아냐, 내가 버린다니까." 편지를 주머니에 밀어 넣는데 피터가 잡아채려고 했다. 나는 몸을 휙 돌리며 편지를 사수했다. 피터가 그럼 됐다는 듯 어깨를 으쓱했다. 그제야 나는 안도의 한숨을 작게 내쉬었다. 그 순간 피터가 달려들어 편지를 낚아챘다.

숨이 턱 막혔다. "돌려줘, 피터!"

"남의 우편물에 손대는 건 불법이야." 피터가 신나서 말하며 봉투를 살폈다. "받는 사람이 난데? 보낸 사람은 너고." 나는 편지를 향해 달려들었다. 내가 너무 필사적이라 피터도 당황스런 모양이었다. 우리는 몸싸움을 벌였다. 내가 봉투 한쪽 끝을 잡아당겼지만 피터는 절대 놔주지 않았다. "그만해. 이러다 찢어지겠어!" 피터는 편지에서 내 손가락을 떼내며 소리쳤다.

나는 손가락에 힘을 더 주었지만 상황은 순식간에 종료되었다. 편지는 피터의 손에 있었다.

피터는 내 머리 위로 높이 봉투를 들고 한쪽을 찢더니 내용물을 읽기 시작했다. 그렇게 피터 앞에 서서 기다리고 있으려니 고

통스러웠다. 뭘 기다리고 있는 건지도 모르겠다. 더 당할 창피가 남아 있나? 그냥 집에 가는 게 나을 것 같다. 피터는 읽는 속도가 느리다.

마침내 편지를 다 읽은 피터가 물었다. "왜 편지 안 주려고 했어? 왜 그냥 가려고 했는데?"

"왜냐하면, 나도 몰라. 네가 나를 보고도 별로 반가워하지 않는 것 같기도 하고⋯⋯." 나는 의기소침해져서 말끝을 흐렸다.

"대답 한번 듣기 정말 힘드네! 네 전화를 6일이나 기다렸어, 이 바보야. 6일이나 기다렸다고."

나는 숨을 들이마셨다. "뭐!"

"뭐라니?" 피터는 내 코트 자락을 잡고 가까이 끌어당겼다. 키스할 수 있을 만큼 가까웠다. 너무 가까워서 피터가 숨을 내쉴 때 나오는 콧김까지 보였다. 마음만 먹으면 피터의 속눈썹 개수도 셀 수 있을 것 같았다. 피터가 목소리를 낮게 깔고 물었다. "그럼⋯⋯ 너 아직 나 좋아해?"

"응." 나는 속삭이며 말했다. "그러니까, 그런 것 같아." 심장이 쿵쿵쿵쿵 뛰었다. 머리가 어질어질했다. 이게 꿈인가? 꿈이라면 절대 깨고 싶지 않다.

피터가 '이제 네가 날 좋아한다는 사실을 좀 진지하게 받아들여'라고 말하는 표정으로 나를 바라봤다. 그래, 좋아해. 좋아한다고. 피터의 목소리가 부드러워졌다. "스키 여행 때 우리가 섹스했다고 헛소문 퍼뜨린 사람이 내가 아니라는 것도 믿어?"

"믿어."

"알았어." 피터가 숨을 깊이 들이마셨다. "그날…… 그날 밤 나 쫓아낸 다음에 너와 샌더슨 형 사이에 무슨 일 없었어?" 피터가 질투한다! 피터가 질투한다는 생각만으로도 몸이 뜨거운 수프처럼 따뜻해졌다. 절대 아무 일 없었다고 대답하려는데 피터가 재빨리 가로막았다. "잠깐. 말하지 마. 알고 싶지 않아."

"아무 일 없었어." 진심이란 걸 피터도 알 수 있도록 아주 단호하게 말했다. 피터는 고개를 끄덕거릴 뿐 아무 말도 하지 않았다.

그때 피터가 몸을 기울였고, 나는 눈을 감았다. 심장이 벌새의 날개처럼 파르르르 뛰었다. 따지고 보면 우리가 키스한 건 네 번이지만, 진짜 키스는 단 한 번뿐이었다. 키스를 제대로 하고 싶다는 생각이 들자 긴장도 멈췄다. 그런데 피터는 키스하지 않았다. 적어도 내가 기대한 그런 키스는 아니었다. 피터는 내 왼뺨과 오른뺨에 차례로 입을 맞췄다. 숨결이 따뜻했다. 그리고 그걸로 끝이었다. 나는 눈을 번쩍 떴다. 이건 꼬마애들이나 하는 뽀뽀잖아! 왜 제대로 키스해주지 않는 거지? "지금 뭐 하는 거야?" 내가 낮은 목소리로 물었다.

"기대를 심어주는 거지."

"그냥 키스하자." 나는 얼른 대꾸했다.

피터가 고개를 비스듬히 기울였다. 피터의 뺨이 내 뺨에 닿는 순간 현관문이 활짝 열렸다. 피터의 동생 오언이 팔짱을 끼고 현관에 서 있었다. 나는 피터가 치료 불가능한 전염병 환자라도 되는 듯 피터에게서 떨어졌다. "엄마가 두 사람 안에 들어와서 사과주 마시래." 오언이 히죽거리며 말했다.

"금방 들어갈게." 피터가 나를 다시 끌어당기며 말했다.

"엄마가 지금 들어오랬어." 오언은 물러서지 않았다.

세상에. 나는 기겁한 얼굴로 피터를 바라봤다. "아빠가 걱정하시기 전에 집에 가봐야 할 것 같은데……."

피터가 턱으로 현관을 가리켰다. "잠깐만 들어왔다 가. 내가 태워다 줄게." 안으로 들어가자 피터가 내 코트를 벗겨주며 목소리를 낮춰 물었다. "정말 그런 옷차림으로 집까지 걸어가려고 했어? 이 추위에?"

"아니. 네 죄책감을 자극해서 너한테 부탁하려고 했지." 나도 작게 소곤거렸다.

"누나, 뭘 입은 거야?" 오언이 내게 물었다.

"한국 사람들이 새해 첫날 입는 옷이야." 내가 대답했다.

피터의 엄마가 김이 모락모락 나는 머그잔 두 개를 들고 주방에서 나왔다. 끈으로 허리를 느슨하게 묶은 긴 캐시미어 카디건에 크림색 꽈배기니트 슬리퍼 차림이었다. "오, 깜짝이야. 라라 진, 정말 예쁘다. 색깔 화려한 것 좀 봐."

"고맙습니다." 옷차림 때문에 내게 관심이 집중된 것 같아 민망했다.

우리 세 사람은 거실에 앉았고, 오언은 주방으로 도망쳤다. 피터와 내가 거의 키스할 뻔했다는 사실과 밖에서 뭘 하고 있었는지 아줌마가 아는 것 같다는 생각에 얼굴이 붉게 달아올랐다. 그동안 우리 둘 사이에 있었던 일들을 아줌마도 아는지, 피

　　　　　　　　　　　　　　　라라 진의 두 번째 이야기

터에게 들었다면 얼마나 들었을지 궁금했다.

"크리스마스는 잘 보냈니, 라라 진? 아줌마가 물었다.

"정말 좋았어요. 아빠가 동생한테 강아지를 사주셨거든요. 서로 강아지를 안아보려고 난리도 아니었어요. 대학 간 언니도 집에 와 있어서 정말 좋고요. 아줌마도 크리스마스 잘 보내셨어요?" 나는 머그잔에 입김을 후후 불며 말했다.

"그럼, 잘 보냈지. 조용하게." 아줌마는 슬리퍼를 가리켰다. "오언이 선물이라고 줬어. 파티는 어땠어? 너희 자매들은 그 과일 케이크 쿠키가 먹을 만했니? 피터가 구운 거 말이야. 솔직히 난 못 먹겠더라."

나는 깜짝 놀라 피터를 바라봤다. 피터는 갑자기 바쁘게 휴대폰 화면을 넘겼다. "그거 엄마가 만들어주셨다고 하지 않았어?"

"아냐, 피터가 직접 다 만들었어. 아주 완강하더라고." 아줌마가 뿌듯한 미소를 지으며 말했다.

"완전 쓰레기 맛이었어!" 오언이 주방에서 소리쳤다.

아줌마가 또다시 웃음을 터뜨렸다. 그리고 잠시 침묵이 이어졌다. 나는 이야깃거리를 생각해내려고 급히 머릿속을 뒤졌다. 새해 결심에 대해 얘기해보는 건 어떨까? 다음 주에 예보된 폭설은? 피터는 전혀 도움이 되지 않았다. 휴대폰만 들여다볼 뿐이었다.

"만나서 반가웠다, 라라 진. 피터, 둘이 밖에 너무 오래 서 있지 말고."

"안 그럴 거예요." 그리고 피터가 내게 말했다. "금방 내려올게. 차 키만 챙기면 돼."

피터가 자리를 비우자 내가 말했다. "새해 첫날 갑자기 들이 닥쳐서 죄송해요. 제가 방해한 게 아니었으면 좋겠어요."

"넌 언제든 환영이야." 아줌마가 몸을 앞으로 숙이고 한 손을 내 무릎에 얹었다. "네가 저 애 좀 느긋하게 믿고 기다려줘. 그거면 돼." 이렇게 말하는 아줌마의 얼굴 표정에는 많은 의미가 담겨 있었다.

가슴이 철렁했다. 피터가 다 얘기한 걸까?

아줌마가 내 무릎을 토닥거려주고는 자리에서 일어났다. "잘 가라, 라라 진."

"안녕히 주무세요."

아줌마는 상냥한 얼굴로 웃었지만, 괜히 곤란해진 기분이 들었다. 아줌마 목소리에는 질책이 담겨 있었고, 나는 분명히 그것을 감지했다. *내 아들 괴롭히지 마.* 이런 의미다. 피터가 우리 일로 많이 속상해했던 걸까? 피터가 내게 그런 기색을 보이지는 않았다. 화났을 수도 있고, 어쩌면 상처받았을지도 모른다. 엄마한테 이야기할 정도로 상처받지는 않았겠지만. 하지만 피터는 엄마와 무척 친하게 지낸다. 피터와 제대로 사귀어보기도 전에 아줌마한테 안 좋은 인상을 심어준 것 같아 기분이 별로였다.

아주 깜깜한 밤이었다. 하늘에 별도 거의 없었다. 곧 눈이 내릴지도 모르겠단 생각이 들었다. 집에 도착하니 아래층은 불이 모두 켜져 있고, 위층은 언니 방에만 켜져 있었다. 길 건너편 창가에서는 로스차일드 아줌마의 자그마한 크리스마스트리가 반짝거렸다.

피터와 차 안에 앉아 있으니 아늑하고 따뜻했다. 히터에서 따뜻한 바람이 흘러나왔다. 나는 피터에게 물었다. "엄마한테 우리 헤어졌단 얘기 했어?"

"안 했지. 헤어진 적 없잖아." 피터가 히터를 낮추며 말했다.

"우리 안 헤어졌어?"

피터가 웃었다. "안 헤어졌어. 진짜로 사귄 것도 아니었잖아. 기억 안 나?"

그럼 지금은 사귀는 거야? 난 그게 궁금했지만 묻지 않았다. 피터는 한 팔로 나를 안고 있었고, 나는 피터에게 머리를 기대고 있었으니까. 갑자기 또 긴장됐다. "긴장하지 마." 피터가 말했다.

긴장하지 않았다는 걸 보여주려고 재빨리 피터에게 키스했다.

"내가 보고 싶었다는 느낌을 담아서 키스해줘." 이렇게 말하는 피터의 목소리가 허스키해졌다.

"그렇게 한 건데. 보고 싶다고 편지에 썼잖아."

"그건 그렇지만……."

나는 피터가 말을 마치기 전에 다시 키스했다. 제대로. 진심을 담아서. 피터도 진심을 담아 내 키스에 응답했다. 키스하면서 한 사백 년은 흘러간 것 같다. 나는 더 이상 아무 생각도 하지 않았고 그대로 키스에 푹 빠져버렸다.

03

피터가 나를 내려주고 간 다음 나는 언니와 키티에게 이야기하려고 쏜살같이 집으로 뛰어 들어갔다. 금화로 가득한 주머니라도 된 기분이라 어서 빨리 쏟아내고 싶었다.

키티는 제이미 폭스피클을 무릎에 올리고 소파에 누워 티비를 보고 있었다. 나를 보자 키티가 몸을 일으키며 숨죽인 목소리로 말했다. "고고 언니 울어."

"뭐라고! 왜?" 흥분이 순식간에 식어버렸다.

"조시 오빠네 가서 얘기한 모양인데 잘 안됐나 봐. 괜찮은지 가서 좀 봐봐."

오, 안 돼. 언니랑 조시 오빠가 이렇게 헤어지면 안 되는데. 나랑 피터처럼 재결합해야 하는데.

키티는 리모컨을 쥐고 다시 소파에 누웠다. 동생의 의무는 다 한 것이다. "피터 오빠하곤 어떻게 됐어?"

"잘됐지. 아주 잘됐어." 나도 모르게 얼굴에 웃음기가 퍼지려고 하는 걸 재빨리 억눌렀다. 마고 언니를 걱정하는 마음에서.

나는 주방으로 가서 언니에게 줄 나이트 티를 한 잔 탔다. 취침 시간이면 엄마가 만들어줬던 것처럼 밥숟가락으로 꿀도 두 번 넣었다. 위스키도 한 방울 넣어볼까 잠시 고민했다. 예전에 빅토리아 시대를 배경으로 한 PBS 드라마에서 하녀가 주인마님을 진정시키려고 뜨거운 음료에 위스키를 타는 걸 보았다. 언니도 대학에 가고 나서 술을 마시지만 아직 숙취도 좀 남아 있는 것 같고, 또 이렇게 마시기 시작하면 아빠가 따라 할 게 분명하다. 그래서 그냥 내가 가장 아끼는 머그잔에 위스키는 빼고 차만 담아서 키티에게 가지고 올라가라고 했다. 그리고 애교 있게 행동하라고 지시했다. 일단 마고 언니한테 차를 주고 적어도 5분간은 바짝 안겨 있으라고도 했다. 이 말에 키티는 움찔했다. 키티는 필요한 게 있을 경우에만 포옹을 하는 아이였다. 게다가 언니가 속상해하는 모습을 보면 겁먹고 움츠러든다. "그냥 제이미를 데리고 올라가서 언니한테 껴안으라고 할게." 키티가 말했다.

이런 이기적인 꼬맹이 같으니!

버터 바른 시나몬 토스트를 들고 언니 방에 들어가서 보니 키티가 보이지 않았다. 제이미도 없었다. 언니는 옆으로 웅크리고 누워서 울고 있었다. "진짜 끝났어, 라라 진." 언니가 작게 흐느끼며 말했다. "이미 끝난 사이였지만 이제 진짜 완전히 끝났어. 내…… 내가 다시 사귀고 싶어 하면 조시도 그럴 줄 알았는데, 아…… 아니었어." 나는 언니 뒤에 웅크리고 누워서 이마로 언니 등을 지그시 눌렀다. 언니의 숨결이 느껴졌다. 나는 베개에 얼굴을 묻고 훌쩍이는 언니의 어깨를 살살 긁어주었다. 언니는 이렇게 긁어주는 걸 좋아한다. 마고 언니의 비밀을 한 가지 말하자면, 언니는 절대 우는 법이 없었다. 그래서 언니가 우는 모습을 보는 순간 이 집이, 내 세상이 송두리째 흔들리는 것 같았다. 모든 게 다 제자리를 벗어난 것 같았다. "조시가 그러더라. 장거리 연애는 너무 히…… 힘들다고. 애당초 헤어지길 잘한 거야. 나는 조시가 너무 보고 싶었는데, 조시는 전혀 안 그랬던 것 같더라고."

나는 죄책감에 입술을 깨물었다. 조시 오빠와 얘길 나눠보라고 떠민 사람이 나였으니 부분적으로는 내 책임도 있었다. "조시 오빠도 많이 그리워했어. 정말 미치도록 언니를 보고 싶어 했다고. 프랑스어 시간에 창밖을 내다보면 조시 오빠가 운동장 스탠드에 앉아 혼자 점심을 먹고 있더라니까. 얼마나 처량해 보였는지 몰라."

"정말 그랬어?" 언니가 코를 훌쩍였다.

"정말이라니까." 그랬던 조시 오빠가 대체 왜 그럴까? 조시 오빠는 언니와 사랑에 빠졌던 사람처럼 행동했다. 언니가 떠났을 땐 실제로 우울해하기까지 했다. 그런데 이제 와서 왜 그러는 거지?

언니가 한숨을 내쉬었다. "내 생각에…… 내 생각엔 내가 아직 조시를 많이 사랑하는 것 같아."

"진심이야?" *사랑한다*……. 언니가 '사랑한다'고 말했다. 예전엔 언니가 그런 표현을 쓴 적이 없었다. '사랑에 빠졌다'고 한 적은 있어도 '사랑한다'고 말한 적은 없다.

언니는 침대 시트에 눈물을 닦았다. "남자 때문에 우는 여자가 되기 싫어서 조시와 헤어진 거였는데, 결국 그렇게 돼버렸네.

한심하다."

"언니는 내가 아는 사람 중에 한심한 거하곤 제일 거리가 먼 사람이야."

언니가 울음을 그치고 돌아누웠다. 이제 얼굴을 마주 볼 수 있었다. 언니는 이마를 찌푸리며 말했다. "내가 한심하다고 말한 적 없어. 남자 때문에 우는 게 한심하다는 거지."

"아! 그래도 다른 사람 때문에 운다고 해서 그게 한심한 건지는 잘 모르겠어. 그건 그냥 그 사람한테 마음을 많이 쓴다는 거고, 그래서 슬픈 것뿐이잖아."

"너무 많이 울었나 봐. 눈이 이상해. 꼭…… 쪼글쪼글해진 건포도 같아. 안 그래?" 언니가 눈을 가늘게 뜨고 나를 바라봤다.

"눈이 부었네. 언니 눈이 우는 데 익숙하지 않아서 그래. 좋은 생각이 있어!" 나는 자리에서 벌떡 일어나 주방으로 뛰어 내려갔다. 시리얼 그릇에 얼음과 은숟가락 두 개를 담아 돌아왔다. "똑바로 누워봐." 언니는 내가 시키는 대로 했다. "눈 감아." 나는 언니의 눈 위에 숟가락을 하나씩 갖다 댔다.

"효과 있는 거 맞아?"

"잡지에서 봤어."

나는 숟가락이 미지근해지면 얼음 속에 넣었다가 차가워지면 다시 눈에 대기를 반복했다. 언니는 피터와 어떻게 됐는지 얘기해보라고 했다. 나는 있는 그대로 얘기했지만 키스 부분은 생략했다. 가슴 아파하는 언니 앞에서 그런 얘길 하는 건 예의가 아닌 것 같았다. 언니가 몸을 일으켜 앉았다. "나 상처받을까 봐 피터를 좋아하는 척할 필요 없어." 언니는 목이 아픈 듯 힘들게 침을 삼켰다. "네 마음에 조금이라도 조시가 남아 있으면…… 그리고 조시가 너를 좋아한다면……." 나는 숨이 턱 막혔다. 그게 아니라고, 조시 오빠를 좋아한 건 이미 한참 전의 일이라고 말하고 싶었지만, 언니가 손을 들어 내 입을 막았다. "쉽지는 않겠지만 중간에서 방해하고 싶지도 않아. 내 맘 알지? 진심이야, 라라 진. 솔직히 말해도 돼."

언니가 먼저 얘기를 꺼내줘서 마음이 놓이고 너무 고마웠다. 나는 얼른 대답했다. "세상에, 고고 언니. 나 조시 오빠 안 좋아해. 그런 거 아냐. 전혀, 전혀 아니야. 조시 오빠도 날 좋아하지 않아. 내 생각엔…… 그러니까 우리 둘 다 언니가 너무 그리워서 그랬던 것 같아. 내가 좋아하는 사람은 피터야." 이불 밑에서 언니의 손을 찾아 새끼손가락을 걸었다. "자매로서 맹세하는 거야."

언니가 침을 삼켰다. "그러면 조시도 말 못 할 다른 이유가 있어서 나를 안 보려는 건 아닌가 보네. 정말 더 이상 만나기 싫어서 그러나 봐."

"아니지. 언니는 스코틀랜드에 있고 오빠는 버지니아에 있으니까 그게 너무 힘든 거야. 언니가 현명한 사람이니까 떠나기 전에 헤어진 거지. 현명하고 용감하고 옳은 행동이었어."

언니의 얼굴에 의혹의 그림자가 슬쩍 드리워지더니 언니가 고개를 흔들자 이내 사라졌다. "조시랑 내 얘긴 그만하자. 이제 다 끝난 일이야. 피터 얘기나 더 해봐. 그럼 기분이 좀 나아질 것 같아." 언니는 다시 자리에 누웠고, 나는 숟가락으로 언니의 눈을

라라 진의 두 번째 이야기

문질렀다.

"그게, 오늘 가니까 처음엔 완전 쌀쌀맞더라. 아주 심드렁하더라니까."

"아니, 어떻게 시작됐는지부터 얘기해야지."

나는 좀 더 과거로 거슬러 올라가 계약연애 얘기부터 야외 온탕 사건까지 모두 들려주었다. 언니는 이야기를 들으며 내 얼굴을 보려고 눈에서 숟가락을 뗐다. 잠깐이었지만 언니 눈에서 부기가 좀 빠진 것 같았다. 덕분에 나도 기분이 한결 나아졌다. 나아지다 못해 약간 들뜬 기분까지 들었다. 몇 달간 이 모든 일을 언니한테 숨기고 있었는데, 이제 언니도 집을 떠난 후에 있었던 일을 모두 알게 된 것이다. 다시 언니와 가까워진 기분이 들었다. 비밀이 있으면 누구하고든 완전히 가까워질 수 없다.

언니가 헛기침을 하더니 잠시 머뭇거리다가 물었다. "피터는 키스할 때 어때?"

나는 얼굴이 빨개졌다. 손가락으로 입술을 톡톡 두드리며 뜸을 들였다. "피터는 키스할 때 보면…… 키스하는 게 직업인 사람 같아."

"호스트바 직원 같다고?" 언니가 킥킥거리며 눈에서 숟가락을 뗐다.

나는 숟가락을 집어 들고 징을 치듯 언니 이마를 두드렸다.

"아야!" 언니가 다른 숟가락을 잡으려고 손을 뻗었지만 내가 더 빨랐다. 숟가락 두 개가 모두 내 손에 있었다. 내가 언니 이마를 한 번 더 치려고 덤볐을 땐 우리 둘 다 숨이 넘어갈 듯 웃고 있었다.

"언니…… 관계할 때 아프지 않았어?" 나는 조시 오빠 이름을 말하지 않으려고 조심했다. 이상한 일이다. 언니와 나는 그동안 어떤 식으로든 섹스에 대한 이야기를 나눈 적이 없었다. 둘 모두 판단할 만한 기준이 없었기 때문이다. 그런데 이제 언니에게는 그 기준이 생겼다. 언니가 알고 있는 걸 나도 알고 싶었다.

"음, 처음 몇 번은 조금 아팠어." 이제 언니 얼굴이 빨개졌다. "라라 진, 너랑은 이런 얘기 못 하겠어. 너무 이상해. 그냥 크리스한테 물어보면 안 돼?"

"싫어, 언니한테 듣고 싶단 말이야. 얘기 좀 해줘, 고고. 언니가 다 얘기해줘야 내가 배우잖아. 처음 할 때 바보처럼 보이긴 싫다고."

"나도 조시랑 수백 번씩 하지는 않았다고! 난 전문가가 아냐. 조시가 유일한 내 상대였어. 어쨌든 피터하고 할 생각이면 아주 조심해야 해. 콘돔도 쓰고, 쓸 수 있는 건 다 써." 나는 잽싸게 고개를 끄덕였다. 이제 가장 중요한 얘기가 나올 것이다. "분명히 해야 할 건 이거야. 제일 분명히 해야 할 거 말이야. 피터는 너를 대할 때 부드럽게 느끼도록 배려해줘야 해. 이게 너에게 아주 특별한 일이고, 먼 훗날에도 기분 좋게 추억할 수 있는 일이어야 한다는 걸 피터도 잘 알고 있어야 한다고."

"알았어. 그럼 시작부터 끝까지 시간이 얼마나 걸렸어?"

"그리 길지 않았어. 조시도 그게 첫 경험이었다는 걸 간과해선 안 되고." 언니의 말투에서 아쉬움이 묻어 나왔다. 나도 괜히 기분이 씁쓸했다. 피터는 제너비브와 경험이 많을 테니 아마 지금 은 전문가 수준이겠지. 덕분에 나는 첫 경험부터 오르가슴을 느 낄 수 있을지도 모른다. 그것도 좋지만, 나 혼자 헤매는 것보단 우리 둘 다 뭐가 뭔지 몰라 헤매는 것도 나쁘진 않을 것 같다.

"언니는 관계한 거 후회 안 해?"

"별로. 후회는 없는 것 같아. 조시와 함께였다면 항상 좋았을 것 같아. 실제로 어쨌든 간에." 그 말을 들으니 언니는 울어서 눈이 빨개진 지금도 조시 오빠를 사랑했던 걸 후회하지 않는구 나 싶어서 마음이 놓였다.

그날 밤에는 예전처럼 언니 방에서 이불을 함께 덮고 꼭 붙어 잤다. 언니 방은 차고 위에 있어서 그런지 제일 춥다. 보일러가 돌아갔다 멈췄다 하는 소리가 들렸다.

깜깜한 가운데 옆에 누운 언니가 말했다. "학교로 돌아가면 스코틀랜드 남자들을 한 트럭 만날 거야. 언제 또 그런 기회가 생기겠어. 안 그래?"

나는 킥킥 웃다가 몸을 돌려 언니와 얼굴을 마주했다. "안 돼. 스코틀랜드 남자 한 트럭은 안 돼. 잉글랜드 남자, 아일랜드 남 자, 스코틀랜드 남자 한 명씩 다 만나봐야지. 웨일스 남자도 있 고! 대영제국을 한 바퀴 도는 거야."

"그럼 학교에 돌아가서 인류학 공부부터 해야겠다." 언니의 말에 우리는 또 킥킥 웃었다. "가장 슬픈 게 뭔지 알아? 이제 조 시와 예전처럼 친구가 될 수 없다는 거야. 그건 이제 불가능해.

완전히 끝난 거야. 조시가 내 절친이었는데."

"이런, 언니 절친은 난 줄 알았는데!" 나는 언니한테 상처받은 척 표정을 지었다. 분위기를 띄우려고. 언니가 또 울면 안 되니까.

"너는 내 절친 아냐. 내 동생이지. 그게 더 위야."

그게 더 위다.

"조시와 나는 아주 편하고 재미있는 사이였는데, 이제 남남이 돼버렸어. 다시는 그런 사람 만나지 못할 거야. 그 누구보다 나를 잘 알고, 나도 잘 아는 그런 사람 말이야."

가슴 한구석을 누가 꼬집은 듯했다. 언니가 이런 말을 한다는 게 슬펐다. "시간이 더 지난 뒤에 다시 친구가 될 수 있을지도 몰라." 하지만 예전 같을 순 없겠지. 그건 나도 안다. 사람은 항상 과거를 아쉬워하며 산다. 시간이 지나면 빛이 바래기 마련이니까.

"하지만 예전 같지는 않겠지."

"그렇겠지. 예전 같진 않을 거야." 이상하게도 제너비브가, 제너비브와 나의 관계가 불현듯 생각났다. 우리는 한때 친구였다. 어릴 땐 그게 이상하지 않았지만 나이가 들면서 더 이상 친구라고 할 수 없게 되었다. 과거를 지키고 싶다고 지나간 관계에 매달릴 수는 없다.

한 시대가 끝난 것 같다. 더 이상 '마고와 조시'는 없다. 이번엔 진짜다. 마고 언니가 눈물을 흘리며 언니 입으로 끝났다고 말하는 걸 내가 들었으니까 진짜 끝난 거다. 이번엔 우리 둘 다그 사실을 알고 있다. 상황이 바뀌었다.

라라 진의 두 번째 이야기

"너는 그러지 마, 라라 진. 되돌릴 수 없는 일을 너무 심각하게 받아들이면 안 돼. 네가 원한다면 피터와 사랑을 나눠. 하지만 네 마음이 다치지 않게 조심하고. 모든 게 영원할 것 같지만 그렇지 않거든. 사랑은 언제든 떠날 수 있어. 사람도 떠날 수 있고. 아무 의미 없이 그런 일들이 일어나. 아무것도 장담할 수 없어."

나는 침을 꿀꺽 삼켰다. "조심한다고 약속할게." 하지만 그게 무슨 의미인지 확실히 안다고 말할 수는 없었다. 이미 피터를 이렇게 많이 좋아하는데 어떻게 조심한단 말이야?

04

언니는 케이시라는 친구와 새 부츠를 사러 갔고, 아빠는 일
하러 가셨다. 키티와 티비를 보며 빈둥거리고 있는데 옆에 놓아
둔 내 휴대폰에서 진동음이 울렸다. 피터가 보낸 문자였다. 오늘
밤 영화 볼래? 나는 "응" 다음에 느낌표를 찍었다가 내가 너무 쉬
워 보일까 봐 지워버렸다. 느낌표 하나 지우니 완전히 시큰둥한
"응"이 되었다. 결국 웃는 이모티콘을 덧붙이고 문자에 더 집착
하기 전에 얼른 전송 버튼을 눌렀다.

"누구랑 문자하는 거야?" 거실 바닥에 대자로 뻗어 누운 키티
가 입에 푸딩을 퍼 넣으며 물었다. 제이미가 한입 슬쩍하려고 틈
을 노리자 키티는 고개를 좌우로 흔들며 야단쳤다. "강아지는
초콜릿 먹으면 안 되는 거 너도 알잖아!"

"피터한테 문자했어. 그런데 그거 진짜 초콜릿은 아닐지도 몰
라. 모조품일 수도 있잖아. 성분표 확인해봐."

가족들 중에 키티가 제이미에게 제일 엄격했다. 제이미가 안아
달라고 울어도 바로 안아주지 않았다. 제이미가 말썽을 부리면
키티는 분무기로 녀석의 얼굴에 물을 뿌렸다. 키티는 이런 걸 죄
다 길 건너에 사는 로스차일드 아줌마한테서 배웠다. 알고 보니

로스차일드 아줌마는 개박사였다. 아줌마는 원래 개를 세 마리 키우다가 이혼할 때 '시몬'이라는 골든 리트리버만 데려왔고, 남편이 다른 두 마리의 양육권을 가져갔다.

"피터 오빠가 다시 언니 남친인 거야?"

"음, 확실하진 않아." 어젯밤 마고 언니한테서, 침착하게 내 마음에 귀 기울이고 돌이킬 수 없는 지점까진 가지 말라는 이야기를 듣고 나서부터는 잠시 불확실의 영역에 머무는 것도 괜찮겠단 생각이 들었다. 게다가 애초에 명확하게 정의되지 않았던 무언가를 다시 정의하기란 어려운 일이다. 피터와 나는 서로 좋아하는 척했고 커플인 척했었다. 그럼 지금은 뭐지? 좋아하는 척이 아니라 진짜 좋아했다면 과연 어떻게 됐을까? 커플이 되었을까? 그건 모르는 일이다.

"확실하지 않다니, 그게 무슨 소리야?" 키티가 압박하기 시작했다. "자기가 누군가의 여자친구인지 아닌지는 알고 있어야 하는 거 아냐?"

"아직 그 얘기는 안 했거든. 적어도 말로는."

키티가 채널을 돌렸다. "확실하게 해두라고."

나는 옆으로 돌아 누워 한 팔로 몸을 받쳤다. "그러면 뭐가 달라져? 피터하고 난 서로 좋아하잖아. 그런데 그걸 꼭 말로 확실히 해줘야 할 필요가 있는 거야? 그게 대체 무슨 차이가 있지?" 키티는 대꾸가 없었다. "여보세요?"

"미안. 광고 시간에 다시 얘기하면 안 돼? 이거 봐야 해."

나는 베개를 들어 키티의 머리를 향해 던졌다. "차라리 제이미랑 얘기하는 게 낫겠다." 그리고 손뼉을 딱 쳤다. "제이미, 일로 와!"

제이미는 고개를 들어 나를 흘끗 보더니 다시 키티 옆에 누워서 자리를 잡았다. 아직도 푸딩에 대한 미련을 버리지 못한 것 같다.

어젯밤 차에서 봤을 때 피터는 우리 관계에 대한 고민이 별로 없는 것 같았다. 여느 때처럼 속 편한 얼굴이었다. 반면 나는 온갖 사소한 일에도 지나치게 걱정하는 타입이다. 피터의 '될 대로 돼라'식 철학을 나도 좀 받아들일 수 있었으면 좋을 텐데……

"오늘 밤 피터랑 영화 보러 갈 때 입을 옷 좀 골라줄래?"

"나 따라가도 돼?"

"안 돼!" 키티가 입을 삐죽 내밀려고 해서 나는 얼른 덧붙였다. "다음에 같이 가."

"좋아. 두 가지 스타일을 보여주면 그중에서 골라주겠어."

나는 쏜살같이 내 방으로 올라가 옷장을 살피기 시작했다. 오늘이 진짜 첫 번째 데이트가 될 테니 피터에게 놀라움을 안겨주고 싶었다. 안타깝게도 괜찮은 옷들은 이미 죄다 피터에게 보여줬기 때문에 언니 옷장을 터는 수밖에 없었다. 언니가 스코틀랜드에서 가져온 크림색 니트 원피스가 보였다. 내 스타킹과 갈색 부츠로 코디하면 괜찮을 것 같다. 내가 찜해놓은 연보라색 페어아일 스웨터*도 있었다. 이건 내 노란 스커트에 받쳐 입으면

---

* 스코틀랜드의 섬 페어아일에서 생산한 스웨터로 다채로운 색깔의 가로줄 무늬가 특징이다.

될 것 같다. 머리에 컬을 넣을 거니까 머리에도 노란 리본을 달면 되겠다. 전에 머리에 컬을 넣었을 때 피터가 예쁘다고 했다.

"키티! 올라와서 옷 좀 봐줘!"

"광고 시간에!" 키티가 아래층에서 소리쳤다.

광고를 기다리는 동안 언니한테 문자를 보냈다.

— 페어아일 스웨터나 크림색 니트 원피스 중에 하나 빌려줄 수 있어?

— 응.

키티는 아이스스케이트를 타러 갈 분위기라며 페어아일 스웨터에 한 표를 던졌다. 키티의 말을 듣고 보니 나도 페어아일이 마음에 들었다. "스케이트 타러 갈 때 그거 입으면 되겠다. 언니랑 나랑 피터 오빠랑 스케이트 타러 갈 때." 키티가 말했다.

"알았어." 내가 웃으며 대답했다.

05

피터와 나는 팝콘을 사려고 줄 서 있었다. 지극히 평범한 모습이지만 내가 살면서 겪게 될 평범한 경험 중에서는 최고인 것 같다. 나는 주머니에 영화표 반쪽이 잘 들어 있는지 확인했다. 이건 버리지 말고 보관해둬야지.

"내 첫 데이트야." 피터를 올려다보며 작게 소곤거렸다. 영화에 나오는 것처럼 학교에서 가장 멋진 남자애 옆에 갑자기 뚝 떨어진 꺼벙한 여자애가 된 기분이 들었지만 아무래도 상관없었다. 전혀 상관없다.

"나랑 그렇게 많이 돌아다녀 놓고 어떻게 이게 첫 데이트라는 거야?"

"진짜 데이트 중에서 첫 번째라고. 그전까진 가짜 데이트였고, 오늘은 진짜잖아."

"야, 잠깐! 이게 진짜라고? 난 몰랐는데." 피터가 얼굴을 찡그렸다.

나는 한쪽 어깨로 피터를 툭 쳤다. 그러자 피터가 웃으며 내 손을 잡고 깍지를 꼈다. 심장이 손에서 뛰는 것 같았다. 진짜로 손을 잡은 건 이번이 처음이다. 이전에 가짜로 잡았을 때와는 기분이 전혀 다르다. 전기가 흐르는 것 같다. 물론 좋은 쪽으로. 아주 좋은 쪽으로.

줄을 따라 이동하면서 내가 긴장해 있다는 걸 느꼈다. 이상한 일이었다. 얘는 피터일 뿐인데. 하지만 이 피터는 새로운 피터고 나도 새로운 라라 진이다. 이건 데이트니까. 진짜 데이트니까. 대화를 이어가기 위해 내가 물었다. "넌 영화 볼 때 초코볼이랑 꼬마곰젤리 중에 뭐가 좋아?"

"둘 다 싫어. 난 팝콘만 먹어."

"아, 망했다! 둘 다 싫다니. 난 둘 중에 하나 아니면 둘 다 있는 게 좋은데." 마침 계산대에 도착해서 나는 지갑을 꺼내려고 했다.

피터가 웃었다. "내가 첫 데이트 나온 여자친구한테 돈 내라고 할 것 같아?" 피터는 가슴을 쫙 펴더니 계산대 직원에게 말했다. "버터 팝콘 중 사이즈 하나에 버터를 층층이 뿌려주시고요, 사워 패치 키즈랑 밀크 더즈*랑 체리 코크 작은 거 하나씩 주세요."

"내가 이거 좋아하는 거 어떻게 알았어?"

"네 생각보다 내가 관찰력이 좋거든." 피터가 능글맞게 회심의 미소를 날리며 내 어깨에 팔을 두르려고 하다가 실수로 내 오른쪽 가슴을 쳤다.

"악!"

"이런, 미안. 괜찮아?" 피터가 어색하게 웃으며 물었다.

---

* '사워 패치 키즈(Sour Patch Kids)'는 젤리 브랜드, '밀크 더즈(Milk Duds)'는 초코볼 브랜드이다.

나는 팔꿈치로 피터의 옆구리를 세게 찔렀다. 피터는 상영관으로 향할 때도 계속 실실 웃었다. 그때 여자 화장실에서 나오는 제너비브와 에밀리를 보았다. 스키 여행 버스에서 피터와 내가 야외 온탕 섹스를 즐겼다고 떠벌린 이후에 처음으로 보는 거였다. 갑자기 공포로 머리가 삐죽 서는 것 같기도 하고, 싸우고 싶기도 하고, 도망가고 싶기도 했다.

잠시 피터의 발걸음이 느려졌다. 무슨 일이 일어날지 짐작되지 않았다. 가서 인사해야 하나? 아니면 가던 길을 계속 가야 하나? 피터가 한 팔로 나를 꼭 안았다. 피터도 망설이고 있었다. 마음이 어지러운 것이다.

제너비브가 나서서 상황을 정리했다. 마치 우리를 못 봤다는 듯 아무렇지 않게 상영관으로 들어갔다. 우리와 같은 상영관이다. 나는 피터를 돌아보지 않았다. 피터도 아무 말 없었다. 제너비브가 여기 없는 것처럼 행동하면 되는 걸까? 피터는 제너비브가 들어간 문으로 나를 이끌었고, 우리는 곧 자리를 찾아 앉았다. 뒷줄 왼쪽 구석 자리였다. 제너비브와 에밀리는 중간에 앉았다. 제너비브의 금발머리와 회보라색 드레스 코트가 눈에 들어왔다. 나는 얼른 고개를 돌렸다. 혹시 제너비브가 돌아볼 때 눈이라도 마주칠까 봐.

코트를 벗고 편안하게 자리 잡고 있는데 피터의 휴대폰에서 진동음이 울렸다. 피터는 주머니에서 휴대폰을 꺼냈다가 도로 집어넣었다. 제너비브가 보낸 게 확실했지만 누구냐고 물으면 안 될 것 같았다. 제너비브의 존재가 우리 두 사람의 밤에 구멍을 냈다. 흡혈귀의 이빨 자국 두 개처럼.

조명이 어두워지자 피터는 한 팔을 내 어깨에 둘렀다. 영화 보는 내내 이러고 있으려는 걸까? 몸이 뻣뻣해지는 것 같았다. 호흡을 가다듬어보려고 했다. 그때 피터가 내 귀에 대고 속삭였다. "긴장 풀어, 커비."

나도 긴장을 풀어보려고 했다. 하지만 이런 상황에서 긴장을 푸는 건 말처럼 쉬운 게 아니다. 피터는 내 어깨를 꼭 끌어안더니 고개를 숙이며 내 목에 코를 비볐다. "향기 좋다." 피터가 속삭였다.

나는 웃음을 터뜨렸다. 너무 크게 웃어서 앞에 앉은 남자가 몸을 홱 돌리고 나를 노려봤다. 나는 민망해서 피터에게 말했다. "미안. 내가 간지럼을 잘 타거든."

"괜찮아." 피터는 팔을 계속 내 어깨에 두르고 있었다.

나는 웃으며 고개를 끄덕였지만 생각해보니 좀 그렇다. 피터는 영화를 보는 동안 스킨십이라도 나누길 기대한 걸까? 그래서 중간에 빈 좌석이 많았는데도 뒷자리를 고른 걸까? 갑자기 황당하게 느껴졌다. 제너비브가 저기 있는데! 다른 사람들도 있고 말이다! 야외 온탕에서 스킨십을 했을지도 모르지만 그땐 보는 사람이 없었다. 게다가 나는 지금 그냥 영화를 보고 싶다. 나는 음료를 한 모금 마시려고 몸을 앞으로 숙였다가 그냥 그렇게 몸을 슬쩍 빼냈다.

우리는 영화가 끝나고 제너비브와 또 마주칠까 봐 무언의

합의하에 서둘러 영화관을 빠져나왔다. 발꿈치에 마귀라도 들러붙은 양 급히 도망쳤다. 따지고 보면 제너비브와 마귀가 크게 다를 것도 없었다. 피터가 배가 고프다고 했다. 간식을 많이 먹어서 저녁 먹기가 부담스러운 나는 간이식당에서 피터만 식사를 하고 나는 피터의 프렌치 프라이를 나눠 먹는 게 어떠냐고 제안했다. 그러자 피터는 이렇게 답했다. "오늘이 너한텐 첫 번째 데이트니까 진짜 레스토랑에 가서 제대로 된 식사를 하는 게 좋을 것 같아."

"이렇게 로맨틱한 면이 있는 줄은 몰랐네." 농담하듯 가볍게 말했지만 진심이었다.

"이제 익숙해져 봐. 내가 여자 대하는 방법을 좀 알지." 피터가 우쭐거렸다.

피터는 나를 '비스킷 소울 푸드'로 데려갔다. 그곳이 자기 최애 음식점이라고 했다. 나는 프라이드 치킨에 핫허니와 타바스코 소스를 뿌려 게걸스레 먹는 피터의 모습을 지켜봤다. 제너비브는 이 자리에 앉아서 이런 모습을 몇 번이나 봤을까? 우리 동네는 그리 크지 않다. 우리가 갈 만한 곳들 중에 피터와 제너비브가 가보지 않은 곳은 별로 없을 것이다. 화장실에 가려고 일어서는데 문득 이런 생각이 들었다. 내가 자리를 비웠을 때 피터가 제너비브에게 답장을 보내면 어쩌지? 하지만 곧 떨쳐냈다. 답장하든 말든 나랑 무슨 상관이야? 두 사람은 아직 친구다. 피터도 인정했다. 계속 제너비브를 떠올리며 오늘 밤을 망치고 싶지 않다. 나는 피터와 내가 첫 데이트를 즐기는 바로 이 순간에 집

라라 진의 두 번째 이야기

중할 것이다.

나는 자리에 돌아와 앉았다. 피터는 프라이드 치킨을 다 먹고 지저분한 냅킨 한 무더기를 앞에 쌓아놓은 상태였다. 한입 먹을 때마다 손가락을 닦는 게 피터의 버릇이었다. 뺨에는 꿀과 함께 치킨 부스러기가 묻어 있었지만 그 모습이 귀여워서 일부러 말해주지 않았다.

"첫 데이트 어땠어? 나 말고 다른 사람한테 말한다 생각하고 말해봐." 피터가 몸을 뒤로 기대며 물었다.

"내가 영화관에서 즐겨 먹는 간식을 네가 환히 꿰고 있어서 좋았어." 피터가 더 말해보라는 듯 고개를 끄덕였다. "그리고…… 영화도 맘에 들었어."

"그래, 영화는 재미있었어. 나한테 조용히 하라고 하더니 너는 계속 깔깔 웃더라."

"우리 앞에 앉았던 그 남자 완전 열 받았더라." 나는 잠시 머뭇거렸다. 지금 하려는 말이 내가 하고 싶은 말이 맞는지 확신이 서지 않았다. 간밤에 내내 생각했던 그 문제 말이다. "글쎄, 잘 모르겠어…… 그게 그냥, 나만 그런 건지, 아니면……."

"아니면 뭐?" 피터는 상체를 굽히고 진지하게 듣고 있었다.

나는 심호흡을 했다. "그게…… 좀 이상하지 않아? 내 말은, 처음엔 가짜로 사귀다가 어느 순간 가짜가 아닌 게 돼버리면서 다투었는데, 지금은 또 이러고 있으니 말이야. 프라이드 치킨을 먹으면서…… 순서가 거꾸로 된 것 같아서 그래. 좋긴 한데, 그래도…… 어쨌든 거꾸로 가는 것 같단 말이지." *그리고 너 정말*

영화 보면서 날 더듬으려고 한 거야?

"내가 생각해도 좀 이상하긴 해."

나는 스위트 티를 한 모금 삼켰다. 피터가 나를 괴상한 말만 하는 괴상한 아이라고 생각하지는 않는 것 같아 마음이 놓였다.

피터가 나를 보며 씩 웃었다. "계약서를 새로 만들어야 할 것 같아."

농담인지 진담인지 구분되지 않았다. 그래서 괜히 동의하는 척했다. "계약서에 뭘 넣고 싶은데?"

"가장 먼저 떠오르는 건…… 나는 매일 밤 자기 전에 너한테 전화한다. 너는 라크로스 경기가 있을 때마다 보러 온다. 연습할 때도 가끔 와야 해. 그리고 나는 너희 집에서 저녁식사에 초대하면 가고, 너는 내가 파티 갈 때 같이 가주고."

파티 부분에서 나는 얼굴을 찡그렸다. "그냥 하고 싶은 대로 하자. 예전처럼." 갑자기 어디선가 마고 언니의 목소리가 들리는 것 같았다. "그냥…… 재미있게 지내자고."

피터가 고개를 끄덕였다. 이제 피터도 마음이 놓인다는 얼굴이다. "좋아!"

무슨 일이든 너무 심각하지 받아들이지 않는 피터의 성격이 마음에 들었다. 다른 사람이 그러면 짜증 날 것 같은데, 피터는 예외다. 그게 피터의 최고 장점인 것 같다. 그리고 저 얼굴도. 저 얼굴만 하루 종일 쳐다보고 있는 것도 가능할 것 같다. 나는 빨대로 음료를 한 모금 마시며 피터를 바라봤다. 계약서를 쓰는 것도 괜찮을 것 같다. 사귀는 동안 문제가 생기지 않게 조심하고 계속 책임감을 느낄 수 있게 도와줄 것이다. 마고 언니도 계약서에 대해 알게 되면 잘했다고 칭찬해줄 것이다.

가방에서 조그만 노트와 펜을 꺼냈다. 그리고 노트 맨 위에 '라라 진과 피터의 새로운 계약서'라고 썼다.

첫째, *피터는 약속에 늦지 않는다.*

"잠깐, 그게 무슨 말이야? 피터는 약속에 늦지 않는다?" 피터가 앉은 자리에서 목을 길게 빼고 내가 적은 걸 읽었다.

"만나기로 약속했으면 그 자리에 나와야 한다는 거지."

"약속 펑크 낸 건 한 번뿐인데 그걸 가지고 이러면 어떡해?" 피터가 나를 노려봤다.

"하지만 약속 시간에 항상 늦잖아."

"그건 약속 장소에 아예 안 나오는 거하곤 다르지."

"약속에 항상 늦는 건 널 기다리는 사람에 대한 존중이 부족하단 증거야."

"내가 널 얼마나 존중하는데! 내가 아는 여자들 중에 너를 제일 존중한다고!"

나는 피터에게 손가락을 겨누었다. "여자? 여자들 중에만? 나보다 더 존중하는 남자가 있나 보지?"

피터가 고개를 뒤로 젖히며 신음소리를 냈다. 그 소리가 너무 커서 마치 포효하는 것 같았다. 나는 또다시 다투기 싫어서 테이블 위로 얼른 몸을 쭉 뻗었다. 그리고 피터의 옷깃을 잡고 입을 맞췄다. 물론 이것도 싸움이긴 하다. 일종의 말싸움. 하지만 가슴에 상처를 주는 그런 싸움이 아니라 처음으로 우리답다는 느낌이 드는 싸움이었다.

어쨌든 우리는 이렇게 계약서를 작성했다.

— 피터는 약속 시간에 5분 이상 늦지 않는다.
— 라라 진은 피터에게 공예를 절대 시키지 않는다.
— 피터는 자기 전에 꼭 라라 진에게 전화할 필요는 없지만, 하고 싶을 때 해도 된다.
— 라라 진은 기분이 내킬 때만 파티에 참석한다.
— 피터는 라라 진이 원할 땐 언제든 차를 태워준다.
— 라라 진과 피터는 항상 진실만을 이야기한다.

계약서에 넣고 싶은 게 하나 더 있었지만, 모든 게 순조롭게 흘러가는 이 상황에서 군이 그 이야기를 꺼내려니 좀 그랬다.

피터가 라라 진에게 숨기지 않는다는 전제하에 피터는 제너비브와 계속 친구로 지낼 수 있다.

아니면 *피터는 제너비브에 관한 일이라면 라라 진에게 항상 솔직히 얘기한다.* 그런데 서로 항상 진실을 얘기한다는 규칙이 이미 있어서 중복된다. 어쨌든 이런 규칙은 별로 진실하지 않다. 내 진심은 다만 *피터는 언제나 제너비브보다 라라 진을 우선순위에 둔다*였다. 하지만 말할 수 없었다. 당연히 말할 수 없다. 내가 데이트나 남자에 대해 아는 게 별로 없긴 해도, 질투에 사로잡혀 전전긍긍하다간 돌이킬 수 없게 된다는 것쯤은 알고 있다.

나는 혀를 깨물었다. 지금은 이런 생각을 절대 입 밖에 내지 않을 것이다. 그보단 내가 정말 확실하게 해두고 싶은 정말 중요한 문제가 하나 있었다.

"피터?"

"어?"

"난 우리가 두 번 다시 서로의 마음을 아프게 하지 않았으면 좋겠어."

피터가 자연스레 웃음을 터뜨리고는 한 손으로 내 뺨을 감쌌다. "내 마음을 아프게 할 계획이라도 있어, 커비?"

"아니. 너도 내 마음을 아프게 할 계획이 없다는 거 잘 알아. 그런 걸 누가 계획하겠어?"

"그럼 그것도 계약서에 넣자. 피터와 라라 진은 서로의 마음을 아프게 하지 않는다."

나는 크게 안도하며 피터를 향해 활짝 웃었다. 그리고 계약서에 적었다. *라라 진과 피터는 서로의 마음을 아프게 하지 않는다.*

06

 개학 전날 키티와 나는 내 방 침대에 누워 노트북으로 반려
동물 동영상을 보고 있었다. 우리 강아지 제이미 폭스피클도 침
대 발치에 몸을 동그랗게 말고 누워 있었다. 키티가 매듭이 달린
오래된 아기 담요로 제이미를 감싸놓아서 녀석은 얼굴만 쏙 내
민 모습이었다. 녀석은 꿈을 꾸는 게 분명했다. 이따금 몸을 파
르르 떠는 걸 보면 알 수 있다. 좋은 꿈인지 나쁜 꿈인지는 모
르겠지만.

 "우리도 제이미 동영상을 찍어서 올려볼까? 제이미 정도면 꽤
귀엽잖아. 안 그래?" 키티가 물었다.

 "생긴 건 완전 귀엽지만 특출한 재주나 괴상한 버릇 같은 건
없잖아." '괴상한'이라는 단어를 입 밖에 내는 순간, 피터가 예전
에 나더러 '귀여운데 괴상하다'고 했던 말이 떠올랐다. 아직도 피
터가 나를 그렇게 생각하는지 궁금하다. 처음에는 예뻐 보이지
않았던 사람이라도 좋아하게 되면 콩깍지가 껴서 점점 예뻐 보
인다고 하지 않던가.

 "제이미도 아기 사슴처럼 껑충거리며 뛰는 재주가 있잖아."

 "흠, 그걸 재주라고 하긴 그렇지. 종이 상자 안으로 뛰어 들어

가거나 피아노를 치거나 심술 난 표정을 짓는 거하곤 다르잖아."

"로스차일드 아줌마가 제이미 훈련시키는 거 도와준댔어. 아줌마는 제이미가 장난치는 걸 좋아하는 성격 같대." 키티가 다음 동영상을 클릭하며 말했다. 마이클 잭슨의 〈스릴러〉에 맞춰 울부짖는 강아지가 나왔다. 우리는 빵 터져서 한 번 더 돌려 보았다.

고양이를 스카프처럼 자기 얼굴에 감은 여자의 동영상까지 보고 나서 내가 물었다. "잠깐, 너 숙제는 다 했어?"

"책 한 권만 읽으면 돼."

"그래서 읽었어?"

"뭐, 거의." 키티가 얼버무리며 내 쪽으로 파고들었다.

"크리스마스 연휴가 그렇게 긴데 그것도 다 안 읽고!" 키티가 마고 언니와 나처럼 책을 좀 가까이했으면 싶었다. 키티는 티비를 너무 좋아한다. 나는 과장된 동작으로 동영상을 끄고 노트북을 덮었다. "넌 이제 그만 봐. 가서 숙제 마저 해." 키티를 침대 밖으로 떠밀었지만 동생은 내 다리를 붙들고 매달렸다.

"친절한 나의 자매여, 나를 내치지 말지니! 셰익스피어의 〈로미오와 줄리엣〉에 나오는 대사야. 언니가 모를까 봐." 키티가 거들먹거리며 말했다.

"건방 떨지 마라. 셰익스피어 읽은 적도 없으면서. 요전날 티비로 영화 보는 거 내가 봤거든?"

"책으로 읽는 거나 영화로 보는 거나 뭐가 달라? 메시지는 어차피 똑같은데." 키티가 옆으로 슬금슬금 기어들며 말했다.

"그래서 메시지가 뭔데?" 나는 키티의 머리를 쓰다듬었다.

"남자 문제로 자살하지 말자."

"여자 문제로도."

"여자 문제로도." 키티도 동의했다. 그리고 다시 노트북을 열었다. "고양이 동영상 하나만 더 보고 책 읽을게."

내 휴대폰에서 진동음이 울렸다. 크리스의 문자였다.

─얼른 어노니비치 인스타그램에 들어가봐.

'어노니비치'는 동네 파티에서 작업 거는 사람들, 술에 떡이 된 사람들의 사진과 동영상을 올리는 익명의 인스타그램 계정이다. 계정 주인이 누군지는 아무도 모른다. 그런데도 사람들은 사진을 제보한다. 작년에는 다른 학교 여자애 사진이 한참 돌았다. 경찰차 앞에서 웃통을 벗어젖히고 있는 모습이었다. 그 일로 그 애는 퇴학을 당했다고 들었다.

진동음이 다시 한 번 울렸다.

─얼른!

"잠깐만, 키티. 나 먼저 확인할 게 있어." 나는 일시정지 버튼을 누르고 인스타그램 주소를 입력했다. "여기서 기다릴 거면 눈 감고 있다가 내가 뜨라고 할 때 떠."

키티가 눈을 감았다.

어노니비치의 가장 최근 게시물에는 야외 온탕에서 섹스하는 남녀의 동영상이 올라와 있었다. 이 계정은 특히 온탕 동영상으로 유명했다. 동영상에는 '#두둥'이라는 태그가 붙어 있었다. 엄청 확대했는지 화면에 깍두기가 난무했다. 나는 재생 버튼을 눌렸다. 남자 무릎 위에 앉은 여자가 양다리로 남자 허리를 감싸고 두 팔로 목을 끌어안았다. 여자는 붉은색 잠옷을 입었는데 치맛자락이 활짝 펴진 돛처럼 물 위로 부풀어 올랐다. 남자의 얼굴은 여자의 머리에 가려 잘 보이지 않는다. 여자의 머리카락 끝이 물에 빠져서 꼭 먹물에 담근 서예 붓처럼 보인다. 남자가 양손으로 여자의 등을 쓸어내렸다. 여자가 첼로라도 되는 듯 여자를 연주했다.

넋이 나간 나는 옆에서 키티가 함께 보고 있다는 것도 몰랐다. 우리는 이게 뭔가 싶어 고개를 갸웃거렸다. "너는 이런 거 보면 안 돼." 내가 말했다.

"이 사람들 그거 하는 거야?"

"여자 잠옷 때문에 잘 모르겠어." 어쩌면 하는 것 같기도?

그 순간 여자가 남자의 뺨을 어루만졌다. 마치 점자라도 읽는 듯 손으로 어루만지는 모습이 인상적이다. 그런데 그 모습이 어딘가 익숙하다. 순간 목덜미가 서늘해졌다. 정신이 번쩍 드는 동시에 굴욕감이 밀려들었다.

저거 나잖아. 스키 여행 때 그 온탕에 있던 피터와 나!

엄마야!

나는 비명을 질렀다.

마고 언니가 뛰어 들어왔다. 눈 코 입 자리에 구멍이 뚫린 한국 마스크팩을 붙인 채로. "뭐야, 뭔데?"

손으로 노트북 화면을 가려보려고 했지만 언니가 내 손을 쳐냈다. 그리고 언니도 비명을 내질렀다. 얼굴에서 팩이 떨어졌다.

"말도 안 돼! 저거 너야?"

세상에, 세상에, 세상에.

"키티 못 보게 해!" 내가 소리쳤다.

키티의 두 눈이 휘둥그레졌다. "작은언니, 점잖은 사람인 줄 알았더니."

"점잖은 사람 맞아!" 내가 소리쳤다.

언니가 침을 꿀꺽 삼키며 말했다. "저거…… 꼭 그거 하는 거 같은데……."

"나도 알아. 그만 말해."

"작은언니, 걱정 마." 키티가 진정된 목소리로 말했다. "정규방송에서 저거보다 더한 것도 보여주던데 뭐. HBO 채널도 아니었는데 말이야."

"키티, 네 방으로 가!" 언니가 고함을 질렀다.

키티는 투덜거리며 나한테 더 가까이 들러붙었다.

두 눈으로 보면서도 믿기지 않았다. 라라 진, 범생인 척하더니 야외 온탕에서 카빈스키와 뜨거운 섹스를 나누네. 물속에서도 콘돔이 효과 있나? 두고 보면 알겠지. ;) 댓글 밑에 눈을 휘둥그레 뜬 이모티콘과 깔깔 웃는 이모티콘이 줄줄이 달려 있었다. 베로니카 첸이라는 사람이 올린 댓글도 있었다. 완전 걸레잖아! 아시아인인가?? 난 베로니카 첸이 누군지도 모른다고!

"대체 누가 이런 짓을 한 거지?" 나는 두 손으로 얼굴을 감싸 쥐고 울부짖었다. "내 얼굴이 안 느껴져. 내 얼굴 아직 여기 있는 거 맞아?"

"어노니비치가 대체 누구야?" 언니가 물었다.

"아무도 몰라." 대답했지만 귀에서 웅웅거리는 소리가 너무 심해 내 목소리조차 잘 들리지 않았다. "사람들이 여기저기 퍼뜨리고 있어. 지금 나 소리 내서 말하는 거 맞아?" 나는 충격에 빠졌다. 손발에 아무 감각이 느껴지지 않았다. 금방이라도 기절할 것 같았다. 이게 지금 일어나고 있는 일인가? 이게 내 인생이야?

"당장 이 동영상부터 내려야 해. 부적절한 내용이라고 신고할 전화번호가 나와 있어? 이거 신고해야 해!" 언니는 노트북을 낚아채고 '부적절한 게시물 신고하기'를 클릭했다. 그리고 댓글들을 훑어보며 속을 끓였다. "뭐 이런 얼간이들이 다 있어! 변호사를 불러야 할지도 몰라. 지금 당장 내릴 수는 없을 거야."

"안 돼! 아빠가 보면 안 된단 말이야!" 나는 비명을 질렀다.

"라라 진, 지금 심각하다고. 네가 지원한 대학에서 구글에 네 이름을 검색했는데 이 동영상이 딱 뜨기라도 해봐! 아니면 네가 입사할 회사에서……."

"언니! 안 그래도 죽겠는데 더 보태지 마!" 나는 휴대폰을 들었다. 피터, 피터라면 어떻게 해야 할지 알 거야. 지금은 5시니 라크로스 훈련 중일 것이다. 아무리 그래도 훈련할 때 전화할 수는 없다. 대신에 문자를 남겼다.

— 최대한 빨리 전화해.

그때 계단 밑에서 아빠 목소리가 들렸다. "감자가 으깨질 생각을 안 하네. 내려와서 도와줄 사람?"

엄마야! 이런 동영상이 돌아다니고 있는데 어떻게 식탁에 앉아 아빠 얼굴을 보지? 나한테 이런 일이 일어나다니!

서로 눈길을 주고받던 언니와 키티의 시선이 내게 향했다.

"아빠한텐 입도 뻥긋하지 마! 특히 너, 키티!" 나는 작은 소리로 내뱉었다.

"나도 그 정도는 알거든." 키티는 마음 상한 표정을 지었다.

"미안, 미안." 나는 웅얼거렸다. 심장이 너무 세게 요동쳐서 머리까지 아팠다. 제대로 생각할 수가 없었다.

저녁을 먹는데 속이 너무 뒤틀린 나머지 감자 한 입도 목구멍으로 밀어 넣을 수 없었다. 말도 한마디 할 수 없었다. 다행히마고 언니와 키티가 눈치껏 대화를 이끌어줬다. 나는 남은 음식을 그릇 한쪽으로 밀어뒀다가 식탁 밑의 제이미에게 조금씩 던져줬다. 다들 식사를 끝냈을 때 나는 재빨리 2층으로 올라가휴대폰을 확인했다. 피터의 답장은 아직 없었다. 대신 크리스의문자 몇 개와 헤이븐의 문자 하나가 남겨져 있었다.

－옴마, 이거 너임?

저 동영상 속의 여자가 누군지 모르겠다. 내가 아닌 것 같다. 저 여자는 내가 아는 나의 모습과 전혀 다르다. 나와는 아무 상관 없는 다른 사람인 것 같다. 나는 남자와 함께 야외 온탕에들어가 남자 무릎에 앉아서 잠옷이 젖든 말든 정열적으로 키스를 나누는 그런 여자가 아니다. 하지만 그날 밤의 나는 그런 여자였다. 이 동영상만 봐서는 온전한 진실을 알 수 없다.

동영상 속의 그 모습이 정말 섹스하는 것처럼 보이지는 않는다고 혼자 되뇌었다. 내가 옷을 다 벗은 것처럼 보이진 않는다.

그렇지만 옷을 다 벗은 것 같은 느낌이었다. 한 가지는 확실하다. 내 인생에서 가장 은밀하고 로맨틱한 순간이 담긴 이 동영상을 전교생이 봤으리라는 것이다. 게다가 그걸 누군가 동영상으로 찍었다. 그때 거기에 누군가 있었다는 말이다. 나와 피터의 기억으로만 남았어야 할 순간에, 웬 관음증 환자가 우리와 함께 숲속에 있었다는 사실이 드러났다. 이제 더 이상 우리 둘만의 기억이 아닌 것이다. 더러워진 기분이 들었다. 그냥 봐선 더러워 보이기도 한다. 야외 온탕에서 나는 자유롭고 대담하며 섹시해진 기분을 느꼈다. 앞으로 살면서 섹시해진 기분을 다시 느낄 수 있을지 모르겠다. 지금은 그저 사라지고 싶은 마음밖에 없었다.

나는 휴대폰을 옆에 내려놓은 채 침대에 누워 천장만 바라봤다. 언니와 키티는 나에게 동영상을 보지 말라고 했다. 두 사람은 내 휴대폰까지 빼앗아가려고 했지만 나는 피터가 전화할지 모르니 안 된다고 우겼다. 그러다 다시 동영상을 슬쩍 보니 댓글이 수백 개로 늘어나 있었다. 좋은 말은 하나도 없었다.

키티는 바닥에 앉아 제이미와 놀았고, 언니는 인스타그램 고객 센터에 보낼 이메일을 쓰는 중이었다. 그때 크리스가 내 방 창문을 두드렸다. 언니가 창문을 열어주니 크리스가 창턱을 넘어 들어왔다. 볼이 발갛게 상기된 데다 몸까지 바들바들 떨고 있었다. "라라 진은 괜찮아?"

"충격이 심한 것 같아." 키티가 대답했다.

"충격 안 받았어." 내가 말했다. 하지만 충격을 받은 것 같기도 하다. 어쩌면 지금 이게 충격 상태인지도 모른다. 몸에 아무 감각이 없는, 기이하고 비현실적인 기분. 하지만 동시에 모든 감각이 날카로웠다.

"보통 사람들처럼 현관으로 들어오면 안 되는 거니?" 언니가 크리스에게 말했다.

"아무도 대답을 안 하던데?" 크리스는 부츠를 벗어 던지고 키티와 같이 바닥에 앉았다. 그리고 제이미를 쓰다듬으며 말했다. "좋아, 가장 중요한 건 그게 딱 너 같아 보이진 않는다는 거야. 그다음으로 중요한 건 이 동영상이 완전 섹시하다는 거야. 그러니까 너는 전혀 부끄러워할 거 없어. 너 진짜 끝내준다고."

"요점을 벗어나도 너무 벗어나서 뭐라고 대꾸해야 할지 모르겠네." 마고 언니가 불편한 기색을 드러냈다.

"솔직한 감상을 말한 것뿐이야! 아주 짜증 나는 상황이란 게 객관적인 사실이긴 하지만, 라라 진이 아주 끝내주게 나온 것도 역시 객관적인 사실이잖아."

"그게 딱 나 같아 보이지는 않는다며! 스키 여행에 가는 게 아니었어. 나는 야외 온탕 싫어하는데 왜 거길 내 발로 들어갔을까?" 나는 누비이불 밑으로 기어들며 말했다.

"야, 그래도 잠옷을 입고 있었으니 다행인 줄 알아. 알몸으로 찍혔을 수도 있잖아!"

나는 이불 밖으로 고개를 쑥 내밀고 크리스를 노려봤다. "알몸으로 돌아다닌 적도 없거든!"

크리스가 코웃음 쳤다. "비알몸파. 그거 진짜로 있어. 어떤 사람들은 자기가 비알몸파라고 주장하면서 절대 알몸으로 있지 않는다더라. 샤워도 옷 입고 하고. 데님 반바지 같은 거 말이야."

나는 크리스한테서 몸을 돌렸다.

언니가 침대로 올라오자 매트리스가 한쪽으로 기울었다. "괜찮을 거야. 곧 동영상 내리라고 할 거니까." 언니가 이불을 벗기며 말했다.

"중요한 건 그게 아니야. 이미 다들 봤다고. 다들 내가 걸레라고 생각할 거야."

"뭐야, 야외 온탕에서 섹스하는 여자는 걸레라는 거야?" 크리스가 눈을 찡그렸다.

"아냐! 내 생각이 그렇다는 게 아니잖아. 다른 사람들이 그렇게 말한다는 거지."

"그럼 네 생각은 뭔데?" 크리스가 물고 늘어졌다.

나는 키티를 쳐다봤다. 키티는 크리스의 머리를 아주 가늘게 땋고 있었다. 언니들이 자기 존재를 알아채고 방에서 내보낼까 봐 일부러 입을 다물고 조용히 있는 것이다. "일단 충분히 준비된 상태고, 정말 그걸 하고 싶고, 나 자신을 보호할 능력이 있다면 하고 싶은 대로 해도 괜찮다고 생각해."

언니가 말했다. "사람들은 여자가 섹스하면 잡아먹을 듯 굴면서 남자가 섹스하면 격려해주잖아. 댓글만 봐도 그래. 다들 라라 진을 걸레니 뭐니 하면서 피터한텐 아무도 뭐라 하지 않아. 피터도 동영상에 같이 찍혔는데 말이야. 정말 웃기는 이중잣대라니까."

그 생각은 미처 하지 못했다.

크리스는 자기 휴대폰을 내려다봤다. "그새 동영상 때문에 문자 보낸 사람이 세 명이나 있네."

내가 흐느끼는 소리를 내자 언니가 말했다. "크리스, 그런 거 알려줄 필요 없어. 전혀 도움이 안 되잖아." 그리고 나를 돌아봤다. "사람들이 뭐라고 하든 그냥 한 귀로 흘려보내. 들을 가치도 없다는 듯이."

"아니면 기회로 삼든지." 크리스가 말했다.

그때 뒤에 있던 키티가 불쑥 입을 열었다. "라라 진한테 뭐라고 할 수 있는 사람은 아무도 없어. 라라 진은 피터 오빠의 여자친구잖아. 그러니까 피터 오빠가 보호해야지. 드라마 〈소프라노스The Sopranos〉에선 그렇게 하잖아."

"세상에, 〈소프라노스〉를 봤어? 대체 어떻게 그걸 봤어? 이젠 티비에서 해주지도 않는데." 마고 언니가 아연실색해서 말했다.

"신청해서 봤어. 지금 시즌 3 달리는 중이야."

"키티! 안 돼!" 언니는 눈을 질끈 감고 고개를 절레절레 흔들었다. "아냐, 됐어. 지금 중요한 건 그게 아냐. 그 얘긴 나중에 하자. 하지만 키티, 라라 진에게 필요한 건 보호해줄 남자가 아냐."

"아니야, 키티 말도 일리가 있어." 크리스가 말했다. "피터가 남자니까 라라 진을 보호해야 한다는 게 아니야. 어느 정도는 그럴 수도 있겠지만. 중요한 건 피터는 인기남인 반면 라라 진은 그렇지 않다는 거지. 그 부분에선 피터의 보호가 필요할 수도 있어. 기분 나쁘게 생각하지 마, 라라 진."

"기분 안 나빠." 조금 모욕적이긴 해도 어쨌든 사실은 사실이고, 섹스 동영상 같은 게 돌아다니는 마당에 이렇게 사소한 걸로 기분 상해 있을 시간은 없다.

"피터는 뭐래?" 크리스가 물었다.

"아직 별말 없어. 라크로스 훈련이 안 끝났나 봐."

그때 내 휴대폰에서 진동음이 울렸다. 마고 언니와 크리스와 나는 눈을 동그랗게 뜨고 서로 멀뚱멀뚱 바라봤다. 언니가 폰을 들어 확인했다. "피터야!" 그리고 뜨거운 감자라도 되는 듯 휴대폰을 내게 떨궜다. "조용히 얘기할 시간을 주자." 언니가 크리스를 쿡 찌르며 말했지만 크리스는 대수롭지 않다는 듯 버텼다.

나는 두 사람을 무시하고 전화를 받았다. "여보세요." 목소리가 갈대처럼 가늘게 떨렸다.

피터가 급하게 말했다. "그래, 나도 동영상 봤어. 내가 가장 먼저 하고 싶은 말은 절대 침착하라는 거야." 숨찬 목소리였다. 아마 뛰어가고 있는 모양이었다.

"침착하라니? 어떻게 침착해? 너무 끔찍한 일이잖아. 사람들이 댓글로 뭐라고 하는지 알아? 나더러 걸레래. 우리가 섹스하고 있는 줄 안다고, 피터."

"댓글 보지 마, 커비! 그건 우리의 첫 번째 규칙……."

"〈파이트 클럽〉* 언급하면 끊어버릴 거야."

---

* 이 소설의 전편 《내가 사랑했던 모든 남자들에게》에서 '계약연애'를 하는 라라 진과 피터는 '무슨 일이 있어도 자신들의 관계에 대해 발설하지 않는다'는 것을 엄중한 계약규칙으로 정한다. 이는 영화 〈파이트 클럽〉에 나오는 비밀조직 파이트 클럽의 첫 번째 규칙인 '파이트 클럽에 대해 말하지 않는다'를 떠올리게 한다.

"알았어, 미안해. 이게 정말 엿같은 상황이란 건 나도 알아. 하지만……."

"엿같은 게 아냐. 말 그대로 악몽이지. 내 인생에서 가장 은밀한 순간을 세상 사람들이 다 본 거잖아. 정말 죽을 만큼 창피하다고. 사람들 말이……." 목소리가 갈라졌다. 키티, 마고 언니, 크리스가 침울한 눈으로 나를 바라봤다. 그 모습을 보니 내가 더 처량하게 느껴졌다.

"울지 마, 라라 진. 제발 울지 마. 내가 해결할게, 약속해. 이 계정 주인을 어떻게든 찾아내서 동영상 내리라고 할 거야."

"어떻게? 계정 주인이 누군지도 모르는데! 게다가 지금쯤이면 전교생이 다 봤을 거라고. 선생님들도 봤을 거야. 선생님들도 그 계정 다 알아. 전에 교직원 휴게실에서 선생님들이 하는 얘길 들었거든. 필리프 선생님이랑 라이언 선생님이 그 계정 때문에 우리 학교 체면이 말이 아니라고 하더라. 게다가 대학 입학처랑 미래의 고용주한텐 뭐라고 말할 건데?"

피터가 껄껄 소리 내어 웃었다. "미래의 고용주라고? 커비, 난 더 심한 일도 겪었어. 거기에 더 끔찍한 사진도 올라온 적 있다고. 기억 안 나? 발가벗고 화장실 변기에 머리 처박고 있는 사진?"

나는 몸서리를 쳤다. "그런 사진 본 적 없어. 그리고 그건 네 사진이지, 내가 아니잖아. 난 그런 짓 안 한단 말이야."

"일단 날 좀 믿어, 응? 내가 반드시 해결할게."

나는 고개를 끄덕였다. 피터가 날 볼 수 없다는 걸 알면서도.

피터는 힘이 있다. 이런 상황을 해결할 수 있는 사람이 있다면 그건 피터뿐이다.

"있잖아, 지금 전화 끊어야 해. 코치님이 동영상 보시면 가만 안 있을 거야. 오늘 밤에 전화할게, 알았지? 자지 말고 기다려."

전화를 끊고 싶지 않았다. 피터와 더 얘기하고 싶었다. "알았어." 나는 기어 들어가는 목소리로 대답했다.

전화를 끊으니 세 사람이 나를 뚫어지게 쳐다보고 있었다.

"그래서?" 크리스가 물었다.

"피터가 알아서 처리한대."

"거봐, 내 말이 맞지?" 키티가 뻐기듯 말했다.

"피터가 알아서 처리한다는 게 대체 무슨 말이야? 자기 때문에 이렇게 됐다는 걸 인정하지 않았잖아." 언니가 물었다.

"그건 아니지." 키티와 내가 동시에 대답했다.

"누구 때문에 이렇게 됐는지는 내가 잘 알아. 악마 같은 내 사촌 때문이지." 크리스가 말했다.

나는 숨이 턱 막혔다. "뭐? 왜?"

이렇게 묻는 나를 못 믿겠다는 듯 크리스가 나를 쳐다봤다. "너한테 자기 남자를 뺏겼으니까!"

"피터를 두고 다른 남자랑 바람피운 건 제너비브잖아. 그래서 둘이 헤어진 거고. 그러니까 내 탓이 아니라고!"

"중요한 건 그게 아냐!" 크리스가 고개를 절레절레 저었다. "생각해봐, 라라 진. 저밀라 싱 사건 기억 안 나? 제너비브가 피터랑 잠깐 헤어졌을 때 저밀라가 피터랑 데이트했다는 이유만으로 개네 집에 인도네시아인 노예가 있다는 소문을 퍼뜨렸잖아. 이런 동영상처럼 비겁한 짓을 저지른 사람이 제너비브라고 해서 놀랄 일은 아니라니까."

스키 여행 때 제너비브가 했던 말을 떠올려보니, 그 애는 피터와 내가 키스한 걸 알고 있었다. 그건 그 후에 피터가 제너비브한테 키스 얘길 했다는 말이 된다. 먼저 키스한 사람이 내가 아니라 피터라는 걸 제대로 전했는지는 모르겠지만! 그렇다 해도 제너비브가 나한테 그런 잔인한 짓을 할 수 있다는 게 믿기지 않았다. 저밀라 싱과 제너비브는 완전 앙숙이었다. 반면에 제너비브와 나는 한때 절친이었다! 물론 최근 몇 년간은 얘길 나눈 적이 거의 없긴 해도 제너비브는 친구한테 그런 짓을 할 사람은 아니다.

레크리에이션실에서 놀던 남자애들 중 하나가 한 짓이거나 아니면…… 모르겠다. 어쨌든 다른 사람일 거다!

"제너비브는 믿음이 안 가는 애야." 언니가 말했다. 그리고 크리스를 돌아보며 덧붙였다. "기분 나쁘게 생각하지 마. 너랑 사촌지간인 건 나도 알아."

크리스가 코웃음 쳤다. "내가 기분 나쁠 일이 뭐 있어? 나도 그 기지배 꼴 보기 싫은데."

"할머니 차 옆구리를 자전거로 긁은 것도 분명 제너비브일 거야. 너도 기억하지, 라라 진?" 언니가 말했다.

사실 그 범인은 크리스였지만 나는 아무 말도 하지 않았다. 크리스는 손톱을 물어뜯으며 난처해하는 눈길을 내게 보냈다.

라라 진의 두 번째 이야기

내가 말했다. "동영상을 올린 사람이 제너비브는 아닐 거야. 그 날 밤 거기 있었던 사람이라면 누구든 범인일 수 있어."

언니가 한 팔로 나를 감싸 안았다. "너무 걱정 마, 라라 진. 동영상 꼭 내리라고 할 거야. 너는 미성년자니까."

"그거 다시 열어봐." 내 말에 키티가 페이지를 열어 재생 버튼을 눌렀다. 볼 때마다 가슴이 철렁 내려앉는 기분은 여전했다. 나는 동영상을 보지 않으려고 눈을 감았다. 다행히 숲에서 나는 소리와 온탕의 물소리밖에 들리지 않았다. "그게 말이야⋯⋯ 내 기억처럼 그렇게 끔찍해? 내 말은 우리가 정말 섹스하는 것처럼 보이냐는 말이야. 솔직히 말해봐." 나는 눈을 떴다.

언니는 고개를 갸웃거리며 화면을 노려봤다. "아니, 꼭 그렇게 보이진 않아. 이건 그러니까⋯⋯."

"엄청 뜨거운 섹스 같아." 크리스가 끼어들었다.

"맞아. 엄청 뜨거운 섹스 같아." 언니도 동의했다.

"정말 확신해?"

"확신해." 두 사람이 일제히 대답했다.

"키티, 너는?" 내가 물었다.

키티는 입술을 깨물었다. "내가 보기에도 섹스 같긴 해. 그런데 여기서 언니를 제외하고 섹스 안 해본 사람은 나뿐이잖아. 내가 뭘 알겠어?" 마고 언니가 놀라서 숨을 삼켰다. "미안, 언니 일기장 봤어." 언니가 찰싹 때리자 키티는 꽃게처럼 재빨리 기어 도망쳤다.

나는 심호흡을 했다. "그래, 감당할 수 있어. 내 말은, 뜨거운 섹스 좀 하면 어때. 안 그래? 그건 인생의 한 부분이잖아. 안 그래? 내 얼굴이 제대로 나온 것도 아니고 말이야. 나를 모르는 사람은 그게 나인 줄 모를 거야. 여기에 내 이름이 다 나온 것도 아니잖아? 그냥 라라 진이라고만 나왔지. 라라 진은 엄청 흔한 이름이라고. 안 그래? 그렇지?"

언니는 깊이 감명받은 얼굴로 고개를 끄덕였다. "이렇게 빨리 슬픔의 다섯 단계를 통과하는 사람은 처음 본다. 믿기 힘들 정도로 놀라운 회복력이야."

"고마워." 나는 약간 뿌듯해졌다.

마고 언니와 키티가 내 방을 나가고 크리스도 자기 집으로 돌아간 후에 피터와 다시 통화했다. 피터는 결국 잘 해결될 거라는 말을 백만 번쯤 했다. 하지만 전화를 끊은 나는 어두운 방에 혼자 앉아 인스타그램을 다시 열고 댓글들을 빠짐없이 읽었다. 너무 분했다.

피터에게 누구 짓인 것 같냐고 물었지만 피터는 자기도 모른다고 했다. 아마도 발정 난 한심한 인간이 한 짓일 거라고만 했다. 지금 나를 괴롭히는 그 생각을 피터에게 털어놓을까 했지만 혀끝에서 맴돌기만 할 뿐, 입 밖으로 내지는 못했다. 정말 제너비브가 그랬을까? 나한테 그렇게 심한 상처를 주고 싶을 정도로 나를 싫어하는 걸까?

우리가 우정 팔찌를 교환하던 날이 떠오른다. "이건 우리가 가장 친한 친구라는 증거야. 우리 사이에 다른 사람은 끼어들 수 없어." 제너비브가 말했다.

라라 진의 두 번째 이야기

"그럼 앨리는?" 내가 물었다. 우리는 보통 셋이 뭉쳐 다녔다. 제너비브가 우리 집에서 시간을 보낼 때가 많긴 했지만, 그건 앨리네 엄마가 남자애들을 집에 못 오게 하기 때문이기도 했고, 우리 집에서 인터넷을 하느라 그렇기도 했다.

"앨리도 좋지만 나는 네가 더 좋아." 제너비브가 답했다. 나는 앨리한테 좀 미안했지만 그래도 우쭐한 기분이 들었다. 제너비브가 제일 좋아하는 친구는 나였다. 우리는 늘 붙어 다녔다. 이보다 더 가까운 친구는 없었다. 팔찌가 그 증거였다. 끈으로 만든 싸구려 팔찌 하나에 나는 그렇게 쉽게 넘어갔던 것이다.

07

다음 날 아침, 학교 갈 준비를 하면서 나는 옷에 특별히 더 신경을 썼다. 크리스는 내게 이 일을 기회로 삼아야 한다고 했다. 그 말은 보란 듯이 당당한 옷차림으로 밀고 나가야 한다는 뜻이다. 언니는 내가 모든 걸 초월한 사람처럼 보여야 한다고 했다. 그 말은 성숙한 몸매를 드러내는 펜슬 스커트나 초록색 코듀로이 재킷을 입어야 한다는 뜻이다. 하지만 내 본능에 따르면 이 모든 것을 적절히 섞어야 한다. 너무 커서 담요처럼 보이는 스웨터에 레깅스를 받쳐 입고 언니의 갈색 부츠를 신는 것이다. 야구모자도 쓰고 싶지만 학교에 모자는 허용되지 않는다.

아침으로 치리오스 시리얼 한 접시에 잘게 썬 바나나를 올렸지만 몇 숟갈밖에 넘기지 못했다. 너무 떨렸다. 언니가 내 상태를 눈치채고 내 가방에 견과류바 하나를 슬쩍 넣어주었다. 언니가 아직 집에 있어서 천만다행이었다. 이렇게 언니한테 의지할 수 있으니 말이다. 하지만 언니는 내일 스코틀랜드로 돌아갈 예정이다.

"어디 아프니? 어젯밤에도 저녁을 거의 못 먹던데." 아빠가 내 이마를 짚으며 물었다.

나는 고개를 저었다. "아마 생리통일 거예요. 곧 생리 시작하거든요." '생리'라는 마법의 단어만 내뱉으면 아빠는 더 이상 캐묻지 않는다.

"아." 아빠는 알겠다는 듯 고개를 끄덕였다. "나중에 뭘 좀 먹고 나서 진통제 두 알 챙겨 먹어. 그럼 효과가 날 거야."

"알았어요." 거짓말을 해서 기분이 좋지 않았지만, 사소한 거짓말인 데다 아빠를 위한 거짓말이기도 했다. 아빠가 동영상에 대해 알면 안 된다. 절대.

오늘은 피터도 제시간에 도착해서 우리 집 앞에 차를 댔다. 피터는 정말 계약을 성실히 수행 중이었다. 언니가 현관문까지 따라 나오며 말했다. "당당한 자세로 나가. 알았지? 너는 잘못한 게 없으니까."

내가 차에 오르자마자 피터가 몸을 기울여 내 입술에 키스했다. 왠지 갑작스러웠다. 나는 방심하고 있던 터라 엉겁결에 피터의 입에 대고 약한 기침을 했다. "미안."

"괜찮아." 여느 때처럼 자연스러웠다. 피터는 후진하는 동안 한 팔을 내 좌석 등받이에 올렸다. 그러더니 자기 휴대폰을 내게 획 건넸다. "어노니비치 계정에 들어가 봐."

나는 인스타그램 앱을 열고 어노니비치의 페이지로 이동했다. 원래 우리 동영상 밑에 있었던 사진이 곧바로 보였다. 얼굴을 페니스 그림으로 도배하고 기절한 남자의 사진이다. 이 게시물이 지금 게시물 맨 위를 차지하고 있다. 나는 숨을 삼켰다. 야외 온탕 동영상이 사라졌다! "피터, 이거 어떻게 한 거야?"

피터는 우쭐한 표정으로 씨익 웃었다. "어젯밤 계정 주인한테 메시지를 보내서 당장 내리지 않으면 고소한다고 했어. 우리 삼촌이 변호사고, 너랑 나 둘 다 미성년자니까 알아서 하라고 했지." 피터가 내 무릎을 꽉 움켜쥐었다.

"너네 삼촌 변호사야?"

"아니. 뉴저지에서 피자 가게 하셔." 우리는 동시에 웃음을 터뜨렸다. 그러고 나니 마음이 조금 놓였다. "있잖아, 오늘 학교 가서 너무 걱정하지 마. 뭐라고 하는 인간 있으면 내가 가만두지 않을 테니까."

"누가 그랬는지 알고 싶어. 그날 밤 분명 우리 외엔 아무도 없었다고."

피터는 고개를 저었다. "우리가 무슨 잘못을 저지른 것도 아니잖아! 야외 온탕에서 섹스 좀 했으면 어때? 우리가 섹스하든 말든 무슨 상관이냐고." 내가 얼굴을 찡그리자 피터는 재빨리 덧붙였다. "알아, 알아. 우리가 하지도 않은 걸 남들이 했다고 여기는 게 싫은 거잖아. 우린 분명 아무 짓도 안 했고, 어노니비치한테도 그대로 얘기했어."

"남자랑 여자는 달라, 피터."

"나도 알아. 화내지 마. 누구 짓인지 꼭 알아내고 말 테니까." 피터가 정면을 응시하며 말했다. 너무 심각해서 피터 같지 않았다. 결의에 찬 피터의 옆얼굴은 거의 고결해 보이기까지 했다.

아, 피터. 대체 왜 이렇게까지 잘생긴 거야! 이렇게 잘생기지만 않았어도 그날 너랑 야외 온탕에 들어가지 않았을 텐데. 다 너

라라 진의 두 번째 이야기

때문이야. 네 잘못이 아니라는 점만 빼고 말이야. 신발과 양말을 벗고 온탕에 들어간 사람은 나니까. 나도 원했어. 네가 이 일을 심각하게 받아들여서 메시지까지 보냈다는 사실이 정말 감격스러워. 제너비브였다면 이런 일로 이렇게 신경 쓰지 않았을 거야. 걔한테는 공공장소에서 애정 행위를 하거나 사람들 이목이 집중되는 게 그렇게 큰 문제가 아닐 테니까. 하지만 난 신경 쓰여. 그것도 엄청 신경 쓰인다고.

피터가 고개를 돌려 나를 보더니 내 눈과 얼굴을 찬찬히 살폈다. "후회하는 건 아니지, 라라 진?"

나는 고개를 저었다. "후회 안 해." 나를 보고 미소 짓는 피터의 표정이 너무 달콤해서 나도 웃지 않을 수 없었다. "날 위해 동영상 내리도록 해준 거 정말 고마워."

"우릴 위해서야. 우리 두 사람을 위해서 한 일이야." 피터가 손가락을 걸며 말했다. "너와 나의 일이니까."

나도 피터의 손을 꼭 움켜잡았다. 이렇게 손을 꼭 쥐고 있으면 세상에 두려울 게 없을 것 같다.

복도를 지나가는데 여자애들이 우리를 보고 소곤거렸다. 남자애들은 낄낄거렸다. 라크로스 팀원 하나가 달려와 피터에게 하이파이브를 하려고 했지만, 피터는 화를 내며 그 친구를 찰싹 때렸다.

내가 혼자 사물함 앞에서 책을 꺼내고 있는데 루커스가 다가왔다. "단도직입적으로 묻겠어. 그 동영상 속 여자가 정말 너야?"

나는 마음을 진정시키기 위해 크게 숨을 들이마셨다. "나야."

루커스가 낮게 휘파람을 불었다. "젠장."

"그래."

"그럼…… 너네 둘이……."

"아냐, 우린 아무것도 안 했어. 우린 안 한다고."

"왜 안 하는데?"

당황할 이유가 없는데도 그런 질문을 받으니 당황스러웠다. 지금까지 내 성생활에 대해 얘기할 일이 한 번도 없었는데 갑자기 누가 작정하고 물으니 당황스러울 수밖에 없었다. "그냥 안 하니까 안 하는 거야. 딱히 이유는 없어. 내가 아직 준비가 안됐고, 피터 생각이 어떤지 나도 잘 모르니까. 아직 그런 얘기는 안 해봤어."

"허, 카빈스키가 경험이 전혀 없진 않을 텐데. 아무리 상상의 나래를 펼쳐도 걔가 숫총각이란 생각은 안 들거든." 루커스는 자기 말을 강조하기 위해 천사의 눈망울 같은 밝고 푸른 눈을 크게 떴다. "네가 순결하다는 건 나도 알아, 라라 진. 하지만 카빈스키는 분명 아니야. 이건 남자로서 하는 말이야."

"그게 나랑 무슨 상관인지 모르겠어." 물론 나도 그 문제가 궁금하고 신경 쓰였다. 피터와 이런 얘길 한 적이 한 번 있긴 하다. 남자와 여자가 오랫동안 사귀다 보면 자연스럽게 섹스도 하게 된다는 얘기였지만, 피터가 정확히 어떻게 말했는지는 기억나지 않는다. 좀 더 관심 있게 들어둘 걸 그랬다. "루커스, 피터가 제너비브랑 했다고 해서…… 야생 토끼나 뭐 다른 동물들처럼 그렇게……." 루커스가 큭큭 웃는 바람에 한 번 꼬집어줬다. "피터와 제너비브가 섹스했다고 해서 나도 피터와 당연히 그래야 하는 건 아냐. 피터도 그게 당연하다고 생각하지 않아." 그렇겠지?

"피터는 완전 하고 싶을걸."

꿀꺽. "흠, 그렇다면 그건 너무 안됐고 너무 슬픈데. 하지만 솔직히 난 그렇게 생각 안 해." 그 순간 나는 피터와 나의 관계를 소 가슴살 익히는 정도의 속도로 유지하리라고 다짐했다. 천천히, 천천히. 우리는 시간을 갖고 천천히 뜨거워질 것이다. 나는 자신 있게 말했다. "피터와 제너비브가 과거에 어땠는지 몰라도 지금 피터와 내 관계를 그거랑 연관 짓지 마. 어떤 식으로든. 요점은, 관계를 비교하지 말란 말이야. 알았어?" 내 머릿속에서 끊임없이 비교가 이루어지고 있다는 사실은 신경 끄자.

프랑스어 시간에 에밀리 누스바움이 제너비브에게 속닥거리는 소리가 들렸다. "쟤가 임신하면 카빈스키가 낙태 비용을 대줄까?"

"어림없지. 완전 짠돌이잖아. 절반은 대줄지도 모르지만." 제너비브의 대답에 교실에 있던 아이들이 모두 웃었다.

나는 얼굴이 불타올랐다. 너무 치욕적이었다. 두 사람을 향해 이렇게 소리치고 싶었다. *우린 안 했어! 우린 소 가슴살이라고!* 하지만 그래봤자 나를 제대로 낚았다는 사실에 두 사람만 더 신나겠지. 마고 언니가 얘기한 것처럼. 그래서 나는 할 수 있는한 턱을 최대한 높이 치켜들었다. 뒷목이 뻐근할 정도로.

어쩌면 제너비브가 한 짓일지도 모른다. 정말 그 정도로 나를 미워하는지도 모른다.

다음 수업 교실로 이동하는데 대븐포트 선생님이 나를 붙들어 세웠다. 선생님은 한 팔로 나를 감싸 안으며 말했다. "라라진, 힘들지 않니?"

이 선생님은 지금 나를 걱정해서 이러는 게 아니다. 가십거리를 찾는 것이다. 이 여자는 우리 학교 선생들 중에서, 아니 어쩌면 학생들까지 포함해 학교 전체에서 남 얘기 하기를 가장 좋아할 것이다. 교직원 휴게실에 이야깃거리를 제공해줄 생각은 없다. "전혀요." 나는 밝게 답했다. 턱을 치켜들고. 기운 내자.

"그 동영상 봤어." 선생님은 누가 듣고 있지는 않은지 주변을 획 둘러보면서 속삭였다. "너랑 피터가 야외 온탕에 있었던 그거."

이를 어찌나 세게 앙다물었는지 이가 다 아팠다.

"댓글 때문에 많이 속상하지? 나는 네 잘못이라고 생각하지 않아." 겨울방학 동안 할 일이 없어서 학생들 인스타그램이나 들여다보는 건가! 이 선생님이 자기 인생을 좀 살아야 할 텐데. "아이들이라도 충분히 잔인해질 수 있어. 정말이야. 나도 다 겪어봐서 알거든. 내가 너희랑 나이 차가 그렇게 많은 것도 아니잖아."

"저는 정말 괜찮아요. 그래도 물어봐주셔서 고마워요." 나한테선 아무것도 얻어낼 수 없을걸요. 번지수 잘못 짚었다고요!

　　　　　　　　　　　　　　　　　　　　라라 진의 두 번째 이야기

대븐포트 선생님은 아랫입술을 쭉 내밀었다. "그렇구나. 어쨌든 이야기할 사람이 필요하면 찾아와. 내가 도울 테니. 언제든 같이 이야기하자. 나중에 메모 한 장 써서 보낼게."

"고맙습니다, 선생님." 나는 선생님의 팔에서 미끄러지듯 몸을 빼냈다.

영어 교실로 가는 길에 생활지도 겸 진로상담 교사인 듀발 선생님이 나를 불러 세웠다. "라라 진." 선생님은 말을 잇지 못하고 머뭇거렸다. "너는 재능 있고 활발한 학생이야. 이런 일에 쉽게 주저앉을 아이가 아니라고. 네가 잘못된 길로 들어서는 건 정말 보고 싶지 않다."

목구멍에서 눈물이 솟구쳐 올라와 눈으로 터져 나오려는 게 느껴졌다. 듀발 선생님은 내가 존경하는 분이다. 그래서 선생님이 나를 좋은 학생이라고 생각해주셨으면 했다. 내가 할 수 있는 건 고개를 끄덕이는 것뿐이었다.

선생님은 다정하게 손가락으로 내 턱을 당겼다. 선생님한테서 말린 장미꽃 향기가 났다. 듀발 선생님은 나이 많은 여교사로, 진심으로 학생들을 위하며 평생 학교에서 일했다. 대학에 간 졸업생들도 방학이 되어 본가로 돌아오면 듀발 선생님을 찾아와 인사를 드리곤 한다. "이제부터 네 앞날을 위해 본격적으로 진지하게 준비해야 해. 청소년 드라마 찍을 때가 아니야. 대학이 널 거절할 이유를 만들어주지 마라. 알았지?"

나는 다시 고개를 끄덕였다.

"그래야지. 네가 그것보단 더 잘할 거라고 믿는다."

이 말이 계속 귀에 맴돌았다. *그것보단 더?* '무엇보다 더'라는 말씀이세요? '누구보다 더'라는 거죠?

나는 아무하고도 말을 섞고 싶지 않아서 점심시간이 되자 화장실로 달아났다. 당연하게도 화장실에선 제너비브가 거울 앞에 서서 입술에 립밤을 바르고 있었다. 거울 속에서 제너비브와 눈이 마주쳤다. "어, 너구나." 제너비브는 늘 이렇게 인사한다. '어, 너구나.' 어쩜 저렇게 늘 자신감 넘치고 확신에 차 있을까?

"그거 네가 한 거야?" 내 목소리가 화장실 벽에 부딪혀 울렸다.

"뭘?" 제너비브의 손은 하던 일을 마저 마치고 립밤 뚜껑을 닫았다.

"네가 어노니비치한테 그 동영상 보냈어?"

"아니." 제너비브가 코웃음을 쳤다. 그때 오른쪽으로 입꼬리가 올라가면서 끝이 살짝 떨렸다. 거짓말할 때 나타나는 버릇이다. 제너비브가 엄마한테 거짓말하는 모습을 수없이 봤으니까 딱 보면 알 수 있다. 제너비브가 범인일지도 모른다는 의심이 마음 한구석에 있긴 했지만, 막상 이렇게 확인하니 어처구니가 없었다.

"지금은 아니지만, 그래도 예전엔 친구였잖아. 너는 마고 언니랑 키티도 알고, 우리 아빠도 알아. 나에 대해서도 물론 잘 알고. 그러니 내가 이 일로 얼마나 상처받을지도 잘 알았을 거야." 나는 울지 않으려고 주먹을 꽉 쥐었다. "네가 어떻게 나한테 이럴 수 있어?"

라라 진의 두 번째 이야기

"라라 진, 너한테 이런 일이 생긴 건 안됐어. 하지만 난 정말 아니야." 제너비브는 안됐다는 듯 어깨를 으쓱했지만, 또다시 입꼬리가 한쪽으로 올라갔다.

"너 맞아. 네가 그런 거 다 안다고. 피터가 알면……."

제너비브가 한쪽 눈을 치켜떴다. "피터가 알면 뭐? 날 한 대 치실까?"

너무 화가 나서 두 손이 파르르 떨렸다. "너는 여자니까 때리지 않을 거야. 하지만 피터도 너를 용서하지 않을 거야. 너라서 차라리 다행이야. 네가 정말 어떤 인간인지 피터도 알게 될 테니까."

"피터는 내가 어떤 사람인지 잘 알고 있어. 그리고 말이야, 피터는 아직도 날 좋아해. 네가 무슨 짓을 하든 그건 변함없을걸. 두고 보라고." 제너비브는 이 말을 끝으로 발을 돌려 나가버렸다.

그제야 분명해졌다. 제너비브는 질투하는 것이다. 나를. 피터가 자기가 아니라 나와 함께 있는 걸 견디지 못하는 것이다. 허, 이게 자기가 벌인 짓이라는 걸 피터가 알게 되면 자길 예전처럼 대하지 않으리란 걸 알고 연극을 한 것이다.

수업이 끝나자마자 주차장으로 내달렸다. 피터는 이미 차 시동을 걸어놓고 기다리고 있었다. 나는 조수석 문을 열자마자 헐떡거리며 말했다. "제너비브였어!" 그리고 몸을 조수석에 밀어넣었다. "제너비브가 어노니비치한테 동영상을 보냈다고. 제너비브도 인정했어!"

"그걸 자기가 직접 찍었대? 정확히 그렇게 말했어?" 피터는 침착했다.

"아…… 그런 건 아냐." 정확히 뭐라고 말했더라? 화장실에서 나올 땐 제너비브가 자백했다고 생각했는데, 이제 와 돌이켜보니 실은 내가 그렇게 생각한 거였지 제너비브가 인정한 건 절대 아니었다. "정확히 그렇다고 인정한 건 아닌데, 제너비브가 그런 건 맞아. 말할 때 입꼬리가 올라갔다고!" 나는 내 입꼬리를 한쪽으로 밀어 올렸다. "봤지? 이게 증거라고!"

"진정해, 커비." 피터가 인상을 찡그렸다.

"피터!"

"알았어, 알았어. 내가 제너비브랑 얘기해볼게." 차가 출발했다.

답은 뻔했지만 그래도 피터에게 묻고 싶은 게 하나 있었다. "선생님들 중에 그 동영상 때문에 너한테 뭐라고 하신 분 없었어? 화이트 코치님이라든가."

"없었는데, 왜? 누가 너한테 뭐라고 했어?"

마고 언니가 말한 게 이거였구나. 이중잣대. 남자들은 남자라서 괜찮지만, 여자들은 조심해야 한다. 몸가짐도 조심해야 하고, 앞날도 조심해야 하고, 이러쿵저러쿵 말 많은 사람들도 조심해야 한다. 나는 불쑥 물었다. "제너비브한테 언제 얘기할 거야?"

"오늘 저녁 걔네 집에 가보려고."

"네가 걔네 집에 가본다고?"

"어, 그래야지. 정말 거짓말하는 건지 확인하려면 직접 얼굴을 보고 얘기해야지. 네가 그렇게 강조한 '증거'를 확인하려면."

피터가 배고프다고 해서 우리는 중간에 식당에 들러 햄버거와 밀크셰이크를 먹었다. 집에 도착했을 땐 마고 언니와 키티가 나를 기다리고 있었다. "하나도 빠뜨리지 말고 말해봐." 언니가 코코아를 한 잔 건네주며 말했다. 나는 언니가 코코아에 미니 마시멜로를 넣었는지 확인했다. 음, 들어 있다.

"피터 오빠가 다 해결했어?" 키티가 물었다.

"응! 피터가 어노니비치한테 연락해서 동영상 내리라고 했대. 자기 삼촌이 잘나가는 변호사라고 하면서. 실제론 뉴저지에서 피자 가게를 하고 있는데."

언니가 그 말을 듣고 웃더니 다시 심각한 표정을 지었다. "학교에서 불쾌한 일은 없었고?"

"에이 뭐, 그렇게 심하지는 않았어." 나는 쾌활하게 답했다. 언니와 동생 앞에서 용감한 표정을 짓고 있으니 자부심이 솟구쳤다. "그런데 누구 짓인지 알 것 같아."

"누군데?" 두 사람이 동시에 외쳤다.

"제너비브. 크리스도 그렇게 말했잖아. 화장실에서 따져 물었더니 발뺌하더라고. 그런데 거짓말할 때 그 버릇이 나왔어. 한쪽 입꼬리가 씰룩거리는 거 말이야." 나는 두 사람을 위해 직접 시범을 보였다. "고고 언니, 이거 기억 안 나?"

"기억나는 것 같아!" 그렇지만 언니가 진짜 기억하는 것 같지는 않았다. "피터는 뭐래? 피터는 네 말을 믿는 거지?"

"딱히 그렇진 않아." 나는 코코아를 호 불며 얼버무렸다. "피터가 제너비브를 직접 만나서 진상을 확인하겠다고 했어.”

언니가 이마를 찡그렸다. “무슨 일이 있어도 피터는 네 편을 들어줘야지!”

“피터는 내 편이야, 고고!” 나는 언니 손을 잡고 손깍지를 꼈다. “피터가 손을 이렇게 잡고 말했어. ‘이건 너와 나의 일이니까.’ 완전 로맨틱하잖아!”

언니가 피식 웃었다. “너도 참 너다. 그 모습 영원히 간직하도록 해.”

“언니가 내일 안 갔으면 좋겠다.” 나는 한숨을 내뱉었다. 벌써 언니가 그립다. 마고 언니가 여기, 우리 곁에서 이런저런 얘기를 해주고 사려 깊은 조언을 해주면 안심할 수 있을 텐데. 언니는 항상 내게 힘이 되어주었다.

“라라 진, 잘 들어.” 언니가 이렇게 말하면 나는 귀 기울여 들으며 언니의 말에서 의심의 소지나 거짓의 흔적이 있지 않은지 찾으려고 한다. 그저 나 기분 좋으라고 하는 말은 아닌가 싶어서. 하지만 그런 적은 한 번도 없었다. 언니의 말은 늘 확신으로 가득했다.

08

마고 언니가 스코틀랜드로 떠나기 전 마지막 저녁식사다. 아빠는 한국식 소갈비찜과 감자 그라탱을 전부 직접 만드셨다. 심지어 레몬 케이크까지 구웠다. "날씨가 너무 칙칙하고 춥네. 레몬 케이크를 통해서라도 햇빛을 좀 느낄 필요가 있을 것 같아." 아빠가 말했다. 그리고 한 팔로 내 허리를 감싸 안고 옆구리를 토닥거려 주었다. 내게 굳이 묻진 않았지만, 나한테 생리보다 큰 사건이 일어났다는 것 정도는 아빠도 알고 있는 것 같다.

"이 갈비찜, 너희 외할머니가 한 거랑 거의 똑같지 않아?" 음식을 입에 넣기도 전에 아빠가 물었다.

"거의 똑같은 것 같아요." 아빠의 입꼬리가 아래로 처지려고 해서 재빨리 덧붙였다. "할머니 갈비찜보다 더 맛있는 것 같은데요?"

"고기를 연하게 만들려고 그 방식 그대로 했어. 그런데 너네 외할머니 갈비찜처럼 고기가 뼈에서 쉽게 분리되진 않는 것 같아. 제대로 익히면 나이프가 필요 없는데 말이다." 스테이크 나이프로 고기를 발라내던 언니가 재빨리 나이프를 내려놓았다. "갈비찜은 너희 엄마랑 처음으로 먹어봤어. 첫 데이트 때 엄마가 나를 한국 식당에 데리고 가서 한국말로 온갖 음식을 주문하더니 나한테 하나하나 설명해주더라고. 그날 밤 너희 엄마가 얼마나 대단해 보였는지 몰라. 내가 후회하는 게 한 가지 있다면 너희들을 계속 한국 학교에 보내지 않은 거야." 아빠는 또 입꼬리가 잠시 처지는가 싶더니 금세 미소를 지어 보였다. "얼른 먹자, 얘들아."

"아빠, 버지니아 대학교에 한국어 강좌가 있대요. 그 학교 들어가면 한국어 수업 꼭 들으려고요." 내가 말했다.

"엄마가 알면 좋아할 텐데." 아빠의 두 눈에 또다시 슬픔이 어른거렸다.

"갈비찜 맛있어요, 아빠. 스코틀랜드엔 한국 음식 맛있게 하는 데가 없더라고요." 언니가 재빨리 화제를 바꿨다.

"갈 때 김이라도 좀 싸가라. 네 외할머니가 한국에서 갖다준 인삼차도 좀 챙기고. 밥솥도 가져가는 게 좋겠다."

"그럼 우린 밥을 어떻게 해 먹어요?" 키티가 인상을 찡그렸다.

"우린 새로 하나 사면 돼." 아빠는 순식간에 꿈속으로 빠진 것 같았다. "아빠가 정말 해보고 싶은 게 뭔지 아니? 너희들을 데리고 한국으로 가족여행을 떠나는 거야. 정말 좋을 것 같지? 엄마는 늘 너희들과 함께 한국으로 여행 가고 싶어 했거든. 한국에도 친척이 많단다."

"외할머니도 우리랑 같이 갈 수 있어요?" 키티가 물었다. 키티는 앞발을 들고서 간절한 눈으로 쳐다보는 제이미에게 고기를 슬쩍슬쩍 던져주고 있었다.

아빠 목에 감자 덩어리가 걸린 것 같았다. "그거 참 좋은 생각이네." 그리고 겨우 삼켜서 넘겼다. "할머니가 여행 가이드 해주시면 되겠다."

언니와 나는 슬그머니 미소를 주고받았다. 일주일 후면 아빠는 외할머니 때문에 머리를 쥐어뜯게 될 것이다. 나는 쇼핑할 생각에 들떴다. "아, 맞다. 문구점에서 살 거 생각해봐. 옷도 사야해. 머리핀도. 아, 비비크림도. 목록을 만들어야지."

"아빠, 한국 요리 강좌를 듣는 건 어때요?" 언니가 제안했다.

"그래! 여름 계획 잘 세워보자." 아빠는 벌써 신난 것 같았다. "물론 가족들 일정에 맞춰야겠지? 마고, 너는 여름 내내 집에 와 있겠다고 했지? 그렇지?" 언니는 이미 지난주에 그렇게 얘기했다.

언니는 접시를 내려다봤다. "잘 모르겠어요. 아직 결정된 게 없어서." 아빠는 당황한 표정이었다. 키티와 나는 서로 멀뚱멀뚱 바라봤다. 조시 오빠와 관련 있는 게 분명하지만, 언니를 탓할 수는 없었다. "런던에 있는 왕립인류학회에서 인턴을 할 수도 있을 것 같아요."

"여기, 몬트필리어*에서 일하고 싶다고 하지 않았니?" 혼란에 빠진 아빠의 이마에 주름이 자글자글했다.

"아직 알아보고 있는 중이에요. 말씀드렸다시피 결정된 건 아무것도 없어요."

"왕실에서 인턴 하면 왕실 사람들도 만나는 거야?" 키티가 끼

---

* 버지니아주의 한 지역으로, 미국 4대 대통령 제임스 매디슨 일가가 살았던 유적지로 유명하다.

어들었다.

내가 눈치를 보고 있는데 마고 언니는 살았다는 표정으로 키티에게 말했다. "그건 아닐 것 같아, 키티. 하지만 또 모르는 일이지."

"작은언니 계획은 뭐야? 좋은 대학 가려면 이번 여름에 뭐든 해야 하는 거 아냐?" 키티가 눈을 동그랗게 뜨고 순진한 얼굴로 물었다.

나는 화난 듯이 키티를 노려봤다. "아직 생각할 시간 많거든!" 식탁 밑으로 손을 뻗어 키티를 꼬집었다. 키티가 비명을 질렀다.

"올봄부터 인턴 자리를 알아봐야지." 언니가 재차 강조했다. "라라 진, 진짜 서두르지 않으면 좋은 인턴 자리 찾기가 힘들어. 그리고 노니한테 이메일 보내서 SAT 과외 물어보라고 했잖아. 여름방학 때 수업할 건지, 아니면 집에 돌아가는지 알아봐."

"알았어, 알았다고. 물어볼게."

"병원 기념품 가게에 일자리 알아봐줄 수 있을 것 같은데" 아빠의 제안이었다. "그러면 출근도 같이 하고, 점심도 함께 먹을 수 있잖아. 하루 종일 이 늙은 아빠와 같이 다니는 것도 정말 재미있겠는데!"

"아빠, 직장에 친구가 하나도 없어요? 점심을 혼자 드세요?" 키티가 물었다.

"아, 아니. 매일은 아니고 가끔 시간 없을 때 내 자리에서 혼자 먹는 거야. 라라 진이 기념품 가게에서 일하게 되면 내가 시간을 내야지." 아빠는 정신이 딴 데 팔린 사람처럼 젓가락으로 접시를 톡톡 두드렸다. "맥도날드에도 자리가 있을지 몰라. 한번 알아 봐야겠다."

"언니, 맥도날드에서 일하면 프렌치 프라이는 실컷 먹을 수 있어." 키티가 거들었다.

나는 인상을 찌푸렸다. 내 여름방학의 미리보기가 눈앞에 펼쳐졌지만 별로 마음에 드는 광경이 아니었다. "아빠, 전 맥도날드에서 일하기 싫어요. 그리고 기분 나쁘게 생각하지 마셨으면 좋겠는데, 기념품 가게도 별로고요." 나는 재빨리 머리를 굴렸다. "벨뷰 양로원에서 좀 더 제대로 된 일자리를 찾아보는 중이에요. 특별활동 감독 밑에서 인턴을 하게 될 수도 있고요. 아니면 조교나. 언니, 뭐가 더 그럴듯해?"

"특별활동 감독 조교."

"그게 좀 더 있어 보이긴 해." 나도 언니와 같은 생각이었다. "하여간 생각하는 건 많아요. 이번 주에 자넷을 만나서 시간표를 조정해야겠어요."

"무슨 시간표?" 아빠가 물었다.

"스크랩북 만들기 강좌요." 나는 생각나는 대로 꾸며냈다. "거기 어르신들이 사진이며 기념품이며 온갖 걸 다 수집하셨더라고요. 빠짐없이 스크랩북에 넣으면 좋을 것 같아요." 거짓말이 술술 흘러나왔다. "완성된 스크랩북들을 가지고 나중에 작게 전시회를 열 수도 있고요. 어르신들이 살아온 발자취가 담긴 페이지를 넘겨 보면서 말이에요. 치즈볼도 만들어서 가져가고, 화이트 와인도 좀 갖다놓고……."

"꽤 멋진 아이디어네." 언니가 인정한다는 듯 고개를 끄덕였다.

"정말 근사해." 아빠가 열정적으로 받아쳤다. "화이트 와인은 허락할 수 없지만 치즈볼은 대찬성이야!"

"어우, 아빠아아아!" 세 자매가 일제히 외쳤다. 아빠가 가식적인 행동을 할 때(물론 장난으로!) 우리가 실망한 듯 "어우, 아빠아아아" 하면서 징징대면 아빠는 무척 재미있어한다.

마고 언니와 함께 설거지를 하는데 언니가 벨뷰 건에 대해 좀 더 알아보라고 했다. "너 같은 담당자가 필요할지도 몰라." 언니는 철제 압력솥에 거품을 칠하며 말했다. "신선한 에너지와 새로운 아이디어가 넘치잖아. 양로원에서 일하다 보면 정말 진이 쪽 빠질 때도 있거든. 거들어주는 사람이 생기면 자넷도 한시름 놓을 수 있겠어."

벨뷰 양로원 이야기를 꺼낸 건 가족들 관심을 다른 데로 돌리기 위해서였는데, 이렇게 되고 보니 정말로 자넷한테 연락해봐야 할 것 같았다.

2층에 올라오니 피터에게서 부재중 전화가 들어와 있었다. 전화를 걸자 휴대폰 너머에서 티비 소리가 흘러나왔다. "제너비브하곤 얘기해봤어?" 제발, 제발, 제발 이제 피터가 내 말을 믿어야할 텐데.

"얘기했어."

"뭐래? 순순히 인정해?" 심장이 쿵쾅거렸다.

"아니."

"이런." 나는 한숨을 내쉬었다. 그래, 예상했던 바야. 제너비브는 가만히 앉아서 당할 애가 아니지. 오히려 싸움꾼이라고 해야 하겠지. "뭐, 제너비브는 자기가 말하고 싶은 대로 말하겠지만, 걔가 범인인 건 확실해."

"표정만 봐서는 모르는 거야, 커비."

"표정만 가지고 그러는 게 아니야. 내가 걔를 몰라? 한때 우린 절친이었다고. 걔 사고방식을 내가 모르겠어?"

"너보단 내가 제너비브를 더 잘 알걸. 제너비브는 진짜 아니야. 내 말 믿어."

나보다 피터가 제너비브를 잘 안다고? 당연히 그러겠지. 하지만 여자 대 여자로, 과거의 절친 대 절친으로 생각해보면 분명 제너비브가 한 짓이 맞다. 아무리 세월이 흘렀어도 마찬가지다. 여자라면 본능적으로 느낄 수밖에 없는 게 있는 법이다. "네 말은 믿지만, 제너비브는 못 믿겠어. 이것도 다 제너비브의 계략이야, 피터."

긴 침묵이 뒤따랐다. 내가 마지막으로 내뱉은 말이 계속 귓가에 맴돌았다. 내가 생각해도 얼토당토않은 소리다.

마침내 피터가 입을 열었을 땐 무언가를 꾹 억누르는 듯 목소리가 깊이 가라앉아 있었다. "제너비브가 요즘 집안일 때문에 스트레스를 많이 받아서 그래. 그런 계략 꾸미고 있을 시간도 없을 거야, 커비."

집안일? 그런 건가? 갑자기 크리스에게 들은 이야기가 생각나면서 죄책감이 밀려왔다. 걔네 할머니가 고관절을 다쳐서 가족들이 할머니를 양로원에 보내는 문제로 옥신각신하고 있다고 했다. 제너비브는 할머니와 무척 가까웠다. 할머니가 가장 예뻐하는 손주도 제너비브라고 들었다. 왜냐하면 제너비브가 할머니를 쏙 빼닮았기 때문에, 즉 아주 예쁘기 때문이다.

어쩌면 걔네 부모님 문제일지도 모른다. 제너비브는 항상 부모님이 이혼할까 봐 걱정했었다.

어쩌면 전부 거짓말일 수도 있어. 이 말이 목구멍까지 올라온 순간, 피터가 지친 목소리로 말했다. "엄마가 아래층에서 부르셔. 내일 더 얘기해도 될까?"

"당연하지." 내가 대답했다.

제너비브가 그러는 이유가 뭐든 내 알 바는 아니다. 피터가 옳다. 예전에는 내가 제너비브를 잘 알았을 수도 있지만 지금은 확신할 수 없다. 지금 제너비브를 더 잘 아는 사람은 피터일지도 모른다. 게다가 망상과 질투에 빠져서 자신 없는 모습을 보이는 것이야말로 남자친구를 잃기 딱 좋은 방법 아닌가! 더 고집부려 봤자 나한테 좋을 건 하나 없다.

나는 전화를 끊고서 이 동영상 사건은 영원히 잊기로 마음먹었다. 지나간 일은 지나간 일이다. 나에게는 남자친구가 있다. 곧 일자리도 생길 것이고(무급이겠지만 하여간 일은 일이니까), 공부에도 신경 써야 한다. 이런 일에 발목을 잡혀선 안 된다. 게다가 동영상에 내 얼굴이 또렷하게 나온 것도 아니잖아?

09

　다음 날 아침 학교 가기 전, 우리는 아빠 차에 짐을 실었다. 아빠가 언니를 공항에 데려다주기로 했다. 나는 조시 오빠 방의 창문을 계속 올려다봤다. 오빠가 내려와 작별인사를 하지 않을까 싶었다. 그 정도는 할 수 있지 않을까. 하지만 오빠 방에 불이 켜져 있지 않은 걸로 봐서 아직 자고 있는 것 같았다.

　마고 언니가 제이미 폭스피클에게 인사하고 있을 때 로스차일드 아줌마가 개를 데리고 나왔다. 제이미는 아줌마를 보자 언니 품에서 펄쩍 뛰어내리더니 길 건너편으로 전력질주했다. 아빠가 제이미를 쫓아갔다. 제이미는 아줌마의 노견인 시몬을 향해 연신 뛰어오르며 짖어댔지만 시몬은 심드렁했다. 제이미가 너무 흥분한 나머지 아줌마의 초록색 헌터부츠에 오줌을 지렸다. 아빠가 급히 사과했고, 아줌마는 웃으며 말했다. "씻으면 금방 닦여요." 그 목소리가 여기까지 들렸다. 아줌마가 예뻐 보였다. 갈색 머리를 높게 올려 포니테일로 묶고, 요가바지에 솜이 빵빵한 항공점퍼를 입고 있다. 제너비브도 저런 점퍼를 입었던 것 같은데.

　"늦겠어요, 아빠! 세 시간 전엔 공항에 도착해야 한다고요." 언니가 말했다.

"세 시간은 너무 일러. 두 시간이면 넉넉하지." 내가 말했다.

아빠가 제이미를 안아 들려고 하는데 녀석은 계속 빠져나갔다. 결국 로스차일드 아줌마가 한 팔로 녀석을 안고서 머리에 뽀뽀해줬다.

"국제선 탈 땐 세 시간 일찍 가야 해. 짐도 부쳐야 하잖아."

키티는 아무 말이 없었다. 길 건너에서 벌어진 '개 난리'에 정신이 팔려 있었다.

아빠가 꼼지락거리는 제이미를 안고 겨우 돌아왔다. "제이미가 더 사고 치기 전에 어서 출발하는 게 낫겠다." 우리 세 자매는 격하게 포옹을 나눴다. 힘내라고 속삭이는 언니에게 나는 고개를 끄덕였다. 그리고 언니는 아빠와 함께 공항으로 떠났다.

여전히 이른 시간이었다. 학교 가는 날이긴 하지만 아직 일어날 시간이 아니었다. 나는 바나나 팬케이크를 만들기로 했다. 키티는 아직도 정신이 딴 데 팔려 있었다. 팬케이크를 한 개 먹을 건지 두 개 먹을 건지 두 번이나 물어야 했다. 나는 팬케이크를 몇 개 더 만들어서 알루미늄 포일에 쌌다. 학교 가는 길에 피터와 나눠 먹어야지. 설거지를 마치고 자넷에게 양로원 일자리가 있는지 넌지시 물어보는 메일까지 보냈다. 곧바로 답장이 왔다. 마고 언니의 후임이 한 달 전에 그만둬서 마침 자리가 비었다고 했다. 그래서 토요일에 양로원에 들러서 내가 무슨 일을 할 수 있을지 얘기해보기로 했다.

일이 딱딱 해결되어가는 느낌이었다. 다시 시작하는 거야. 난 할 수 있어.

라라 진의 두 번째 이야기

바나나 팬케이크도 배불리 먹었겠다, 일자리도 구했겠다, 언니가 두고 간 페어아일 스웨터도 입었겠다, 추운 1월 아침 피터의 손을 잡고 학교로 걸어 들어가는데 기분이 정말 상쾌했다. 심지어 날아갈 것 같았다.

피터가 컴퓨터실에서 영어숙제를 출력해야 한다고 해서 우리는 제일 먼저 컴퓨터실로 향했다. 피터가 컴퓨터에 로그인하는 순간 나는 바탕화면을 보고 기겁했다.

야외 온탕 동영상의 스틸 사진이 바탕화면에 깔려 있었다. 내가 빨간색 잠옷을 허벅지까지 말아 올리고 피터의 무릎에 앉아 있는 사진이었다. 사진 위아래에 이런 말도 적혀 있었다. *'야외 온탕에서의 뜨거운 섹스.' '이러면 안 돼요.'*

"이런 망할, 이게 뭐야?" 피터가 컴퓨터실을 두리번거리며 중얼거렸다. 쳐다보는 사람은 아무도 없었다. 피터는 옆 컴퓨터로 자리를 옮겼다. 똑같은 사진에 글만 다르게 적혀 있었다. *'물속에선 그게 쪼그라든다는 것도 모르는 여자.' '남자한테만 좋은 일 하네.'*

우리가 밈*의 주인공이 되다니!

그 후 며칠 동안 사방에서 그 사진이 튀어나왔다. 다른 사람 인스타그램을 보다가도 나오고, 페이스북 게시물에서도 나왔다.

---

* meme. 인터넷상에서 사람들의 이목을 끌기 위해 어떤 메시지와 함께 올린 짧은 영상이나 이미지. 한국의 '짤방'과 비슷하다.

그러다가 춤추는 상어를 합성한 짤이 나타나고, 우리 얼굴에 고양이 얼굴을 합성한 사진도 나돌았다.

어떤 짤에는 그냥 '아미시 스타일* 비키니'라고만 적혀 있었다.

피터의 라크로스 팀 친구들은 이 일을 재미있어했지만, 자기들은 아무 짓도 하지 않았다며 결백을 주장했다. 게이브는 점심시간에 정신없이 변명을 늘어놓았다. "난 포토샵도 할 줄 모른다고!"

피터는 게이브의 입에 샌드위치 절반을 밀어 넣으며 말했다. "알았어, 알았다고. 그럼 대체 누구 짓이야? 제프 바두고? 카터?"

"야, 그걸 우리가 어케 아냐! 이미 밈이 됐다고. 아무나 갖다 쓸 수 있어." 대럴이 말했다.

"그래도 고양이 얼굴 합성은 진짜 웃기지 않냐." 게이브가 내뱉더니 나를 보고 사과했다. "미안, 라지."**

나는 아무 말도 하지 않았다. 고양이 얼굴은 좀 우스웠다. 하지만 이 상황은 그렇지 않다. 피터도 처음에는 웃어넘기려고 했지만, 며칠째 상황이 이렇다 보니 신경 쓰이는 모양이었다. 피터는 자신이 웃음거리가 되는 게 익숙하지 않다. 그건 나도 마찬가지지만 나는 사람들이 내 일에 이렇게 관심을 보이는 게 익숙하지 않을 뿐이다. 그런 내가 피터와 함께 다닌 후로 사람들의 관심을 한몸에 받고 있다. 제발 그러지들 말았으면 좋겠는데.

---

* 미국 기독교의 한 교파인 '아미시(Amish)' 교인들의 스타일. 엄숙하고 보수적·전통적인 스타일의 의복과 생활을 고집한다.
** '라지'는 '라라 진(Lara Jean)'을 부를 때의 발음에서 생겨난 라라 진의 별명이다.

10

같은 날 오후, 강당에서 2학년 학생회의가 열렸다. 학생회장인 리나 파텔이 무대에서 파워포인트를 띄우고 학생회 상황, 즉 졸업 파티를 위한 기금이 얼마나 모였고 3학년 졸업여행은 어디로 갈지 등을 설명했다. 의자에 몸을 파묻고 앉은 나는 사람들이 나를 쳐다보며 수군거리지 않는다는 사실에 안도했다.

그런데 회장이 마지막 슬라이드를 클릭하는 순간 일이 터졌다. 스피커에서 〈나 완전 흥분했어Me So Horny〉라는 힙합 곡이 흘러나오고 내 동영상, 그러니까 나와 피터의 동영상이 프로젝터 화면을 가득 채웠다. 어노니비치의 인스타그램에 올라왔던 동영상에 누가 사운드트랙까지 입힌 모양이었다. 그걸로도 모자라 영상을 편집하기까지 했다. 내가 피터의 무릎에 앉아 위아래로 움직이며 음악보다 세 배나 빠른 속도로 디스코를 추고 있었다.

오, 안 돼, 안 돼, 안 돼. 제발 이러지 말라고.

순식간에 엉망진창이 되어버렸다. 학생들은 꺅꺅 소리를 지르며 웃음을 터뜨리거나 손가락질하면서 야유를 퍼부었다. 2학년 지도교사인 바스케스 선생님이 벌떡 일어나 전원을 뽑았다. 그때 피터가 무대로 뛰어 올라가 넋이 나간 리나의 손에서 마이크를 낚아챘다.

"누가 이런 짓을 했는지 모르겠지만 정말 쓰레기다. 너희가 상관할 일이 아니잖아, 씨발. 라라 진하고 나는 야외 온탕에서 섹스하지 않았어."

귀가 윙윙 울렸다. 아이들은 앉은 자리에서 몸을 돌려 나를 쳐다보더니 다시 피터에게로 시선을 돌렸다.

"우리는 키스밖에 안 했어! 그러니까 다들 꺼지라고, 씨발!" 바스케스 선생님이 피터한테서 마이크를 빼앗으려 했지만 피터는 뺏기지 않으려고 몸부림쳤다. 피터가 마이크를 높이 들고 외쳤다. "누군지 모르겠지만 내가 반드시 찾아내서 박살 내줄 거야!" 피터와 선생님이 실랑이를 벌이다가 마이크가 떨어지자 아이들이 환호성을 질렀다. 피터는 양팔이 붙들린 채 무대에서 끌려 내려오며 미친 듯이 관중석을 두리번거렸다. 나를 찾는 것이다.

그때 학생회의도 해산했다. 다들 줄을 지어 강당 밖으로 나가기 시작했지만 나는 여전히 몸을 깊이 묻고 자리에 앉아 있었다. 크리스가 나를 발견하고 신난 얼굴로 다가와 내 어깨를 붙들었다. "우아, 완전 미친 거 아냐? '씨발'을 두 번이나 외치다니!"

나는 여전히 충격에 빠져 있었다. 그랬던 것 같다. 피터와 내가 뜨겁게 키스하는 동영상이 프로젝터 화면을 가득 채웠고, 여기 있던 모두가 그것을 보았다. 바스케스 선생님은 물론이고, 인스타그램이 뭔지도 모르는 칠순의 글레브 선생님도 보고 말았다. 살면서 딱 한 번 해본 나의 열정적인 키스를 모두가 본 것이다.

크리스가 내 어깨를 흔들었다. "라라 진, 너 괜찮아?" 내가 말

없이 고개를 끄덕이자 크리스가 어깨를 놓아주었다. "피터가 범인을 찾아서 박살을 내준다잖아! 정말 기대된다!" 크리스는 코웃음을 치며 야생말처럼 고개를 뒤로 홱 젖혔다. "그 동영상 올린 사람이 제너비브일 거란 의심을 조금도 하지 않는다면 피터도 멍청한 거 아냐? 눈이 멀어도 단단히 멀었다니까. 안 그래?" 크리스는 갑자기 말을 멈추고 내 얼굴을 살폈다. "너 진짜 괜찮은 거 맞아?"

"모두 다 봤어."

"그래…… 그건 정말 그지 같아. 제너비브 짓이 확실해. 떨거지 하나를 시켜서 리나의 파워포인트에 몰래 끼워 넣었을 거야." 크리스는 고개를 부르르 떨며 진저리 쳤다. "걔가 그렇게 쌍년이라니까. 그래도 피터가 오해를 바로잡아서 다행이야. 인정하긴 싫지만, 아까 그 행동은 기사도가 살아 있었어. 내가 만났던 놈들은 그런 적이 한 번도 없거든."

크리스는 1학년 때 사귀었던 그 남자애를 떠올리는 게 분명했다. 자기가 크리스랑 사물함실에서 섹스했다고 떠벌렸던 놈이다. 그 순간 듀발 선생님의 말이 떠올랐다. 듀발 선생님은 아마 크리스를 노는 여자애들과 동급으로 취급할지도 모른다. 아무 남자하고나 자는 여자애들, '그것보다 못한' 애들 말이다. 선생님이 틀렸다. 우리는 모두 똑같다.

수업이 모두 끝나고 교실에서 나오는데 가방에 넣어둔 휴대폰에서 진동음이 울렸다. 피터였다.

─나 풀려났어. 차에서 보자!

나는 곧장 주차장으로 달려갔다. 피터는 차에서 히터를 켜놓고 기다리고 있었다. 나를 보자 씨익 웃으며 말했다. "남친한테 뽀뽀도 안 해줘? 방금 막 구치소에서 풀려 나왔는데."

"피터! 장난하지 마. 정학당한 거 아냐?"

피터가 능글맞게 웃었다. "아냐. 애교 좀 떨고 잘 빠져나왔어. 로클런 교장 선생님이 날 좀 좋아하시거든. 정학당할 위험도 있긴 했지. 아마 다른 사람이었다면⋯⋯."

오, 피터. "지금 잘난 척할 때가 아니야."

"교장 선생님 방에서 나오는데, 2학년 여자애들이 잔뜩 기다리고 있다가 나한테 기립박수를 쳐주더라고. '카빈스키, 넌 정말 로맨틱해.' 그런 의미랄까." 피터가 코웃음을 치며 말하기에 나는 정색을 하고 노려봤다. 피터가 나를 옆으로 끌어당기며 말했다. "야, 걔네들도 나 여친 있는 거 알거든! 내가 아미시 비키니를 입히고 싶은 여자는 딱 한 명뿐이라고."

나는 웃음을 터뜨렸다. 나도 모르게 웃음이 터졌다. 피터는 관심받는 걸 좋아하지만, 나는 피터에게 관심 있는 숱한 여자들 중 한 명이 되고 싶지 않다. 피터는 그것도 모르고 가끔 나를 너무 힘들게 한다. 게다가 아까 그건 너무 로맨틱했다.

피터가 입을 맞추며 입술을 내 뺨에 비볐다. "내가 해결한다고 말한 거 기억 안 나, 커비?"

"그랬지." 나는 피터의 머리를 쓰다듬으며 대답했다.

"그럼 나 오늘 잘한 거지?"

"잘했어." 이 한마디에 피터는 만족스러워했다. 내가 잘했다고 말해준 것만으로도 좋은 모양이었다. 집에 오는 내내 피터의 얼굴에 미소가 가득했다. 하지만 나는 오늘 일을 머릿속에서 쉽게 떨쳐낼 수 없었다.

오늘 밤 피터와 라크로스 파티에 가기로 했지만 못 가겠다고 말했다. 내일 자넷과 만나기로 해서 준비할 게 있다고 변명했다. 하지만 피터나 나나 단지 그 때문이 아니라는 걸 잘 알았다. 피터는 항상 상대방에게 진실만 말하기로 한 약속을 들먹이며 내게 따질 수도 있었는데 그러지 않았다. 내가 잠시 나만의 호빗굴을 파고 들어가서 쉬다가 기운을 차리면 알아서 다시 나오리란 걸 피터도 잘 알고 있었다. 그만큼 나를 잘 이해하고 있는 것이다.

그날 밤 나는 차이chai 설탕 쿠키를 만들고 그 위에 시나몬 에그노그 아이싱*을 올렸다. 쿠키는 입안에서 착 감겼다. 빵을 굽다 보면 마음이 차분해진다. 마음의 안정을 찾아주는 의식처럼……. 그래서 아무 생각도 하고 싶지 않을 땐 빵을 굽는다. 굽는 데 별로 신경 쓸 것도 없다. 레시피만 잘 따라가다 보면 어느 순간 무언가가 짜잔 하고 만들어져 있다. 재료에 불과하던 것들이 진짜 먹을 수 있는 디저트로 변신해 있다. 꼭 마법 같다. 맛있어져라, 짠!

---

* 시나몬 향과 에그노그(eggnog, 달걀을 넣은 칵테일)를 더해 만든 아이싱(icing). 아이싱이란 케이크 등의 겉면에 장식, 수분 보호, 풍미를 위해 바르는 제과용 재료로, 설탕을 주재료로 만든다.

자정이 지날 무렵 쿠키가 식게끔 선반에 올려놓고 고양이 잠옷으로 갈아입었다. 침대에 들어가 책을 읽으려고 하는데 창문에서 똑똑 소리가 났다. 크리스인가 싶어서 창문이 잠겨 있는지 확인하는데, 크리스가 아니었다. 피터였다! 나는 창문을 올렸다. "세상에, 피터! 여기서 뭐 하는 거야? 아빠 집에 계시단 말이야!" 나는 작게 속삭였다. 심장이 마구 요동쳤다.

피터가 창을 넘어 들어왔다. 네이비색 비니를 쓰고 방한용 외투에 패딩 조끼를 입은 차림이었다. "쉿. 너 때문에 아버지 깨시겠다."

나는 얼른 달려가 방문을 잠갔다. "피터! 여길 오면 어떡해!" 나는 반쯤 깜짝 놀라고 반쯤 흥분한 상태였다. 남자가 내 방에 들어온 적이 있기나 한지 모르겠다. 조시 오빠 말고. 조시 오빠가 들어온 것도 몇 세기 전에 있었던 일 같지만.

피터는 이미 신발을 벗고 있었다. "잠깐만 있다가 갈게."

브라를 하지 않은 게 생각나서 팔짱을 꼈다. "잠깐 있다 갈 거면서 신발은 왜 벗는 건데?"

피터는 대답도 없이 침대에 털썩 앉았다. "아미시 비키니는 왜 안 입었어? 그거 완전 섹시한데." 내가 피터를 한 대 때려주려는데 피터가 내 허리를 붙잡고 와락 끌어안았다. 그리고 어린아이처럼 내 배에 머리를 파묻고서 우물거렸다. "이런 일 겪게 해서 미안해. 다 내 잘못이야."

나는 피터의 정수리를 쓰다듬었다. 손가락 사이로 부드럽고 매끄러운 머리카락이 느껴졌다. "괜찮아, 피터. 네 잘못 아닌 거

나도 알아." 나는 달빛 야광시계 쪽으로 시선을 슬쩍 돌렸다. "15분 정도는 있어도 돼. 15분 지나면 집에 가는 거다?" 피터가 고개를 끄덕이며 나를 놓아주었다. 나는 피터의 어깨에 머리를 기대고 앉았다. 시간이 천천히 흘러갔으면 좋겠다. "파티는 어땠어?"

"너 없으니까 지루하더라고."

"거짓말."

피터가 가볍게 웃음을 터뜨렸다. "오늘은 무슨 빵 구웠어?"

"빵 구운 거 어떻게 알아?"

"너한테서 설탕이랑 버터 냄새 나." 피터가 내게 코를 들이밀고 숨을 깊게 들이마셨다.

"에그노그 아이싱을 올린 차이 설탕 쿠키야."

"조금 싸줄 수 있어?"

나는 고개를 끄덕였다. 우리는 벽에 등을 대고 나란히 앉았다. 피터가 한 팔로 나를 감싸 안으니 안락한 느낌이었다. "12분 남았어." 내가 피터의 어깨에 대고 말했다. 피터가 웃는 모습을 보는 것도 좋지만, 그 웃음을 느껴보고 싶었다.

"그럼 그 12분을 알차게 보내자." 우리는 키스하기 시작했다. 내 침대에서 남자랑 키스하는 건 태어나서 처음이었다. 완전히 새로운 경험인 것이다. 앞으로 이 침대가 전혀 다르게 느껴질 것 같았다. 키스하던 중 피터가 물었다. "몇 분이나 남았어?"

나는 시계로 눈을 돌렸다. "7분." 어쩌면 5분 정도 추가할 수 있을지도…….

"그럼 누워서 할까?"

"피터!" 나는 어깨로 피터를 밀쳤다.

"잠깐이라도 안고 싶어서 그래! 7분으론 딴짓하고 싶어도 못해. 진짜야."

그래서 우리는 누웠다. 나는 등을 피터의 가슴에 댔고, 피터는 뒤에서 나를 둥글게 감싸 안고 팔을 내 팔에 걸쳤다. 피터가 내 목과 어깨 사이로 턱을 파묻었다. 피터랑 해본 것들 중에 이게 가장 좋은 것 같았다. 너무 좋아서 나도 모르는 사이 잠들까봐 정신을 바짝 차려야 했다. 눈을 감고 싶지만 시계에 시선을 고정했다.

피터가 낮게 탄성을 질렀다. "이러고 있으니까 너무 좋다." 피터가 아무 말도 하지 않았으면 좋았을 텐데. 그 말을 하는 순간 도대체 몇 번이나 제너비브를 안고 이렇게 있었을지 궁금했다.

정확히 15분이 되자 나는 벌떡 일어나 앉았다. 그 바람에 피터가 놀라서 움찔했다. 나는 피터의 어깨를 툭 치며 말했다. "갈 시간이야."

"어우 야아, 커비!" 피터가 입술을 부루퉁하게 내밀었다.

나는 단호하게 고개를 저었다.

제너비브를 생각나게 하지만 않았어도 5분은 더 그대로 있었을 텐데.

쿠키를 한 봉지 싸서 피터를 돌려보낸 후 다시 침대에 누워 눈을 감았다. 그리고 피터가 아직 나를 두 팔로 안고 있다고 상상하며 잠이 들었다.

11

다음 날 공책과 펜으로 무장하고 벨뷰 양로원에 있는 자넷의 사무실을 찾았다. "공예 수업을 위한 괜찮은 아이디어가 있어요. '어르신들을 위한 스크랩북 만들기'요." 자넷이 고개를 끄덕이기에 나는 설명을 계속했다. "여기 계신 어르신들께 스크랩북 만드는 방법을 가르쳐드릴 수 있어요. 어르신들이 갖고 계신 옛날 사진과 기념품을 하나씩 확인하면서 얘기를 듣는 거죠."

"아주 좋은데?" 자넷이 말했다.

"그럼 제가 스크랩북 수업을 진행하면서 금요일 밤 칵테일 타임에도 참여할 수 있을까요?"

자넷은 참치 샌드위치를 한입 물어 삼켰다. "칵테일 타임은 폐지될 것 같아."

"폐지한다고요?" 나는 믿기지 않는다는 듯 되물었다.

자넷이 어깨를 으쓱했다. "컴퓨터 강좌를 시작한 후로 칵테일 타임 참석자가 계속 줄고 있거든. 어르신들이 넷플릭스를 알아버렸어. 완전히 새로운 세상이 열린 거지."

"좀 더 다양한 이벤트를 열면 어때요? 특별 이벤트 같은 거 말이에요."

"뭐가 됐든 화려한 걸 하기엔 예산이 넉넉지가 않단다, 라라 진. 양로원이 어떻게 운영되는지 마고한테 들었을 것 같은데. 예산이 정말 빠듯하거든."

"아뇨, 대단한 소품은 필요 없어요. 조금만 손대도 꽤 달라 보일 수 있잖아요. 남자분들께 정장 재킷을 입고 오라고 할 수도 있고요. 아니면 일회용 컵 대신 식당에서 유리잔을 빌릴 수는 없을까요?" 자넷이 계속 듣고 있어서 나는 설명을 이어갔다. "땅콩을 캔에서 직접 꺼내 먹는 대신 예쁜 그릇에 담아 낼 수도 있고요."

"어떤 그릇에 내든 땅콩은 땅콩일 뿐이야."

"그래도 크리스털 접시에 담으면 더 품격 있어 보이잖아요."

너무 나갔다. 자넷은 내가 일을 너무 크게 벌인다고 생각하는 게 분명하다. "양로원에는 크리스털 접시가 없어, 라라 진."

"제가 집에서 하나 가져올 수 있어요." 나는 큰소리쳤다.

"금요일 밤마다 그렇게 하려면 번거로울 것 같은데."

"그럼 한 달에 한 번만 그래도 돼요. 그러면 더 특별하게 느껴지지 않을까요? 짧게 휴식기를 가졌다가 한 달에 한 번씩 제대로 하는 거예요. 어르신들이 칵테일 타임을 그리워하게 말이에요. 기대감을 심어준 다음 제대로 한 방 터뜨리는 거죠." 내 말에 자넷은 별로 내키지 않는다는 듯 고개를 끄덕였다. 자넷이 마음을 바꾸기 전에 나는 얼른 덧붙였다. "저를 조수라고 생각하고 저한테 다 맡기세요. 제가 다 알아서 진행할게요."

자넷이 어깨를 으쓱했다. "그럼 한번 해봐."

같은 날 오후, 내 방에서 크리스와 빈둥거리고 있는데 피터에게서 전화가 왔다. "너희 집으로 가는 중이야. 뭐 하고 놀까?"

"안 돼! 라라 진 바빠." 크리스가 휴대폰에 대고 소리쳤다.

피터가 작게 꿍얼거렸다.

"미안. 크리스가 와 있어." 내가 말했다.

피터는 나중에 다시 전화하겠다며 끊었다. 내가 막 휴대폰을 내려놓으려는데 크리스가 불만을 터뜨렸다. "남친 생겼다고 갑자기 연락 끊고 잠수 타는 그런 여자애는 되지 마라."

'그런 여자애'라면 나도 잘 알고 있다. 새 남친이 생길 때마다 잠수 탔던 애가 바로 크리스니까. 크리스한테 그 사실을 상기시켜주려던 찰나 크리스가 재빨리 말을 이었다. "그루피*처럼 넋 놓고 남친만 따라다니는 것도 안 돼. 그런 애들 너무 싫어. 할 일이 그렇게 없나? 차라리 밴드를 따라다닐 것이지. 아, 진짜 멋진 밴드라면 나도 그루피 노릇 잘할 자신 있는데. 뮤즈가 된다든가 말이야. 안 그래?"

"너 밴드 하고 싶다더니 그건 어떻게 됐어?"

크리스가 멋쩍은 듯 어깨를 으쓱했다. "베이스 치는 애가 스케이트보드 타다가 손을 다쳐서 다들 시큰둥해졌어. 야, 내일 저녁에 워싱턴 가지 않을래? 펠트 팁이라는 밴드가 공연한대. 프랭크가 아빠한테 밴을 빌린다고 했으니까 자리는 있을 거야."

프랭크가 누군지 모르겠다. 크리스는 아마 프랭크를 2분 정

---

* groupie. 좋아하는 가수를 따라다니며 만날 기회를 노리는 광팬을 말한다.

도 만났을 것이다. 크리스는 누구든 간에 내가 이미 알고 있을 거라는 듯 이름만 말해준다. "난 안 돼. 내일 저녁은 수업 준비해야지."

크리스가 얼굴을 찌푸렸다. "거봐, 꼭 이런다니까. 내가 '그런 여자애'처럼 되지 말라고 그렇게 얘기했는데 말이야."

"그게 무슨 상관이야, 크리스? 첫째, 다음 날 수업이 있는데 워싱턴에 간다고 하면 아빠가 허락하지 않으실 거고 둘째, 프랭크가 누군지도 모르는데 밴을 얻어 타고 싶지도 않고 셋째, 왠지 펠트 팁이란 밴드는 내 취향이 아닐 것 같단 말이지. 내가 좋아할 스타일이야?"

"아니." 크리스가 순순히 인정했다. "좋아. 하지만 지금 내가 하는 질문에는 그렇다고 대답해야 해. 방금 말한 워싱턴에 가면 안 되는 이유들은 다 헛소리지?"

"그래." 나도 순순히 인정하긴 했지만 가슴이 철렁했다. 크리스와 함께 있다 보면 순식간에 나도 몰랐던 내 모습을 발견하게 된다. 하지만 어느 순간이 되면 그런 일이 있었다는 것도 기억 못 하는 사람이 크리스다.

우리는 바닥에 앉아 네일 아트 작업에 착수했다. 크리스는 내 금색 네일펜을 집어 들고 자기 엄지손톱에 작은 별을 여러 개 그렸다. 나는 라벤더색을 기본으로 칠한 다음 마리골드라는 주황색을 중심으로 포도색 꽃잎이 달린 꽃을 그려 넣었다. "크리스, 오른손에 내 이니셜 좀 적어줘. 약지에서부터 엄지까지. L, J, S, C." 나는 오른팔을 내밀었다.

"화려한 서체, 아니면 기본 서체?"

나는 정색하고 크리스를 바라봤다. "아, 진짜. 너 나를 그렇게 몰라?" 우리는 입을 모아 합창했다. "화려한 서체지."

크리스는 글씨를 무척 잘 쓴다. 너무 잘 써서 글씨만 봐도 감탄이 절로 나올 정도다. "크리스, 나한테 좋은 생각이 있어. 나랑 벨뷰 양로원에 가서 네일 아트 하지 않을래? 할머니들이 엄청 좋아하실 거야."

"얼마에?"

"당연히 공짜지! 사회봉사한다고 생각하면 돼. 의무사항은 아니야. 네 마음에서 우러나는 선의로 하는 거지. 어떤 분들은 손톱도 잘 못 깎으시거든. 할머니 할아버지들 보면 손가락 뼈마디가 정말 울퉁불퉁해. 발가락도 그렇고. 손톱 발톱도 점점 두꺼워지고……." 크리스가 메스껍다는 표정으로 노려보는 바람에 나는 말끝을 점점 흐렸다. "팁 받는 통을 갖다놔도 되고."

"노인들 발톱을 공짜로 깎아주진 않을 거야. 아무리 못 받아도 한 명당 최소 50달러는 받아야 해. 우리 할아버지 발톱은 완전 독수리 발톱 같았다고." 크리스는 어느새 내 엄지에 도달하여 예쁜 필기체로 화려하게 C 자를 그렸다. "끝났다. 이야, 나 너무 잘하는데." 크리스가 고개를 들고 외쳤다. "키티! 당장 뛰어와 봐!"

키티가 내 방으로 달려왔다. "뭔데? 지금 바쁘단 말이야."

"지금 바쁘단 말이야." 크리스가 키티를 흉내내며 말했다. "다이어트 콜라 하나 갖다주면 네일 아트 해줄게. 라라 진한테 해준 것처럼." 나는 손 모델처럼 요란하게 손을 내밀었다. 크리스가 손가락을 꼽으며 숫자를 세기 시작했다. "키티 커비한테 완전 잘 어울리겠는데?"

키티가 신나게 달려 내려갔다. 나는 키티의 뒤통수에 대고 외쳤다. "난 소다수!"

"얼음도!" 크리스가 소리치고는 한숨을 내쉬었다. "아, 나도 여동생 있었음 좋겠다. 정말 잘 부려먹을 자신 있는데."

"보통은 시켜도 안 해. 네가 멋져 보여서 심부름도 하는 거지."

"키티한테? 내가?" 크리스가 양말에 난 보풀을 잡아 뜯으며 실실 웃었다.

키티가 원래 멋지다고 생각했던 사람은 제너비브다. 제너비브한테 일종의 경외심 같은 걸 품고 있었다. "크리스." 내가 불쑥 물었다. "너희 할머니 잘 계셔?"

"잘 계시지. 강인한 분이잖아."

"그럼 너희…… 다른 가족들도 별일 없고?"

"그럼. 다들 잘 계시지." 크리스가 어깨를 으쓱했다.

흐으음. 크리스가 모를 정도라면 제너비브네 상황이 정말 심각하다는 말인가? 아주 심각한 상황이거나, 그게 아니라면 제너비브가 사기친 거겠지. 후자가 가능성이 더 높을 것이다. 어릴 때도 제너비브는 거짓말을 많이 했다. 엄마한테 혼나지 않으려고 거짓말하거나(이 경우엔 대체로 나를 팔았다) 어른들한테 불쌍한 척하느라 거짓말을 했다.

크리스가 나를 유심히 쳐다봤다. "뭘 그렇게 골똘히 생각해?

아직도 그 섹스 동영상 때문에 스트레스받는 거야?"

"섹스도 안 했는데 무슨 섹스 동영상이야!"

"진정해, 라라 진. 그때 피터가 원맨쇼했던 게 효과가 있나 봐. 애들이 이제 슬슬 관심을 끄더라고. 곧 다른 건수를 찾아서 옮겨 탈 거야."

"정말 그랬으면 좋겠다."

"내 말 믿어. 아마 다음 주쯤 되면 새로운 사건이 터져서 다들 그리로 우르르 몰릴 테니까."

크리스의 말이 맞았다. 아이들은 다른 사건으로 관심을 돌렸다. 화요일에 클라크라는 2학년 남학생이 남자 사물함실에서 자위하다가 딱 걸리는 바람에 다들 그 얘기만 했다. 정말 다행이야!

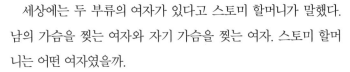

12

세상에는 두 부류의 여자가 있다고 스토미 할머니가 말했다. 남의 가슴을 찢는 여자와 자기 가슴을 찢는 여자. 스토미 할머니는 어떤 여자였을까.

나는 스토미 할머니의 벨벳 소파에 책상다리를 하고 앉아 흑백사진이 가득한 커다란 신발 상자를 뒤졌다. 할머니도 내가 진행하는 스크랩북 강좌에 참여하기로 했다. 출발이 제법 괜찮았다. 나는 사진 뭉치를 분류했다. 스토미 할머니의 어린 시절과 십대 시절 사진, 그리고 첫 번째와 두 번째, 네 번째 결혼사진. 세 번째 결혼사진은 없다. 눈이 맞자마자 급하게 도망치느라 사진을 못 찍었다고 한다.

"참 여러 남자 가슴에 상처를 남겼지. 그런데 라라 진, 너는 네 가슴을 찢을 타입이야." 할머니는 이 말을 강조하기 위해 나를 보며 눈썹을 까닥까닥했다. 그런데 오늘은 눈썹 그리는 걸 깜빡하신 모양이다.

나는 할머니 말에 대해 곰곰이 생각했다. 자기 가슴을 찢는 여자는 되고 싶지 않다. 그렇다고 남자 가슴에 상처를 주고 싶지도 않다. "할머니, 고등학생 때 남자친구 많았어요?"

"그럼, 당연하지. 수십 명은 됐을 거다. 우리 땐 다 그랬어. 금요일에 버트와 자동차 극장에 갔다가 토요일엔 샘하고 코티용 댄스*를 추는 거지. 언제나 선택권이 있었으니까. 완전히, 정말로 완전히 확신할 수 없을 땐 마음을 주면 안 되는 거거든."

"그 남자가 좋다는 확신요?"

"그 남자와 결혼하고 싶다는 확신이지. 결혼할 게 아니면 뭣하러 그 난리를 치겠어?"

나는 바다거품빛 무도회복을 입은 스토미 할머니의 사진을 하나 집어 들었다. 어깨끈이 없고 폭이 넓은 스커트 차림의 할머니는 그레이스 켈리**의 숨겨둔 사촌 같았다. 밝은 금발에서부터 눈썹을 추켜올린 표정까지. 할머니 옆에는 남자 하나가 서 있는데, 키도 별로고 딱히 잘생기지도 않았지만 뭔가 있어 보이는 얼굴이었다. "할머니, 이때 몇 살이었어요?"

할머니는 사진을 가만히 바라봤다. "열여섯, 아니면 열일곱. 딱 네 나이 때네."

"이 남자분은 누구예요?"

할머니는 사진을 좀 더 가까이 놓고 들여다봤다. 주름진 할머니의 얼굴이 꼭 말린 살구 같았다. 할머니는 빨갛게 칠한 손톱으로 사진을 두드리며 말했다. "월터! 우린 월트라고 불렀지. 정말 매력쟁이였어."

---

* cotillion dance. 프랑스에서 전해진 활발한 리듬의 춤.
** 모나코 왕비가 된 할리우드 여배우.

"할머니 남친이었어요?"

"아니. 그냥 가끔 만나는 사이였어." 할머니는 나를 보며 눈썹을 위아래로 실룩거렸다. "같이 호수에서 홀딱 벗고 수영하다가 경찰한테 잡혔지 뭐야. 제법 큰 스캔들이었지. 몸에 달랑 담요 한 장 걸친 채 경찰차 타고 집에 돌아갔거든."

"그러면…… 사람들이 이상한 소문도 퍼뜨리고 그랬어요?"

"당연히 그랬지."

"저도 그런 스캔들 비슷한 게 있었거든요." 나는 야외 온탕에서 있었던 일, 동영상이 퍼진 일, 그리고 그 후의 사태까지 모두 할머니한테 이야기했다. '밈'이 뭔지도 설명해야 했다. 할머니는 내 얘기를 재미있어했다. 야한 장면을 설명할 땐 몸을 앞뒤로 흔들면서 웃기까지 했다.

"훌륭해!" 할머니가 까르르 웃으며 말했다. "네가 그런 일을 겪었다고 하니 오히려 마음이 놓이는데? 융통성 없는 모범생보단 소문 좀 달고 다니는 여자애가 훨씬 더 재밌게 사는 법이거든."

"근데 할머니, 이게 인터넷에 돌아다닌다고요. 인터넷에 올라가면 끝이에요. 학교에 소문 좀 도는 거하곤 차원이 달라요. 그리고 저 모범생 맞는데요."

"아니야, 모범생은 네 언니 마거릿이고."

"마고예요."

"아냐. 걔는 딱 마거릿같이 생겼어. 무슨 애가 금요일 밤마다 양로원에 오냐고! 만약 나한테 한창 예쁠 나이에 망할 양로원에 처박혀 있으라고 했다면 난 손목을 그었을 거다. 말이 거칠어서 미안하구나, 얘야." 할머니는 등에 댄 베개를 폭신하게 부풀렸다. "맏이들은 공부만 잘하지 재미가 없어. 우리 큰아들 스탠리도 정말 끔찍하게 재미없다니까. 걔가 제일 최악이야. 직업도 족병足病 전문의가 뭐니, 세상에! 이름을 스탠리라고 지은 내 잘못이지! 그렇다고 나한테 선택권이 있었던 것도 아니지만…… 시어머니가 돌아가신 시아버지 이름을 따라야 한다고 박박 우겼거든. 쪼그랑 할멈 같으니." 할머니는 아이스티를 한 모금 삼켰다. "둘째들이 좀 재미가 있어. 너랑 나를 봐라, 그게 우리 공통점이잖니. 네가 여길 자주 오는 건 아니라서 다행이다 싶었어. 나가서 사고도 좀 치고 그랬으면 좋겠다 생각했거든. 그런데 내 생각이 맞았어. 여기 자주 오는 것만 빼고."

스토미 할머니는 죄책감을 불러일으키는 데 탁월한 재주가 있었다. '남의 상처 들추기' 석사쯤 되는 것 같다.

"정규 강좌를 맡았으니까 앞으로 자주 올 거예요."

"그래도 너무 자주 오진 마라." 할머니가 활기 넘치게 말했다. "다음에 올 땐 그 남친이라는 애도 데려와. 양로원에 새로운 피를 좀 수혈해야 하지 않겠니? 신선한 충격을 좀 줄 필요가 있어. 그런데 그 친구 잘생겼니?"

"네, 아주 잘생겼어요." 잘생긴 애들 중에서도 최고로 잘생겼으니까요.

할머니가 손뼉을 딱 쳤다. "그럼 반드시 데리고 와야지. 대신 데려오기 전에 나한텐 미리 알려줘야 해. 멋지게 보이려면 준비해야 하니까. 다른 남자애들한텐 번호표 안 나눠줬고?"

나는 웃음을 터뜨렸다. "다른 남자 없어요! 말씀드렸잖아요, 남자친구 있다고요."

"흐음." 할머니는 잠시 생각에 잠겼다가 이내 말을 이었다. "손자 녀석이 하나 있는데 아마 네 또래쯤 됐나. 어쨌든 아직 고등학생이야. 그 녀석한테 여기 들러서 너랑 만나보라고 해야겠다. 여자한텐 선택권이 많을수록 좋은 거야." 할머니의 손자는 어떤 남자애일지 궁금했다. 할머니처럼 완전 선수겠지? 할머니한테 괜찮다고 말하려는데 할머니가 "쉬잇" 소리를 내며 손사래 쳤다. "내 스크랩북 완성되면 회고록을 작성해줄게. 그럼 네가 컴퓨터로 좀 쳐주렴. 스크랩북 제목은 〈폭풍의 눈〉이야. 〈폭풍이 몰아치던 날〉도 좋고." 할머니가 콧노래를 흥얼거렸다. "폭풍이 몰아치던 날……." 그리고 노래가 시작되었다. "그이와 나는 서로 떨어져…… 비는 하염없이 내리고……." 노래가 갑자기 중단되었다. "나이트 클럽을 열어야겠다! 상상해봐, 라라 진. 너는 턱시도를 입고, 나는 몸에 착 붙는 빨간 드레스를 입고서 피아노 위에 걸터앉는 거야. 그러면 모랄레스 씨가 심장마비로 쓰러지겠지."

킥킥 웃음이 나왔다. "심장마비는 좀 심한 거 같아요. 그냥 심장이 떨리는 걸로 해요."

할머니가 어깨를 으쓱해 보이고는 노래를 이어갔다. 엉덩이를 흔들며 춤도 추었다. "폭풍이 몰아치던 날에……."

중간에 끊지 않으면 노래를 끝까지 다 부를 것 같았다. "할머니는 존 F. 케네디가 죽었을 때 어디 계셨어요?"

"그날은 금요일이었지. 나는 브리지 모임 사람들 주려고 파인

라라 진의 두 번째 이야기

애플 케이크를 굽는 중이었어. 그런데 케이크를 오븐에 넣고 나서 그 뉴스를 본 거야. 그리고 케이크를 까맣게 잊었지. 집도 까맣게 태울 뻔했고. 주방이 온통 그을음투성이가 돼가지고 페인트칠도 새로 했어." 할머니는 머리카락을 가만두지 못하고 계속 만지작거렸다. "참 성인군자였지. 그 사람 말이다. 왕자 같았어. 한창때 그 남자를 만났다면 꽤나 즐겁게 살았을 거야. 한번은 공항에서 케네디 집안사람을 꼬신 적 있단다. 바에 앉아 있는데 그 남자가 쭈뼛거리면서 다가오더니 아주 드라이한 진 마티니를 한잔 사더라고. 예전엔 공항이 정말 매력적인 장소였거든. 사람들이 여행 간다고 한껏 차려입고서 공항에 나타나곤 했지. 요즘 비행기에서 젊은 애들 보면 끔찍한 양가죽 부츠에 파자마 바지를 입고 돌아다니던데 그게 뭐니. 난 그렇게 입고 우체국도 못 가겠더라."

"무슨 케네디였어요?"

"음? 모르겠는데? 어쨌든 턱은 케네디家 사람처럼 생겼더라고."

나는 웃지 않으려고 입술을 꽉 깨물었다. 할머니의 무모한 모험들. "파인애플 케이크 만드는 방법 좀 가르쳐주실래요?"

"그럴까? 그냥 노르스름하고 네모난 케이크 하나랑 델몬트 파인애플만 있으면 돼. 거기에 황설탕 좀 뿌리고 위에 체리 하나 올리고. 덩어리지지 않고 동그랗게 모양을 내는 게 제일 중요해."

정말 이상한 케이크 같았다. 예의상 고개를 끄덕이고 있는데 할머니는 눈치가 백단이었다. "너는 내가 옛날 주부처럼 따분하게 재료부터 하나하나 다 준비해서 케이크나 굽고 앉아 있을 사람으로 보이냐?" 할머니가 못마땅하다는 듯 말했다.

"할머니는 따분한 거하곤 거리가 멀죠." 나는 정해진 답변을 그대로 읊었다. 그게 사실이기도 하거니와 할머니가 듣고 싶어 하는 대답이기도 하니까.

"너도 빵 좀 그만 굽고 네 인생을 살아라." 가시 돋친 말이었다. 할머니가 나한테 이런 말을 한 적은 한 번도 없었는데. "젊은 것들은 그때가 얼마나 좋은지 모른다니까." 할머니가 인상을 찡그렸다. "다리가 쑤시는구나. 타이레놀 좀 가져다줄래?"

"어디에 있어요?" 나는 자리에서 벌떡 일어났다.

"싱크대 옆 서랍에."

서랍을 뒤져봤지만 약은 보이지 않았다. 건전지 몇 개, 베이비 파우더, 맥도날드 냅킨 한 다발, 조그만 설탕봉지들, 검게 변한 바나나 한 개가 전부였다. 나는 바나나를 살며시 쓰레기통에 넣으며 말했다. "할머니, 타이레놀 여기 없는데요. 다른 데 두신 거 아니에요?"

"됐다." 할머니는 딱 잘라 대답하더니 내 뒤로 다가와 나를 한쪽으로 밀쳤다. "내가 찾고 말지."

"차를 좀 끓일까요?" 할머니는 늙었다. 그래서 지금 이러는 거다. 나를 괴롭히려는 게 아니다. 일부러 그러는 게 아니라는 걸 나도 잘 안다.

"차는 늙은이들이나 마시는 거지. 나는 칵테일이 좋아."

"바로 대령하겠습니다."

13

어르신들을 위한 스크랩북 만들기 수업이 공식적으로 문을 열었다. 참가자 수에 실망하지 않았다는 말은 하지 않겠다. 지금까지 모인 사람은 스토미 할머니와 얼리샤 이토 할머니, 그리고 모랄레스 할아버지가 전부다. 작은 키에 손톱에서 반들반들 빛이 나고 쇼트커트를 한 얼리샤 할머니는 아주 정정하고 활기 넘치는 분이었다. 엉큼해 보이는 모랄레스 할아버지는 스토미 할머니한테 마음이 있는 것 같았다. 얼리샤 할머니한테 마음이 있는 것 같기도 하고…… 아무한테나 추파를 던졌기 때문에 분명히 누구라고 말하긴 힘들다. 할아버지가 작업 중인 스크랩북에는 두 분이 모두 들어 있었다. 할아버지의 스크랩북 제목은 〈좋았던 옛 시절〉로 결정되었다. 스토미 할머니의 페이지는 음표와 피아노 건반으로 장식되었고, 작년 디스코의 밤 행사 때 두 분이 같이 춤추던 사진이 붙어 있었다. 얼리샤 할머니의 페이지는 아직 작업 중인데, 할머니가 마당 벤치에 앉아 멍하니 허공을 응시하는 사진이 가운데 놓여 있고, 그 주변으로 꽃 스티커가 여러 개 붙어 있었다. 이렇게 로맨틱할 수가!

예산이 충분하지 않아서 내가 쓰던 재료를 집에서 챙겨왔다.

세 분한테도 잡지 스크랩이나 작은 털실 방울, 단추 같은 것들을 가져와 달라고 했다. 스토미 할머니도 나처럼 물건을 못 버리는 분이라 온갖 보물을 잔뜩 가지고 있었다. 어릴 때 입었던 세례복의 레이스, 남편을 만났던 모텔의 종이 성냥(할머니는 더 이상 묻지 말라고 했다), 파리에 있을 때 드나들던 카바레 티켓들까지. (나는 입이 떡 벌어져서 질문을 퍼부었다. "1920년대에 파리에 계셨다고요? 헤밍웨이 보셨어요?" 할머니는 눈빛으로 날 제지하며 자기는 그렇게 나이가 많지 않고 내가 역사를 너무 모르는 것 같다고 했다.)

얼리샤 할머니는 깔끔한 미니멀리스트였다. 할머니는 내 검정색 붓펜을 가져다 사진 밑에 일본어로 설명을 적었다. "뭐라고 적으신 거예요?" 나는 노란 우비를 입은 얼리샤 할머니와 남편인 필 할아버지가 나이아가라 폭포 앞에서 손잡고 서 있는 사진을 가리키며 물었다.

"비를 만났을 때, 라고 적은 거야." 할머니 얼굴에 미소가 떠올랐다.

얼리샤 할머니도 참 로맨틱하다. "할아버지가 많이 보고 싶으시겠어요." 필 할아버지는 1년 전에 돌아가셨다. 나는 금요일 칵테일 타임에 마고 언니를 도우러 왔다가 몇 번 뵌 게 전부다. 할아버지는 치매를 앓은 데다 말씀도 거의 없었다. 그저 휠체어를 탄 채 휴게실에 가만히 앉아 있곤 했다. 얼리샤 할머니는 항상 그런 할아버지 곁을 지켰다.

"매일이 그리움이지." 할머니 눈에 눈물이 핑 돌았다.

스토미 할머니가 나와 얼리샤 할머니 사이로 비집고 들어와 앉았다. 한쪽 귓등에 초록색 반짝이 펜을 꽂은 스토미 할머니가 말했다. "얼리샤, 당신 스크랩북을 좀 신나는 분위기로 꾸며봐." 그리고 얼리샤 할머니 쪽으로 우산 스티커 한 장을 흔들었다.

"고맙지만 난 됐어." 얼리샤 할머니는 완고하게 거부했다. 그리고 작업 중이던 페이지를 스토미 할머니에게 마주 흔들어 보였다. "당신이랑 나는 스타일이 달라."

이 말에 스토미 할머니가 눈을 흘겼다.

나는 분위기를 띄울 겸 재빨리 스피커로 달려가 볼륨을 높였다. 스토미 할머니가 춤을 추며 내 쪽으로 다가오더니 노래를 따라 부르기 시작했다. "조니 엔젤, 조니 엔젤. 당신은 나를 찾아온 천사." 우리는 이마를 맞대고 노래를 불렀다. "그와 내가 함께하는 꿈을 꿨죠. 어떻게 그런 일이……."

얼리샤 할머니가 화장실에 가자 스토미 할머니가 말했다. "으이구, 재밋대가리 없는 할망구 같으니."

"재미없으신 분은 아닌 것 같은데요."

"둘 다 아시아 사람이라고 해서 나보다 저 친구를 더 좋아하는 건 아니겠지?" 스토미 할머니가 핫핑크색 매니큐어를 바른 손가락으로 나를 가리키며 물었다.

양로원에서 시간을 많이 보내다 보니 나이 드신 분들이 모호하게 인종차별적인 언어를 사용하는 것에도 어느 정도 적응이 됐다. 적어도 스토미 할머니는 '동양인'이라는 단어를 더 사용하지는 않는다. "두 분 다 똑같이 좋아요." 내가 대답했다.

"그런 게 어딨어." 할머니가 코웃음 쳤다. "여러 사람을 똑같이 사랑할 수는 없는 법이야."

"할머니는 자녀분들을 똑같이 사랑하지 않으세요?"

"당연히 아니지."

"부모는 모든 자식을 똑같이 사랑하는 거 아니었어요?"

"똑같지 않다니까. 나는 우리 막내아들 켄트가 제일 예뻐. 제 엄마밖에 모르는 녀석이거든. 날 보겠다고 일요일마다 여길 와."

나는 부모님에 대한 의리감으로 말했다. "저희 부모님은 다 똑같이 좋아하시는 것 같아요." 이렇게 말하는 게 맞는 것 같기도 하고, 사실이 그렇지 않나? 누가 내 머리에 총을 겨누고 아빠가 가장 예뻐하는 딸이 누구냐고 묻는다면? 마고 언니겠지. 마고 언니가 아빠를 가장 많이 닮았으니까. 언니도 아빠처럼 다큐멘터리 시청이나 들새 관찰 같은 걸 정말 좋아한다. 막내인 키티도 유리하다. 그럼 송 자매 중간에 끼여 있는 나는? 어쩌면 엄마는 나를 제일 예뻐했을지도 모른다. 확실히 알 수 있다면 얼마나 좋을까. 아빠한테 물어볼 수도 있겠지만 진실을 얘기해줄 것 같지 않다. 마고 언니라면 말해줄 것도 같은데.

마고 언니와 키티 중에 한 사람을 선택하라고 하면 나는 절대 고르지 못할 것이다. 하지만 만약 두 사람이 한꺼번에 물에 빠져서 한 사람에게만 구명조끼를 던져줄 수 있다면 키티에게 던져줄 것 같다. 그러지 않으면 마고 언니가 죽을 때까지 나를 용서하지 않을 것이다. 키티를 돌보는 건 우리 두 사람의 몫이니까.

키티를 영영 잃을 수도 있다고 생각하니 괜히 감상에 젖어 키티에게 잘해주고 싶었다. 그래서 그날 밤 키티가 잠든 후에 동생이 가장 좋아하는 스니커두들* 쿠키를 한 판 구웠다. 쿠키 반죽을 비닐에 담아 냉동고에 넣고 완벽한 공 모양으로 얼렸다. 그러면 가족들이 쿠키를 먹고 싶어 할 때 20분 만에 납작하게 구워낼 수 있다. 키티가 내일 점심시간에 도시락을 열면 깜짝 놀라겠지?

제이미한테도 쿠키를 한 개 줬다. 주면 안 된다는 걸 알지만 저렇게 불쌍한 강아지 눈을 하고 빤히 쳐다보면 도저히 뿌리칠 수가 없다.

---

* 미국에서 가장 흔하게 먹는 바삭바삭한 과자.

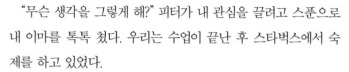

14

"무슨 생각을 그렇게 해?" 피터가 내 관심을 끌려고 스푼으로 내 이마를 톡톡 쳤다. 우리는 수업이 끝난 후 스타벅스에서 숙제를 하고 있었다.

나는 내 일회용 컵에 흑설탕 두 봉지를 넣고 빨대로 휘휘 저었다. 그리고 길게 한 모금 빨아 마셨다. 설탕 알갱이가 치아 사이에서 아사삭 씹히는 느낌이 좋았다. "우리가 1950년대 사람들처럼 사랑에 빠질 수 있다면 얼마나 깔끔하고 좋을까, 뭐 그런 생각을 했어." '사랑에'라는 말을 입 밖에 낸 순간 도로 삼키고 싶었다. 피터는 나와 사랑에 빠지는 게 어떤 건지 이야기한 적이 아직 한 번도 없기 때문이다. 하지만 이미 엎질러진 물이므로 나는 피터가 흘려듣길 바라며 계속 이야기를 늘어놓았다. "1950년대에는 데이트하는 게 아주 간단했거든. 어제저녁에 버트랑 자동차 극장에 갔으면 오늘 저녁에는 월터랑 삭스 합*을 추러 가는 거야."

"삭스 합이 뭐야?" 피터가 멍한 얼굴로 물었다.

---

* sox hop. 신발을 벗고 추는 춤.

"춤의 한 종류지. 영화 〈그리스〉에 나오잖아." 피터는 여전히 멍한 얼굴이었다. "〈그리스〉를 안 봤어? 어젯밤에도 티비에서 해주던데. 어쨌든 중요한 건 말이지, 그 시절엔 핀을 갖지 못하면 누군가의 여자가 될 수 없었다는 거야."

"핀?"

"그래. 남자가 여자한테 남학생 클럽 핀을 줬대. 그게 진지하게 사귄다는 표시였던 거지. 만약 데이트하는 남자한테 핀을 받지 못했다면 아직 진지한 사이가 아닌 거야."

"나는 남학생 클럽이 아닌데. 그 남학생 클럽 핀이라는 게 어떻게 생겼는지도 모르고."

"내 말이."

"잠깐, 너 지금 핀을 갖고 싶다는 거야, 안 갖고 싶다는 거야?"

"나는 어느 쪽이라고 말하지 않았어. 그냥 그렇다는 거야. 그런데 옛날에 그렇게 했다니 꽤 쿨하지 않아? 좀 구식이긴 해도 뭐랄까, 거의 그거 같잖아." 마고 언니가 늘 쓰던 말이 있는데 뭐더라? "아, 포스트페미니즘."

"뭐야. 그럼 다른 남자하고도 데이트를 하겠다는 거야?" 피터가 쏘아붙였다. 하지만 화난 것 같진 않았다. 좀 혼란스러워 보이긴 해도.

"아냐! 그냥…… 나는 그냥 의견을 말한 것뿐이야. 그 시절의 데이트 방식을 되살리는 것도 쿨할 것 같단 얘기였어. 달콤하고 사랑스럽지 않아? 울 언니는 조시 오빠하고 그렇게 심각한 관계가 되어버린 게 아쉽다고 하더라고. 너도 제너비브하고 사귀다가 심각해져버려서 너무 싫다고 했잖아. 나중에 우리가 깨지더라도 같은 방에 있는 게 불가능할 정도로 관계가 심각하진 않았으면 좋겠어. 너하고는 계속 친구로 지내고 싶으니까."

피터는 내가 한 말을 간단히 일축해버렸다. "나하고 제너비브 사이가 복잡해진 건 제너비브 때문이야. 지금 너와 내 관계하고 비교할 순 없어. 너는…… 다르니까."

나는 얼굴이 붉게 달아올랐다. "어떻게 다른데?" 너무 궁금해하는 것처럼 들릴까 봐 넌지시 물었다. 내가 칭찬을 간절히 바라고 있다는 걸 알지만 상관없었다.

"너랑 있으면 편해. 너 때문에 막 미칠 것 같다거나 안달 난다거나 하진 않으니까. 너는……." 피터는 내 표정을 보더니 말끝을 흐렸다. "뭐? 내가 방금 뭐라고 했지?"

온몸이 뻣뻣해지는 느낌이었다. 피터가 방금 한 말을 듣고 싶어 하는 여자는 한 명도 없을 것이다. 한 명도. 여자라면 남자가 자기 때문에 속을 끓이고 안달하길 바라지 않을까? 사랑에 빠진다는 건 이런 것도 포함하는 거 아닐까?

"좋은 뜻으로 한 말이야, 라라 진. 화났어? 화내지 마." 피터가 지친 듯 얼굴을 문질렀다.

나는 머뭇거렸다. 피터와 나는 진실만을 이야기하기로 했다. 처음부터 그렇게 했다. 앞으로도 그렇게 지내고 싶다. 피터도 나도 진실만을 이야기하면서……. 그런데 그때 피터의 눈에 갑작스러운 불안, 또는 어떤 망설임 같은 게 떠올랐다. 익숙한 느낌이 아니었다. 별로 반갑지 않았다. 다시 만나기 시작한 지 이제 몇 주 지났을 뿐이다. 피터가 악의로 한 말도 아닌데 싸우고 싶진 않았다. 그래서 말했다. "괜찮아, 화 안 났어." 이 한마디 말로 난 화난 적 없는 사람이 되는 것이다. 어쨌거나 피터와 너무 진지한 관계가 되거나 진도가 너무 빨리 나갈까 봐 걱정한 사람은 나였으니까. 피터가 나 때문에 미치지도 않고 안달하지도 않는다면 좋은 거겠지.

피터의 얼굴에 드리워졌던 먹구름이 순식간에 흩어져 사라졌다. 피터는 다시 밝고 활기찬 모습으로 돌아왔다. 내게 익숙한 피터의 모습으로. 피터는 차를 벌컥벌컥 마셨다. "이거야. 내가 말하고 싶은 게 이거였어, 라라 진. 이래서 내가 널 좋아하는 거라고. 너는 다 이해해주잖아."

"고마워."

"별말씀을."

15

학교 가기 전, 이른 아침이었다. 내 차가 어떤지 보려고 밖에 나가니 조시 오빠가 자기 차 앞유리에 붙은 성에를 제거하고 있었다. 내 차는 아빠가 벌써 긁어내서 깨끗했다. 게다가 시동도 걸어놓고 히터까지 켜뒀다. 조시 오빠 차를 보니 제시간에 등교할 수 있을 것 같지 않았다.

크리스마스 이후 조시 오빠를 거의 보지 못했다. 나하고 그렇게 어색해진 데다 마고 언니하고도 깨졌기 때문에 우리 집에서 조시 오빠는 유령이나 다름없었다. 오빠는 요즘 들어 전보다 일찍 학교에 가고 전보다 늦게 집에 돌아왔다. 동영상 때문에 그 난리가 났을 때도 오빠는 내게 일절 연락하지 않았다. 그래서 한편으로는 마음이 놓이기도 했지만……. 조시 오빠가 '그럴 줄 알았다. 피터는 그런 놈이라고 내가 말하지 않았냐', 이런 소리 하는 건 듣고 싶지 않다.

나는 후진으로 진입로를 빠져나오다가 결국 차창을 내리고 얼굴을 내밀었다. "태워줄까?" 내가 외쳤다.

오빠는 놀란 토끼 눈으로 나를 바라봤다. "어, 그래." 오빠는 성에 제거기를 차 안에 던져 넣더니 가방을 집어 들고 달려왔다.

"고마워, 라라 진." 오빠가 차에 오르며 말했다. 그리고 따뜻한 바람이 나오는 통풍구에 대고 손을 녹였다.

동네를 벗어나자 나는 조심조심 운전했다. 전날 밤 내린 눈 때문에 길이 미끄러웠다.

"운전 많이 늘었네." 조시 오빠가 입을 열었다.

"고마워." 그동안 연습을 많이 했다. 혼자서도 하고, 피터하고도 하고. 가끔씩 긴장되긴 마찬가지지만 이제 나도 할 수 있다는 걸 알기에 운전대를 잡을 때마다 조금씩 긴장이 누그러진다. 뭐든 계속하다 보면 되기 마련이다.

학교까지 얼마 남지 않았을 때 조시 오빠가 물었다. "우리 언제 다시 얘기하지 않을래? 대략적인 날짜만 말해주면……."

"우리 지금 얘기하고 있는 거 아냐?"

"무슨 말인지 알잖아. 나랑 마고 일도 있었고, 너하고 내 문제도 그렇고. 우리 예전처럼 계속 친구로 지낼 순 없을까?"

"오빠, 우리가 친구로 지내는 덴 아무 문제 없어. 하지만 오빠랑 언니는 깨진 지 한 달도 안 됐잖아."

"그건 아니지. 우린 8월에 깨졌으니까. 그러다 마고가 삼 주 전에 다시 만나자고 하는 걸 내가 싫다고 했어."

나는 한숨을 내쉬었다. "왜 싫다고 한 거야? 단지 멀리 떨어져 있어서?"

오빠도 한숨을 내쉬었다. "관계란 복잡한 거야. 두고 봐. 너도 카빈스키랑 오래 사귀다 보면 내 말이 무슨 뜻인지 알게 될 거야."

"와, 진짜. 오빠도 완전 잘난척쟁이네. 지금까지 본 잘난척쟁이들 중에 최고야. 우리 언니 빼고."

"키티는 왜 안 빼?"

웃음이 터지려는 걸 간신히 참았다. "키티도 빼고. 둘 다 잘난척쟁이니까."

"얘기할 게 하나 더 있어." 조시 오빠가 잠시 머뭇거리다가 말을 이었다. "카빈스키에 대해선 내가 잘못 생각했어. 동영상 사건 났을 때 처리하는 거 보니까 괜찮은 놈 같더라."

"고마워, 오빠. 피터 정말 괜찮은 친구야."

조시 오빠가 고개를 끄덕였다. 이제 우리 둘 사이에는 편안한 침묵이 흘렀다. 어젯밤의 폭설로 오빠 차에 성에가 낀 게 참 다행이다 싶었다.

16

다음 날 학교 수업이 끝나고 정문 근처 벤치에 앉아 피터를 기다리고 있는데 제너비브가 전화통화를 하면서 이중문을 밀고 나왔다. "네가 말 안 하면 나도 말 안 해. 약속할게."

심장이 멈췄다. 누구랑 통화하는 거지? 설마 피터는 아니겠지?

그때 제너비브의 친구인 에밀리와 주디스가 문을 벌컥 밀고 나왔다. 제너비브는 급하게 전화를 끊고 쏘아붙였다. "너네 대체 어디 처박혀 있었던 거야?"

에밀리와 주디스가 눈빛을 주고받았다. "젠, 진정해." 에밀리가 입을 열었다. 에밀리는 마치 줄타기 곡예를 하는 사람 같았다. 적당히 대담한 태도를 취하면서도 제너비브의 화를 돋우지는 않을 정도였다. "쇼핑하러 갈 시간은 충분하잖아."

그때 제너비브가 내 존재를 확인하고는 짜증 난 표정을 감췄다. "야, 라라 진. 카빈스키 기다리는 거야?" 제너비브가 손을 흔들며 물었다.

나는 고개를 끄덕였다. 그리고 뭐라도 해야 할 것 같아서 입김을 불어 손을 녹였다. 마침 날씨가 추워서 다행이었다.

"걔는 약속에 맨날 늦는다니까. 오늘 밤 내가 전화한다고 전해줘, 알았지?"

나는 아무 생각 없이 고개를 끄덕였다. 세 사람은 팔짱을 끼고 멀리 사라졌다.

내가 왜 고개를 끄덕였지? 나 좀 이상한 거 아냐? 왜 대꾸도 제대로 못 하는 거냐고! 한심한 나를 질책하고 있는데 피터가 왔다. 피터는 내 옆으로 미끄러지듯 들어와 앉으며 한 팔로 내 어깨를 안았다. 그리고 키티한테 했던 것처럼 내 머리카락을 헝클어뜨렸다. "왜 그래, 커비?"

"추운 날 밖에서 기다리게 해주고, 고맙다." 나는 얼어붙은 손으로 피터의 목을 감쌌다.

피터가 꽥 소리 지르며 뒤로 풀쩍 물러나 앉았다. "안에서 기다렸으면 됐잖아!"

맞는 말이다. 하지만 화난 이유는 따로 있었다.

"젠이 이따 밤에 너한테 전화한대."

피터가 슬금슬금 눈치를 보며 말했다. "그거 간 보는 거야. 제너비브가 하는 말 귀담아듣지 마, 커비. 질투 나서 그러는 거니까." 피터가 자리에서 일어나 두 손을 내밀자 나는 마지못해 그 손을 잡았다. "가자, 내가 핫초코 한잔 사줄게. 너 몸부터 녹여야겠다."

"그러자."

차를 타고 가는 동안 피터는 내가 아직 화났는지 보려고 자꾸 내 쪽을 흘끔거렸다. 나도 계속 쌀쌀맞은 얼굴을 하고 있을 수는 없었다. 계속 그러는 것도 힘이 빠지는 일이다. 결국 피터가 사주는 핫초코를 마셨다. 심지어 피터와 나눠 마시기까지 했다. 마시멜로는 단 한 개도 허락하지 않았지만.

그날 밤 침대 옆 탁자에 올려둔 휴대폰에서 진동음이 울렸다. 열어보지 않아도 누군지 알 수 있었다. 아직 완전히 마음을 놓지 못한 피터가 확인차 전화한 것이다. 나는 헤드폰을 벗고 휴대폰을 집어 들었다. "안녕."

"뭐 하고 있었어?" 피터가 가라앉은 목소리로 물었다. 누워 있는 모양이었다.

"숙제하지. 너는?"

"침대에 누워 있어. 그냥 잘 자라고 전화했어." 그러더니 잠시 아무 말이 없었다. "야, 넌 어떻게 한 번도 잘 자라는 전화를 안 해?"

"몰라. 전화할 생각을 못 한 것 같아. 앞으로 해줄까?"

"음, 그럴 필요까진 없어. 그냥 왜 안 하나 궁금해서 그랬어."

"네가 '마지막 전화' 같은 거 싫어하는 줄 알았어. 기억 안 나? 네가 계약서에 그것도 넣었잖아. 제너비브가 매일 밤 마지막 통화를 자기랑 해야 한다고 우겨서 아주 짜증 났다며."

"제너비브 얘기 좀 그만하면 안 돼? 기억력은 왜 그렇게 좋은 거야? 기억 못 하는 게 없잖아." 피터가 투덜거렸다.

"그게 내 재능이자 저주야." 나는 한 단락에 강조 표시를 하고서 어깨 위에 휴대폰을 올려보려고 했지만 자꾸 미끄러져 내렸다. "그나저나 나더러 매일 밤 전화하라는 거야, 말라는 거야?"

"으휴, 됐어."

"으휴, 알았어." 휴대폰 너머로 피터의 웃음소리가 들렸다.

"잘 자."

"잘 자."

"맞다. 내일 점심때 그 요구르트 하나 갖다줄래?"

"주세요, 해야지."

"주세요."

"더 귀엽게."

"잘 자."

"잘 자아아아."

숙제하느라 두 시간이 더 걸렸다. 하지만 잠들 땐 나도 웃고 있었다.

17

아빠가 연애를 하는 것 같다. 오늘 저녁 친구랑 약속이 있다면서 깨끗이 면도를 하고 멋진 셔츠까지 꺼내 입었다. 맨날 입던 추레한 스웨터가 아니라. 아빠가 급하게 나가는 바람에 어떤 친구냐고 물어보지는 못했다. 아마 병원에서 알게 된 분이겠지. 아빠의 대인관계가 그리 넓진 않으니까. 아빠는 쑥스러움을 많이 타는 분이다. 누굴 만나는지는 모르겠지만 일단 좋은 신호인 건 분명하다.

아빠가 나가자마자 키티에게도 물어보는 게 좋겠다는 생각이 들었다. 키티는 소파에 누워 티비를 보면서 새콤달콤 젤리의 가루를 빨아 먹고 있었고, 제이미는 키티 옆에 누워서 자고 있었다. "키티, 혹시 아빠가……."

"연애하는 것 같냐고? 저런."

"너는 아빠가 연애해도 괜찮아?"

"당연하지. 이왕이면 내가 잘 알고 내가 좋아하는 분이랑 연애하는 게 더 좋겠지만."

"아빠가 만약 재혼한다고 하면? 그것도 괜찮아?"

"괜찮다고. 그러니 제발 언니 노릇 한다고 걱정 가득한 표정으로 쳐다보지 좀 마. 알았어?"

나는 백지처럼 무념무상의 표정을 지었다. 그리고 차분하게 물었다. "그럼 너는 아빠가 재혼해도 괜찮다는 거네?"

"그냥 데이트 좀 하는 거잖아. 데이트 한번 했다고 결혼하지는 않아."

"하지만 데이트를 계속하다 보면 결혼하잖아."

일순간 키티의 얼굴에 걱정이 스쳤다. "일단 기다리면서 상황을 보자고. 우리끼리 설레발쳐봤자 아무 의미 없어."

엄밀히 말해서 이건 설레발이 아니라고 말하고 싶었지만 어쨌든 궁금했다. 할머니한테 아빠가 연애해도 상관없다고 말한 건 진심이었다. 다만 아빠가 만나는 여자분이 아빠에게도 좋은 사람인지는 알고 싶었다. 나는 화제를 바꿨다. "생일선물로 뭐 받고 싶어?"

"목록을 작성하는 중이야. 제이미 목줄. 가죽이어야 해. 스파이크도 달려 있어야 하고. 그리고 러닝머신."

"러닝머신이라고!"

"그래, 러닝머신. 제이미한테 러닝머신 위에서 걷는 법을 가르칠 거야."

"아빠가 러닝머신은 찬성하지 않으실 것 같아. 비싼 건 둘째 치고, 대체 그걸 어디에 두려고?"

"그럼 됐어. 러닝머신은 지워. 야간 투시경도 갖고 싶어."

"선물 목록을 마고 언니한테 참고하라고 보내는 게 좋겠다."

"스코틀랜드에서 사서 보내줄 만한 건 뭐가 있을까?" 키티가 물었다.

"진짜 스코틀랜드산 쇼트브레드. 타탄체크 무늬의 킬트*. 또 뭐가 있더라…… 아, 골프공. 네스호 괴물** 굿즈goods."

"굿즈가 뭐야?"

"네스호 괴물 봉제인형이나 네스호 괴물 티셔츠 같은 거. 야광 포스터도 있을 거야, 아마."

"됐어, 거기까지. 괜찮은 것 같아. 그것도 목록에 넣어야지."

키티가 자러 들어간 후 나는 주방을 청소했다. 철수세미로 가스레인지도 닦고 냉장고도 정리했다. 그래야 아빠가 집에 도착하는 즉시 질문을 퍼부을 수 있으니까. 밀가루 통을 채우고 있을 때 아빠가 들어왔다. 나는 자연스럽게 물었다. "데이트 어땠어요?"

아빠는 무슨 소리냐는 듯 인상을 찡그렸다. "데이트라니? 같이 일하는 마저리랑 교향악단 연주회 다녀온 건데. 남편이 독감으로 앓아누웠는데 표를 버리자니 아깝다고 하잖아."

"아." 김이 팍 샜다.

아빠는 물을 한 컵 따르면서 콧노래를 흥얼거렸다. "앞으로 연주회도 자주 가고 그래야겠어. 너도 같이 갈래, 라라 진?"

"음…… 그러든지요."

---

* '타탄체크'는 3, 4중으로 겹쳐진 체크를 말하며, '킬트'는 스코틀랜드 남성들이 전통복으로 입는 짧은 체크무늬 스커트이다.
** 스코틀랜드에 있는 호수 네스호에는 '네시'라는 괴물이 산다는 전설이 있다.

나는 스니커두들 쿠키를 한 보따리 구워 들고 내 방으로 올라가 책상 앞에 앉았다. 한 개를 우적우적 씹으면서 노트북을 열고 '아빠들을 위한 데이트'를 입력했다. 그러자 한부모를 위한 만남 사이트가 나왔다.

나는 프로필을 작성하기 시작했다. 가장 중요한 건 프로필 사진이다. 괜찮은 사진이 있나 컴퓨터를 뒤져봤지만 아빠 혼자 찍은 사진은 거의 없었다. 겨우 두 개를 골라 북마크를 달았다. 하나는 작년 여름에 해변에서 찍은 전신사진이다. 그 사이트에서 전신사진이 좋다고 했다. 다른 하나는 지난 크리스마스 때 우리가 선물로 드린 스칸디나비안 스웨터*를 입고 찍은 사진이다. 사진 속의 아빠는 로스트 치킨을 자르고 있다. 건전한 커피 광고에 나오는 아저씨 같긴 하지만 그래도 활력 있어 보였다. 식당의 어둑한 조명 덕분에 주름도 거의 보이지 않았다. 눈가에 잔주름만 약간 보일 뿐이었다. 그래도 이걸 보니 아빠한테 자외선차단제를 매일 바르라고 해야겠다는 생각이 들었다. 아버지의 날 선물로 남성용 스킨케어 세트도 괜찮을 것 같다. 나는 '미리 알림' 앱에 스킨케어 세트를 적어 넣었다.

아빠는 이제 겨우 40대 초반이다. 누군가를 만나 사랑에 빠지기에 충분히 젊은 나이다. 어쩌면 두 번이나 세 번도 가능할지 모른다.

---

* 눈의 결정(結晶) 이미지를 주요 무늬로 한 두꺼운 스웨터.

라라 진의 두 번째 이야기

18

키티가 태어났을 땐 너무 작아서 캐서린 같아 보이지 않고 새끼 고양이 같았다고 얘기한 적이 있다. 그래서 이름 대신 새끼 고양이라는 뜻의 '키튼'이라 불렀다고…… 마고 언니와 나는 병원에 있는 엄마와 키티를 보고 돌아와서 시간이 빨리 가길 기다리며 '생일 축하해, 키튼'이라고 적힌 플래카드를 만들었다. 그걸 만든다고 물감이며 만들기 재료를 죄다 꺼내놓았다. 부엌 바닥에 물감을 줄줄 흘리고 여기저기 손자국을 잔뜩 찍어놔서 친할머니는 그걸 언제 다 치우냐며 화를 내셨다. 엄마가 집에 돌아온 날 키티를 안고 그 플래카드 밑에 서서 사진을 찍었다. 엄마는 피곤한 눈빛이었지만 표정만은 밝게 빛났다. 그리고 행복해 보였다.

키티의 생일날이면 그 애 방문에 그 플래카드를 걸어놓는 게 우리의 전통이다. 그러면 키티가 잠에서 깼을 때 가장 먼저 플래카드를 볼 수 있다. 나는 다른 날보다 더 일찍 일어나 모서리가 구겨지거나 찢어지지 않도록 조심해서 플래카드를 걸었다. 키티를 위한 아침식사로는 뮌스터치즈 오믈렛을 준비했다. 케첩으로 고양이 얼굴을 그리고 옆에 하트도 하나 넣었다. 우리 집에는 '기념일 서랍'이 있는데, 그 안에 생일 초, 종이 고깔모자, 식탁보, 비상용 생일카드가 들어 있다. 나는 고깔모자를 꺼내 썼다. 멋을 부린다고 약간 비딱하게 기울였다. 키티 접시와 아빠 접시에도 고깔모자를 하나씩 올려놓고 제이미한테도 모자를 씌웠다. 모자가 제이미 머리에는 맞지 않았지만 녀석이 모자를 날려버리기 전에 사진을 찍을 수 있을 것이다.

아빠는 점심 도시락으로 키티가 제일 좋아하는 브리 샌드위치와 감자튀김을 만들고, 거기에 크림치즈 프로스팅의 레드벨벳 컵케이크까지 준비했다.

키티는 식탁과 고양이 얼굴 오믈렛을 보고 굉장히 즐거워했다. 아빠가 쓰고 있던 고깔모자 고무줄이 딱 끊어져서 모자가 팅겨나갔을 땐 손뼉을 치며 깔깔 웃었다. 정말이지 우리 키티보다 생일을 행복하게 보내는 사람은 없을 것이다.

"언니 스웨터 중에 데이지꽃 그려진 거 내가 입어도 돼?" 키티가 오믈렛을 한입 가득 넣고 물었다.

"내가 갖다줄 테니까 너는 얼른 먹어." 나는 시계를 흘끗거리며 말했다. 이제 곧 피터가 도착할 것이다.

학교 갈 시간이 되자 우리는 아빠에게 뽀뽀하며 인사한 뒤 현관문을 나섰다. 집 앞에 피터가 차를 세워놓고 기다리고 있었다. 손에는 셀로판지로 감싼 핑크색 카네이션 다발이 들려 있었다. "생일 축하해, 꼬마." 피터가 말했다.

"그 꽃다발 내 거야?" 키티는 눈이 왕방울만 해졌다.

"그럼 누구 거겠어? 어서 차에 타." 피터가 웃었다.

키티가 또랑또랑 반짝이는 눈으로 나를 돌아봤다. 얼굴에 미소가 가득했다. 나도 절로 미소가 지어졌다. "언니도 같이 가?"

나는 고개를 저었다. "난 안 가. 거긴 두 명밖에 못 타."

"오늘은 키티 너만을 위한 날이야." 피터가 말했다. 키티는 피터에게 달려가 꽃다발을 낚아챘다. 피터는 남자답게 키티를 위해 차 문을 열어주었다. 키티가 올라타자 문을 닫고 나를 보며 윙크를 날렸다. "질투하지 마, 커비."

그 어느 때보다도 피터가 사랑스러웠다.

키티 친구들과의 생일 파티는 몇 주 후에나 하기로 했다. 키티는 밤샘 파티를 하겠다고 우기는데 아빠가 2월에는 계속 주말 당직이라 불가능했다. 그래서 오늘 저녁에는 가족끼리 식사를 하며 축하하기로 했다.

아빠의 단골 요리 중 하나는 로스트 치킨이다. 아빠는 그걸 우리 집 특별요리라고 부른다. 먼저 닭고기에 버터를 듬뿍 바르고, 안에 양파와 사과를 넣은 다음 치킨 시즈닝을 골고루 뿌려서 오븐에 넣는다. 곁들이는 요리는 무조건 감자다. 오늘은 내가 감자를 으깨서 그 위에 황설탕과 시나몬 가루를 뿌리고 브로일러 안에 넣었다. 그럼 크렘 브륄레*처럼 설탕이 녹아 눈는다.

키티는 식탁 세팅과 소스 준비를 맡았다. 아빠는 텍사스 피트

---

* Crème brûlée. 커스터드(달걀, 크림 등으로 만든 부드러운 쿠키) 위에 설탕을 뿌려 살짝 구운 프랑스 디저트. 구울 때 설탕이 녹아 캐러멜처럼 된다.

핫소스, 키티는 머스터드, 나는 딸기잼이다. 마고 언니가 있었다면 인도 소스인 처트니도 꺼냈을 것이다. "엄마는 치킨 먹을 때 무슨 소스에 먹었어?" 키티가 갑자기 나에게 물었다.

"그게…… 기억 안 나는데." 내가 말했다. 우리는 동시에 아빠를 바라봤다. 아빠는 치킨을 확인하고 있었다.

"엄마도 나처럼 머스터드 좋아했어요?" 키티가 물었다.

"흠, 글쎄. 발사믹 식초를 좋아하긴 했어. 엄청, 아주 엄청." 아빠가 오븐 뚜껑을 덮으며 대답했다.

"치킨에도요?"

"모든 음식에 다. 아보카도, 토마토, 스테이크 할 것 없이. 토스트에는 버터랑 발사믹 식초를 같이 먹었고."

나는 이 내용을 엄마에 관한 잡다한 사실 항목에 기록했다.

"먹을 준비 됐니? 아주 잘 익어서 육즙이 가득할 때 이 닭을 꺼내고 싶은데 말이다."

"1분만요." 키티가 말했다. 그리고 정확히 1분 후에 초인종이 울렸다. 키티가 갑자기 부지런을 떨며 현관으로 나가더니 길 건너 사는 로스차일드 아줌마와 함께 돌아왔다. 아줌마는 스키니진에 검정 터틀넥 스웨터를 입고 하이힐 부츠를 신었다. 목에는 검은색과 금색이 섞인 두툼한 목걸이를 했다. 적갈색 머리 위쪽 절반은 묶고 나머지 절반은 아래로 늘어뜨렸다. 손에는 포장지에 싸인 선물이 들려 있었다. 제이미는 다리가 짧아 마음만큼 재빨리 달려나가지 못했다. 녀석은 짧은 꼬리를 획획 흔들며 미끄럼 타듯 온 집 안을 뛰어다녔다.

"어이구, 제이미 안녕?" 아줌마가 웃으며 말했다. 아줌마는 선물을 탁자에 내려놓은 다음 무릎을 꿇고 앉아 제이미를 쓰다듬었다. "다들 잘 있었어?"

"안녕하세요, 아줌마." 내가 인사를 받았다.

"트리나!" 아빠가 놀라며 아줌마를 보았다.

아줌마가 어색하게 웃었다. "이런, 제가 오는 거 모르셨어요? 키티가 오늘 제이미랑 같이 와서 저를 초대했는데……." 아줌마 얼굴이 붉어졌다. "키티?" 아줌마가 당황한 표정으로 물었다.

"아빠한테 얘기했는데, 아빠가 딴 데 정신이 팔려서 그래요." 키티가 변명했다.

"흐음." 아줌마가 정색하고 노려봤지만 키티는 못 본 척했다. "뭐, 어쨌든 고마워요!" 제이미가 아줌마 주변을 빙빙 돌며 점프를 해댔다. 제이미의 나쁜 습관 중 하나다. 아줌마가 한쪽 무릎을 내밀자 제이미는 곧바로 진정했다. "앉아, 제이미."

그러자 제이미가 진짜로 앉았다! 아빠와 나는 감동한 표정으로 서로를 바라봤다. 역시 제이미는 로스차일드 아줌마에게 계속 교육을 받는 게 좋을 것 같다.

"트리나, 뭐 마실래요?" 아빠가 물었다.

"뚜껑 딴 거 아무거나요."

"아직 뚜껑 연 게 없어요. 마시고 싶은 걸 직접 열면 되겠네요."

"로스차일드 아줌마는 피노 그리지오 와인 좋아해요. 얼음 넣어서." 키티가 대신 대답했다.

아줌마는 얼굴이 더 빨개졌다. "이런, 키티. 내가 꼭 술고래 같잖아!" 아줌마가 우리를 돌아보며 말했다. "일 끝나고 작은 잔으로 한 잔씩 마시는 게 다예요. 매일 마시지는 않아요."

아빠가 웃으며 말했다. "냉동고에 화이트 와인을 넣어둘게요. 그럼 금방 시원해지겠죠."

키티는 흡족해 보였다. 아빠가 아줌마와 함께 거실로 들어가자 나는 키티의 목덜미를 붙잡고 물었다. "무슨 수작이야?"

"아무것도 아냐." 키티가 내 손에서 빠져나가려고 꿈틀거렸다.

"이거 네가 꾸민 일 아냐?" 나는 계속 속닥거리며 물었다.

"그렇다면 어쩔 건데? 아빠랑 아줌마는 좋은 한 쌍이 될 거야."

허허! "대체 무슨 근거로?"

"동물 좋아하지, 섹시하지, 돈도 벌지, 내가 좋아하지." 키티가 손가락을 짚어가며 설명했다.

흠, 듣고 보니 괜찮은 조건이다. 게다가 바로 길 건너에 사니 편리하기까지 하다.

"네 생각에 아줌마가 다큐멘터리를 볼 것 같아?"

"먼지 풀풀 날리는 옛날 다큐멘터리를 누가 보겠어! 그런 건 언니들하고 보면 돼. 중요한 건 케미지." 키티가 내 손에서 빠져나가려고 목을 쑥 내밀었다. "좀 놔줘! 가서 둘이 뭐 하나 보게!"

나는 키티의 옷깃을 놓았다. "아냐, 아직 들어가지 마." 키티가 씩씩거리며 뛰어가려는데 내가 의미심장하게 툭 던졌다. "저절로 끓어오르게 잠시 기다리자."

키티는 갑자기 걸음을 멈추고 감탄한 듯 고개를 끄덕였다. "저절로 끓어오르게 잠시 기다리자." 키티는 문장을 반복하며 단어를 하나씩 음미했다.

키티는 하얀 살코기를 자기 방식대로 한 조각씩 썰었다. 키티는 고기를 먹을 때 항상 이 방식을 고수한다. 델리 미트처럼 얇게 써는 것이다. 아빠도 키티를 따라 해봤지만 그때마다 고기가 잘게 찢어져서 처참한 결말을 맞았다. 올해 아빠 생일에 전기 슬라이서를 사드리는 것도 괜찮겠단 생각이 들었다. 나는 넓적다리 살을 좋아한다. 왜 사람들이 넓적다리를 놔두고 굳이 다른 부위를 먹으려고 하는지 솔직히 이해되지 않는다. 선택권이 없는 것도 아닌데.

로스차일드 아줌마가 닭고기에 핫소스를 뿌리자 키티의 두 눈에 반딧불이처럼 반짝 불이 들어왔다. 나는 아빠의 시시한 농담에도 진심으로 웃어주는 아줌마의 모습을 눈여겨봤다. 또 스니커두들 쿠키를 열심히 먹는 모습도 유심히 봤다. 아빠가 커피 물을 올릴 때 내가 얼려놨던 반죽을 몇 개 꺼내 구웠다.

"아삭하면서도 부드러운 게 정말 맛있어. 처음부터 끝까지 다 네 손으로 만들었다고?"

"늘 그렇게 해요." 내가 대답했다.

"나도 레시피 좀 알려줘." 그러더니 아줌마는 곧 웃음을 터뜨리며 말했다. "아니다, 그럴 필요 없어. 내 능력은 내가 잘 알거든. 빵이나 과자 굽는 덴 영 소질이 없어."

"언제든 나눠드릴게요. 저희 집에선 매일 케이크랑 쿠키를 굽거든요." 키티가 말했다. 도와준 적도 거의 없으면서 저런 말을 하다니 어처구니없었다. 빵을 구울 때 키티는 재미있는 파트에만, 다시 말해 장식할 때와 먹을 때만 나타난다.

나는 아빠를 슬쩍 쳐다봤다. 아빠는 조용히 커피만 홀짝이고 있었다. 한숨이 절로 나왔다. 눈치가 저렇게 없어서야.

다 함께 설거지를 하고 남은 음식도 정리했다. 늘 함께했던 것처럼 자연스러웠다. 누가 알려준 것도 아닌데 로스차일드 아줌마는 와인 잔을 식기세척기에 넣지 않고 손으로 직접 닦았다. 알루미늄 포일과 비닐 랩이 들어 있는 서랍도 단번에 찾아냈다. 아줌마가 직감이 좋아서라기보다 마고 언니의 정리 기술 덕분이 겠지만 신기한 건 신기한 거다. 아줌마가 우리 가족과 아주 자연스럽게 어울릴 수 있겠다는 생각이 들었다. 그리고 아까도 말했지만 아줌마가 길 건너편에 산다는 것도 장점 중 하나다. 멀리 떨어져 있으면 그리움 때문에 좋아하는 마음이 더 커진다고들 하지만 내 생각은 그렇지 않다. 몸이 가까이 있어야 좋아하는 마음도 커지는 법이다.

아줌마가 집으로 돌아가고 아빠도 서재로 들어가자, 키티는 곧장 내 방으로 뛰어 들어왔다. 나는 다음 날 학교에 입고 갈 옷을 고르고 있었다. 비 오는 날 입으려고 아껴놨던 네이비색 여우 스웨터에 머스터드색 스커트와 무릎양말을 꺼냈다.

"어때?" 품에 제이미를 안은 키티가 다짜고짜 물었다.

"아줌마가 비닐 랩으로 음식 싸는 방식이 마음에 들더라. 독창적이었어." 나는 호랑나비 무늬 핀을 머리에 꽂고 거울로 확인하면서 대답했다. "내가 만든 스니커두들도 엄청 칭찬해줘서 좋왔고. 그런데 아빠하곤 불꽃 같은 게 전혀 튀지 않았던 것 같아. 넌 아빠가 아줌마한테 관심이 있어 보였어?"

"아줌마가 아빠한테 기회를 준다면 관심이 생기지 않을까? 아줌마가 같이 일하는 남자랑 데이트한 적이 있는데 그 남자는 전남편이랑 너무 비슷해서 결국 잘 안됐다고 하더라고."

나는 놀라서 눈을 동그랗게 떴다. "아줌마랑 꽤 진지한 얘기도 나누는 사이인가 보네?"

"아줌마는 나를 어린애 취급하지 않거든." 키티가 잔뜩 뻐기며 대답했다.

키티가 로스차일드 아줌마한테 저렇게 열의를 보인다는 것도 꽤 의미가 있었다. "아줌마가 아빠 스타일은 아니지만 우리가 계속 같이 있을 기회를 만들면 어떻게 될지 모르는 일이지."

"아줌마가 아빠 스타일은 아니라니?"

"아줌마는 엄마랑 스타일이 많이 달라 보여서. 아줌마 담배 피우지 않아? 아빠는 담배 싫어하잖아."

"끊으려고 하는 중이야. 요즘은 전자담배로 바꿨어."

"기회 있을 때마다 아줌마를 초대해서 어떻게 될지 지켜보자." 나는 머리빗을 집어 들었다. "동영상 보면서 거기서 나온 대로 머리 땋아줄 수 있어? 옆에서 여러 갈래로 땋는 스타일인데."

"한번 해보지 뭐. 머리 끝에 컬 먼저 넣고 와. 쇼 프로그램 다 끝나면 해줄 테니까."

"알았어."

19

마고 언니와 화상통화를 하다가 그 얘기가 나왔다. 책상 앞의 언니는 담청색과 황록색이 섞인 페어아일 스웨터 차림에 머리가 젖어 있었고, 세인트앤드루스 머그잔으로 차를 마시는 중이었다. "스웨터 귀엽다." 나는 허벅지에 노트북을 올린 채 베개에 기대 앉아 있었다. "키티가 아빠를 어떤 여자분하고 엮으려고 해."

"누구하고?"

"로스차일드 아줌마."

언니는 사레가 걸려 켁켁거렸다. "길 건너 사는 로스차일드 아줌마? 야, 농담하지 마. 어디서 그런 말도 안 되는 소리를."

"정말? 언니 생각은 그래?"

"당연하지. 너는 안 그래?"

"난 잘 모르겠어. 키티는 제이미 훈련시키면서 아줌마랑 같이 보내는 시간이 많거든. 들어보면 괜찮은 분 같아."

"물론 사람은 괜찮겠지. 근데 화장도 너무 진하고, 아침마다 가슴에 뜨거운 커피를 쏟으면서 밴시*처럼 비명을 지르잖아. 아

---

* Banshee. 아일랜드 민담에 나오는 여자 요정. 울부짖으며 누군가의 죽음을 예언한다고 한다.

줌마가 전남편이랑 안마당에서 고래고래 소리 지르며 싸우던 거 기억 안 나?" 언니가 몸서리를 치며 말했다. "그 아줌마는 아빠랑 말도 잘 안 통할 것 같은데? 아줌마는 완전 〈리얼 하우스와이브스〉*의 샬러츠빌 버전 같다고. 이혼한 것만 빼면."

"안 그래도 아줌마가 제일 재밌게 보는 프로그램이 그거라던데." 약간 고자질하는 기분이 들었다. "남는 건 없지만 보고 있으면 재밌다고 하더라고."

"어느 도시 편?"

"전부 다인 것 같던데?"

"라라 진, 아빠가 아줌마의 마수에 절대 걸려들지 않게 한다고 약속해. 아빠는 21세기에 데이트하는 게 어떤 건지 전혀 모르는 분이야. 로스차일드 아줌마는 아빠를 산 채로 잡아먹을 거라고. 아빠한텐 더 성숙한 분이 필요해. 눈에 지혜가 담긴 그런 여자분 말이야."

나는 코웃음을 쳤다. "그건 대체 어떤 여자야? 할머니 같은 분? 그런 분이라면 벨뷰에 많이 계시니까 아빠한테 소개해드려야겠네."

"아니, 적어도 아빠랑 나이가 비슷해야지! 교양이 있으면서도 자연을 사랑하고 등산이나 그런 걸 좋아하는 분이어야 해."

"아빠가 마지막으로 등산한 게 대체 언젠데?"

---

* *The Real Housewives*, 부유한 가정주부들의 사실적인 일상을 보여주는 미국의 방송 프로그램. 지역에 따라 뉴욕, 워싱턴, 베벌리힐스 등의 버전이 있다.

"몇 년 됐지. 그래서 그런 게 중요하다는 거야. 아빠가 다시 그런 데 관심 가질 수 있게 옆에서 도와주실 분이 필요하다고. 아빠가 신체적으로나 정신적으로 활동적인 생활을 할 수 있게 이끌어주실 분 말이야."

내가 낄낄거리며 덧붙였다. "성적으로도?" 농담할 기회, 그것도 추잡한 농담으로 마고 언니를 괴롭힐 기회가 있다면 절대 놓쳐서는 안 된다.

"으으! 타락했어!" 언니가 기겁하며 소리 질렀다.

"그냥 농담한 거야!"

"으, 당장 컴퓨터 창 닫아버릴 거야."

"안 돼, 그러지 마. 로스차일드 아줌마가 아닌 것 같으면, 아빠한테 온라인 데이트를 해보라고 할까 봐. 괜찮은 만남 사이트를 발견했거든. 아빠한테 괜찮을 것 같아. 아빠가 좀 잘생겼잖아. 외할머니도 추수감사절에 아빠한테 여자 좀 만나라고 잔소리하시더라. 남자가 혼자 있는 건 안 좋다면서."

"아빠는 지금도 행복해." 언니는 잠깐 생각에 잠겼다가 말했다. "행복하지 않겠어?"

"내 생각에 아빠는…… 그냥 만족한다고 여기고 사시는 게 아닐까? 그게 행복이랑 같은 건 아니잖아. 고고 언니, 아빠가 외롭게 혼자 계실 생각 하면 슬퍼. 키티가 로스차일드 아줌마를 아빠와 엮어주려고 공들이는 걸 보면 키티한테 엄마가 필요한가 싶기도 하고."

언니는 한숨을 내쉬고 차를 한 모금 삼켰다. "그럼 아빠 프로필 다 작성한 다음 나한테 아이디랑 비밀번호 알려줘. 나도 거들 테니까. 우리가 심혈을 기울여서 몇 명을 고른 다음 아빠한테 보여드리는 거야. 너무 많이 들이대면 아빠가 당황할지도 몰라."

내가 불쑥 내뱉었다. "일단 잠깐 기다리면서 로스차일드 아줌마랑 어떻게 될지 두고 보는 건 어때? 아줌마한테도 기회는 한 번 줘야 하지 않아? 키티를 위해서 말이야."

언니가 또다시 한숨을 내쉬었다. "아줌마는 몇 살쯤 됐을까?"

"글쎄, 서른아홉? 마흔?"

"옷은 어린애들처럼 입잖아."

"그런 걸로 트집 잡으면 안 되지." 이렇게 말하긴 했지만 아줌마가 나랑 같은 매장에서 옷을 산다고 했을 때 살짝 거부감이 들긴 했다. 아줌마가 옷을 너무 애들처럼 입는 걸까? 아니면 내가 늙은이처럼 입는 걸까? 크리스는 내 패션 스타일에 대해 이렇게 평가한 적이 있다. '시크한 젊은 여자처럼 입은 할머니' 또는 '도서관 학교에 다니는 롤리타'. 이런 생각을 하다 보니 갑자기 떠오르는 게 있었다. "언니, 예쁜 킬트 발견하면 나 하나 사다 줄래? 커다란 핀단추 달린 빨간 타탄체크 무늬로다가."

"눈 크게 뜨고 한번 찾아볼게. 우리 셋한테 어울릴 만한 걸 찾아보는 것도 괜찮을 것 같아. 아니, 아빠까지 넷이 입을 만한 걸로. 그게 내년 크리스마스카드가 될 수도 있겠는데?"

"아빠가 킬트를 입다니!" 나는 코웃음 쳤다.

"아빠한테 잘 어울릴지도 몰라. 맨날 스코틀랜드인의 피가 4분의 1 섞였다고 주장하잖아. 그 말을 몸으로 증명해 보일 기회야." 언니는 두 손으로 머그잔을 감싸고 차를 또 한 모금 마셨다. "있잖아, 학교에 귀여운 남자애가 하나 있는데 이름이 새뮤얼이야. 영국 대중문화 수업에서 만났어."

"오오. 그 남자도 상류층 발음 써?"

"의심의 여지 없이." 언니가 영국 상류층 발음으로 대답했다. 우리는 낄낄 웃었다. "오늘 밤 펍에서 만나기로 했어. 잘되길 빌어줘."

"잘되랏!" 내가 소리쳤다.

이렇게 밝고 행복한 언니를 보니 기분이 좋았다. 이제야 언니가 조시 오빠를 완전히 잊은 것 같다.

20

"티비 앞에 서 있지 마." 키티가 버럭 소리 질렀다.

나는 인터넷으로 구입한 새 깃털 먼지떨이로 책장에 쌓인 먼지를 털고 있었다. 마지막으로 책장 먼지를 턴 게 언제인지 모르겠다. 나는 빙글 돌아서서 키티를 바라봤다. "오늘따라 왜 이렇게 심통을 부리지?"

"기분이 좀 별로라 그래." 키티가 깍지콩 같은 두 다리를 앞으로 쭉 뻗으며 말했다. "샤네가 오늘 온다고 하고선 안 오잖아."

"그걸 나한테 화풀이하면 안 되지."

키티가 무릎을 긁으며 말했다. "언니, 내가 아빠를 대신해서 로스차일드 아줌마한테 밸런타인데이 카드를 보내는 건 어떨까?"

"꿈도 꾸지 마!" 나는 키티를 향해 먼지떨이를 흔들었다. "다른 사람 일에 끼어드는 못된 버릇 좀 그만둬, 캐서린. 하나도 안 귀여우니까."

"으, 언니한테 말하는 게 아닌데." 키티가 부릅뜬 눈으로 나를 노려봤다.

"이미 늦었어. 야, 두 사람이 맺어질 운명이라면 네가 참견 안

해도 서로의 마음으로 향하는 길을 찾을 수 있을 거야."

"내가 그 편지들을 보내지 않았다면 언니와 피터 오빠도 '서로의 마음으로 향하는 길'을 찾았을까?" 키티가 도발했다.

키티 1점. "아마 못 찾았겠지." 나는 순순히 인정했다.

"절대 못 찾았을걸. 내가 적당히 밀어줘서 된 거지."

"네가 이타적인 마음에서 내 편지들을 보낸 건 아니잖아. 앙심을 품고 그런 거였지."

키티는 내가 뒤에 한 말을 자연스럽게 흘려버리고 이렇게 질문했다. "이타적인 게 뭐야?"

"사심 없이 남을 도울 줄 알고 너그러운 마음으로…… 다시 말해 너랑 정확히 반대되는 성질."

키티가 꽥 소리를 지르며 내게 달려들었다. 우리는 잠깐 몸싸움을 벌였지만, 둘 다 책장에 몸을 부딪쳐가며 깔깔대고 웃느라 숨도 제대로 못 쉬었다. 전에는 큰 힘을 들이지 않고도 키티를 제압할 수 있었는데 키티도 이제 제법 버거운 상대가 된 것 같다. 다리가 튼튼해서 그런지 키티는 벌레처럼 몸을 꿈틀거리며 곧잘 내 손에서 빠져나갔다. 마침내 내가 키티의 두 팔을 잡고 등 뒤에서 결박하자 키티가 비명을 질렀다. "항복, 항복!" 내가 팔을 놔주자마자 키티는 벌떡 일어서서 다시 나를 공격했다. 처음에는 내 겨드랑이를 간지럽히다가 목까지 공격했다.

"목은 안 돼! 목은 안 된다고!" 내가 비명을 꽥 질렀다. 내가 간지럼을 가장 잘 타는 곳이 목이다. 우리 가족이라면 다들 잘 안다. 나는 무릎을 꿇고 쓰러졌다. 너무 웃어서 배가 아플 지경이었다. "그만! 그만해! 제발!"

키티가 멈췄다. "내가 이렇게 이타…… 이타적인 사람이야." 그러더니 이렇게 말했다. "이게 나의 이타력이라고."

"이타심." 내가 숨을 헐떡이며 말했다.

"이타력도 맞을 것 같은데."

키티가 그 편지들을 보내지 않았어도 피터와 내가 서로의 마음으로 향하는 길을 찾을 수 있었을까? 곧바로 떠오른 답은 '아니다'였다. 하지만 각자 다른 길을 가다가 새로운 갈림길에서 만났을지도 모르는 일이다. 안 그랬을 수도 있지만 어쨌든 우리는 지금 함께 있다.

21

"네 남자친구 얘기 좀 더 해봐라." 스토미 할머니가 말했다. 할머니와 나는 스크랩북 재료로 쓸 사진이며 기념품들을 한쪽으로 밀어놓고 바닥에 책상다리를 하고 앉아 있었다. 오늘은 스크랩북 만들기 수업 참석자가 스토미 할머니뿐이어서 수업 장소를 할머니 숙소로 옮겼다. 출석률이 낮다는 걸 자넷이 알면 어쩌나 싶어 걱정되긴 했지만, 봉사활동을 시작한 후 자넷이 수업에 참관하러 오는 일은 거의 없었다. 차라리 잘된 일이었다.

"어떤 게 궁금하신데요?"

"운동 같은 거 하니?"

"라크로스 선수예요."

"라크로스? 풋볼이나 야구, 농구, 그런 게 아니고?"

"네, 실력도 좋아요. 여러 대학에서 데려가려고 할 거예요."

"사진 있니?"

나는 휴대폰을 꺼내 피터의 차에서 둘이 함께 찍은 사진을 열었다. 피터는 황록색 스웨터를 입고 있었는데, 이걸 입으면 특히 더 잘생겨 보인다. 피터가 스웨터를 입고 있을 땐 봉제 동물 인형처럼 품에 안고 쓰다듬어주고 싶은 충동이 든다.

할머니가 사진을 유심히 들여다봤다. "호오. 그래, 확실히 잘생겼네. 우리 손자만큼 잘생긴 것 같진 않다만. 우리 손자는 젊은 로버트 레드퍼드처럼 생겼거든."

이야!

"못 믿겠다면 사진을 보여주마." 할머니는 자리에서 일어나 여기저기 뒤지기 시작했다. 신문을 치우고 서랍을 하나씩 열어봤다. 다른 할머니라면 아끼는 손자의 사진을 액자에 넣어 티비 위나 벽난로 선반처럼 잘 보이는 곳에 두었을 것이다. 하지만 스토미 할머니는 그런 분이 아니었다. 할머니가 액자에 넣어놓은 유일한 사진은 바로 할머니 사진이었다. 현관 쪽에는 벽면을 거의 가득 채우는 커다란 흑백 결혼사진이 걸려 있다. 할머니처럼 미인이라면 나도 그렇게 과시하고 싶을 것이다. "이런, 사진을 못 찾겠네."

"그럼 다음에 보여주세요."

할머니는 소파에 기대앉아 오토만 의자*에 다리를 올렸다. "요즘 애들은 단둘이 시간 보내고 싶을 때 어딜 가니? 요즘도 전망대 같은 데가 있니?" 할머니는 꼬치꼬치 물었다. 분명 정보를 캐내려는 것이다. 할머니가 흥미진진한 사건을 찾아다닐 때 보면 블러드하운드 사냥개 저리 가라다. 하지만 난 아무것도 내주지 않을 것이다. 할머니에게 들려드릴 만한 흥미진진한 얘기가 거의 없기도 하고.

---

* ottomam. 보통 소파와 세트인, 팔걸이는 없고 쿠션이 있는 의자.

"음, 글쎄요…… 없을 것 같은데요." 나는 스크랩 조각들을 치우느라 바빴다.

할머니는 스크랩 몇 개를 가위로 오리기 시작했다. "처음 카섹스했던 남자가 생각나네. 이름이 켄 뉴베리였어. 차는 쉐보레 임팔라였고…… 남자가 처음으로 내 몸에 손을 올릴 때의 그 황홀감이란 잊을 수 없지. 세상에 그런 건 또 없지 않을까? 안 그러니?"

"으음, 옛날 브로드웨이 연극 프로그램들은 어디 두셨어요? 그것도 쓸 데가 있을 것 같아요."

"아마 혼수함에 있을 거다."

남자가 처음으로 내 몸에 손을 올릴 때의 그 황홀감.

갑자기 가슴이 파르르 떨렸다. 나도 그 황홀감이 어떤 것인지 안다. 아주 똑똑히 기억하고 있다. 동영상이 찍히지 않았다고 해도 절대 잊지 못할 것이다. 동영상과 그로 인한 온갖 소동이 일어났는데도 그 순간을 다시 떠올리니 기분이 참 좋다.

할머니가 내 쪽으로 몸을 기울이며 말했다. "라라 진, 명심해라. 관계를 어디까지 끌고 갈지는 여자가 결정하는 거야. 남자는 생각할 때 머리 대신 다른 걸 쓰거든. 네가 냉정을 유지하면서 너 자신을 보호해야 해."

"잘 모르겠어요, 할머니. 그건 좀 성차별적이지 않아요?"

"삶이 성을 차별하잖니. 임신하면 인생이 바뀌는 건 너라고. 남자한테는 아무 일도 일어나지 않아. 사람들이 뒷말을 할 때도 너에 대해서만 뭐라고 할 거고. 그 〈틴 맘〉*이란 프로그램 안 봤니? 남자들은 하나같이 쓸모가 없어. 전부 쓰레기야!"

"그럼 섹스하면 안 된다는 말씀이세요?" 할머니는 그동안 나한테 뻔한 길로만 가려 하지 마라, 네 삶을 살아라, 남자를 사랑해라 같은 말을 줄곧 하셨다. 그런데 지금 이건 뭐지?

"조심해야 한다는 얘기야. 생사가 걸린 것처럼 조심해야 한다고. 정말 생사가 걸린 문제니까." 할머니는 의미심장한 눈길로 나를 바라봤다. "그리고 남자가 콘돔을 갖고 다닐 거라는 생각은 하지 마라. 여자가 직접 챙겨야 해."

나는 갑자기 기침이 터졌다.

"네 몸을 보호하는 사람도, 네 몸을 즐기는 것도 너 자신이어야 해." 할머니는 눈을 크게 뜨고 의미심장한 눈빛으로 나를 보았다. "네가 그 즐거움을 누구와 함께하기로 결정하든, 그건 너의 선택이니까 현명하게 선택해. 네 몸을 만질 수 있는 남자는 큰 영광을 누리는 거야. 특권이지." 할머니는 한 손을 흔들며 설명을 이어갔다. "그게 무슨 특권이냐고? 이 성전을 숭배할 수 있는 특권이지. 내 말 이해하겠어? 평범하고 어리석은 바보는 그 왕좌에 절대 다가올 수 없어. 내 말 명심해라, 라라 진. 누구와 어디까지 갈지, 얼마나 자주 갈지 결정할 사람은 바로 너야."

"할머니가 페미니스트인 줄은 몰랐어요."

"페미니스트?" 할머니가 진저리 난다는 듯 목에서 괴상한 소

---

* Teen Mom. 10대 엄마들의 육아 등 사실적인 생활을 다룬 미국의 TV 프로그램.

리를 냈다. "나는 절대 페미니스트가 아냐. 아니라고!"

"할머니, 진정하세요. 할머니가 지금 그런 말씀 하신 건 남자와 여자가 동등하고, 또 동등한 권리를 누려야 한다고 믿기 때문이잖아요."

"나는 남자가 나랑 동등하다고 믿지 않아. 여자가 남자에 비해 훨씬 우월하지. 너도 명심해. 내 말 한마디도 잊지 말고. 아예 내 말을 받아 적는 게 낫겠다. 나중에 내 회고록에 넣게." 할머니는 〈폭풍이 몰아치던 날〉을 흥얼거리기 시작했다.

피터와 내가 가짜로 사귈 때는 걷잡을 수 없는 상황으로 치달을 위험 따위 없었다. 하지만 지금은 순식간에 상황이 바뀔 수 있다. 키스하다가 2초 만에 내 셔츠 안에 피터의 손이 들어와 있을 수 있다. 생각만 해도 흥분되고 뜨거워진다. 마치 어딘가로 급히 달려가는 고속열차에 올라탄 기분이다. 꽤 기분이 좋다. 진심이다. 하지만 느릿느릿한 열차를 타고 창밖으로 시골 풍경과 집과 산을 구경하는 것도 좋다. 아주 짧은 순간이라도 절대 놓치고 싶지 않다. 그 순간이 계속 이어졌으면 좋겠다. 그다음부터는 속도가 좀 더 빨라져도 괜찮을 것 같다. 그땐 세상 사람들처럼 나도 준비돼 있을 것이다. 그런데 다른 사람들은 어떻게 준비하는 거지?

내 사적인 공간에 남자가 들어와 있다는 생각만으로도 아직 난 놀란다. 피터가 내 허리를 감싸거나 손을 잡으려고만 해도 긴장된다. 어쩌면 2010년대의 연애 방법은 나도 모르는 것 같다. 여전히 혼란스럽다. 마고 언니와 조시 오빠처럼 되고 싶지도 않고, 피터와 제너비브처럼 되고 싶지도 않다. 나와 피터는 달랐으면 좋겠다.

어쩌면 내가 단지 남들보다 느릴 뿐인지도 모른다. 하지만 느리다는 건 어쨌든 정해진 순서가 있다는 뜻이다. 열여섯 살에 남자와 사랑에 빠지는 방법에는 옳은 방법도 있지만 잘못된 방법도 있다는 의미다.

내 몸은 성전이지만, 아무 남자나 내 몸을 숭배할 수는 없어. 내가 원하지 않는다면 그 무엇도 하지 않을 거야.

22

피터와 나는 화학시험을 앞두고 스타벅스에 나란히 앉아 공부하고 있었다. 피터는 내 의자에 한 팔을 올리고 내 머리카락을 마치 리본매듭처럼 연필로 꼬았다 풀었다 했다. 그러거나 말거나 나는 모르는 척했다. 피터가 내 의자를 자기 쪽으로 더 끌어당기더니 따스한 입술로 내 목에 입을 맞췄다. 나는 큭큭 웃음을 터뜨렸다. 그리고 피터의 팔에서 몸을 빼내며 말했다. "자꾸 이러면 공부에 집중을 못 하잖아."

"내가 네 머리카락으로 장난치는 게 좋다며."

"그건 그렇지만 지금은 공부해야지." 나는 주위를 둘러본 후 작게 말했다. "게다가 여긴 공공장소라고."

"사람도 거의 없구만 뭘!"

"바리스타도 있고 저기 문 옆에도 남자 한 명 있거든?" 나는 연필로 조심스럽게 문 쪽을 가리켰다. 이제 학교는 잠잠해진 것 같다. 우리 사진이 또다시 나타나지 않게만 해달라고 기도하는 중이었다.

"라라 진, 누가 우리 찍을까 봐 그런 거라면 걱정하지 마. 우리가 무슨 짓 한 것도 아니잖아."

"내가 처음에 말했잖아. 공공장소에서 이러는 거 싫다고." 피터에게 다시 상기시켜줘야 했다.

그러나 피터는 능글맞게 웃으며 말했다. "정말? 그때 복도에서 먼저 키스한 사람이 누군지 잊은 거야? 나한테 달려든 사람은 너였어, 커비."

"그건 그럴 만한 이유가 있어서 그런 거였고. 너도 알면서." 나는 얼굴이 빨개졌다.

"지금도 그럴 만한 이유가 있다고." 피터가 입술을 뿌루퉁 내밀었다. "나는 지금 너무 지루하고 너한테 키스하고 싶거든. 그게 범죄야?"

"너 정말 애기다." 내가 피터의 코를 꼭 잡고 말했다. "45분 동안 조용히 앉아서 공부하면 네 차에서 단둘이 키스할 수 있는 기회를 주겠어."

피터의 표정이 밝아졌다. "좋아." 그때 피터의 휴대폰에서 진동음이 울렸다. 휴대폰을 들어 확인하던 피터는 인상을 찡그리며 답장을 보냈다. 손가락이 매우 급하게 움직였다.

"별일 없는 거지?" 내가 물었다.

피터는 고개를 끄덕였지만 문자 메시지에 정신이 팔린 것 같았다. 공부하기로 했으면서 계속 문자만 주고받았다. 나도 신경 쓰이기 시작했다. 대체 무슨 일인지, 누구랑 문자를 주고받는 것인지 궁금해서 공부에 집중할 수 없었다.

23

마트에서 키 라임 파이*를 만들 때 쓸 연유를 찾느라 카트를 밀며 돌아다니고 있는데 시리얼 코너에 조시 오빠가 있었다. 나는 카트를 열심히 밀고 달려가서 오빠를 살짝 들이받았다.

"오, 옆집 사람이다." 내가 말했다.

"어, 라라 진." 조시 오빠가 나를 보며 활짝 웃었다. 무척 반갑고 뿌듯해 보이는 웃음이었다. "나 버지니아 대학교에 조기합격했어."

나는 거의 초음파에 가까운 비명을 내지르며 카트를 내팽개쳤다. "오빠! 완전 짱이다!" 나는 두 팔로 조시 오빠를 끌어안고 펄쩍펄쩍 뛰다가 오빠의 어깨를 잡고 흔들며 말했다. "더 신나게 뛰어봐, 이 바보야!"

조시 오빠는 웃으면서 나와 함께 몇 번 더 뛰어오른 뒤 나를 놓아주었다. "나도 신나. 우리 부모님도 타 주州 출신 학생 학비를 낼 필요 없게 됐다고 완전 신났어. 며칠 동안 싸우지도 않더라고." 그러더니 부끄러운 듯 내게 물었다. "네가 마고한테 얘기

---

* key lime pie. 미국 플로리다주 전통 요리로, 연유와 라임즙으로 만든 파이다.

좀 해줄래? 나는 연락을 못 하겠어. 그런데 마고한테도 알려줘야 할 것 같아서 말이야. 그동안 나 공부하는 거 많이 도와줬잖아. 버지니아 대학교에 합격한 것도 일부분은 마고 덕분이야."

"내가 얘기할게. 언니도 들으면 엄청 기뻐할 거야. 아빠랑 키티도 그렇고." 내가 하이파이브하려고 한 손을 번쩍 들자 조시 오빠가 딱 소리 나게 맞받아쳤다. 믿기지가 않았다. 조시 오빠가 대학에 가다니. 그런데 그렇게 되면 이제 이웃이라고 할 수 없을 것이다. 계속 예전처럼 지낼 수 없으니. 오빠가 고등학교를 졸업하고 동네를 떠나고 나면 오빠네 부모님은 이혼할지도 모른다. 그렇게 되면 집을 팔 거고, 오빠도 더 이상 우리 이웃이라고 할 수 없게 된다. 마고 언니하고 완전히 끝나기 전에도 몇 달 동안 제대로 연락을 주고받지 못했다. 같이 어울린 지 수백 년은 된 것 같지만…… 그래도 내가 오빠를 필요로 할 때 오빠가 늘 거기에, 바로 옆집에 있다는 걸 알고 있었다. "시간이 좀 더 흐른 후에……." 내가 입을 열었다. "마고 언니하고 깨끗이 정리되고 나면, 예전처럼 우리 집에 놀러 와서 저녁 먹지 않을래? 다들 오빠 보고 싶어 해. 키티는 제이미에게 새로 가르친 묘기를 오빠한테 자랑하고 싶어서 난리야. 뭐 그리 대단한 재주는 아니지만. 그러니까 너무 기대는 하지 마. 그래도 한번은……."

조시 오빠의 얼굴에 미소가 번졌다. 내게는 너무나 친숙한, 조시 오빠 특유의 저 느긋한 미소……. "좋아." 오빠가 대답했다.

24

우리 송 자매는 밸런타인데이를 아주 진지하게 준비하는 편이다. 전통적으로 밸런타인데이는 달콤한 날인 동시에 소박하게 진심을 전달하는 날이기도 하다. 그렇기 때문에 핸드메이드로 직접 카드를 준비하는 것이 최고다. 스크랩북 만들기 강좌 덕에 재료는 충분했지만, 나는 거기에 내가 모아놓은 레이스, 리본, 도일리* 조각 같은 것들을 더했다. 작은 유리알과 진주알, 그리고 인조 다이아몬드인 라인스톤이 들어 있는 통도 챙겼다. 옛날 고무 스탬프도 여러 개 준비했다. 큐피드 모양의 스탬프를 비롯해 온갖 하트 모양과 꽃 모양의 스탬프가 있었다.

지금까지 우리 세 자매는 아빠에게 매년 딱 한 장의 밸런타인데이 카드를 드렸다. 이번에는 처음으로 마고 언니가 자기 카드를 따로 보낼 것이다. 키티와 나는 조시 오빠에게도 하나 보낼 예정이다. 키티가 앞장서서 카드를 만드는 중이라 나는 키티 이름 밑에 내 이름만 적어 넣을 생각이다.

나는 오후 내내 피터에게 줄 카드를 만들었다. 가장자리를

---

* doily, 과자 접시 밑에 까는 조그만 종이 깔개.

라라 진의 두 번째 이야기

하얀 레이스로 꾸민 하얀 하트 모양의 카드다. 한가운데에 분홍색 실로 "넌 내 거야, 피터 K"라고 수놓았다. 피터가 이걸 보면 씨익 웃을 것이다. 명랑하면서도 짓궂은 글귀다. 그래서 그리 진지해 보이진 않는다. 피터가 그런 것처럼. 그렇지만 피터 카빈스키와 라라 진 송 커비가 사귀고 있다는 사실과 우리 두 사람이 함께한 시간을 인정한다는 의미가 담겨 있다. 처음에는 구슬과 레이스가 잔뜩 달린 훨씬 더 화려하고 큰 카드를 준비하려고 했지만, 키티가 너무 과하다며 말렸다.

"내 진주알 다 쓰지 마." 내가 키티에게 주의를 주었다. "이렇게 모으기까지 몇 년이 걸렸는지 모른다고. 정말 몇 년 걸렸어."

"쓰지도 않을 거면 왜 모은 건데? 아무도 들여다보지 않는 조그만 깡통 안에서 평생을 살게 하려고 그렇게 열심히 모은 거야?" 언제나 실용주의적인 키티가 말했다.

"내 말은⋯⋯." 키티의 말에도 일리가 있었다. "네가 정말 좋아하는 사람에게 줄 카드에만 그 진주알을 쓰라는 거야."

"그럼 보라색 라인스톤은?"

"그건 쓰고 싶은 만큼 써." 나는 가난한 백성에게 아량을 베푸는 지주처럼 자비로운 목소리로 말했다. 보라색 라인스톤은 내 구상에 포함되어 있지 않다. 내가 원하는 건 빅토리아 시대 스타일이다. 그런데 보라색 라인스톤은 좀 마르디 그라*처럼 보

---

* Mardi Gras. 사순절(부활절을 맞기 전의 금욕기간)이 시작되기 바로 전날인 '참회의 화요일'을 말한다. 이날을 기념하는 색이 보라색, 초록색, 황금색이다.

일 수 있다. 하지만 키티에게 이런 것까지 일일이 설명하지는 않을 것이다. 다른 사람이 별 관심을 보이지 않으면 키티도 그걸 눈치채고 덩달아 흥미를 잃기 때문이다. 키티는 그런 아이다. 나는 오랜 세월 동안 내가 세상에서 제일 좋아하는 게 건포도라는 확신을 키티에게 심어주었다. 실제로는 건포도가 너무 싫어서 누가 대신 먹어준다면 엎드려서 절이라도 하고 싶을 지경이지만, 키티가 내 건포도를 탐낼 때마다 절대 뺏기지 않으려고 노력했다. 그래서 키티는 나 몰래 건포도를 야금야금 모아놓곤 했다. 키티만큼 아이다운 아이도 없을 것이다.

열접착제로 하트 주변에 자그마한 장식들을 붙이다가 갑자기 궁금해졌다. "아빠를 위해 특별한 아침식사를 준비해야 하지 않을까? 쇼핑몰에서 주스기를 사다가 분홍빛이 감도는 신선한 자몽 주스를 만들어드릴까? 인터넷에서 보니 하트 모양 와플기도 별로 비싸지 않던데."

"아빠는 자몽 싫어해. 그리고 집에 있는 평범한 와플기도 거의 안 쓰잖아. 그냥 와플을 만들어서 하트 모양으로 자르지 그래?"

"그건 너무 없어 보여." 나는 비웃듯 말했다. 하지만 키티 말이 맞다. 아무리 19.99달러밖에 안 해도 1년에 한 번 쓸까 말까 한 걸 살 필요는 없다. 키티가 좀 더 크면 나보단 마고 언니를 더 닮을 것 같다.

그때 키티가 말했다. "쿠키 틀로 하트 모양 팬케이크를 만드는 건 어때? 빨간색 재료를 써서 안에 색깔을 넣고."

"장하다, 내 동생!" 나는 키티를 보며 씩 웃었다. 어쩌면 키티는 나를 더 닮았는지도 모른다.

키티가 말을 이었다. "시럽에도 빨간색이 나는 재료를 넣는 거야. 피처럼 보이게. 그럼 피가 철철 흐르는 심장이 되는 거지!"

아니다, 됐다. 키티는 그냥 키티일 뿐이다.

25

밸런타인데이 전날, 카드만으로는 아무래도 부족하다는 느낌을 떨칠 수 없었다. 체리 턴오버*까지 만들어 가면 딱 좋을 것 같았다. 그래서 신선한 체리 턴오버를 굽기 위해 새벽부터 일어나 부지런히 만들다 보니 이게 주방인지 범죄 현장인지 구분되지 않을 지경에 이르렀다. 조리대와 타일에 온통 체리즙이 묻어서 피바다가 따로 없었다. 체리즙으로 만든 피바다. 지난번에도 레드벨벳 케이크를 만들다가 빨간색이 가스레인지 뒷벽에 엄청 튀어서 칫솔로 다 닦아야 했는데 이번에는 그때보다 더 심각했다.

하지만 나의 체리 턴오버는 완벽했다. 방금 사진을 찢고 나온 것처럼 하나하나 황금빛으로 곱게 구워진 데다 집에 대한 향수를 불러일으키는 냄새까지 풍겼다. 포크로 가장자리를 찍어서 낸 작은 구멍에서는 김이 모락모락 피어올랐다. 내 계획은 점심시간에 이 체리 턴오버를 내놓는 것이다. 피터, 게이브, 대럴 모두 아주 잘 먹을 게 분명하다. 루커스에게도 하나 줘야겠다. 그리고 크리스한테도. 그러니까 크리스가 학교에 오면.

* cherry turnover. 페이스트리에 체리 파이를 채워 넣어 접은 빵.

라라 진의 두 번째 이야기

나는 피터에게 데리러 올 필요 없다고 문자를 보냈다. 피터보다 학교에 일찍 가서 피터의 사물함에 밸런타인데이 카드를 넣어둬야 했다. 사물함을 열었는데 그 안에 밸런타인데이 카드가 있다면 기분이 달달해지지 않을까. 그러고 보니 사물함이 꼭 우편함 같다는 생각이 들었다. 우편으로 편지를 보내는 게 직접 건네주는 것보다 훨씬 로맨틱하다는 걸 모르는 사람은 없다.

7시쯤 키티가 아래층으로 왔다. 우리는 아빠를 위해 예쁘게 식탁을 꾸몄다. 키티와 내가 만든 카드는 언니가 준비한 카드와 함께 아빠 접시 옆에 나란히 놓았다. 아빠 드시라고 체리 턴오버도 두 개 남겼다. 그런데 나는 피터보다 일찍 학교에 도착해야 해서 아빠가 식탁을 보고 기뻐하는 모습은 보지 못했다. 피터는 늘 아슬아슬한 시간에 도착하니 내가 5분만 일찍 도착하면 될 것이다.

학교에 도착한 나는 피터의 사물함에 카드를 넣어둔 다음 카페테리아에 가서 피터를 기다리기로 했다.

그런데 카페테리아에 들어가니 자판기 옆에 서 있는 피터의 모습이 보였다. 그 옆의 제너비브도……. 피터는 두 손으로 제너비브의 어깨를 붙들고 열심히 무슨 말을 하고 있었다. 제너비브는 시선을 아래로 떨군 채 고개만 끄덕였다. 무슨 일이지? 무슨 일이길래 제너비브가 저렇게 어두운 얼굴을 하고 있지? 계속 피터의 관심을 끌고 싶어서 수작을 부리는 걸까?

오늘은 밸런타인데이다. 그런데 나는 지금 내 남자친구와 남자친구의 전 여자친구를 방해한 기분이 든다. 피터는 그저 좋은 친구의 역할을 하고 있는 걸까, 아니면 다른 의도가 있는 걸까? 제너비브에게 다른 의도가 있다는 건 나도 안다. 피터는 그걸 아는지 모르겠지만……. 옛정을 생각해서 그냥 밸런타인데이 선물을 주고받은 걸까? 내가 지금 편집증에 시달리는 건가? 두 사람은 여전히 친구니까 내가 이해해야 하는 건가?

그때 제너비브가 나를 발견하고 피터에게 뭐라 중얼거리더니 내 옆을 지나 밖으로 나가버렸다. 피터가 나를 향해 성큼성큼 다가왔다. "해피 밸런타인데이, 커비." 피터는 두 손으로 내 허리를 붙잡고 깃털을 집어 올리듯 가볍게 올려 안았다가 내려놓았다. "공공장소긴 하지만 특별한 날이니까 키스하면 안 될까?"

"선물부터 내놓지 그래?" 내가 손을 내밀며 말했다.

피터가 웃음을 터뜨렸다. "아, 내 가방에 있어. 이런 욕심쟁이 같으니!" 무슨 선물인지 모르겠지만 피터도 빨리 주고 싶어서 안달이 난 것 같았다. 그 모습을 보니 나도 덩달아 조바심이 났다. 피터는 내 손을 잡고 가방을 내려놓은 탁자로 향했다. "일단 자리에 앉아봐." 나는 피터가 시키는 대로 했다. 피터도 내 옆에 앉았다. "눈 감고 한 손 내밀어."

나는 눈을 감고 한 손을 내밀었다. 피터는 가방 지퍼를 열더니 무언가를 꺼내 내 손에 올렸다. 종이 같았다. 나는 눈을 떴다. "시야. 너를 위한 시."

저 달은 결코 빛날 수 없어
아름다운 라라 진을 꿈속에서 내게 데려다주지 않는다면
저 별들 또한 결코 떠오를 수 없어

라라 진의 두 번째 이야기

아름다운 라라 진의 밝게 빛나는 두 눈을 내가 느낄 수 없다면.

나는 한 손을 입술에 살포시 얹었다. *아름다운 라라 진!* 두 눈으로 보면서도 믿기지 않았다. "이렇게 멋진 선물은 정말 처음이야! 너무 행복해. 죽도록 껴안아주고 싶어!" 방에서 책상에 앉아 종이에 펜으로 무언가를 끄적거리는 피터를 상상하니 너무나 사랑스러웠다. 상상만 해도 온몸에 전율이 흘렀다. 머리 꼭대기에서 발끝까지 전류가 흐르는 느낌이랄까.

"정말? 마음에 들어?"

"완전 맘에 들어!" 나는 온 힘을 다해 두 팔로 피터를 꼭 끌어안았다. 이 시를 내 모자 상자에 넣어두고 영원히 간직해야지. 스토미 할머니만큼 나이가 들면 한번씩 꺼내보면서 바로 지금 이 순간을 떠올릴 것이다. 제너비브는 잊자. 다른 건 다 잊자. 피터 카빈스키가 나한테 시를 써주지 않았는가.

"너를 위해 준비한 선물이 또 있어. 시는 시작에 불과하다고." 피터는 몸을 빼내더니 벨벳에 싸인 조그만 보석 상자를 가방에서 꺼냈다. 그걸 보자 심장이 두근거렸다. "자, 어서 열어봐." 피터가 신나서 말했다.

"머리핀이야?"

"머리핀보다 더 좋은 거."

나는 너무 놀라 두 손으로 입을 가렸다. 상자 안에는 목걸이가 들어 있었다. 피터 어머니네 앤티크 숍에서 봤던 그 하트 로켓 목걸이가, 내가 여러 달 동안 감탄하며 바라봤던 바로 그 목걸이가 지금 내 손에 있었다. 지난 크리스마스에 이 목걸이가 팔려서 없었다는 이야기를 아빠한테 듣고 내 인생에서 영원히 떠나갔다고 생각했는데. "정말 믿기지 않아." 나는 가운데 박힌 다이아몬드 조각을 어루만지며 낮게 속삭였다.

"자, 내가 걸어줄게."

내가 머리카락을 들어 올리자 피터가 목걸이를 걸어주었다. "이거 내가 받아도 되는 거야?" 나는 갑자기 어리둥절해져서 큰 소리로 물었다. "이거 완전 비싸던데! 정말 완전 비쌌다고."

피터가 웃었다. "가격은 나도 잘 알아. 걱정 마. 엄마가 좀 깎아주셨어. 주말마다 밴을 몰고 가서 가구 골라 오는 조건으로. 너도 알겠지만 그리 힘든 일도 아니잖아. 게다가 네가 이렇게 좋아하는데 그게 대수야?"

나는 목걸이를 어루만졌다. "그래! 완전 마음에 들어, 완전." 그리고 슬쩍 주변을 둘러봤다. 정말 속 좁고 치사한 생각이긴 하지만 제너비브한테 이 모습을 보여주고 싶었다.

"그런데 내 선물은 없어?" 피터가 물었다.

"네 사물함 안에." 키티의 말을 듣지 말고 내가 하고 싶은 대로 화려한 카드를 준비할 걸 그랬다는 생각에 아쉬웠다. 남자친구와 처음 보내는 밸런타인데이인데! 피터와 함께 처음 보내는 밸런타인데이인데! 아, 그렇다. 그래도 내 가방에 아직 따뜻한 체리 턴오버가 들어 있다. 이건 전부 피터에게 줘야지. 크리스, 루커스, 게이브, 너희한테는 미안.

자꾸 눈이 목걸이 쪽으로 향했다. 학교에서는 다들 내 목걸이를 보고 감탄하라는 의미에서 스웨터 밖으로 꺼내놓았다. 저녁에는 아빠에게도 목걸이를 자랑하고, 키티에게도 자랑하고, 마고 언니에게도 화상 채팅으로 자랑했다. 장난삼아 제이미에게도 자랑했다. 모두 내 목걸이를 보고 감탄했다. 나는 목걸이를 계속 목에 걸고 지냈다. 샤워할 때든 잠잘 때든 절대 몸에서 떼어놓지 않았다.

소설 《큰 숲속의 작은 집》에서 크리스마스 선물로 헝겊 인형을 받은 로라가 생각났다. 두 눈은 검은 단추로 되어 있고 입술과 뺨은 산딸기처럼 붉은 인형으로, 빨간 플란넬 스타킹에 분홍과 파랑이 섞인 옥양목 드레스를 입고 있었다. 로라는 인형에서 눈을 떼지 못했다. 그 인형을 품속에 꼭 끌어안고 나머지 세상은 깡그리 잊었다. 로라의 엄마는 다른 아이들에게도 인형을 안아볼 기회를 주기 위해 로라를 설득해야 했다.

지금 내 기분이 딱 그랬다. 키티가 목걸이를 해봐도 되는지 물었을 때 나는 순간 망설였다. 하지만 싫다고 하는 것도 치사한 것 같아 목걸이를 끄르며 말했다. "조심해야 해."

그런데 키티가 목걸이에서 로켓을 떼어내는 시늉을 하는 것이었다. 나는 비명을 꽥 질렀다. "장난이야." 키티가 킥킥 웃었다. 그리고 내 거울 앞에 서서 목을 앞으로 쭉 내밀고 고개를 갸우뚱했다. "나쁘진 않네. 이래도 내가 언니와 피터 오빠를 엮어준 게 기쁘지 않아?"

나는 베개를 힘껏 던졌다.

"특별한 일 있을 때 빌려줄 수 있어?"

"안 돼!" 그 순간 로라와 로라의 헝겊 인형이 또다시 생각났다. "알았어. 정말 특별한 일 있을 때만 빌려줄 거야."

"고마워." 키티가 갑자기 고개를 기울이며 매우 진지한 눈으로 나를 바라봤다. "언니, 질문 하나 해도 돼?"

"얼마든지 물어봐."

"남자들에 관한 거야."

나는 고개를 끄덕이면서도 너무 관심 있어 보이지 않으려고 애썼다. 남자들이라니! 키티도 벌써 그럴 때가 된 것이다. 그래, 좋아. "말해봐."

"솔직히 대답해준다고 약속할 수 있어? 자매로서 맹세할 수 있냐고."

"당연하지. 여기 와서 앉아봐." 키티가 내 옆에 와서 앉았다. 나는 엄마가 된 기분으로 너그럽고 따뜻하게 키티를 감싸 안았다. 얘가 언제 이렇게 컸지?

키티가 예쁜 갈색 눈동자로 나를 올려다봤다. "언니, 피터 오빠랑 그거 할 거야?"

"뭐? 키티!" 나는 동생을 냅다 밀쳤다.

"대답해준다고 약속했잖아!" 키티가 잔뜩 신나서 말했다.

"내 대답은 '아니다'야. 이 교활한 사기꾼 같으니. 와, 진짜! 당장 내 방에서 나가!" 깔깔 웃으며 빠져나가는 키티의 모습을 보고 있자니 한 마리의 미친 하이에나 같았다. 깔깔 웃는 소리가 복도에서도 계속 울려 퍼졌다.

26

야외 온탕 동영상으로 인한 시련이 드디어 끝나는가 싶을 무렵, 어디선가 또 다른 버전이 튀어나왔다. 이 악몽은 정말 끝이 없을지도 모르겠다는 생각이 들었다. 다들 그렇게 말하지 않던가. 인터넷에 올라오면 절대 그냥 사라지는 법이 없다고. 이번에는 도서관에서 벌어졌다. 저쪽에서 2학년 여자애 둘이 이어폰을 나눠 끼고 동영상을 보며 낄낄 웃고 있었다. 내가 잠옷을 담요처럼 펼친 채 피터의 무릎에 앉아 있는 그 동영상이었다. 나는 자리에 앉아 잠시 망설였다. 맞설 것인가, 말 것인가. 모든 걸 초월한 사람처럼 관심 없는 척하라는 마고 언니의 충고를 떠올렸다. 그러자 이런 생각이 들었다. *에라, 모르겠다. 될 대로 돼라.*

나는 자리에서 벌떡 일어나 그 여자애들 자리로 가서 노트북에 꽂혀 있던 이어폰을 확 잡아 뺐다. 스피커에서 〈당신 세상의 한 부분〉*의 멜로디가 크게 흘러나왔다.

"뭐야!" 한 명이 몸을 확 돌리며 신경질을 냈다. 하지만 내 얼굴을 보고는 깜짝 놀라서 친구와 시선을 주고받더니 노트북을

---

* *Part of Your World.* 〈인어공주〉 애니메이션의 사운드트랙.

얼른 덮었다. "계속해봐. 틀어보라고." 내가 팔짱을 끼고 말했다.

"됐어." 여자애가 대답했다.

나는 옆으로 다가가 노트북을 열고 재생 버튼을 눌렀다. 대체 누가 이런 걸 만들었는지. 우리 동영상과 〈인어공주〉의 장면들을 이어 붙인 것이었다. *내 차례는 언제까? 나는 물 위의 육지를 탐험하면 안 되는 걸까?* 나는 노트북을 덮었다. "너네도 알겠지만, 이걸 보는 건 아동 음란물 보는 거랑 똑같아. 너네 기소당할 수도 있다고. 너희 IP 주소가 이미 시스템에 기록돼 있어. 마저 보기 전에 잘 생각해봐. 이것도 음란물 유포에 해당하니까."

빨간 머리가 입을 떡 벌렸다. "이게 무슨 아동 음란물이야?"

"내가 미성년자니까. 피터도 그렇고."

"섹스 안 했다고 너희 입으로 말하지 않았어?" 다른 애가 능글맞게 웃으며 말했다.

나는 당황했다. "그건 법무부에서 판단할 일이고. 하지만 그 전에 로클린 교장 선생님한테 말씀드릴 거니까 알아서 해."

"우리만 본 것도 아닌데 왜 그래!" 빨간 머리가 말했다.

"네 동영상이 이렇게 돌아다닌다고 생각해봐." 내가 대꾸했다.

"나라면 기분 좋을 것 같은데?" 빨간 머리가 웅얼거렸다. "넌 운 좋은 거야. 카빈스키는 섹시하잖아."

그래. 내가 운이 좋지.

피터에게 〈인어공주〉 버전 동영상을 보여줬는데 피터가 너무 화를 내서 내가 더 놀라고 말았다. 피터는 안 좋은 일을 마음에 담아두지 않았다. 그냥 무시하고 넘겼다. 사람들이 피터를 좋아하는 것도 그래서가 아닐까 싶다. 피터는 늘 침착하고 확신에 차 있었다. 그런 피터의 모습을 보고 있으면 덩달아 마음이 편해진다.

그런데 〈인어공주〉 동영상이 피터를 무너뜨리고 말았다. 우리는 차에 앉아 피터의 휴대폰으로 동영상을 보고 있었는데, 피터가 너무 화를 내서 이러다 차 밖으로 휴대폰을 내던질까 싶어 겁이 났다. "망할 새끼들! 어떻게 감히!" 피터가 운전대를 세게 내리치는 바람에 경적이 울렸다. 나는 놀라서 펄쩍 뛰었다. 이렇게까지 화가 치솟은 피터의 모습은 처음이었다. 내가 뭐라고 해줘야 할지, 어떻게 진정시켜야 할지 감이 잡히지 않았다. 나는 점잖은 아버지 밑에서 자매들과 함께 자랐다. 그래서 10대 남자아이가 화를 낼 땐 어떻게 해야 하는지 아는 게 전혀 없었다.

"젠장! 내가 널 지켜줄 수 없다는 게 너무 짜증 나." 피터가 소리쳤다.

"그럴 필요 없어, 피터." 말하고 보니 정말 피터가 나를 지켜줘야 할 필요는 없다는 생각이 들었다. 내 일은 내가 알아서 하면 된다.

"난 그러고 싶어. 이미 해결했다고 생각했는데 또 이런 일이 벌어지다니, 망할 헤르페스* 같잖아." 피터가 정면을 보며 말했다.

나는 피터가 화를 누그러뜨리고 다 잊은 채 웃어줬으면 했다.

---

* 바이러스 감염으로 물집이 생기는 피부병.

내가 놀리듯 가볍게 물었다. "너 헤르페스 걸려봤어?"

"라라 진, 재미없어."

"미안. 여기서 나가자." 나는 한 손을 피터의 팔에 올렸다.

"어디 가고 싶어?" 피터가 시동을 걸었다.

"아무 데나. 아니, 아무 데도 가기 싫어. 그냥 드라이브나 하자." 아무하고도 마주치고 싶지 않았다. 사람들이 우릴 보고 다 안다는 듯 수군거리는 꼴을 보고 싶지 않았다. 그냥 숨고 싶었다. 우리의 작은 안식처인 피터의 아우디 안에서. 나는 울적한 티를 내지 않으려고 피터를 향해 환하게 웃어 보였다. 피터도 나를 보며 미소 지었다.

드라이브를 하다 보니 피터도 화가 누그러졌다. 우리 집 앞에 도착했을 땐 기분이 좋아 보였다. 마침 저녁으로 피자 먹는 날이라 피터에게 같이 들어가서 먹고 가는 게 어떠냐고 물었다. 좋아하는 토핑은 뭐든 다 넣게 해주겠다고 했다. 하지만 피터는 고개를 절레절레 저으며 집에 가야 한다고 했다. 피터가 작별 키스를 해주지 않은 건 이날이 처음이었다. 피터도 속으로는 많이 속상한 모양이었다. 나까지 괜히 미안해졌다. 부분적으로는 내 잘못도 있었다. 피터는 나를 위해 자기가 상황을 바로잡아야 한다고 생각하는데, 이제 그럴 수 없다는 걸 알게 됐다. 그게 피터에게는 죽도록 괴로운 일일 것이다.

집에 들어가니 아빠가 잔뜩 찡그린 얼굴로 식탁에 앉아 나를 기다리고 있었다. 한참 그렇게 앉아 계셨던 모양이다. "왜 전화

라라 진의 두 번째 이야기

를 안 받니?"

"죄송해요. 배터리가 다 되는 바람에…… 무슨 일 있는 거 아니죠?" 아빠의 표정이 무척 심각한 것으로 보아 무슨 일이 있는 게 분명했다.

"얘기 좀 하자, 라라 진. 와서 앉아."

"왜요, 아빠? 무슨 일 있어요? 키티는요?" 두려움이 해일처럼 밀려왔다.

"방에 있다."

나는 가방을 내려놓고 식탁으로 향했다. 최대한 느린 속도로 한 발 한 발 걸음을 옮겼다. 내가 아빠 옆에 앉자 아빠는 깊은 한숨을 내쉬며 두 손을 포갰다.

내가 먼저 입을 열었다. "만남 사이트 프로필 때문에 그러세요? 아직 올리진 않았는데……."

"학교에서 그런 일이 있었다는 얘길 왜 안 했니?"

심장이 바닥에 쿵 하고 떨어졌다. "무슨 말씀이세요?" 나는 아빠가 다른 얘기를 하는 것일지도 모른다는 희망을 붙들고 싶었다. 차라리 제가 화학시험에서 낙제했다고 말씀해주세요. 야외 온탕 얘기만 아니라면 뭐든 상관없어요.

"너와 피터의 동영상 말이다."

"어떻게 아셨어요?" 내가 속삭이듯 물었다.

"생활지도 선생님이 전화하셨어. 선생님이 네 걱정을 많이 하시더라. 왜 아빠한테 말을 안 했니, 라라 진?"

아빠는 무척 단호하면서도 실망한 얼굴로 나를 보았다. 아빠가 그런 표정으로 나를 바라보는 게 너무 싫었다. 눈 뒤에서 무언가가 세게 누르는 느낌이 들었다. "그건…… 너무 부끄러워서 그랬어요. 아빠가 저를 그런 애라고 생각하실까 봐. 그런데 아빠, 피터하고 저는 정말 키스밖에 안 했어요. 그게 다예요."

"아빠 그 동영상 안 봤어. 볼 생각도 없고. 그건 너와 피터의 사생활이니까. 하지만 네가 그날 좀 더 나은 판단을 했다면 좋았을 거라는 아쉬움이 있구나. 모든 행동엔 따르는 결과가 있기 마련이잖니. 어떤 결과는 꽤 오래 지속되기도 하고 말이다."

"저도 알아요." 결국 두 눈에서 눈물이 주르륵 흘러내렸다.

아빠는 내 무릎에 놓여 있던 내 손을 가져다 두 손으로 감싸 쥐었다. "학교에서 그렇게 힘든 일이 있었으면서 아빠한테 얘기하지 않았다니 속상하다. 너한테 무슨 일이 있다는 건 알았지만 너를 몰아붙이고 싶지는 않았어. 너희 엄마라면 어떻게 했을까, 아빠 매일 그런 생각을 해. 너희도 쉽지 않겠지. 그런 얘길 아빠한테 마음 터놓고 얘기하는 게……" 아빠의 목소리가 갈라졌다. 나는 눈물이 더 솟구쳤다. "하지만 아빠도 노력하고 있어. 정말이야."

나는 자리에서 일어나 두 팔로 아빠를 꼭 끌어안았다. "저도 알아요." 나는 계속 울었다.

아빠도 나를 안아주었다. "아빠한테는 얘기해도 돼, 라라 진. 무슨 얘기든 괜찮아. 오늘 로클런 교장 선생님하고 통화했어. 그 동영상을 보거나 배포하는 사람은 누구든 정학에 처해질 거라고 내일 발표하실 거야."

안도의 물결이 밀려왔다. 진작 아빠한테 말씀드릴 걸 그랬다. 내가 몸을 일으켜 세우자 아빠가 내 뺨의 눈물을 닦아주셨다.

"아, 그런데 그 만남 사이트 프로필 얘기는 뭐냐?"

"아……." 나는 다시 자리에 앉았다. "그게…… 한부모를 위한 만남 주선 사이트에 아빠 이름으로 가입했어요." 아빠가 인상을 찡그렸다. 나는 재빨리 말을 이었다. "친할머니가 그러셨잖아요. 남자가 오랫동안 혼자 지내는 건 좋지 않고. 저도 같은 생각이거든요. 그래서 그런 사이트 도움을 받으면 아빠한테 좋지 않을까 싶었죠."

"라라 진, 내 연애생활은 내가 알아서 할 수 있어! 딸한테 도움 받아가면서 데이트하고 싶진 않구나."

"그런데…… 통 어딜 가시지 않잖아요."

"그건 내가 걱정할 일이지 네가 걱정할 게 아냐. 자기 전에 그 프로필 내렸으면 좋겠다."

"아직 올리지도 않았어요. 그냥 만일을 대비해서 작성해놓은 것뿐이에요. 그런데 아빠, 거기도 완전 신세계던데요."

"지금은 네 연애생활에 대해 얘기 좀 하자. 내 연애생활에 대해선 나중에 얘기해도 돼. 일단 네 이야기나 좀 듣자."

"그래요." 나는 식탁 위에 두 손을 단정히 포개고 앉았다. "어떤 걸 알고 싶으세요?"

아빠가 목을 긁적였다. "그게…… 피터하고 너, 아주 진지한 관계니?"

"잘 모르겠어요. 제 말은, 피터를 정말 사랑하긴 하는데요, 그런 말을 하는 건 너무 이른 게 아닌가 싶어서요. 고등학교에서 연애하는 건 그렇게 진지할 수 없는 것 같아요. 마고 언니랑 조시 오빠 보세요. 결국 그렇게 됐잖아요."

"조시는 이제 놀러 오지도 않는구나." 아빠가 아쉬움을 가득 담아 말했다.

"그러니까요. 저도 기숙사 방에 틀어박혀서 남자 때문에 질질 짜고 싶지 않아요." 나는 갑자기 말을 멈췄다가 다시 입을 열었다. "그건 엄마가 마고 언니한테 한 말인데…… 엄마가 언니한테 남자친구 달고 대학 가지 말라고 하셨대요. 그러다 다른 좋은 기회 다 놓친다고."

"딱 너희 엄마가 할 만한 얘기네." 아빠가 잘 안다는 듯이 미소 지었다.

"엄마 고등학교 때 남자친구 아세요? 그 남자를 많이 사랑했어요? 아빠는 본 적 없으세요?"

"엄마는 고등학교 때 남자친구 없었어. 그건 엄마 기숙사 룸메이트 얘기야, 로빈이라고." 아빠가 소리 없이 웃었다. "그 친구 때문에 엄마가 돌아버릴 뻔했거든."

나는 어깨에 힘이 탁 풀렸다. 지금까지 엄마 얘긴 줄 알았는데.

"너희 엄마 처음 봤을 때가 생각나는구나. 엄마가 기숙사에서 '페이크 기빙'이라는 가짜 추수감사절 파티를 열었는데 나도 친구랑 갔거든. 추수감사절 음식을 성대하게 차려서 5월에 먹는 거였지. 엄마는 빨간 드레스를 입고 있었는데, 그땐 머리가 꽤 길었어. 너도 사진에서 본 적 있을 거다." 잠시 말을 멈춘 아빠의 얼굴에 미소가 반짝 스쳤다. "내가 오래 묵은 깍지완두콩 통조림을 갖고 왔다고 엄마가 날 얼마나 괴롭혔는지 몰라. 근데 엄마는 좋아하는 사람한테 짓궂게 장난치는 버릇이 있잖아. 그때 아빤 그걸 몰랐고. 하여간 그땐 여자에 대해 아무것도 몰랐지."

하, 과연 그때뿐일까! "저는 두 분이 심리학 수업 같이 듣다가 만나신 줄 알았어요."

"네 엄마가 그러더라고. 우리가 한 학기 동안 그 수업을 같이 들었다고. 그런데 나는 너희 엄마를 본 기억이 없어. 수백 명이 큰 강당에서 함께 수업을 들었으니까."

"하지만 엄마는 아빠를 봤잖아요." 전에 들은 적이 있다. 엄마는 아빠가 수업에 열중하는 모습이 맘에 들었다고 했다. 그땐 아빠 머리가 좀 길어서 약간 얼빠진 교수님처럼 보였다고도 했다.

"그래, 그래서 정말 다행이지. 네 엄마가 없었다면 지금쯤 난 어디에 있었을까?"

나는 멈칫했다. 아빠는 어디에 계셨을까? 우리는 분명 태어나지 않았을 것이고, 아빠는 홀아비가 되지 않았을지도 모른다. 아빠가 다른 여자와 결혼했다면, 지금과 다른 선택을 했다면 더 행복했을까?

아빠가 내 얼굴을 감싸고 두 눈을 바라보며 단호하게 말했다. "너희 엄마가 없었다면 내 딸들도 없었을 거고, 나 역시 그 어디에도 없었겠지."

나는 피터에게 전화를 걸어, 듀발 선생님이 아빠한테 전화해서 아빠도 동영상 사건을 모두 알게 됐다고 전했다. 그리고 아빠가 로클런 교장 선생님과 통화했으니 모든 게 잘될 거라는 얘기도 했다. 피터가 이 소식을 들으면 안심할 줄 알았는데 여전히 기분이 별로인 것 같았다. "이제 너희 아빠가 날 싫어하시겠네."

"그렇지 않아." 나는 피터를 안심시키려 했다.

"내가 너희 아빠한테 말씀을 좀 드릴까? 해명이나 사과 같은 거, 남자 대 남자로."

소름이 쫙 돋았다. "절대 그럴 필요 없어. 분위기 엄청 어색해질 거야."

"그건 그렇지만……."

"제발 걱정 좀 그만해, 피터. 내가 말했잖아. 아빠가 해결하셨다고. 교장 선생님이 내일 방송으로 공지하면 다들 신경 끌 거야. 게다가 네가 사과할 일도 전혀 없어. 너도 나와 마찬가지로 그냥 찍힌 것뿐이니까. 키스도 내가 하고 싶어서 한 거지, 네가 억지로 하자고 한 게 아니잖아."

우리는 잠시 후 전화를 끊었다. 동영상을 생각하면 마음이 놓였지만, 피터를 생각하면 마음이 영 놓이지 않았다. 피터가 나를 지키지 못했다는 것 때문에 속상해서 그런다는 건 나도 잘 안다. 하지만 피터가 화난 건 그 때문만은 아니다. 피터의 자존심에 금이 갔기 때문이다. 그건 내가 어찌할 수 있는 문제가 아니다. 남자의 자존심이란 게 그렇게 예민하고 다치기 쉬운 것이었나? 아마도 그런 모양이다.

27

그 편지가 배달된 건 화요일이지만 내가 발견한 건 수요일 아침, 학교 가기 전이었다. 나는 주방 창가에 앉아 사과를 먹으며 우편물 더미를 훑어보는 중이었다. 피터가 곧 오기로 되어 있었다. 전기 요금 고지서, 케이블 요금 고지서, 빅토리아 시크릿* 카탈로그, 키티가 구독하는 (어린이를 위한!)《도그 팬시》잡지, 그리고 하얀 편지봉투가 하나 있었다. 내 앞으로 온 편지였다. 처음 보는 남자 글씨에 보낸 주소도 낯설었다.

라라 진에게,

지난주 우리 집 자동차 진입로에 나무가 쓰러지는 바람에 '바버조경'에서 일하는 바버 아저씨가 오셔서 나무를 실어갔어. 바버 아저씨네 가족은 미도우리지에 있는 우리 옛날 집에 살고 있는데, 그분들이 조경업체를 운영하시거든. 하여간 바버 아저씨가 네 편지를 가져다주셨어. 소인을 보고 네가 작년 9월에 보냈다는 걸

---

* 미국의 유명 의류업체.

알았어. 그 편지가 예전에 살던 집으로 가는 바람에 내가 이번 주에야 받은 거야. 그래서 답장이 이렇게 늦었어.

네 편지를 읽으니 잊은 줄 알았던 예전 일들이 모두 생각나더라. 너희 언니가 전자레인지로 땅콩 브리틀*을 만들고 브레이크 댄싱 대회를 열어서 이긴 사람이 가장 큰 걸 먹기로 했던 일이나, 어느 날 오후에 열쇠가 없어서 집에 못 들어가고 있다가 오두막에 올라가 너하고 완전 깜깜해질 때까지 책을 읽었던 기억 같은 것 말이야. 그때 우리 손전등까지 써가며 책을 읽었잖아. 저녁에 너희 옆집에서 햄버거 굽는 냄새가 나니까 네가 나더러 가서 하나만 얻어오라고 했지. 둘이 나눠 먹으면 된다고. 그때 얼마나 겁이 났는지 몰라. 집에 갔을 땐 한바탕 난리가 났었지. 내가 사라진 줄 알고 말이야. 그래도 참 재미있었어.

나는 잠시 멈췄다. 우리 둘 다 집에 못 들어가고 있던 그날이 떠올랐다! 처음에는 크리스, 존, 나 이렇게 셋이 있다가 크리스는 집에 가야 한다며 먼저 갔고, 존과 내가 마지막까지 남아 있었다. 아빠는 세미나에 가서 집에 없었고, 마고 언니와 키티는 어디 있었는지 기억나지 않는다. 우리는 배가 너무 고파서 트레보가 헐거운 마루판 밑에 숨겨두었던 스키틀스 캔디를 꺼내 조금 먹었다. 조시 오빠네 집에 가서 음식을 얻어먹고 쉴 수도 있었지만, 존 앰브로즈 매클래런과 함께 노숙자 놀이를 하는 게

---

* brittle. 견과류를 끓는 설탕 시럽에 버무려 굳힌 과자. 한국의 강정 과자와 비슷하다.

라라 진의 두 번째 이야기

왠지 재미있었다. 가출 청소년이 된 기분이었다.

　　솔직히 말할게. 네 편지를 읽고 정말 깜짝 놀랐어. 그땐 나도 열세 살이었잖아. 진짜 아무것도 모르는 어린애였지. 그런데 너는 복잡한 생각과 감정을 가진, 정말 살아 있는 사람이었어. 나는 아직도 오후에 엄마가 간식으로 깎아주는 사과를 먹는데 말이야. 그때 중학교 2학년이었던 내가 너에게 답장을 썼다면 아마 이렇게 썼을 거야. '너는 머리카락이 참 예뻐'라고. 그리고 그걸로 끝이었겠지. 그땐 정말 멍청했거든. 네가 나를 좋아하는 줄도 몰랐으니까.

　　몇 달 전 모의 UN 총회 때 토머스 제퍼슨 홀에서 너를 봤어. 너는 나를 못 알아보는 것 같더라. 어쨌든 나는 중국 대표로 참가했는데 네가 와서 쪽지를 주고 갔어. 내가 네 이름을 불렀는데 너는 그냥 가더라. 끝나고 널 찾아봤는데 이미 가고 없더라고. 너도 나를 봤을까?

　　네가 왜 이제야 그 편지를 보내기로 한 건지, 나는 그게 제일 궁금해. 그러니까 너만 괜찮다면 전화로든 이메일로든 편지로든 답장해줬으면 좋겠어.

　　　　　　　　　　　　　　　　　　　　　　　　　　　　　　존

　　P. S. 네가 물었던 게 생각나서. 나를 조니라고 부르는 사람은 우리 엄마와 할머니뿐이지만, 너 부르고 싶은 대로 불러도 돼.

나는 한숨을 길게 내쉬었다.

중학교 때 나와 존 앰브로즈 매클래런 사이에 '로맨틱'한 순간이 딱 두 번 있었다. 첫 번째는 병 돌려서 뽀뽀하기 게임이었는데 솔직히 그건 로맨틱 비스무리하지도 않았고, 두 번째는 비오는 날 체육관에서였다. 태어나서 올해까지는 그날이 내 인생에서 가장 로맨틱한 날이었다. 물론 존은 그날을 그렇게 기억하지 않을 것이다. 기억이나 할까 싶다. 세월이 한참 흐른 오늘, 존앰브로즈 매클래런이 보낸 편지를 받으니 그 애가 죽음에서 살아 돌아온 것처럼 느껴졌다. 지난 12월 모의 UN 총회에서 잠깐 스치며 본 것과는 전혀 다른 느낌이었다. 그땐 마치 유령을 본것 같았다. 하지만 이건 진짜 살아 있는 존이다. 과거에 내가 알았던 사람이자 나를 알았던 사람 말이다.

존은 똑똑한 아이였다. 존은 남자애들 중에서 성적이 가장 좋았고, 나는 여자애들 중에서 성적이 가장 좋았다. 우리는 둘 다 우등반이었다. 존이 가장 좋아하는 과목은 역사였다. 그래서 손에서 역사책을 놓을 때가 없었지만, 수학과 과학도 잘했다. 아마 지금도 그럴 것이다.

우리 학년에서 키가 제일 안 클 것 같은 친구가 피터였다면, 존은 그 반대였다. 나는 존의 노란 머리가 좋았다. 하얀 여름 옥수수처럼 환하고 아름다웠다. 존은 귀여운 볼을 가진 순진한 소년이었다. 말썽 부린 적이 한 번도 없을 것 같은 얼굴 덕에 동네 아줌마들에게 엄청 예쁨을 받았다. 늘 순진무구하고 환한 얼굴이어서 함께 범죄를 저지르기에 가장 완벽한 파트너이기도 했다. 존과 피터는 함께 온갖 장난을 치고 다녔다. 머리 쓰는 역할은 존이 맡았다. 존의 머리는 늘 멋진 아이디어로 가득했지만 그 시절의 존은 말을 더듬어서 부끄러웠는지 말을 많이 하지 않았다.

존이 조연을 즐겼다면, 피터는 주인공이 되는 걸 좋아했다. 그래서 공로를 인정받는 사람도 늘 피터, 비난을 받는 사람도 늘 피터였다. 피터야 개구쟁이니까 당연히 녀석을 비난할 수 있었지만, 존 앰브로즈 매클래런은 무슨 짓을 저질렀든 그런 천사를 비난할 순 없었다. 그렇다고 피터를 비난하는 사람이 있었다는 말은 아니다. 사람들은 예쁘게 생긴 남자애들에게 참으로 관대하다. 예쁜 남자애한테는 너그럽게 고개를 저으며 "오, 피터. 그러면 안 되지"라고 말할 뿐 손목 한 대 때리지 않았다. 우리에게 영어를 가르쳤던 홀트 선생님은 피터와 존을 '부치 캐시디와 선댄스 키드*'라고 불렀지만, 그게 뭔지 아는 애들은 하나도 없었다. 어느 날 피터가 선생님을 졸라서 수업시간에 그 영화를 보게 됐는데, 그 후로 두 사람은 누가 부치 캐시디를 하고 누가 선댄스 키드를 할 건지를 놓고 1년 내내 싸웠다. 누가 누구인지는 딱 봐도 분명했건만.

존 앰브로즈 매클래런네 학교 여학생들 중에서 존을 좋아하

---

* 코믹하고 풍자적인 범죄영화 〈내일을 향해 쏴라〉의 두 주인공. 매우 대조적인 성격이지만 죽이 잘 맞는 무법자 콤비로서 맹활약한다.

지 않는 아이는 없을 것이다. 모의 UN 총회 때 본 존의 모습에
선 자신감이 느껴졌다. 존은 허리를 곧게 세우고 어깨를 활짝
편 채 토론에 완전히 집중했다. 내가 존과 같은 학교에 다녔다
면 누구보다 먼저 존의 사물함 앞에서 쌍안경을 들고 시리얼
바로 끼니를 때우며 진을 쳤을 게 분명하다. 존의 시간표를 모
조리 외우고, 존의 점심 식단도 빠짐없이 외웠을 것이다. 존은
아직도 통밀빵으로 만든 두 겹짜리 땅콩 버터 젤리 샌드위치를
먹을까? 갑자기 궁금했다. 존에 대해 모르는 게 너무 많았다.

피터의 차가 집 앞에서 경적을 빵 울리는 바람에 정신이 돌아
왔다. 그 소리에 나는 죄지은 사람처럼 괜히 펄쩍 뛰었다. 갑자
기 이 편지를 숨겨야 한다는, 내 모자 상자에 넣고 안전하게 보
관해야 한다는 생각이 마구 솟구쳤다. 하지만 그때 다시 생각했
다. 아니야. 그건 미친 짓이야. 나는 당연히 존 앰브로즈 매클래
런에게 답장을 쓸 것이다. 그게 예의다.

나는 가방에 편지를 집어넣고 하얀 패딩 재킷을 걸친 뒤 피터
의 차로 향했다. 지난 폭설 때 내린 눈이 아직도 완전히 안 녹아
서 길이 낡은 양탄자처럼 지저분했다. 날씨에 있어서만큼은 극
단적인 편인 나는 눈이 완전히 녹아서 사라지든, 무릎이 푹 빠
질 정도로 쌓이든 둘 중 하나만 했으면 싶었다.

차에 올라타니 피터는 문자를 주고받고 있었다. "무슨 문자
야?"

"아무것도 아냐. 제너비브야. 학교까지 태워달라는데 내가 안

된다고 했어."

갑자기 소름이 돋았다. 두 사람이 아직도 이렇게 문자를 주고받는다는 사실에, 학교까지 태워달라고 부탁할 정도로 편하게 연락한다는 사실에 꽤히 신경질이 났다. 하지만 두 사람은 친구다. 그냥 친구 사이다. 나는 계속 그렇게 속으로 되뇌었다. 피터는 우리가 약속한 대로 사실을 얘기하는 것뿐이다. "누구한테 편지가 왔는지 맞혀봐."

"누군데?" 피터가 진입로에서 차를 빼며 물었다.

"맞혀보라니까."

"음…… 마고 누나?"

"마고 언니면 내가 맞혀보라고 하겠어? 언니는 아니고, 존 앰브로즈 매클래런이야!"

피터가 황당하다는 표정을 지었다. "매클래런? 걔가 왜 너한테 편지를 보내?"

"왜냐하면 내가 먼저 편지를 보냈으니까. 기억 안 나? 너한테 보냈던 것처럼 존한테도 보냈잖아. 다섯 통의 편지를 보냈는데 존한테서만 답장이 없었지. 편지가 영원히 사라져버린 줄 알았는데, 저번 폭설 때 걔네 자동차 진입로에 나무가 쓰러져서 바버 아저씨가 치우러 왔다가 편지를 전해줬다지 뭐야."

"바버 아저씨가 누구야?"

"존의 예전 집에 사는 아저씨. 그 아저씨가 조경업체를 운영한대. 어쨌든 중요한 건 그게 아니야. 중요한 건 존이 지난주에 내 편지를 받았다는 거지. 그래서 답장이 이제 도착했고."

"흠." 피터는 히터 환풍구를 만지작거리느라 바빴다. "그래서 걔가 너한테 진짜 편지를 보냈다고? 이메일이 아니라?"

"그래, 우편으로 온 진짜 편지였어." 피터가 혹시 질투하지는 않는지, 이 새로운 사건으로 인해 조금이라도 신경 쓰이는 눈치는 아닌지 살펴봤다.

"흠." 또 흠이었다. 두 번째 '흠'은 이렇다 할 특징 없이 그냥 지루하게 들렸다. 질투하는 기미는 전혀 없었다. "선댄스 키드는 어떻게 지낸대?" 피터가 낄낄 웃었다. "매클래런은 내가 선댄스 키드라고 부르는 거 진짜 싫어했는데."

"나도 기억나." 차는 정지신호에 멈춰 섰다. 학교로 들어가는 줄이 길게 이어져 있었다.

"매클래런이 편지에 뭐라고 썼어?"

"그냥 잘 지내고 있냐, 뭐 그런 거." 나는 창밖으로 고개를 돌렸다. 피터가 이렇게 시큰둥한 반응을 보이니 별로 재미가 없어서 더 알려주고 싶지도 않았다. 최소한 신경 쓰이는 척이라도 하는 친절을 베풀 수는 없는 건가?

피터는 피아노 치듯 손가락으로 운전대를 두드렸다. "언제 한번 매클래런하고 같이 놀자."

한 공간에 피터와 존 앰브로즈 매클래런이 같이 있는 모습을 상상하니 갑자기 혼란스러웠다. 시선을 어디에 둬야 하지? 나는 애매하게 대답했다. "음, 그러든지." 편지 얘기를 꺼낸 게 썩 좋은 생각은 아니었던 것 같다.

"존이 아직 내 야구 글러브를 갖고 있을 것 같은데." 피터가 혼자 중얼거렸다. "맞다, 존이 내 얘기는 안 해?"

"어떤 얘기?"

"글쎄, 내가 어떻게 지내나 뭐 그런 거?"

"별로."

"흠." 피터는 불만 있는 사람처럼 입을 실룩거렸다. "답장은 뭐라고 썼어?"

"방금 막 받았다니까! 답장 쓸 시간도 없었다고."

"답장 쓸 때 내 안부도 전해줘."

"알았어." 나는 편지가 가방 안에 잘 있는지 보려고 손으로 만지작거렸다.

"잠깐. 너, 연애편지를 다섯 명한테 보낸 거잖아. 그럼 그 다섯 명을 다 똑같이 좋아했어?"

피터가 잔뜩 기대하는 눈빛으로 나를 바라봤다. 내가 자기를 가장 좋아했다고 말할 줄 아나 본데 그건 아니었다. "맞아. 다섯 명을 아주 똑같이 좋아했어." 내가 대답했다.

"뻥치지 마! 누굴 가장 좋아했어? 나지? 그렇지?"

"그건 정말 대답이 불가능한 질문이야, 피터. 그런 건 상대적인 거잖아. 제일 오랫동안 좋아했던 사람이 조시 오빠니까 조시 오빠를 제일 좋아했다고 할 수 있겠지. 하지만 오래 사랑했다고 해서 가장 사랑했다고 할 수는 없는 거잖아."

"사랑했다고?"

"좋아했다고."

"너 분명 '사랑'이라고 말했어."

"좋아한다는 의미로 말한 거지."

"그럼 매클래런은? 나머지 남자애들이랑 비교해서 매클래런은 얼마나 좋아했는데?"

드디어! 결국 조금은 질투가 나는가 보군. "매클래런은……." 나는 이렇게 말하려고 했다. *역시 똑같았어.* 하지만 잠시 망설였다. 스토미 할머니 말씀에 따르면 여러 사람을 똑같이 좋아하는 건 불가능하다고 했다. 하지만 어떤 사람을 얼마나 좋아하는지 수량으로 나타내는 것도 불가능한 마당에 두 사람을 비교하는 게 과연 가능할까? 피터는 언제나 가장 사랑받는 사람이 되어야 한다. 그게 피터가 원하는 것이다. 그래서 나는 말했다. "그건 영원히 알 수 없어. 하지만 지금 내가 제일 좋아하는 사람은 너야."

피터가 고개를 절레절레 저었다. "남자친구 처음 사귀어본다면서 남자 다루는 법을 너무 잘 아는 것 같아."

나는 눈을 크게 떴다. 내가 남자 다루는 법을 잘 안다고? 내평생 그런 말은 처음 들어본다. 남자 다루는 법을 잘 아는 건 제너비브나 크리스겠지. 나는 아니다. 절대 아니다.

28

존(조니)에게,

답장해줘서 너무 고마워. 놀랍기도 했지만 기분 참 좋았어.
그러면…… 내가 그 편지를 보내게 된 사연을 설명할게. 내가 그
편지를 쓴 건 중학교 2학년 때지만, 너한테 보여주려고 했던 건
아니야. 미친 소리처럼 들리겠지. 나도 알아. 그런데 그 시절에 난
그런 버릇이 있었거든. 좋아하는 남자애한테 편지를 쓰고는 보
내지 않고 내 모자 상자에 숨겨두는 거야. 나를 위해 쓴 편지라
고 할까. 그런데 내 동생 키티가(기억하지? 깡말라가지고 고집만 무
진장 센 애 말이야) 지난 9월에 그 편지들을 모두 우편으로 발송
해버렸어. 너한테 쓴 편지까지 말이야.

나도 그 브레이크 댄싱 대회 생각나. 피터가 일등 했던 것 같은
데. 일등 안 했어도 피터는 어떻게든 제일 큰 땅콩 브리틀을 차지
했을 거야. 두서없지만, 피터가 항상 피자 마지막 조각 가져갔던
거 생각나? 그거 진짜 짜증 났거든. 피터와 트레보가 하나 남은
조각 먹겠다고 싸우다가 결국 피자를 바닥에 떨어뜨려서 아무
도 못 먹은 적도 있잖아. 네가 이사 가기 전날 다 함께 너희 집에

놀러 갔던 것도 기억나. 내가 그때 초콜릿 땅콩 버터 프로스팅을 올린 초콜릿 케이크를 가져갔어. 나이프를 챙겨가긴 했는데 너희 집 포크와 접시가 모두 이삿짐에 싸여 있어서 현관에서 손으로 집어 먹었지. 집에 와서 보니 입 주변에 초콜릿이 묻어 있더라고. 얼마나 창피했는지 몰라. 얘기하다 보니 엄청 오래된 일처럼 느껴진다.

모의 UN 참석자는 아니었지만 나도 그날 강당에 갔다가 너를 봤어. 네가 중학교 때 모의 UN에 열심이었던 게 생각나서 거기 가면 너를 볼 수 있을 것 같았거든. 오랜만에 만나서 인사했으면 좋았을 텐데 먼저 가서 미안해. 너무 오랜만에 너를 봐서 나도 당황했던 것 같아. 내가 보기에 너는 예전 그대로인 것 같더라. 키가 엄청 큰 거 빼면.

부탁 하나만 할게. 내 편지를 다시 보내줄래? 다른 편지들도 우여곡절 끝에 되돌려 받았거든. 물론 그 편지를 다시 보는 게 그리 편하지는 않겠지만 내가 뭐라고 썼는지 알고 싶어서 그래.

너의 친구 라라 진

라라 진의 두 번째 이야기

29

늦은 시간이지만 우리 집에는 불이 하나도 켜져 있지 않았다. 아빠는 병원에서 아직 돌아오지 않았고, 키티는 친구네 집에서 자고 온다고 했다. 피터에게 들어왔다 가라고 할 수도 있었지만, 아빠가 곧 집에 올 시간이었다. 아빠가 집에 왔다가 이렇게 늦은 시간에 피터와 내가 단둘이 집에 있는 걸 보면 기겁을 할지도 모른다. 아빠가 딱히 뭐라고 하진 않았지만 그 동영상 사건 이후 무언가 약간 달라졌다는 느낌이 들었다. 요즘 아빠는 내가 피터를 만나러 간다면 몇 시에 올 건지, 어디에 갈 건지 묻는다. 전에는 그런 질문을 하지 않았는데. 그땐 물어볼 이유가 없어서 그랬겠지만.

나는 피터를 살펴봤다. 피터는 시동을 끄는 중이었다. 그 순간 문득 좋은 생각이 떠올랐다. "우리 캐럴린 피어스네 오두막에 올라가보자."

"그러자." 피터도 기꺼이 동의했다.

밖은 캄캄했다. 이렇게 어두울 때 피어스네 나무 위 오두막에 올라간 적은 없었다. 예전엔 피어스네 주방이나 차고에서, 또는 우리 집에서 흘러나오는 불빛이 오두막을 비춰주었다. 피터가 먼저 올라갔다. 그리고 내가 올라갈 때 위에서 휴대폰 전등으로 비춰줬다.

피터는 아무것도 변한 게 없다며 놀라워했다. 우리가 함께 놀던 그때 그대로였다. 키티는 아이들을 위해 만들어놓은 이 오두막에 별로 관심이 없었다. 우리가 중학생 때 마지막으로 여기서 시간을 보낸 후 줄곧 비어 있었던 모양이다. '우리'란 나와 동갑인 동네 친구들을 말한다. 제너비브와 앨리 펠드먼이 주요 멤버였고, 이따금 크리스와 남자애들(피터, 존 앰브로즈 매클래런, 트레보)이 합류했다. 이곳은 그야말로 은밀한 공간이었다. 그렇지만 흡연이나 음주 같은 짓은 절대 하지 않았다. 그저 가만히 앉아서 이야기하는 게 전부였다.

제너비브는 항상 '누구를 고를까요' 게임을 하자고 했다. 당신이 무인도에 남게 된다면 누구와 함께 남고 싶은가? 피터는 주저 없이 자기 여자친구인 제너비브를 골랐다. 크리스는 인육을 먹어야 하는 순간이 올 수도 있으니 살이 가장 많고 가장 얄미운 트레보를 데려가겠다고 했다. 나는 절대 지루할 틈이 없다는 이유로 크리스를 선택했다. 크리스는 무척 좋아했지만, 제너비브는 인상을 찡그렸다. 제너비브는 이미 피터에게 선택을 받았다. 게다가 내 말이 틀린 것도 아니었다. 크리스는 무인도에서 같이 지내기에 가장 재미있는 친구일 것이다. 무인도에서 그보다 더 좋은 장점이 어디 있겠는가. 제너비브는 땔감을 모으거나 죽창으로 물고기를 사냥할 때 별로 도움 될 것 같지 않았다. 존은 한참을 고민했다. 한 명씩 차례대로 짚어가며 장점을 열거했다. 피터는 달리기를 잘하고, 트레보는 기운이 세다. 제너비브는 손재주가 좋고, 크리스는 싸울 줄 안다. 그리고 나는 구조되리란 희망을 절대 포기하지 않을 것 같다고 했다. 그래서 존은 나를 선택했다.

그해는 우리가 밖에서 시간을 보낸 마지막 여름이었다. 그땐 정말 매일 밖에서 놀았다. 나이를 먹다 보면 밖에서 보내는 시간이 점점 줄어든다. "밖에 나가서 놀아라." 이 말을 더 이상 들을 수 없게 된다. 하지만 그해 여름에는 매일 밖에서 시간을 보냈다. 뉴스에서는 100년 만의 무더위라고 했다. 하지만 우리는 거의 여름 내내 자전거를 타거나 수영장에서 놀았다. 게임도 열심히 했다.

피터가 오두막 바닥에 앉아 코트를 벗어 담요처럼 깔았다. "너는 여기 앉아."

내가 코트를 깔고 앉자 피터가 내 발목을 잡고 자기 쪽으로 끌어당겼다. 큰 물고기가 낚싯줄에서 빠져나갈까 봐 조심스럽게 줄을 감는 낚시꾼 같았다. 무릎을 맞대고 앉았을 때 피터가 내게 부드러운 입술로 키스했다. '영원한 시간이 우리에게 주어진 것 같은' 키스였다. 나는 몸을 떨었다. 추워서 그런 게 아니었다. 심장이 두근거리며 조금씩 긴장이 몰려왔다. 피터는 고개를 기울여 내 목에 키스하다가 쇄골 쪽으로 천천히 내려갔다. 나는 너무 긴장한 나머지 누가 내 목을 건드릴 때 으레 느끼는 간지럼을 느끼지도 못했다. 피터의 입술은 너무 따뜻했고, 입술이 내 몸에 닿을 때의 느낌도 너무 좋았다. 내 몸이 뒤로 쓰러지려고 하자 피터가 두 팔로 받쳐줬다. 피터가 내 몸 위로 더 가까이 다가왔다. 지금 이게 그건가? 이런 식으로 벌어지는 거였나? 캐럴린 피어스네 오두막 바닥에서?

피터가 한 손을 내 블라우스 안으로 밀어 넣었다. 하지만 아직 브라 위에 머물러 있었다. 그 순간 끔찍한 생각이 번뜩 떠올랐다. 지금까지 한 번도 떠올려본 적 없는 생각…… 바로 제너비브의 가슴이 내 가슴보다 크다는 것이었다. 피터가 실망할까?

그때 나도 모르게 큰 소리로 외치고 말았다. "난 아직 너랑 잘 준비가 안 됐어!"

피터가 놀라서 고개를 쳐들었다. "으아, 라라 진! 너 때문에 놀랐잖아."

"미안. 그냥 확실히 말해두고 싶어서. 확실히 전달되지 않았을 경우를 대비해서."

"확실히 전달됐어." 상처받은 것 같은 표정이 피터의 얼굴을 스치고 지나갔다. 피터는 등을 꼿꼿이 세우고 앉았다. "내가 무슨 야만인도 아니고, 제길!"

"그런 게 아니라……." 나는 똑바로 앉아서 하트가 앞으로 오도록 목걸이를 매만지며 말했다. "오해하지 않았으면 해서 한 말이야. 네가 이 예쁜 목걸이를 나한테 줬다고 해서 내가……." 피터가 무섭게 노려보는 바람에 말을 잇기가 힘들었다. "미안, 미안해. 하지만…… 넌 그게 그립지 않아? 제너비브와 사귈 땐 맨날 했을 테니……." 학교에서는 카빈스키와 제너비브의 애정 행각에 대해 모르는 사람이 없었다. 학기 마지막 날 스티브 블

라라 진의 두 번째 이야기

러델의 집에서 열린 파티에서 두 사람이 스티브의 부모님 침실에서 했다거나, 제너비브가 중 3 때부터 피임약을 먹기 시작했다거나 하는 얘기는 공공연한 비밀이었다. 언제든 내키면 섹스를 하던 남자가 과연 나 같은 여자한테 만족할 수 있을까? 피터를 만나고 나서야 이제 간신히 2루까지 진루한 나 같은 여자한테 말이다. 만족스럽지 않을 것이다. 아니, '만족'은 잘못된 표현이다. 행복이 맞는 거다.

"맨날 하진 않았어! 그리고 너랑 이런 얘기 하고 싶지 않아. 너무 이상하잖아."

"난 그냥, 난 경험이 전혀 없는데 넌 많이 해봤으니까…… 네 인생에 공허한 빈자리가 생긴 건 아닐까 싶고…… 네가 혹시라도 무언가 빠뜨린 기분을 느끼지 않을까 싶어서…… 근데 말이야, 만약 선데이 아이스크림을 먹어보지 못해서 그게 얼마나 맛있는지 몰랐던 사람이 뒤늦게 한입 맛보고 나선 맨날 먹고 싶어 할 수도 있잖아?" 나는 아랫입술을 깨물었다. "너도…… 그걸 맨날 하고 싶어?"

"아니거든!"

"좀 솔직해져 봐!"

"너하고 섹스하고 싶은 생각이 있냐고? 그래, 있어. 하지만 억지로 밀어붙이진 않을 거야. 그런 건 생각도 안 해봤어! 그리고 얼마든지 다른 방법도 있다고……." 피터는 얼굴이 빨개졌다. "그런 욕구를 해소하는 방법 말이야."

"그럼…… 너도 야동을 본다는 얘기네?"

"라라 진!"

"그냥 궁금한 게 많은 성격이라서 그래! 너도 내 성격 알잖아. 전에는 질문하면 다 대답해주더니."

"그건 옛날 얘기고. 지금은 상황이 다르지."

피터는 가끔 아주 통찰력 넘치는 답변을 내놓지만 자기가 그런 말을 했다는 사실을 알지 못한다. 지금은 상황이 바뀌었다. 예전에는 모든 게 쉬웠다. 섹스를 알기 전에는 모든 걸 얘기할 수 있었다.

내가 머뭇거리다 입을 열었다. "계약서에 항상 진실만을 얘기하기로 맹세했잖아."

"좋아, 하지만 너한테 야동 얘기는 하지 않을 거야." 내가 다른 질문을 하려고 하자 피터가 덧붙여 말했다. "야동에 대해서 한마디만 하자면, 야동을 한 번도 본 적 없다고 하는 남자는 다 거짓말쟁이라는 거야."

"너도 봤다는 거구나." 나는 고개를 끄덕이며 중얼거렸다. 좋다. 알았으니 됐다. "사람들이 맨날 얘기하는 그 통계 있잖아. 10대 남자애들은 7초에 한 번씩 섹스 생각을 한다는 그거 말이야. 그거 진짜야?"

"아니야. 그리고 맨날 섹스 이야기를 먼저 꺼내는 사람이 바로 너라는 걸 난 지적하고 싶거든? 내가 보기엔 10대 여자애들이 10대 남자애들보다 더 그거에 집착하는 거 같아."

"그럴 수도 있겠지." 내 말에 피터는 놀라서 눈이 휘둥그레졌다. 나는 급하게 덧붙였다. "내 말은, 나도 그거에 대해 궁금한 게 많다는 얘기야. 그러니까 그냥 생각일 뿐이지. 내가 그걸 직접 해보고 싶다는 생각은 아직 없어. 누구하고든. 너도 예외는 아니야."

피터는 당황한 게 분명했다. 허둥지둥 이렇게 말한 걸 보면 확실하다. "알았어, 알았다고. 이제 다른 얘기 하자." 피터는 목소리를 낮춰 중얼거렸다. "애초에 이런 얘기는 하고 싶지도 않았어."

피터가 당황하다니, 귀엽다. 피터처럼 경험 많은 애가 이런 일로 당황할 줄은 몰랐다. 나는 피터의 스웨터 소매를 잡아당기며 말했다. "나중에 내가 준비됐을 때, 준비되면 그때 너한테 꼭 말할게." 그리고 피터를 끌어당겨 입술에 부드럽게 입을 맞췄다. 피터가 입을 벌렸다. 나도 내 입을 피터의 입에 포갰다. 피터하고는 몇 시간이든 키스할 수 있을 것 같다.

키스하던 중 피터가 갑자기 물었다. "잠깐, 그럼 너랑 나는 절대 안 하는 거야? 영원히?"

"절대 안 한다곤 안 했어. 지금은 안 한다는 얘기지. 내가 완전히 확신할 수 있을 때까지 말이야. 알았어?"

피터가 웃음을 터뜨렸다. "알았어. 그럼 이 버스를 운전하는 사람은 너구나. 하긴 처음부터 그랬어. 나는 부지런히 따라갈 뿐이고." 피터가 가까이 파고들며 내 머리카락에 코를 대고 숨을 들이마셨다. "샴푸가 바뀌었네. 이건 무슨 향이야?"

"마고 언니 건데 훔쳤어. 서양배 향기야. 어때? 좋지?"

"이것도 괜찮긴 한데…… 전에 쓰던 걸로 다시 바꾸면 안 돼? 그 코코넛 향으로. 난 그 냄새가 더 좋아." 꿈꾸는 듯한 표정이 피터의 얼굴에 스쳤다. 마치 도시에 내려앉은 저녁 안개 같은 표정이다.

"바꾸고 싶어지면." 내 말에 피터는 부루퉁해졌다. 나는 속으로 당장 코코넛 헤어마스크까지 사야겠다고 다짐했지만, 그것과 별개로 피터가 계속 긴장하게 만들고 싶었다. 피터가 말한 것처럼 이 버스를 운전하는 사람은 나니까. 피터는 나를 더 가까이 끌어당겨 꼬옥 끌어안았다. 은신처에 몸을 숨긴 기분이었다. 나는 머리를 피터의 한쪽 어깨에 기대고 두 팔을 피터의 무릎에 걸쳤다. 이러고 있으니 참 좋다. 아늑하다. 피터와 단둘이 세상에서 잠시 멀어진 기분이었다.

그렇게 가만히 앉아 있는데 문득 중요한 기억이 떠올랐다. 타임캡슐. 존 앰브로즈 매클래런이 중학교 1학년 때 할머니한테 받은 생일선물. 존은 비디오 게임을 사달라고 했지만 선물로 받은 건 그 타임캡슐이었다. 존은 타임캡슐을 버리려다가 갖고 싶어 하는 여자애가 있을 것 같아서 가져왔다고 했다. 내가 타임캡슐을 달라고 하자 제너비브도 갖겠다고 했다. 그러자 당연히 크리스도 경쟁에 뛰어들었다. 그때 나한테 좋은 생각이 떠올랐다. 그 타임캡슐을 곧장 피어스네 오두막 아래 묻는 것이다. 나는 완전 신나서 애들한테 지금 갖고 있는 물건을 타임캡슐에 하나씩 넣으라고 했다. 그리고 우리가 고등학교를 졸업하는 날 돌아와서 같이 열어보며 추억을 나누자고 제안했다.

"너 우리가 타임캡슐 묻었던 거 기억나?" 내가 물었다.

"아, 그래! 매클래런의 타임캡슐. 우리 그거 파보자."

"우리끼리만 열어볼 순 없어. 고등학교 졸업하고 다 같이 열어보기로 했잖아." 그땐 다들 계속 친구로 남아 있을 줄 알고 그랬던 거지만. "너, 나, 존, 트레보, 크리스, 앨리, 다 같이." 일부러 제너비브의 이름은 말하지 않았다.

피터는 눈치채지 못한 것 같았다. "그래, 그럼 좀 기다리지 뭐. 내 여자친구가 그러고 싶다는데."

30

라라 진에게,

네 편지를 다시 보내줄게. 대신 조건이 하나 있어. 편지를 읽어
본 후에 다시 나에게 돌려준다고 ~~엄숙한~~ 깨뜨릴 수 없는 맹
세를 해줘. 중학교 때 나를 좋아하는 여자애가 있었다는 물리
적인 증거가 필요하니까. 증거가 없으면 누가 내 말을 믿어주겠
어?

그건 그렇고, 네가 만든 그 땅콩 버터 초콜릿 케이크는 내가
그동안 먹어본 케이크 중에서 정말 최고였어. 리세스 피시스 초코
볼로 이름을 쓴 그런 케이크는 앞으로도 두 번 다시 받을 수 없
을 거야. 아직도 가끔 그 케이크 생각이 나. 남자라면 그런 케이크
를 잊지 못하는 법이거든.

질문 하나 해도 될까? 편지를 모두 몇 통이나 쓴 거야? 그냥
내가 얼마나 특별했는지 알고 싶어서 그래.

존

존에게,

본인 라라 진은 내 편지를 온전하고 변함없는 상태로 존 앰브로스 매클래런에게 돌려준다고 엄숙한, 아니 깨뜨릴 수 없는 맹세를 다지는 바입니다. 이제 내 편지 돌려줘!

너 정말 거짓말쟁이구나. 중학교 때 여자애들 상당수가 널 좋아했던 거 너도 잘 알잖아. 밤샘 파티 때 여자애들끼리 '너는 팀 피터야, 팀 존이야?' 이러면서 난리도 아니었다고. 그런 걸 전혀 몰랐다는 말은 하지 마, 조니!

그리고 네 질문에 대답하자면, 모두 다섯 통의 편지가 있었어. 내 인생에서 의미 있는 남자가 다섯 명이라는 얘기지. 그런데 지금 편지를 쓰면서 생각해보니 내가 열여섯이었다는 걸 감안했을 때 다섯 명이면 꽤 많은 것 같기도 하다. 내가 스무 살이 됐을 땐 숫자가 얼마나 늘어나 있을지 궁금해지는데? 내가 봉사활동하는 양로원에 어떤 할머니가 계신데, 그분은 남편도 엄청 많았고 무척 다채로운 삶을 사셨어. 그 할머니를 보면 인생에 미련이 전혀 없으실 것 같다는 생각이 들어. 모든 걸 경험해봤으니 말이야.

우리 언니가 스코틀랜드에 있는 세인트앤드루스 대학교에 진학했다고 얘기했던가? 윌리엄 왕자와 케이트 미들턴이 만난 곳이 세인트앤드루스 대학교야. 어쩌면 마고 언니도 왕자를 만날지 몰라, 하하! 너는 어느 대학에 가고 싶어? 어떤 걸 전공할지 정했어? 나는 버지니아를 떠나고 싶지 않아. 버지니아에 좋은 사립대학이 많고 학비가 저렴하다는 이유도 있지만, 그것보단 가족들과 함께 지내고 싶다는 게 제일 큰 이유야. 그래서 집에서 아주 멀리 떨어진 대학은 가고 싶지 않아. 예전에는 버지니아 대학교에 진학해 집에서 학교를 다니는 게 괜찮겠다는 생각을 자주 했는데, 요즘은 기숙사야말로 진짜 대학생활을 경험할 수 있는 방법이 아닐까 하는 생각도 들어.

내 편지 보내주는 거 잊지 마,
라라 진

아빠는 출근 전에 무료 급식소에서나 볼 수 있을 법한 커다란 솥에 오트밀 죽을 한가득 끓여놓았다. 지금은 완전히 걸쭉해진 상태다. 좀 더 먹을 만한 모양새로 만들어보려고 수프에 메이플 시럽 반 병과 말린 체리를 넣었다. 그렇게까지 했는데도 내가 과연 오트밀 죽을 좋아하는지 확신이 서지 않았다. 죽을 두 그릇 떠서 내 그릇에는 잘게 썬 피칸을 좀 올리고, 키티 그릇에는 꿀만 조금 넣었다. "와서 죽 먹어!" 내가 크게 소리쳤다. 키티는 당연히 티비 앞에 죽치고 있었다.

우리는 아침식사용 테이블에 마주 앉아 죽을 먹기 시작했다. 오트밀 죽도 나름 괜찮았다. 반죽처럼 배 속에 착 달라붙는 느낌이 나쁘지 않았다. 나는 죽을 먹으면서 계속 창밖을 살폈다.

키티가 내 얼굴에 대고 손가락을 튕겼다. "여보세요! 사람이 질문을 하면 대답을 좀 하라고!"

"우편물 아직 안 왔나?" 내가 물었다.

"토요일에는 집배원이 정오 넘어야 와." 키티가 숟가락에 묻은 꿀을 핥으며 의심 가득한 눈빛으로 나를 노려봤다. "일주일 내내 우편물에 왜 그렇게 관심이 많아?"

"기다리는 편지가 있거든."

"누가 보낸 건데?"

"그냥…… 별로 중요한 사람은 아냐." 이런 초짜 같은 실수를 하다니. 아무 이름이나 댈 걸 그랬다. 키티는 이미 눈을 가늘게 뜨고서 완전 흥미진진하다는 표정으로 쳐다보고 있었다.

"별로 중요한 사람이 아니라면서 넋 나간 사람처럼 창밖만 보고 있는 게 말이 돼? 누가 보낸 편진데 그래?"

"굳이 알아야겠다면 알려주지. 실은 내가 보낸 편지야. 네가 우편으로 발송해버린 내 편지들 중 하나." 나는 손을 뻗어 키티의 팔을 꼬집었다. "제자리로 돌아오는 중이라고."

"아, 그 이름 웃긴 오빠한테 갔던 거구나. 앰브로즈라니, 무슨 이름이 그래?"

"너도 기억나? 우리랑 같은 골목에 살았잖아."

"알아, 노란 머리. 그 오빠가 나한테 스케이트보드 한 번 빌려줬었어. 가지고 놀라고."

"존이라면 그럴 수 있지." 내가 과거를 추억하며 말했다. 키티가 그렇게 말썽쟁이였는데도 존은 다른 남자애들에 비해 키티랑 많이 놀아줬다.

"그만 웃어." 키티가 명령하듯 말했다. "언니는 이미 남자친구가 있잖아. 남자친구가 둘이나 있을 필요는 없어."

나는 다시 정색하고 말했다. "우린 그냥 편지만 주고받는 거야, 키티. 그리고 내 얼굴에 대고 손가락 튕기는 거 하지 마." 나는 한 번 더 꼬집으려고 팔을 뻗었지만 키티가 재빨리 몸을 날리며 피했다. "너 오늘은 뭐 할 거야?"

"로스차일드 아줌마랑 제이미 데리고 멍멍이 공원에 갈 거야." 키티가 지저분해진 그릇을 싱크대에 넣으며 말했다. "아줌마네 집에 가서 약속 까먹지 않았는지 확인해야겠어."

"요즘 로스차일드 아줌마랑 자주 어울리네." 키티가 어깨를 으쓱해 보였다. 나는 부드럽게 덧붙였다. "아줌마 너무 귀찮게 하지 마. 알았지? 아줌마는 나이가 마흔쯤 됐잖아. 아줌마도 토요일에 하고 싶은 일이 많을 거 아냐. 와이너리에 간다든가 스파에 간다든가, 뭐 그런. 네가 아줌마를 아빠랑 엮어주고 싶다고 해서 아줌마를 귀찮게 하지는 마."

"로스차일드 아줌마는 나랑 다니는 거 좋아하니까 그런 쓸데없는 충고는 넣어둬!"

"하여간 정말 버르장머리 없다니까." 나는 인상을 찡그렸다.

"내가 버릇없는 건 큰언니, 작은언니, 아빠가 반성할 일이야. 세 사람이 날 이렇게 키웠으니까."

"그렇다면 세상에 네 잘못은 하나도 없다는 말이네? 우리가 널 엉망진창으로 키웠으니까?"

"맞아."

나는 짜증이 솟구쳐서 비명을 꽥 질렀다. 키티는 내 화를 돋운 게 무척 기분 좋은 듯 흥얼거리며 도망갔다.

라라 진의 두 번째 이야기

라라 진에게,

분명히 말하면, 여자애들이 나한테 관심 있었던 유일한 이유는 내가 피터의 절친이었기 때문이야. 중학교 2학년 댄스 파티 때 사브리나 폭스가 나한테 데이트 상대인 척해달라고 부탁한 것도 그것 때문이라고! 걔는 '레드 로브스터' 레스토랑에서 춤추기 전에 피터 옆에 앉으려고도 했어.

대학 얘길 하자면, 우리 아빠는 노스캐롤라이나 대학 출신인데 나도 그 대학에 가길 원하셔. 나한테 노스캐롤라이나 사람 피가 흐른다는 어처구니없는 말씀을 하시면서 말이야. 엄마는 내가 버지니아에 남길 바라고. 아직 아무한테도 얘기하지는 않았지만 나는 조지타운 대학교에 가고 싶어. 행운을 빌어줘. 지금도 SAT 공부하는 중이야.

그건 그렇고…… 네 편지 함께 넣었어. 약속한 거 잊지 마. 너랑 이렇게 편지 주고받는 것도 정말 좋긴 한데, 네 전화번호도 알려주지 않을래? 인터넷에서 너를 찾아도 나오는 게 없어서 말이야.

편지를 읽자마자 이 생각부터 들었다. 존은 그 동영상을 못 봤구나. 못 본 것 같아! 인터넷에서 나를 찾기 힘들었다고 하는 걸 보면 못 본 거다. 마음이 이렇게 놓이는 걸 보니 나도 마음 한구석에서 계속 신경 쓰고 있었던 모양이다. 내가 존을 가끔 생각했던 것처럼 존도 나를 생각할 때가 있었다니 왠지 위안이 되었다. 게다가 존 앰브로즈 매클래런은 어노니비치 같은 걸 들여다보는 아이가 아니다. 내가 아는 존 앰브로즈 매클래런은 그렇지 않다.

다시 편지를 들여다보니 저 아래 존의 휴대폰 번호가 적혀 있었다.

나는 눈을 깜박거렸다. 편지는 해가 될 게 없다. 하지만 존과 내가 전화를 주고받게 된다면, 그것도 일종의 배반 행위일까? 전화는 반응이 즉각적이다. 하지만 편지를 쓴다는 건, 종이에 펜을 대는 건 둘째 치고, 일단 편지지와 펜을 고르고 봉투에 주소를 적고 우표를 붙이는 건…… 굉장히 의도적인 행위다. 갑자기 두 뺨이 달아올랐다. 편지가…… 훨씬 로맨틱하잖아. 편지는 계속 지니고 있을 수도 있다.

생각난 김에…… 나는 봉투에서 두 번째 편지를 꺼내 펼쳤다. 편지지가 약간 구겨져 있었지만 알아볼 수 있었다. 꼭대기에 네이비색으로 'LJSC'라고 새겨진 두꺼운 크림색 종이다. 내 이니셜이 들어간 거라면 무엇이든 열광하는 나를 위해 아빠가 생일선물로 주신 거다.

존 앰브로즈 매클래런에게,

이 모든 게 어떻게 시작되었는지 나는 아직도 기억하고 있어. 8학년 가을 학기였지. 너랑 내가 체육관에 남아 축구공을 치우고 있는데 갑자기 비가 내리기 시작했어. 우리는 본관으로 달려갔는데 나는 너만큼 빨리 뛰지 못했지. 그런데 네가 갑자기 멈춰 서더니 내 가방을 움켜잡았어. 네가 내 손을 잡았더라도 그렇게 설레진 않았을 거야. 그날 네 모습이 생생히 기억나. 네 티셔츠는 등에 착 달라붙었고, 머리카락은 방금 샤워하고 나온 것처럼 촉촉했어. 비가 쏟아지니까 너는 어린아이처럼 함성을 지르더라. 바로 그때였어. 네가 나를 뒤돌아본 게. 그리고 얼굴 가득 미소를 지은 채 나를 보며 말했지. "얼른, 니!"

바로 그때였어. 바로 그때, 머리부터 저 흠뻑 젖은 케즈 스니커즈 안의 발끝까지 온몸으로 깨달았지. 내가 너를 사랑한다는 걸. 존 앰브로스 매클래런, 너를 정말 사랑해. 고등학교에 가서도 너를 계속 사랑할 것 같아. 어쩌면 너도 나를 사랑하게 될지 몰라. 네가 이사 가지만 않는다면 말이야! 그렇게 이사 가버리는 건 너무 불공평해. 다른 사람들의 의견은 물어보지도 않고 부모님들이 그렇게 결정해버리면 그걸로 끝이잖아. 내가 무슨 의견을 말할 자격이 있다는 건 아니야. 나는 네 여자친구도 아니고, 아무것도 아니니까. 하지만 적어도 네 의견은 존중받아야 한다고 생각해.

언젠가 그럴 기회가 생긴다면 너를 조니라고 불러보고 싶어. 예전에 우리가 학교 끝나고 교문 계단에 모여서 놀고 있을 때 너희 엄마가 너를 데리러 오셨더랬지. 네가 너희 엄마 차를 못 보고 있으니까 엄마가 경적을 울리면서 "조니!" 하고 부르셨어. 엄마가 널 그렇게 부르는 게 듣기 좋더라. 조니. 나중에 네 여자친구도 분명 너를 조니라고 부르겠지. 그 여자는 정말 행운아야. 어쩌면 벌써 여자친구가 있을지도 모르겠다. 만약 그렇다면 이거 하나만 기억해줘. 옛날 옛적에 버지니아에 너를 사랑하는 여자가 있었다는 걸.

마지막으로 한 번만 불러볼게. 어차피 네가 듣지는 못할 테지만. 잘 있어, 조니.

사랑을 담아,
라라 진

나는 날카로운 비명을 내질렀다. 어찌나 소리가 컸던지 제이미가 깜짝 놀라 짖기까지 했다. "미안." 나는 웅얼거리며 베개 위에 털썩 드러누웠다.

존 앰브로즈 매클래런이 이 편지를 읽었다니, 정말 믿을 수가 없다. 이렇게까지…… 노골적일 줄은 몰랐다. 게다가 너무…… 갈구하고 있다. 세상에, 어쩌다 내가 이렇게 사랑을 갈구하는 여자가 되었을까? 끔찍하다. 정말 끔찍하게 끔찍하다. 남자에게 홀딱 벗은 모습을 보여준 적은 없지만 지금 홀딱 벗고 있는 기분이다. 편지를 다시 들여다볼 용기가 나지 않았다. 생각도 하기 싫다. 나는 편지를 대충 접어 봉투에 넣은 다음 침대 밑에 밀어 넣었다. 이제 그 편지는 존재하지 않는다. 눈에서 멀어지면 마음에서도 멀어진다고 했다.

존은 절대 이 편지를 돌려받지 못할 것이다. 내가 존에게 답장을 또 쓰긴 할지 그것도 잘 모르겠다. 어쩌다 보니 상황이…… 바뀌었다.

나는 이제 그 편지도 잊고, 내가 한때 존을 향해 불같은 사랑을 품었다는 사실도 모두 잊을 것이다. 당시 나는 우리가 함께할 운명이라고 정말 찰떡같이 믿었다. 영원히 함께할 수 있다면 그렇게 할 것이라고. 그 확고했던 믿음에 대한 기억이 나를 흔들어 깨웠다. 갑자기 불안해지면서 아무것도 확신할 수 없었다. 닻이 풀린 느낌이었다. 갑자기 궁금했다. 도대체 존 앰브로즈 매클래런의 어떤 면에서 나는 그런 확신을 느꼈던 걸까?

이상하게도 내 편지에는 피터에 대한 언급이 전혀 없었다. 편지에는 내가 중학교 2학년 가을 학기부터 존을 좋아했다고 적혀 있었다. 피터를 좋아했던 것도 중 2 때니까 분명 겹치는 시기가 있었을 거다. 존을 향한 감정이 싹튼 건 언제고, 피터에 대한 감정이 식은 건 언제지?

이 질문에 답해줄 수 있을 만한 사람이 딱 한 명 있다. 하지만 그 애한테는 절대 물어볼 수 없다.

그 애는 내가 존을 좋아하게 될 거라고 예언했었다.

그해 여름, 제너비브는 거의 매일 밤 우리 집에서 잤다. 앨리네 부모님은 특별한 일이 있을 때가 아니면 자고 가는 걸 허락하지 않았기 때문에 거의 항상 우리 둘뿐이었다. 우리는 남자애들하고 무슨 일이 있었는지 날마다 서로 확인했다. 하나도 안 빠뜨리고 자세히. "앞으로 이렇게 될 것 같아." 어느 날 제너비브가 입술을 거의 움직이지 않고 내게 말했다. 우리는 외할머니가 보내준 한국 마스크팩을 얼굴에 붙이고 있었다. 한국식 팩은 스키 마스크처럼 생긴 얇은 시트에 에센스, 비타민, 온천수 등이 함유된 것이었다. "우리가 고등학교에 가면 이렇게 될 것 같아. 나랑 피터는 계속 커플이고, 너랑 매클래런도 커플이 되는 거야. 크리스와 앨리는 트레보를 나눠 가지고. 우리 모두 강력한 커플이 되는 거지."

"하지만 존하고 나는 서로 좋아하지도 않는데." 나는 마스크 팩이 움직일까 봐 입을 다문 채 말했다.

"곧 좋아하게 돼." 제너비브가 이미 정해진 운명을 읊듯 말해서 나도 그 말을 믿었다. 그때 나는 제너비브가 하는 말이라면 전부 믿었다.

하지만 제너비브와 피터를 제외하면 실현된 건 아무것도 없었다.

31

나는 루커스와 복도 바닥에 책상다리를 하고 앉아 딸기 쇼트케이크 아이스크림을 나눠 먹고 있었다. "내 쪽은 건드리지 마." 내가 한입 더 먹으려고 입을 들이밀자 루커스가 저지했다.

"이거 내 돈으로 샀거든?" 나는 루커스에게 사실을 상기시켜 줬다. "루커스…… 다른 사람하고 편지 주고받는 것도 바람피우는 걸까? 나 말고 내 친구 얘기야."

"아니." 루커스가 갑자기 눈을 크게 뜨고 물었다. "잠깐, 혹시 야한 편지야?"

"아니야!"

"네가 나한테 썼던 그런 편지야?"

나는 기운 없이 조그맣게 아니라고 대답했다. 루커스는 내가 하는 말을 한마디도 믿지 않겠다는 표정으로 나를 바라봤다. "그럼 괜찮아. 엄밀히 말하면 너는 결백해. 그런데 누구랑 편지를 주고받는 거야?"

나는 머뭇거렸다. "존 앰브로즈 매클래런 기억해?"

루커스가 두 눈을 번쩍 떴다. "당연히 기억하지. 중학교 1학년 때 걔한테 꽂혔었거든."

"나는 중 2 때."

"당연히 그랬겠지. 안 그런 사람이 어딨어? 중학교 때 다들 존 아니면 피터를 좋아했잖아. 그 둘이 가장 인기 많았지. 베티와 베로니카*의 현실 버전이랄까." 루커스는 잠시 말을 멈췄다가 불쑥 내뱉었다. "존은 말 더듬을 때 정말 귀여웠는데, 너도 기억하지?"

"맞아! 말 더듬는 버릇이 사라졌을 때 조금 아쉬웠어. 완전 귀여웠는데. 정말 수줍은 소년 같고 말이야. 머리 색깔도 약간 밝은 버터 같았잖아. 방금 만든 신선한 버터에서나 볼 수 있는 그런 색깔."

"나는 달빛에 비친 옥수수수염 같다고 생각했는데, 네 표현도 괜찮네. 그건 그렇고 존은 어떻게 변했어?"

"나도 잘 모르겠어…… 그게 정말 이상해. 내 기억 속의 존은 중학교 때 모습인데 그건 순전히 내 기억인 거고, 그것과는 별개로 현재의 존이 있다는 게 말이지……."

"그럼 아직 만나보진 않은 거야?"

"안 만났어! 안 만날 거야."

"그래서 그렇게 존에 대해 궁금한 게 많구나."

"궁금하다고는 안 했거든?"

루커스가 정색한 얼굴로 나를 노려봤다. "지금 네 모습은 딱

---

* 아치 코믹스의 코믹 만화 《베티와 베로니카(Archie's Girls Betty and Veronica)》의 두 주인공 소녀로, 아치라는 소년을 두고 경쟁하는 관계. 삼각관계의 대명사로 여겨진다.

그래 보여. 궁금해하는 게 잘못은 아니야. 나 같아도 궁금할 것 같은데."

"그냥 그런 생각 하다 보면 재미있으니까."

"너는 참 행운아야." 루커스가 말했다.

"어떤 면에서?"

"너는…… 선택권이 있잖아. 내가 공개적으로 커밍아웃을 하진 않았지만 커밍아웃했다고 해도, 우리 학교엔 게이가 나 말고 두 명밖에 없거든. 그 여드름 왕창 난 마크 와인버거하고 리온 버틀러 말이야." 루커스가 몸서리를 쳤다.

"리온이 뭐가 문젠데?"

"그렇게 물어보는 척하면서 가르치려고 들지 마. 그냥 우리 학교가 더 컸으면 좋겠다는 얘기야. 내 짝은 여기에 없어." 이렇게 말하고 멍하니 허공을 바라보는 루커스의 모습이 쓸쓸해 보였다.

나는 루커스의 손을 지그시 잡았다. "네가 세상에 나가 수많은 선택지를 앞에 두고 어쩔 줄 몰라 하게 될 그 시기가 빨리 찾아오길 바랄게. 다들 너와 사랑에 빠지게 될 거야. 너는 정말 아름답고 매력 넘치는 친구니까. 그때 가서 고등학교 시절을 돌이켜보면 정말 아무것도 아닌 것처럼 보일 거야."

루커스가 미소를 지었다. 쓸쓸한 모습의 루커스는 이제 거기 없었다. "그래도 너는 잊지 않을게."

32

"피어스네가 결국 집을 팔았다는구나." 아빠가 키티의 접시에 시금치 샐러드를 더 담으며 말했다. "한 달 후면 뒷집에 새 이웃이 생기겠어."

"애들도 있대요?" 키티가 갑자기 활기 띤 목소리로 물었다.

"도니 말로는 은퇴한 노부부라는데."

키티가 꾸엑 하는 소리를 냈다. "노인들이라니. 지루하게시리! 그래도 손주들은 있겠죠?"

"그런 얘기는 못 들었는데, 아마 없을 것 같아. 오두막을 치울 것 같거든."

"우리 오두막을 철거한다고요?" 내가 음식을 씹다 말고 말했다.

아빠가 고개를 끄덕였다. "대신 정자를 들여놓을 것 같아."

"정자라니!" 내가 외쳤다. "어릴 때 내가 오두막에서 얼마나 많이 놀았는데…… 제너비브하곤 몇 시간씩 라푼젤 놀이도 했다고요. 비록 라푼젤은 늘 제너비브가 하고 난 나무 밑에 서서 외치는 역할이었지만……." 나는 멋들어지게 영국식 억양을 뽑아내려고 잠시 목을 가다듬었다. "라푼젤, 라푼젤, 그대의 머리카락을 내려줘요."

"그게 대체 어디 말투야?" 키티가 물었다.

"런던 사투리. 왜? 이상해?"

"별로야."

"이런. 언제 오두막을 철거한대요?" 나는 아빠에게 물었다.

"나도 잘 모르겠다. 이사 오기 전에 하지 않을까 싶은데, 모르는 일이지 뭐."

어릴 때 창밖을 내다보다가 존 매클래런이 오두막에 올라가는 걸 보았다. 존은 오두막에 앉아서 혼자 책을 읽었다. 나는 콜라 두 캔과 책 한 권을 들고 오두막에 올라가 존과 함께 오후 내내 책을 읽었다. 나중에 피터와 트레보 파이크가 와서 우리는 책을 내려놓고 카드놀이를 했다. 그 당시 피터를 향한 마음 때문에 몹시 괴롭기는 했지만 결코 로맨틱한 감정은 아니었다. 하지만 존과 함께 침묵을 벗 삼아 책을 읽으며 조용한 오후를 보내고 있었는데 방해받은 기분이 들었던 건 기억한다.

"친구들이랑 오두막 밑에 타임캡슐을 묻어뒀거든." 칫솔에 치약을 짜면서 키티에게 말했다. "제너비브, 피터, 크리스, 앨리, 트레보, 나, 그리고 존 앰브로즈 매클래런까지. 고등학교 졸업할 때 다 같이 파보기로 했는데."

"새로 이사 올 사람들이 오두막을 치우기 전에 타임캡슐 파티를 해야 해." 키티가 변기에 앉아서 말했다. 내가 양치질을 하는데 키티는 소변을 보고 있었다. "초대장을 보내면 되겠다. 약간 재미있게 만들어서 말이야. 제막식처럼."

나는 치약을 뱉어냈다. "말이야 쉽지. 앨리는 이사 가고, 제너비브는……."

"욕자루를 든 마녀가 됐지." 키티가 대신 뒷말을 이었다.

나는 큭큭 웃었다. "욕자루를 든 마녀라니, 정말 딱이다."

"그 언니 무서워. 어렸을 때 나를 수건 장에 넣고 가뒀잖아!" 키티가 변기 물을 내리고 일어났다. "파티를 하는 건 좋지만 제너비브 언니는 초대하지 마. 남자친구의 전 여친을 타임캡슐 파티에 초대하는 건 어쨌든 이상하잖아?"

타임캡슐 파티에 초대할 사람을 정하는 법칙이 있기는 한가! 원래 타임캡슐 파티 같은 게 있기는 하냐고! "그때 내가 수건 장에서 바로 꺼내줬잖아." 나는 키티의 기억을 되짚어주며 칫솔을 내려놓았다. "키티 너 손 씻어라."

"씻으려고 했어."

"양치질도 하고." 키티가 막 대답하려는 걸 내가 가로막았다. "닦으려고 했다는 말은 하지 마. 안 닦으려고 한 거 다 아니까."

키티는 양치질을 안 할 수만 있다면 무슨 짓이든 할 녀석이다.

제대로 된 작별인사도 없이 이렇게 오두막을 떠나보낼 수는 없다. 그건 옳지 않다. 친구들이랑 언젠가 다시 여기서 만나자고 약속했는데. 파티를 열어야겠다. 테마가 있는 파티가 될 것이다. 제너비브는 유치하다며 비웃겠지. 하지만 제너비브는 초대하지 않을 테니 그 애가 어떻게 생각하든 상관없다. 피터, 크리스, 트레보, 그리고…… 존이 파티에 참석할 것이다. 존은 확실히 초대할 것이다. 다른 의미는 없고 친구로서, 그냥 친구로서.

그해 여름 주로 뭘 먹었더라? 치즈 두들스* 녹아서 초콜릿 부스러기가 손가락에 들러붙던 아이스크림 샌드위치. 미지근해져서 사방으로 흘러내리던 하와이안 펀치 음료. 카프리썬 음료를 구할 수 있을 땐 카프리썬도 마셨고……. 존은 늘 엄마가 지퍼백에 담아주는 두 겹짜리 땅콩 버터 젤리 샌드위치를 먹었다. 나는 파티에 이런 간식을 모두 준비하기로 했다.

그리고 또 뭐가 있더라? 트레보가 늘 가지고 다니던 휴대용 스피커가 생각난다. 트레보네 아빠가 서던록 광팬이라 그해 트레보가 〈스위트 홈 앨라배마Sweet Home Alabama〉를 엄청 많이 틀었는데 피터가 짜증 난다며 오두막 밖으로 스피커를 내던진 적이 있었다. 트레보는 화가 나서 며칠 동안 피터하고 말도 섞지 않았다. 트레보는 머리가 갈색이었는데 젖으면 곱슬곱슬해졌고 통통한 체격이었다. 남자애들은 중학교 때 볼과 옆구리에 살이 통통하게 붙었다가 갑자기 키가 훌쩍 크면서 홀쭉해진다. 항상 굶주려 있던 트레보는 남의 집 찬장을 곧잘 뒤졌다. 오줌 싼다고 화장실에 갔다가 주방에서 찾아낸 팝시클 아이스크림이나 바나나, 치즈 크래커 같은 것을 들고 돌아왔다. 피터의 서열에

---

* Cheez Doodles. 콘 퍼프(옥수수를 페이스트화해 모양을 내고 건조시킨 과자)에 치즈의 풍미를 더한 과자로, 제과업체 와이즈 푸드의 대표적인 브랜드이다.

서 트레보는 늘 3번이었다. 존과 피터가 항상 먼저였고 트레보는 그다음이었다. 요즘 피터는 트레보와 거의 어울리지 않는다. 트레보는 육상 팀 친구들과 자주 어울린다. 우리하고 같이 듣는 수업도 거의 없다. 나는 항상 우등반이나 심화반 수업을 듣지만, 트레보는 학교생활이나 성적에 별로 신경 쓰지 않는다. 그래도 재미있는 친구다.

제너비브가 우리 집에 왔던 날도 떠오른다. 울면서 자기네 집이 곧 이사 간다고 말했다. 아주 멀리 가는 건 아니어서 계속 우리하고 학교를 다니기는 하겠지만 이제 자전거를 타고 오거나 걸어서 우리 집에 올 수 없게 됐다고 했다. 피터도 슬퍼하면서 두 팔로 제너비브를 안고 위로해줬다. 나는 그 모습을 보며 두 사람이 정말 어른스러워 보인다고, 사랑에 빠진 진짜 10대들처럼 보인다고 생각했다. 그러고 나서 얼마 후에 크리스와 제너비브가 무슨 일 때문인지 크게 싸웠다. 평소보다 유난히 심하게 싸웠던 것 같은데 무엇 때문인지는 잘 모르겠다. 아마 두 사람의 부모님들과 관련된 문제였던 것 같다. 크리스 부모님과 제너비브 부모님 사이가 안 좋을 땐 쓰레기가 강을 따라 하류로 흐르듯 두 사람 사이도 곧잘 껄끄러워졌다.

제너비브가 이사 간 후에도 우리는 계속 친구로 지냈다. 그러다가 중학교 2학년 댄스 파티 즈음해서 제너비브가 나를 밀어냈다. 제너비브의 인생에 나를 위한 자리는 더 이상 없는가 보다 하고 생각했다. 나는 제너비브와 평생 친구로 지낼 줄 알았다. 무슨 일이 있든 평생 내 인생에 머물러줄 거라고 믿었다. 하지만

라라 진의 두 번째 이야기

상황은 다르게 흘러갔다. 3년이 지난 지금, 우리는 결국 이렇게 되었다. 남보다 못한 관계가 된 것이다. 그 동영상을 찍은 사람도, 그걸 어노니비치에게 보낸 사람도 제너비브라는 걸 나는 안다. 그런 제너비브를 내가 과연 용서할 수 있을까?

33

조시 오빠에게 새 여자친구가 생겼다. 이름은 라이자 부커, 오빠랑 같은 만화 동아리 회원이다. 라이자 부커는 곱슬곱슬한 갈색 머리에 눈이 예쁘고 가슴이 크며 치아 교정기를 했다. 조시 오빠와 같은 3학년이고 오빠처럼 똑똑하기까지 하다. 나는 조시 오빠가 마고 언니가 아닌 다른 여자를 만난다는 사실이 믿기지 않았다. 라이자 부커는 눈이 예쁘고 가슴이 크기는 하지만, 우리 언니와 비교하면 아무것도 아니었다.

조시 오빠네 진입로에 못 보던 차가 자꾸 보이더니 급기야 오늘, 우편함을 확인하러 나갔다가 조시 오빠가 라이자 부커와 함께 집에서 나오는 모습을 보았다. 오빠는 라이자 부커를 차까지 배웅해주고 키스했다. 딱 마고 언니에게 키스할 때처럼. 라이자 부커의 차가 떠나고 나자 나는 막 집에 들어가려는 조시 오빠를 불러 세웠다. "이제 오빠랑 부커랑 그렇고 그런 사이인가 봐?"

오빠가 돌아보더니 조금 멋쩍어했다. "응, 요즘 만나고 있어. 아직 진지한 관계는 아니지만, 좋아하는 건 맞아." 오빠가 우리 집 쪽으로 몇 걸음 다가와서 이제 우린 그리 멀지 않은 거리에 있었다.

나는 참지 못하고 말해버렸다. "취향은 가지가지라더니 그 말이 맞나 보네. 내 말은 마고 언니 대신 부커는 좀……?" 내가 약간 화난 사람처럼 웃어서 나도 깜짝 놀랐다. 조시 오빠와 나 사이가 이제 괜찮아진 줄 알았는데. 예전과 똑같을 순 없겠지만 하여간 괜찮은 줄 알았는데. 어쨌든 그런 말을 한 건 비열했다. 라이자 부커한테 비열했다는 게 아니다. 부커하고는 잘 아는 사이도 아니다. 내 말은 마고 언니한테 비열했다는 뜻이다. 마고 언니와 조시 오빠가 서로에게 어떤 의미였는지 잘 알면서…….

조시 오빠가 조용히 입을 열었다. "마고 대신 라이자를 만나는 게 아니야. 그건 너도 알겠지만…… 라이자하고 알고 지내기 시작한 건 겨우 1월부터거든."

"알았어. 그럼 마고 언니는 왜 거절했어?"

"그냥 잘 안됐을 뿐이야. 마고를 생각하는 마음은 여전해. 마고를 영원히 사랑할 거야. 하지만 스코틀랜드로 떠났을 때 관계를 정리하자고 했던 마고의 결정이 옳았던 것 같아. 우리가 계속 만났다면 더 힘들어지기만 했을 거야."

"그래도 어떻게 될지 직접 겪어보고 판단하는 게 낫지 않았을까?"

"마고가 스코틀랜드까지 가지 않았어도 결국 똑같았을 거야."

오빠는 그 문제에 있어서만큼은 입장이 매우 확고해 보였다. 오빠의 가느다란 턱선에서 확신이 느껴졌다. 오빠는 더 이상 내게 아무 말도 하지 않을 것이다. 그건 내가 상관할 문제가 아니기 때문이다. 정확히 말하면 그건 조시 오빠와 마고 언니의 문제다. 조시 오빠도 그걸 완전히 깨달은 것 같진 않지만.

34

크리스가 라벤더색으로 머리를 염색하고 우리 집에 왔다. "어떤 것 같아?" 크리스가 재킷에 달린 모자를 뒤로 넘기며 물었다.

"예쁜 것 같아." 내가 대답했다.

키티가 소리 없이 입 모양으로 말했다. "부활절 달걀 같아."

"우리 엄마 열 좀 받으라고 한번 해봤어." 크리스의 목소리에서 약간의 망설임이 느껴졌다. 크리스는 그런 자신을 애써 감추려는 것 같았다.

"되게 세련돼 보여." 나는 머리카락 끝부분을 만져봤다. 물에 감긴 바비인형 머리 같은 인조 머리카락을 만지는 느낌이었다.

키티가 또 입 모양으로 말했다. "할머니 같아." 나는 키티에게 곁눈질을 했다.

"내 머리 개떡 같아?" 크리스가 긴장한 듯 아랫입술을 깨물고 키티에게 물었다.

"키티 앞에서 그런 욕 입에 올리지 마! 이제 열 살이라고!"

"미안. 내 머리 그지 같아?"

"으응." 키티가 그렇다고 해버렸다. 세상에, 키티야! 키티는 아무리 곤란한 말이라도 자신의 진심에 따라 거침없이 내뱉는다.

"그냥 미용실 가서 전문가한테 맡기지 그랬어?"

크리스가 두 손으로 머리카락을 쥐어뜯었다. "미용실에서 한 거야." 그리고 한숨을 내쉬었다. "이런 씨…… 아니, 신발. 아무래 도 밑부분을 잘라내야겠어."

"예전부터 생각한 건데 넌 짧은 머리를 해도 잘 어울릴 거야. 그리고 솔직히 라벤더색도 괜찮은 것 같은데? 예뻐, 진짜로. 조 개껍데기 안쪽의 그 은은한 보랏빛 같아." 내가 크리스만큼 과 감했다면 영화 〈사브리나〉의 오드리 헵번처럼 머리를 짧게 잘 랐을 것이다. 하지만 나는 그렇게 과감한 성격도 못 되고, 머리 를 포니테일로 묶거나 땋거나 컬을 넣지 못한다면 곧바로 후회 할 게 분명하다.

"좋아. 그럼 조금은 남겨두지 뭐."

"영양 가득한 트리트먼트 제품을 써봐. 머릿결이 좀 나아질 거야." 키티가 말하자 크리스가 키티를 무섭게 노려봤다.

"외할머니가 사다 주신 헤어 마스크가 있어. 한국 제품이야." 내가 한 팔로 크리스를 감싸 안으며 말했다.

우리는 위층으로 올라갔다. 내가 욕실을 뒤지며 헤어 마스크 를 찾는 동안 크리스는 내 방에 들어가 있었다. 헤어 마스크 통 을 들고 방으로 와보니 크리스가 바닥에 책상다리를 하고 앉 아 내 모자 상자를 들여다보고 있었다.

"크리스! 그건 사생활 침해야."

"열려 있었거든!" 크리스는 한 손에 피터가 밸런타인데이 선물 로 써준 시를 들고 있었다. "이게 뭐야?"

"피터가 밸런타인데이 때 나를 위해 직접 쓴 시라고나 할까."
나는 자랑스럽게 대답했다.

크리스는 종이에 적힌 글을 다시 확인했다. "피터가 직접 썼다고 자기 입으로 그래? 완전 사기꾼이네. 이건 에드거 앨런 포의 시잖아."

"아냐, 진짜 피터가 쓴 거야."

〈애너벨 리〉라는 연애시에 나오는 구절이라니까. 중학교 때 영어 보충학습 시간에 배웠단 말이야. 리치먼드에 있는 '에드거 앨런 포 박물관'에 가서 '애너벨 리'라는 보트까지 탔는데 내가 기억을 못 하겠어? 그 시가 적힌 액자까지 벽에 걸려 있었다고!"

"하지만…… 피터는 나를 위해 직접 썼다고 했어." 나는 믿을 수가 없었다.

크리스가 키득거렸다. "문학소년 카빈스키라니." 하지만 내가 함께 낄낄대지 않자 크리스는 웃음을 멈췄다. "뭐, 아무렴 어때. 그 마음이 중요한 거지. 안 그래?"

"자기 마음이 아닌 게 문제인 거지." 그 시를 받았을 땐 정말 행복했다. 태어나서 처음으로 '사랑의 시'를 받았는데 그게 남의 걸 베낀 가짜였다니.

"짜증 내지 마. 재미있는데 왜! 피터가 너한테 엄청난 감동을 안겨주고 싶었나 보다."

피터가 직접 쓰지 않았다는 걸 눈치챘어야 했다. 시간이 남을 때도 책을 거의 안 읽는 애가 하물며 시를 썼을 리 없잖아. "뭐, 어쨌든 목걸이는 진짜니까." 내가 말했다.

"확실해?"

나는 화난 얼굴로 크리스를 노려봤다.

그날 밤 피터와 통화할 때 나는 그 시에 대해 따질 작정이었다. 못 따지면 최소한 피터를 놀려먹기라도 할 작정이었다. 하지만 어쩌다 보니 금요일에 있을 피터의 원정경기 얘기가 나왔다. "너도 올 거지? 그치?" 피터가 물었다.

"나도 가고 싶은데, 금요일 밤엔 스토미 할머니 머리 염색해드린다고 약속했어."

"그건 토요일에 하면 안 돼?"

"안 돼. 토요일엔 타임캡슐 파티를 하기로 했잖아. 그리고 할머니도 토요일엔 데이트가 있어. 그래서 머리 염색을 금요일에 해야 하고……." 좀 어설픈 변명이라는 건 나도 알지만 약속은 약속이었다. 게다가…… 피터와 라크로스 팀 버스를 같이 타고 45분씩이나 걸려서, 가본 적도 없는 학교에 간다고 생각하니 마음이 편치 않았다. 내가 가지 않아도 피터는 괜찮겠지만 스토미 할머니는 그렇지 않다.

피터는 아무 말이 없었다.

"다음 경기엔 꼭 따라간다고 약속할게."

피터가 갑자기 버럭 화를 냈다. "게이브 여자친구는 한 경기도 빠짐없이 온단 말이야. 게다가 올 때마다 얼굴에 게이브 등번호를 물감으로 그리고 온다고. 우리 학교에 다니지도 않는 애가!"

"나도 지금까지 네 경기 중에 두 경기나 갔거든!" 이제는 나도 약이 올랐다. 피터에게 라크로스가 중요하다는 건 알지만 내가 벨뷰 양로원에서 하는 일도 그만큼 중요하다. "그리고 있잖아, 네가 밸런타인데이 선물로 써준 시가 사실은 네가 쓴 게 아니라는 거, 나도 알거든? 에드거 앨런 포를 베낀 거잖아!"

"내가 쓴 시라고 말한 적은 없어." 피터가 말끝을 얼버무렸다.

"아냐, 그랬어. 네가 직접 쓴 것처럼 행동했으니까."

"그러려고 한 건 아니었는데, 네가 너무 좋아하니까 그랬지! 기쁘게 해주려고 해서 미안하다."

"시합 날 레몬 쿠키 구워서 갖다주려고 했는데 아무래도 마음이 바뀔 것 같아."

"알았어. 그럼 나도 토요일 타임캡슐 파티에 가려고 했는데 마음이 바뀔 것 같아. 시합 다녀오면 굉장히 피곤하니까."

나는 기겁했다. "너는 와야지!" 안 그래도 단출한 파티인데 크리스가 무슨 짓을 저지르기라도 하면 나는 어쩌라고. 그렇다고 나, 트레보, 존, 이렇게 셋이서 파티를 할 수도 없다. 세 사람만으로는 파티가 이루어지지 않는다.

피터가 헛기침을 했다. "뭐, 시합 날 내 사물함에 레몬 쿠키가 들어 있다면 다시 생각해보겠어."

"좋아."

"좋아."

금요일 아침, 나는 한쪽 뺨에 피터의 등번호를 그려 넣고 레몬 쿠키와 함께 학교에 갔다. 피터가 무척 좋아했다. 나를 안고 공중에 번쩍 들어 올리는데 얼굴에 미소가 가득했다. 좀 더 일찍 이렇게 해주지 않은 게 미안했다. 내 입장에서는 피터의 기분을 띄워주는 게 그리 힘든 일도 아닌데 말이다. 관계를 지속해나가는 데 그리 큰 노력이 필요한 게 아니라는 걸 이제야 깨달았다. 그건 약간의 관심, 작은 노력만으로도 충분히 가능한 것이었다. 그리고 피터의 마음에 상처를 줄 수 있는 힘과 그 상처를 낫게 해줄 수 있는 힘이 내게 어느 정도 있다는 사실 또한 깨달았다. 이런 사실을 깨닫고 나니 마음 한구석이 불안하고 이상했다. 하지만 무엇 때문에 불안한 건지 정확히 설명하기는 어려웠다.

35

너무 추워서 오두막에 오래 앉아 있지 못할까 봐 걱정했는데 계절에 맞지 않게 날씨가 따뜻했다. 아빠는 날씨가 너무 따뜻하다며 기후 변화에 대한 연설을 늘어놓기 시작했고, 연설이 지나치게 장황해지는 바람에 키티와 나는 영혼 없이 한 귀로 듣고 한 귀로 흘려보내야 했다.

아빠의 연설이 끝나자 나는 차고에서 삽을 하나 들고 나와 나무 밑을 파기 시작했다. 땅이 꽤 단단하게 굳어서 충분히 파내려니 시간이 제법 걸렸다. 대략 60센티미터 정도 팠을 때 마침내 삽 끝에 금속이 닿았다. 조그마한 아이스박스 크기의 타임캡슐은 생긴 게 미래의 보온병 같았다. 비와 눈과 흙 때문에 약간 녹이 슬긴 했지만 거의 4년 동안 묻혀 있었던 걸 생각하면 그리 심하지는 않았다. 타임캡슐을 집에 가져가 싱크대에서 열심히 닦았더니 다시 반짝반짝 빛났다.

정오가 되어갈 무렵, 쇼핑백에 아이스크림 샌드위치, 하와이언 펀치, 치즈 두들스 등을 가득 넣고 오두막으로 향했다. 우리 집 안마당을 지나면서 쇼핑백과 휴대용 스피커와 내 휴대폰을 어떻게든 한 번에 들고 가려고 낑낑거리는데 존 앰브로즈 매클래런의 뒷모습이 눈에 들어왔다. 나무 앞에 팔짱을 끼고 서서 오두막을 올려다보고 있었다. 존의 그 금발머리는 뒤에서 봐도 한눈에 알아볼 수 있었다.

갑자기 몸이 얼어붙었다. 긴장감이 밀려와 온몸이 뻣뻣해지고 자신감이 떨어졌다. 나는 피터나 크리스가 같이 있을 때 존을 보게 될 줄 알았다. 그러면 조금은 덜 어색하지 않을까 싶었는데, 그런 행운은 따르지 않았다.

짐을 모두 바닥에 내려놓고 존의 등 뒤로 다가가 어깨를 톡톡 두드리려는데 존이 먼저 돌아섰다. 나는 한 걸음 물러나며 말했다. "안녕! 이게 누구야!"

"이게 누구야! 정말 라라 진 맞아?" 존이 나를 뚫어져라 바라보았다.

"나 맞아."

"내 펜팔 친구 라라 진 맞네. 모의 UN에 불쑥 나타났다가 인사도 안 하고 사라져버린 수수께끼 같은 라라 진, 그치?"

"인사한 것 같은데." 나는 볼 안쪽을 깨물었다.

"아니야. 분명히 인사 안 했어." 존이 장난기 섞인 목소리로 말했다.

존의 말이 맞다. 나는 그때 인사하지 않았다. 너무 당황했기 때문이다. 바로 지금처럼……. 어릴 때 알던 친구를 어느 정도 세월이 지나서 재회하게 되면, 완전히 어른이 되어 재회한 게 아니더라도 그런 거리감이 느껴지는가 보다. 세월이 그만큼 흐르기도 했고, 그동안 주고받은 편지도 있다 보니 어떻게 행동해야 할지 알 수 없었다.

"그건 그렇고…… 너는 키가 조금 큰 것 같아." 사실 조금이라고 할 수는 없었다. 정신을 차리고 다시 찬찬히 살펴보니 존의 모습이 제대로 눈에 들어왔다. 그 금발머리와 우윳빛 피부와 발그레한 볼을 보고 있으니 흡사 잉글랜드 농부의 아들 같았다. 하지만 존은 날씬하다. 그러니 아마 농부의 아들이긴 해도 헛간에 몰래 숨어 책을 읽는 감수성 풍부한 소년일 것이다. 그런 생각을 하다 보니 나도 모르게 얼굴에 미소가 번졌다. 존이 나를 보고 왜 웃느냐는 표정을 지었지만 굳이 묻진 않았다.

"그러는 너는…… 하나도 안 변했네." 존이 고개를 끄덕이며 말했다.

끄억. 이게 좋은 말이야, 나쁜 말이야? "그래?" 나는 발뒤꿈치를 살짝 들었다. "그래도 중학교 때보다 2, 3센티미터는 큰 것 같은데." 그리고 가슴도 약간 커졌다. 많이는 아니지만. 존이 그걸 알아봐주길 바라는 건 아니고, 암튼 말이 그렇다는 거다.

"아니야, 너는…… 내가 기억하던 모습이랑 정말 똑같아." 존 앰브로즈 매클래런이 내게 손을 뻗으며 다가왔다. 순간 나를 포옹하려는 줄 알았는데 존은 내 손에 있는 쇼핑백을 대신 들어주려 했다. 잠시 어색한 자세로 엉거주춤하는 바람에 나는 창피해서 죽을 것 같았지만, 존은 이상한 걸 전혀 느끼지 못한 모양이었다. "하여간 초대해줘서 고마워."

"와줘서 고마워."

"이거 내가 들어줄까?"

"아, 그래."

존은 쇼핑백을 받아 들고 안을 들여다봤다. "이야. 옛날에 먹던 게 여기 다 있네! 네가 먼저 올라가면 내가 밑에서 쇼핑백을 올려줄게." 그래서 나는 먼저 오두막에 올라갔다. 내가 사다리를 타고 서둘러 올라가자 존이 밑에서 따라 올라왔다. 나는 웅크리고 앉아 존이 건네주는 쇼핑백을 받으려고 두 팔을 내밀었다.

그런데 존이 사다리를 절반쯤 올라오다 말고 멈춰 서서 나를 올려다봤다. "머리 화려하게 땋는 것도 예전 그대로야."

나는 옆으로 땋아 내린 머리를 만지작거렸다. 존이 이런 것도 기억하는구나. 중학교 땐 마고 언니가 머리를 땋아줬는데……. "이게 화려해 보여?"

"으응. 뭐랄까…… 비싼 빵 같아."

"빵이라니!" 나는 웃음을 터뜨렸다.

"음, 아니면…… 라푼젤."

나는 출입구 바닥에 엎드려서 머리채를 아래로 늘어뜨렸다. 그리고 존에게 내 머리채를 타고 올라오라는 시늉을 해 보였다. 존은 사다리 꼭대기까지 올라와서 내게 쇼핑백을 건네줬다. 내가 쇼핑백을 받아 들자 존이 나를 보고 씨익 웃으며 내 머리를 살짝 끌어당겼다. 아직 엎드리고 있던 나는 존이 내게 전기 충격기라도 쓴 것처럼 찌릿하는 느낌에 온몸이 얼얼했다. 갑자기 과거와 현재의 경계가, 펜팔 친구와 남자친구의 경계가, 이 오두막 안의 모든 것이, 이 세상 모든 것이 충돌하고 있는 것 같아 불안했다. 이럴 가능성에 대해 더 진지하게 생각해봤어야 했다. 그런데 나는 친구들이 오랜만에 한 자리에 모여 예전의 약속을 확인하게 되었다는 묘한 기대감과 타임캡슐, 간식 준비 같은 것에만 몰두해 있었다. 그리고 결국 올 것이 왔다.

"괜찮아?" 내가 일어서려는데 존이 한 손을 내밀며 물었다.

나는 존의 손을 잡지 않았다. 또다시 감전되고 싶지 않았다. "아주 괜찮아." 내가 명랑한 목소리로 대답했다.

"그런데 너 내 편지 안 돌려줄 거야? 깨뜨릴 수 없는 맹세를 깨뜨렸어."

나는 어색하게 웃었다. 존이 그 얘기는 꺼내지 말아줬으면 했는데……. "너무 창피하더라고. 내가 편지에 쓴 표현들 말이야. 다른 사람에게 그걸 보여준다고 생각하니 미칠 것 같더라."

"하지만 나는 이미 봤는데?" 존이 반박하기 힘든 근거를 댔다.

다행히 그때 크리스와 트레보 파이크가 와서 편지 이야기는 중단되었다. 두 사람은 오자마자 간식이 담긴 쇼핑백부터 확인했다. 피터는 오늘도 지각이었다. 나는 아주 단호한 어조로 문자 메시지를 보냈다. 제시간에 오는 게 좋을 것이다. 그리고 덧붙였다. 운전 중이면 답장하지 마. 위험하니까.

전송 버튼을 누르자마자 피터가 출입구에 고개를 들이밀더니 오두막 위로 올라왔다. 피터에게 다가가 포옹하려는 순간, 피터 뒤에서 제너비브가 모습을 드러냈다. 나는 온몸이 싸늘하게 식었다.

나는 피터에게 시선을 던졌다가 제너비브에게로 돌렸다. 제너비브는 내 곁을 쌩하고 지나가더니 두 팔을 벌려 존을 끌어안았다. "조니!" 제너비브가 꺅 소리를 지르며 반가워하자 존도 웃음을 터뜨렸다. 괜히 질투가 나서 속이 확 뒤틀렸다. 남자들한테는 제너비브가 무조건 매력 있어 보이는 건가?

제너비브가 존을 끌어안고 매달려 있는 동안 피터는 애원하는 눈길로 나를 바라봤다. 그리고 입 모양으로만 말했다. "제발 화내지 마." 그러더니 기도하듯 두 손을 맞잡았다. 나도 소리 없이 대답했다. "알 게 뭐야?" 피터가 얼굴을 찡그렸다. 제너비브를 초대하지 않았다는 말을 굳이 하지는 않았지만, 당연히 피터도 그런 줄 알고 있으리라 생각했는데. 그때 문득 생각이 났다. 뭐야, 둘이 함께 왔잖아! 피터는 제너비브와 함께 있었으면서 나한테 말도 안 하고 저 계집애를 데려오다니! 여기, 내 오두막. 정확히 말하면 우리 옆집의 오두막이지만. 제너비브는 내게, 우리 둘 모두에게 상처를 준 사람이다.

피터와 존은 가볍게 포옹하고 하이파이브를 나눈 후 서로의 등을 손바닥으로 철썩 때렸다. 마치 오랫동안 소식이 끊겼던 옛 전우를 다시 만난 것처럼. "야, 씨발 진짜 오랜만이다." 피터가 말했다.

제너비브는 벌써 하얀 패딩 항공점퍼의 지퍼를 내리고 편하게 자리를 잡았다. 제너비브와 피터를 발로 뻥 차서 내쫓을 수 있는 짧은 기회가 사라지고 말았다. "안녕, 크리스?" 제너비브가 바닥에 앉아 웃으며 말했다. "머리 멋지네."

크리스가 제너비브를 쏘아보았다. "여긴 뭐 하러 왔어?" 크리스가 이렇게 말해주니 어찌나 사랑스러운지. 사랑해, 크리스.

"피터랑 노는데 너희가 오늘 타임캡슐 파티를 한다고 하더라." 어깨를 움직여 재킷을 벗던 제너비브가 나를 돌아봤다. "아마 내 초대장은 배달 중에 분실된 모양이야."

나는 아무 말도 하지 않았다. 다른 친구들도 모인 자리에서 딱히 할 말은 없었다. 나는 그저 두 팔로 무릎을 꼭 끌어안았다. 앉고 보니 제너비브의 옆이었다. 이 오두막이 이렇게 작았나 싶었다. 몸만 겨우 구겨 넣을 수 있을 정도였다. 남자애들은 확실히 체격이 많이 커졌다. 예전에는 남자애들이나 여자애들이나 거기서 거기였는데.

"와, 여기 원래 이렇게 좁았나?" 제너비브가 혼잣말하듯 내뱉었다. "아니면 다들 덩치가 커져서 그런 거야?" 제너비브가 갑자기 웃음을 터뜨렸다. "너는 빼고, 라라 진. 너는 아직도 주머니에 넣을 수 있을 정도로 작잖아." 무척이나 부드러운 말투였다. 정말이지 가당연유가 따로 없다. 참으로 달콤하고 부드러워. 이렇게 달콤하게 막말을 지껄이다니!

나는 씨익 웃으며 장단을 맞추었다. 내 성질을 돋우려나 본데 마음대로 안 될걸.

존이 잠시 곁눈질하더니 입을 열었다. "너도 예전 그대로네." 무미건조한 말투였지만 제너비브는 존에게 칭찬이라도 들은 것처럼 귀엽게 코를 찡긋거리며 미소 지었다. 그때 존이 내 쪽으로 고개를 돌리고 어처구니없다는 듯 한쪽 눈썹을 까닥거렸다. 왠지 모르게 그 순간 기분이 확 풀렸다. 의도한 건 아니었지만 어쨌든 제너비브가 와서 우리 모임도 완전해졌다. 제너비브가 타임캡슐에 뭘 넣었든 자기 물건을 가져가면 우리의 이야기도 완전히 끝을 맺게 될 것이다.

"트레보, 아이스크림 샌드위치 하나 던져." 피터가 제너비브와 나 사이로 비집고 들어오며 말했다. 피터가 가운데로 다리를 쭉 뻗는 바람에 다들 앉은 자리에서 조금씩 움직여야 했다.

나는 가운데에다 타임캡슐을 놓으려고 피터 다리를 툭 밀쳤다. "자, 타임캡슐이야. 각자 중학교 1학년 때 넣어둔 보물이 여기 들어 있어." 그러고 나서 알루미늄 뚜껑을 열려고 하는데 뚜껑이 꿈쩍도 하지 않았다. 나는 손톱으로 뚜껑을 열어보려고 계속 낑낑거렸다. 피터 쪽을 돌아보니 피터는 아이스크림을 먹는데 정신이 팔려 있었다. 그때 존이 자리에서 일어나 타임캡슐 여는 걸 도와주었다. 존에게서 소나무비누 향이 났다. 존에 대해 새로 알게 된 것들 목록에 이것도 추가해야겠다.

"이걸 어떻게 하는 거야?" 피터가 입에 아이스크림을 가득 문 채 내게 물었다. "한꺼번에 다 쏟아버려?"

이 문제에 대해서는 내가 생각해놓은 방법이 있었다. "한 명씩 이 안에서 손에 잡히는 걸 꺼내는 거야. 그렇게 한 바퀴 돌면 돼. 크리스마스 날 아침에 선물을 열어보는 것 같은 기분으로 말이지."

제너비브는 기대되는 듯 상체를 앞으로 숙였다. 나는 딴 데를 보면서 원통 안에 손을 넣었다. 그리고 가장 처음 손가락에 닿은 물건을 꺼냈다. 참 우스운 일이다. 이 안에 뭘 넣었는지 도무지 기억이 나지 않는데 손가락이 닿는 순간 바로 떠올랐다.

보지 않고도 뭔지 알 수 있었다. 제너비브와 내가 한창 실 짜기에 빠졌던 5학년 때 제너비브가 내게 만들어준 우정 팔찌였다. 분홍색, 흰색, 담청색이 섞인 V자 무늬의 팔찌…… 나도 제너비브에게 똑같은 걸 만들어줬다. 보라색과 노란색이 섞인 V자 무늬였다. 제너비브는 아마 기억도 못 할 것이다. 나는 제너비브 쪽으로 고개를 돌렸다. 제너비브는 무표정한 얼굴이었다. 역시 못 알아본 것이다.

"그게 뭐야?" 트레보가 물었다.

"이건 내 거야. 그냥…… 그냥 내가 하고 다니던 팔찌." 내가 말했다.

피터가 발로 내 발을 툭 치더니 놀리듯 말했다. "그 실 쪼가리가 보물이라고?"

존이 나를 보며 말했다. "예전에 항상 차고 다니던 거 기억나." 존은 다정하게도 이런 것까지 기억하고 있었다.

손목에 묶은 우정 팔찌를 풀어버리는 건 말이 안 되는 것 같았지만 나에게는 너무나 소중한 물건이었기에 과감히 타임캡슐에 양보했던 것이다. 어쩌면 그 때문에 제너비브와 내 관계가 틀어진 것일지도 모른다. 우정 팔찌의 저주랄까. "네 차례야, 존." 내가 존에게 말했다.

존이 타임캡슐 안에서 야구공을 꺼냈다.

"그 공 내 거야." 피터가 환성을 질렀다. "내가 클레어몬트 파크에서 홈런 쳤던 그 공이야." 존이 공을 피터에게 던졌다. 피터는 공을 받아 들고 이리저리 살펴봤다. "이것 봐, 여기 내 사인이랑 날짜 있잖아!"

"나도 기억난다." 제너비브가 고개를 한쪽으로 기울인 채 말했다. "네가 필드 밖으로 뛰쳐나와서 나한테 키스했잖아. 너희엄마가 보고 있는데도 말이야. 기억나지?"

"음…… 잘 모르겠는데." 피터가 웅얼거렸다. 피터는 공에 홀린 듯 가만히 공을 바라보며 한 손에 쥐고 손가락으로 굴렸다. 나는 피터의 대답이 믿기지 않았다. 절대 못 믿는다.

"아, 어색하다." 트레보가 재미있다는 듯 말했다.

"그거 나 가져도 돼?" 다른 사람은 여기 없다는 듯 제너비브가 부드러운 목소리로 피터에게 물었다.

피터는 귀가 빨개져서 당황한 얼굴로 나를 돌아봤다. "커비, 이거 네가 가질래?"

"아니." 내가 시선을 딴 데로 돌린 채 말했다. 나는 치즈 두들스 봉지를 들고 입에 한 움큼 밀어 넣었다. 너무 화가 나서 치즈 두들스라도 먹지 않으면 피터에게 소리를 꽥 지르게 될 것 같았다.

"알았어. 그럼 그냥 내가 가질게." 피터가 코트 주머니에 공을 넣었다. "오언이 갖고 싶어 할 것 같아. 미안, 젠." 피터는 타임캡슐에 손을 넣고 이리저리 더듬었다. 그러더니 낡은 야구모자를 꺼냈다. 오리올스* 모자. 피터가 큰 소리로 외쳤다. "매클래런, 이것 좀 봐."

* 볼티모어 오리올스. 메릴랜드주 볼티모어를 연고지로 하는 프로야구 팀.

존의 얼굴에 미소가 활짝 피었다. 천천히 빛을 밝히는 해돋이를 보는 것 같았다. 존은 피터에게 모자를 받아 머리에 쓰고 챙을 바로잡았다.

"그거 네가 정말 소중히 여기던 거잖아." 내가 말했다. 존은 그해 늦가을까지 이 모자를 쓰고 다녔다. 그 시절 나도 아빠한테 오리올스 티셔츠를 사달라고 조르곤 했다. 그걸 입고 학교에 가서 존 매클래런에게 감동을 주고 싶었다. 그래서 두 번인가 입고 갔는데 존이 알아보진 못한 것 같았다. 이런 생각을 하면서 미소를 짓다가 제너비브와 눈이 마주치는 순간 미소를 감추었다. 제너비브는 다 알고 있다는 듯한 눈길로 나를 보고 있었다. 괜히 불안했다. 다시 제너비브를 보니 이제는 제너비브가 혼자 조용히 미소 짓고 있었다.

"아, 오리올스 짜증 나." 피터가 벽에 등을 기대며 말했다. 그리고 아이스크림 샌드위치를 하나 집었다.

"나도 하나 줘." 트레보가 말했다.

"미안. 이제 없어." 피터가 한입 깨물며 말했다.

존은 나와 눈이 마주치자 찡긋 윙크했다. "변한 게 없네, 카빈스키." 존의 말에 내가 웃음을 터뜨렸다. 존도 우리가 편지에서 했던 이야기를 떠올린 모양이었다.

피터가 존을 보며 싱긋 웃었다. "야, 너 이제 말 안 더듬네."

나는 얼어붙었다. 저런 얘기를 아무렇지 않게 툭 뱉어내다니. 중학교 때도 존이 말 더듬는 것에 대해 굳이 언급하는 사람은 아무도 없었다. 그러지 않아도 존이 너무 부끄러워했기 때문이다. 그런데 지금의 존은 어깨를 으쓱하며 씩 웃기만 한다. "그건 중학교 2학년 때 언어치료사였던 일레인 선생님의 공이 크지." 오, 저 자신감!

피터가 눈을 끔벅거렸다. 허를 찔린 표정이었다. 피터가 모르는 사실이 하나 있다면, 여기 있는 존 매클래런은 과거의 존 매클래런이 아니라는 거였다. 과거에는 피터가 대장 노릇을 했다. 그리고 존은 피터가 이끄는 대로 따라가는 타입이었다. 지금 피터는 변한 게 거의 없지만 존은 그렇지 않다. 이제 자신감이 부족한 쪽은 피터다.

다음은 크리스 차례였다. 크리스가 꺼낸 건 가운데에 작은 진주알이 박힌 반지였다. 앨리의 반지다. 이모한테 견진성사* 선물로 받은 거라고 했었다. 앨리가 무척 아끼던 물건이었는데…… 나중에 앨리한테 보내줘야겠다. 트레보는 자기 물건을 꺼냈다. 사인이 들어가 있는 야구 카드였다. 크리스의 보물은 제너비브가 꺼냈다. 20달러 지폐가 든 봉투였다.

"그렇지!" 크리스가 함성을 내질렀다. "내가 이렇게 천재라니까." 우리는 손바닥을 마주쳤다.

"네 건 뭐야, 젠?" 트레보가 물었다.

"난 아무것도 안 넣었던 거 같은데." 제너비브가 어깨를 으쓱했다.

"아냐, 넣었어." 나는 손가락에 묻은 노란 치즈 가루를 털며

---

* 堅振聖事. 세례를 받은 신자가 신앙에 대한 믿음이 더 굳건해지도록 성령을 베푸는 가톨릭 의식.

라라 진의 두 번째 이야기

말했다. "그날 너도 있었잖아." 나는 이리저리 서성이며 피터와 같이 찍은 사진을 넣을지, 아니면 피터한테 생일선물로 받은 장미를 넣을지 고민하던 제너비브의 모습이 떠올랐다. 그래서 결국 뭘 넣었는지는 기억나지 않지만.

"봐, 안에 아무것도 없잖아. 그러니 안 넣은 거지, 어떤 물건이든 간에."

나는 타임캡슐 안을 들여다봤다. 정말 비어 있었다.

"우리 암살자 게임 진짜 많이 했었는데, 다들 기억나지?" 트레보가 카프리썬의 마지막 한 방울을 짜 마시며 말했다.

아, 그 게임 나도 정말 좋아했는데! 암살자 게임은 술래잡기와 비슷하다. 참가자들 이름을 각각 쪽지에 적어서 모자에 넣고, 각자 자기가 뽑은 쪽지에 적힌 사람을 잡는 것이다. 내 암살 대상을 처치한 후에는 내 암살 대상의 암살 대상도 제거해야 한다. 암살자 게임을 하려면 도망도 많이 다녀야 하고 숨기도 열심히 숨어야 한다. 게임은 며칠씩 이어질 수도 있다.

"나 완전 블랙 위도우*였잖아." 제너비브가 이렇게 말하면서 피터를 향해 춤추듯 살짝 어깨를 흔들어 보였다. "내가 가장 많이 이겼을걸."

"아, 그건 아니지." 피터가 코웃음 쳤다. "가장 많이 이긴 건

---

* Black Widows. 2000년대 초 러시아에 분리독립을 요구하며 격렬하게 활동한 체첸 여성 테러범. 남편을 잃고 복수심에 불타는 여성들이 주 세력인 것으로 알려지면서 '과부(Widow)'라는 명칭이 붙었다.

나야."

"나도 많이 이겼거든?" 크리스도 끼어들었다.

"릴 제이, 네가 매번 꼴찌였지? 한 번도 못 이겼던 것 같은데." 트레보가 나를 가리키며 말했다.

나는 얼굴을 찌푸렸다. 릴 제이라니. 까맣게 잊고 있었는데, 트레보는 예전에 날 그렇게 불렀다. 그리고 트레보 말이 사실이다. 나는 이긴 적이 없다. 한 번도. 이길 뻔한 적이 한 번 있긴 했는데 키티의 수영 대회장에서 크리스가 날 아웃시켰다. 늦은 밤이니 안전할 거라고 생각했다가 당했다. 거의 이길 뻔했는데, 승리를 맛보기 일보 직전이었는데!

나는 크리스와 눈이 마주쳤다. 크리스도 그때의 기억을 떠올린 게 분명하다. 크리스가 내게 윙크를 보냈다. 나는 떫은 표정으로 응수했다.

"라라 진은 그냥 킬러 본능이 없는 거지." 제너비브가 자기 손톱을 들여다보며 말했다.

"모든 사람이 블랙 위도우가 될 수는 없잖아." 내가 말했다.

"맞아." 제너비브의 대답에 나는 이를 악물었다.

존이 피터에게 말했다. "내가 너 잡았을 때 기억나? 학교 가기 전에 내가 너희 아빠 차 뒤에 숨어 있었는데 네가 아니라 네 아빠가 나오셨잖아. 넌 줄 알고 갑자기 확 튀어나갔다 네 아빠랑 나랑 동시에 비명을 질렀지."

"그러다가 트레보가 스키 마스크를 쓰고 우리 엄마 가게에 나타나는 바람에 게임이고 뭐고 다 그만둬야 했어." 피터는 이렇게 말하고 껄껄 웃었다.

다들 함께 웃었다. 나만 빼고. 나는 아직도 제너비브가 '킬러 본능' 운운하며 빈정거린 것 때문에 약이 바짝 올라 있었다.

트레보는 너무 웃느라 말도 제대로 못 했다. "피터 엄마가 경찰 부를 뻔했다니까!" 트레보가 침을 튀기며 말했다.

피터가 스니커즈를 신은 발로 내 발을 툭 치며 말했다. "우리 또 할까?"

피터는 나를 달래려고 애썼지만 나는 마음을 풀고 싶지가 않았다. 나는 무심하게 어깨를 슬쩍 으쓱해 보였다. 피터에게 화내고 싶지 않았다. 정말로 암살자 게임을 하고 싶었으니까. 나한테도 킬러 본능이 있다는 걸, 내가 맨날 죽기만 하는 사람은 아니라는 걸 증명해 보이고 싶었다.

"다시 해보자. 옛 추억을 생각해서." 존이 내게 시선을 돌리며 말했다. "마지막으로 한 번만 해보자, 라라 진."

이 말에 나는 미소를 지었다.

"그럼 일등은 뭘 받는데?" 크리스가 한쪽 눈썹을 까닥거리며 말했다.

"뭐…… 아무것도. 그냥 재미로 하는 거야." 내 말에 트레보가 오만상을 찌푸렸다.

"상품이 있어야지. 상품이 없으면 무슨 재미로 해?" 제너비브가 말했다.

나는 재빨리 머리를 굴렸다. 상품으로 뭐가 좋을까? "영화표? 이긴 사람이 원하는 빵 구워주기?" 나는 무심결에 내뱉었다. 아무 반응이 없었다.

"다들 20달러씩 거는 건 어때?" 존이 제안했다. 내가 고맙다는 얼굴로 존을 바라보자 존이 씩 웃었다.

"돈은 따분해." 제너비브가 고양이처럼 몸을 쭉 늘이며 말했다.

나는 곁눈질로 째려봤다. 너한텐 20센트도 안 받아! 애초에 초대하지도 않았다고!

"그럼 일주일 동안 이긴 사람 침대로 아침식사 배달해주는 건 어때? 월요일엔 팬케이크, 화요일엔 오믈렛, 수요일엔 와플, 이런 식으로. 우리는 여섯 명이니까……." 트레보가 말했다.

제너비브가 몸서리치며 트레보의 말을 끊었다. "난 아침 안 먹어." 다들 낮게 신음했다.

"다 싫다고 하지 말고 네가 한번 얘기해봐." 피터가 쏘아붙였다. 나는 웃는 걸 들키지 않으려고 머리채로 얼굴을 가렸다.

"알았어." 제너비브가 잠시 머리를 굴리더니 이내 활짝 웃어 보였다. 좋은 생각이 떠올랐다고 말하는 표정이었다. 그 표정을 보니 괜히 불안했다. 제너비브는 일부러 천천히 입을 뗐다. "이긴 사람 소원 들어주기."

"누가? 전부 다?" 트레보가 물었다.

"게임에 참여하는 사람 중 아무나 한 명."

"잠깐. 여기서 무슨 서명이라도 해야 해?" 피터가 끼어들었다.

제너비브는 혼자 재미있어 죽겠다는 얼굴이었다. "소원 하나만 들어주면 되는 거야." 아주 사악한 여왕을 보는 것 같았다.

"무슨 소원이든 무조건?" 크리스가 눈에서 빔을 쏘았다.

"소원에 대한 합당한 이유가 있어야겠지." 내가 재빨리 말했다. 이건 전혀 내가 예상했던 상황이 아니었지만, 어쨌든 다들 게임은 하고 싶은 모양이었다.

"합당하다는 건 주관적인 기준이야." 존이 지적했다.

"젠이 피터에게 마지막으로 섹스 한번 하자고 강요하는 건 안 돼. 다들 얘가 그럴 거라고 생각했지? 그치?" 크리스가 말했다.

나는 온몸이 딱딱하게 굳었다. 난 그런 생각 안 했다고! 전혀 안 했단 말이다! 그런데 이제 머리에 온통 그 생각뿐이었다.

트레보가 웃음을 터뜨리자 피터가 트레보를 밀쳤다. 제너비브가 고개를 절레절레 흔들었다. "정말 역겹다, 크리스."

"모두의 생각을 대신 말했을 뿐이야!"

이쯤 되니 말이 귀에 잘 들어오지도 않았다. 나는 이 게임을 하고 싶다, 게임에서 반드시 이기고 싶다는 생각뿐이었다. 그게 뭐든 딱 한 번이라도 제너비브를 이겨보고 싶었다.

나한테 펜은 있었는데 종이가 없었다. 그래서 존이 아이스크림 샌드위치 상자를 찢었다. 우리는 차례대로 상자 쪼가리에 자기 이름을 써서 빈 타임캡슐에 넣었다. 내가 타임캡슐을 흔든 다음 돌렸다. 한 사람씩 돌아가며 이름 적힌 쪼가리를 꺼냈고, 내 차례는 마지막이었다. 나는 쪼가리를 꺼내 가슴에 잠시 댔다가 펼쳤다.

존.

이런, 상황이 복잡해질 것 같다. 나는 존을 슬쩍 곁눈질했다. 존은 자기가 꺼낸 쪼가리를 조심스럽게 바지 주머니에 밀어 넣었다. 미안하다, (펜팔) 친구야. 내가 너를 무너뜨리겠어. 내 이름을 뽑은 사람이 누군가 하고 오두막 안을 재빨리 훑었지만 다들 포커페이스로 무장하고 있었다.

36

규칙은 이렇다. 각자의 집은 안전 구역이다. 학교도 안전 구역이지만 주차장은 예외다. 어디서든 일단 문밖으로 나오면 게임 구역 안으로 들어오는 셈이다. 암살자가 암살 대상을 두 손으로 건드리면 그 대상은 아웃된다.

만일 이긴 사람의 소원을 들어주지 않은 사람은 목숨을 잃게 된다. 이건 제너비브가 막판에 제안한 건데 듣는 순간 소름이 쫙 돋았다. 트레보도 몸서리치며 말했다. "여자들은 정말 무서워."

"아냐. 저 집안 여자들이 무서운 거야." 피터가 크리스와 제너비브를 가리키며 말했다. 크리스와 제너비브는 말없이 웃었다. 웃는 모습을 보니 둘이 닮은 것 같았다. 피터는 곁눈질로 나를 보며 기대감이 깃든 목소리로 말했다. "넌 안 무서워. 넌 다정하니까. 안 그래?" 그러자 문득 스토미 할머니의 말이 떠올랐다. *남자에게 절대 확신을 심어주지 마라.* 피터는 나에 대해 아주 확신하고 있었다. 저렇게까지 마음 놓고 확신하기도 쉽지 않을 것이다.

"나도 얼마든지 무서워질 수 있어." 내가 조용히 대꾸하자 피터의 얼굴이 창백해졌다. 나는 다른 애들을 보며 말했다. "다들 재미있게 한번 놀아보자."

"그래, 정말 재미있을 거야." 존이 약속하듯 말했다. 존은 오리올스 모자를 쓰고 챙을 앞으로 살짝 잡아당겼다. "게임 시작." 나는 존에게 시선을 돌렸다. "모의 UN에서 내 실력이 제법 괜찮아 보였다면 나의 제로 다크 서티* 기술도 기대해줘."

나는 다른 아이들과 함께 차를 세워놓은 큰길까지 걸어 나왔다. 피터가 제너비브에게 크리스의 차를 타고 가라고 하자 두 사람 모두 벌컥 화를 냈다. "둘이 알아서 해결해." 피터가 말했다. "난 내 여자친구하고 시간 좀 보내다 갈 거니까."

제너비브는 화난 얼굴로 피터를 노려봤고 크리스는 구시렁거렸다. "으휴, 알았어." 그리고 제너비브를 보며 말했다. "타."

크리스가 진입로를 빠져나가는 동안 존이 피터에게 물었다. "누가 네 여자친구야?" 심장이 쿵 내려앉았다.

"커비잖아." 피터가 우습다는 표정으로 존을 보며 말했다. "몰랐어? 거 이상하네."

두 사람이 동시에 내게 시선을 돌렸다. 피터는 이게 무슨 영문인지 모르겠다는 표정이었다. 하지만 존은 상황 파악이 끝난 것 같았다. 그게 '무슨' 상황이든.

진작 존에게 말했어야 했는데……. 왜 말 안 한 거지?

다들 집으로 돌아가고 피터만 남았다.

---

* '제로 다크 서티(zero dark thirty)'란 군대에서 깊은 밤 시간인 00시 30분을 가리키는 용어이다. 추적이나 암살 등 비밀스러운 임무를 수행하기에 가장 좋은 시간으로 알려져 있다.

라라 진의 두 번째 이야기

나는 다 먹은 아이스크림과 카프리썬 포장지를 쓰레기봉투에 담아 들고 내려왔다. 들어주겠다는 피터의 제안도 거절했다. 사다리를 내려오다가 발을 헛디딜 뻔하기도 했지만 상관없었다.

"얘기 좀 할까?" 피터가 나를 따라 주방으로 들어오며 말했다.

"그래, 얘기 좀 하자." 나는 휙 돌아서서 한 손으로 쓰레기봉투를 빙빙 돌리며 피터에게 다가갔다. 피터가 놀라서 두 손을 앞으로 내밀었다. "제너비브는 왜 데리고 왔어?"

"아, 커비. 미안해." 피터가 얼굴을 찡그렸다.

"제너비브하고 같이 있었어? 그러느라 일찍 와서 준비하는 거 거들어줄 생각은 못 한 거야?"

피터가 머뭇거렸다. "그게, 같이 있었던 건 맞아. 젠이 울면서 전화하는 바람에 안 갈 수가 없었거든. 혼자 두고 올 수도 없고 해서…… 그래서 데리고 왔어."

울면서 전화했다고? 제너비브가 울다니, 금시초문의 이야기였다. 제너비브는 자기 고양이 퀸 엘리자베스가 죽었을 때도 안 울었다. 피터를 옆에 붙들어두려고 수작 부린 게 분명하다. "혼자 두고 올 수 없었다고?"

"그래. 요즘 제너비브한테 안 좋은 일이 있거든. 그래서 그냥 같이 있어주려고 한 거야. 친구니까. 그게 다야!"

"와, 진짜. 너 지금 제너비브한테 휘둘리고 있는 거야, 피터!"

"그런 게 아니라니까."

"매번 그런 식이었다고. 제너비브가 위에서 끈을 잡아당기면 넌 그냥……." 나는 꼭두각시 인형처럼 두 팔과 머리를 대롱대

롱 흔들었다.

"그건 좀 못됐잖아." 피터가 눈을 찡그렸다.

"맞아. 내가 지금 못된 기분이야. 그러니까 조심해."

"너 원래 그런 애 아니잖아. 그러니까 평소에는 말이야."

"그냥 나한테 말해주면 안 돼? 내가 다른 사람한테 말하지 않을 거라는 거 너도 알잖아. 나도 널 이해하고 싶어서 그래."

"내가 말할 수 있는 게 아니라서 그래. 나한테 물어보지 마, 제발. 나는 말 못 하니까."

"제너비브는 널 자기 맘대로 휘두르고 싶은 거야. 그게 다라고." 이렇게 말하는 내 목소리에서 질투가 배어났다. 싫다. 정말 싫다. 이건 내가 아니다.

피터가 한숨을 내쉬었다. "제너비브랑 나 사이엔 아무 일도 없어. 젠은 그냥 친구가 필요해서 그런 거야."

"걔 친구 많잖아."

"오래된 친구 말이야."

나는 고개를 가로저었다. 피터는 이해 못 한다. 여자들에겐 촉이라는 게 있어서 상대의 술수를 금방 파악할 수 있지만, 남자들은 그런 게 없다. 나도 여자라서 이게 제너비브의 수작이라는 게 훤히 보인다. 오늘 우리 집에 불쑥 나타난 것도 자기가 나보다 우위에 있다는 걸 과시하기 위해서였다.

그때 피터가 입을 열었다. "오래된 친구 얘기가 나왔으니 말인데, 너랑 매클래런이 그렇게 친한 줄은 몰랐네."

나는 얼굴을 붉혔다. "펜팔 친구라고 얘기했잖아."

피터가 눈썹을 까닥거리며 물었다. "펜팔 친구라면서 매클래런은 너랑 내가 사귀는 것도 몰라?"

"얘기할 기회가 없었던 것뿐이야!" 잠깐, 이게 뭐지? 지금 화를 내야 할 사람은 나인데, 왜 피터가 화내는 거야?

어쩌다 대화가 이런 방향으로 흘러오게 됐는지는 모르겠지만 지금 궁지에 몰린 건 나였다.

"몇 달 전 네가 모의 UN인지 뭔지에 간 날, 내가 매클래런 봤냐고 물었는데 넌 못 봤다고 했잖아. 그런데 오늘 매클래런이 모의 UN 얘기 꺼냈을 때 보니까 넌 그날 확실히 그 녀석을 본 것 같던데? 아니야?"

나는 침을 꿀꺽 삼켰다. "네가 무슨 검사라도 돼? 쳇, 그날 존을 보긴 했지만 말은 한마디도 안 했어. 그냥 쪽지 하나 건네준 게 다라고."

"쪽지? 네가 매클래런한테 쪽지를 줬어?"

"내가 쓴 쪽지가 아니라…… 모의 UN할 때 다른 나라에서 보낸 거야." 피터가 또 질문하려 하자 내가 재빨리 덧붙였다. "너한테 얘기하지 않은 건 얘기할 만한 게 전혀 없었기 때문이야."

피터가 못 믿겠다는 얼굴로 말했다. "항상 나한테 솔직하게 말하라고 하면서 정작 너는 나한테 솔직하지 않았다는 거네?"

"그 말이 아니잖아!" 나는 절규했다. 지금 무슨 일이 일어나고 있는 거지? 어떻게 말다툼이 이렇게 번질 수 있는 거지?

피터와 나는 둘 다 잠시 아무 말도 하지 않았다. 그러다 피터가 먼저 나지막이 물었다. "나랑 헤어지고 싶어?"

헤어지다니? "아니." 갑자기 무언가 울컥 치솟았다. 금방이라도 눈물이 터질 것 같았다. "너는 헤어지고 싶어?"

"아니야!"

"네가 먼저 물어봤잖아!"

"그럼 됐어. 우리 둘 다 헤어지는 건 싫으니까, 그냥 넘어가자." 피터는 맥없이 의자에 앉아 식탁에 엎드렸다.

나는 맞은편에 앉았다. 피터가 너무 먼 곳에 있는 것 같았다. 손을 뻗어 피터의 머리를 어루만지고 싶었다. 손가락으로 머리카락을 쓸어 넘겨주고 싶었다. 어서 이 싸움을 과거의 일로 만들어버리고 싶었다.

피터가 고개를 들었다. 두 눈이 유독 크고 슬퍼 보였다. "안아도 돼?"

나는 희미하게 고개를 *끄덕였다.* 우리는 자리에서 일어났다. 나는 두 팔로 피터의 허리를 감쌌다. 피터도 나를 꼭 끌어안았다. 피터가 내 어깨에 대고 웅얼거렸다. "우리 싸우지 말자."

나는 불안과 안도가 뒤섞인 웃음을 뱉어냈다. "그래, 제발 싸우지 말자."

피터가 내게 키스했다. 피터의 입이 다급히 내 입술을 감쌌다. 안심할 수 있는 뭔가를, 내가 피터에게 약속할 수 있는 유일한 뭔가를 애타게 찾는 것 같았다. 나도 그에 대한 대답으로 피터에게 키스했다. *그래, 약속할게, 약속해. 약속한다고. 이제 절대 싸우지 말자.* 내가 한순간 휘청거리자 피터가 한 팔로 나를 꼭 끌어안았다. 피터는 내가 숨을 쉬지 못할 때까지 계속 키스했다.

37

그날 밤 크리스가 전화로 다짜고짜 물었다. "어서 말해. 너 누구 뽑았어?"

"말 안 할 거야." 과거에도 이런 실수를 한 적이 있었다. 크리스에게 너무 많은 걸 이야기해주고 결국 승리까지 안겨준 것이다.

"아, 좀! 네가 나 도와주면 나도 너 도와줄게. 나 소원성취하고 싶단 말이야!" 크리스의 저 간절함은 암살자 게임을 할 때 도움이 되기도 했지만 동시에 약점으로 작용하기도 했다. 암살자 게임에서 중요한 건 침착하고 신중한 태도를 유지하는 것이다. 성급하게 달려들어선 안 된다. 물론 이건 모든 상황을 꼼꼼히 관찰해놓고도 절대 이겨본 적 없는 사람으로서 하는 말이다.

"네가 나를 뽑았을지도 모르잖아. 그리고 이기고 싶은 건 나도 마찬가지야."

"첫 번째 판만 서로 돕자는 거야. 난 너 안 뽑았어. 맹세해." 크리스가 살살 꼬드겼다.

"네 담요 걸고 맹세해. 너희 엄마가 아무리 버리라고 해도 안 버리는 그거 말이야."

"내 담요 프레드릭을 걸고 맹세할게. 그리고 망할 내 똥차보다 더 비싼 새 가죽재킷에 대고 한 번 더 맹세하겠어. 너 혹시 내 이름 뽑았어?"

"아니."

"너도 그, 꼴 보기 싫은 네 베레모에 대고 맹세해."

"나는 매력 넘치고 멋진 내 베레모들에 대고 맹세한다! 됐지? 그래서 넌 누구 뽑았는데?" 나는 짐짓 분개한 목소리로 외쳤다.

"트레보."

"난 존 매클래런."

"둘이 힘을 합쳐서 두 사람을 제거하자. 첫 번째 판까지만 연합해서 하는 거야. 그다음 판부터는 자기 앞가림 자기가 하기."

흠, 정말 진지하게 제안하는 걸까, 아니면 이것도 전략일까? "나 떨궈내려고 네가 거짓말하는 거면 어떡해?"

"프레드릭 걸고 맹세했잖아!"

나는 잠시 망설이다가 말했다. "네가 뽑은 이름을 사진으로 찍어서 보내. 그럼 믿겠어."

"알았어! 너도 사진 찍어서 보내."

"알았어. 잘 자."

"잠깐만. 사실대로 말해봐. 내 머리 그지 같아? 괜찮지? 그치? 젠이 그냥 사악한 트롤*처럼 구느라 그런 거지? 맞지?"

나는 순간적으로 머뭇거렸다. "맞아."

* 북유럽 신화 속의 거인. 괴물같이 생겼으며 마술을 부린다.

크리스와 나는 크리스의 차에 거의 눕다시피 숨어 있었다. 여긴 우리 동네의 바로 옆 동네다. 트레보는 학교에 육상연습하러 갈 때 이 동네를 질러간다. 우리는 모르는 사람 집 앞에 차를 세워놓고 트레보를 기다리는 중이었다. "너는 이기면 무슨 소원 말할 건데?" 크리스가 물었다. 내가 이길 리 없다고 생각하는 말투였다.

어젯밤 잠자리에 누워서 무슨 소원을 얘기하면 좋을지 생각해봤다. "6월에 노스캐롤라이나에서 공예 엑스포를 하는데, 피터한테 차로 데려다달라고 할 거야. 그런데 다른 차는 안 돼. 피터네 엄마 밴을 빌려서 가야 해. 그래야 가서 이것저것 다 싣고 올 수 있으니까."

"공예 엑스포?" 크리스는 차 안에 기어든 바퀴벌레를 보는 표정으로 나를 바라봤다. "공예 엑스포 같은 걸로 소원을 낭비하겠다고?"

"그냥 일단 생각해본 거야." 거짓말이었다. "그럼 똑똑한 네가 한번 말씀해보시지. 네가 나라면 무슨 소원을 말하고 싶은데?"

"나라면 피터한테 앞으로 절대 젠이랑 얘기하지 말라고 할 거야. 어때? 내가 좀 하지? 사악한 천재라고나 할까. 안 그래?"

"사악한 건 맞지만 천재라고 하긴 그렇지." 크리스가 나를 홱 밀쳤다. 나는 큭큭 웃음을 터뜨렸다. 서로 밀치면서 장난을 치는데 크리스가 갑자기 멈췄다. "2시 55분. 시간 됐어." 크리스가 문을 열고 차에서 내리더니 마당에 서 있는 떡갈나무 뒤로 몸을 숨겼다.

크리스의 차에서 껑충 뛰어내린 나는 트렁크에서 키티의 자전거를 꺼낸 다음 몇 블록 끌고 갔다. 온몸에서 아드레날린이 솟구쳤다. 나는 적당한 위치를 골라 바닥에 자전거를 눕히고 드라마틱한 자세로 그 위에 엎드렸다. 그리고 가짜 피가 담긴 병을 꺼내 굿윌*에 기부하려고 했던 청바지에다 찍 뿌렸다. 가짜 피는 바로 이럴 때 쓰려고 사둔 것이다. 바로 그때 트레보의 차가 나타나 도로로 진입하려 했다. 나는 흐느껴 울기 시작했다. 크리스가 나무 뒤에서 소곤거렸다. "좀 더 구슬프게!" 나는 바로 울음을 그치고 끙끙 앓는 소리를 냈다.

트레보가 내 옆에 차를 세우더니 창문을 내렸다. "라라 진, 너야? 괜찮아?"

나는 훌쩍이며 말했다. "아니…… 아무래도 발목을 접질린 것 같아. 너무 아파. 나 좀 집까지 태워줄래?" 눈물을 더 흘리고 싶었지만 갑자기 울음을 터뜨리는 것도 생각보다 쉽지 않았다. 슬픈 생각들을 떠올려봤다. 〈타이타닉〉, 알츠하이머에 걸린 노인들, 제이미 폭스피클의 죽음……. 하지만 집중이 되지 않았다.

"왜 이 동네까지 자전거를 타고 왔어?" 트레보가 의심하는 눈으로 나를 바라봤다.

아, 안 돼. 이러다 놓치겠어! 나는 재빨리, 하지만 너무 빠르지는 않게 대답했다. "내 자전거는 아니고 내 동생 건데, 동생이 세라 힐리랑 친하거든. 너도 알지? 댄 힐리 여동생 말이야. 개네 집

---

* 미국의 비영리 자선단체.

라라 진의 두 번째 이야기

이 저쪽에 있어. 내 말 안 믿어줄 거야? 진짜 안 태워줄 거냐고!"

"너 정말 속임수 쓰는 거 아니야?" 트레보는 주변을 두리번거렸다.

걸렸다! "그래! 나는 네 이름 안 뽑았어. 제발 좀 도와주라. 진짜 아프단 말이야."

"그럼 발목부터 보여줘."

"트레보! 발목 삔 건 눈으로 볼 수 있는 게 아냐!" 나는 훌쩍거리면서 일어나려는 척 버둥댔다. 트레보는 결국 옆길에 정차하고 차에서 나왔다. 트레보가 허리를 숙여 나를 일으켜 세우려고 하자 나는 몸에 체중을 더 실었다. "살살 해. 봤지? 나는 네 이름 안 뽑았다니까."

트레보가 내 겨드랑이를 잡고 일으켜 세웠다. 트레보의 어깨 너머로 닌자처럼 슬금슬금 다가오는 크리스가 보였다. 크리스는 곧장 달려와 두 손으로 트레보의 등을 세게 내리쳤다. "잡았다!" 크리스가 승리의 함성을 내질렀다.

트레보는 놀라서 비명을 꽥 지르며 나를 떨어뜨렸다. 나는 바닥에 구를 뻔했다. "젠장!" 트레보가 짜증을 냈다.

크리스가 고소하다는 듯 말했다. "넌 아웃이다, 이 바보야!" 크리스와 나는 하이파이브를 하고 포옹을 나누었다.

"내 앞에서 그렇게까지 기쁜 티를 내야겠냐?" 트레보가 투덜거렸다.

"자, 이제 내놔." 크리스가 한 손을 내밀며 말했다.

"너한테 속다니 어처구니가 없다, 라라 진." 트레보가 고개를 절레절레 흔들며 한숨을 내쉬었다.

"미안, 트레보." 나는 트레보의 등을 토닥이며 말했다.

"나한테 네 이름이 있으면 어쩌려고? 그럼 어쩌려고 그래?" 트레보가 물었다.

허! 그 생각은 못 했다. 나는 따지는 눈으로 크리스를 노려봤다. "크리스! 트레보한테 내 이름이 있으면 어쩌려고 그랬어?"

"그런 기회를 놓치면 안 되지." 크리스가 나긋하게 말했다. "트레보, 네 소원은 뭐였어?"

"말하기 싫으면 말하지 않아도 돼." 내가 말했다.

"버지니아 대학교 풋볼 경기 티켓 말하려고 했지. 매클래런네 아버지한테 정기권이 있단 말이야! 아, 크리스 너 진짜."

마음이 안 좋았다. "어쩌면 존이 데리고 가줄지도 몰라. 한번 부탁해봐……."

트레보는 주머니에서 지갑을 꺼내 접힌 상자 쪼가리를 크리스에게 건넸다. 크리스가 종이를 펼쳐 보기 전에 내가 말했다. "약속해! 거기 내 이름 있어도 너는 나 못 잡아. 여긴 비무장지대야."

크리스는 고개를 끄덕이며 종이에 적힌 이름을 확인하고는 활짝 웃었다.

"나야?" 나는 궁금해서 참을 수 없었다.

크리스는 상자 쪼가리를 주머니에 넣었다.

"그래도 여기선 나 못 잡아!" 나는 뒤로 한 걸음씩 물러났다. "첫 번째 판은 동맹 맺기로 한 거 잊지 마! 넌 아직 나 안 도와줬어."

"알아, 알아. 그런데 너는 아니야."

크리스의 말을 완전히 믿을 수가 없었다. 전에도 이런 식으로 크리스한테 당한 적이 있다. 암살자 게임을 할 때만큼은 크리스를 절대 믿을 수 없다. 그 사실을 절대 잊어서는 안 된다. 그래서 매번 이 게임에서 졌다. 거리를 철저히 유지할 줄 몰라서.

"라라 진, 말했잖아. 네 이름 아니라니까!"

나는 고개를 가로저었다. "일단 차에 타, 크리스. 난 키티 자전거 타고 집에 갈 테니까."

"진심이야?"

"그래. 그리고 이번에는 내가 꼭 이길 거야."

크리스가 어깨를 으쓱했다. "그럼 맘대로 해. 네가 날 못 믿으면 나도 너 못 도와줘."

"나는 괜찮아." 나는 키티의 자전거에 다리를 올리며 말했다.

38

피터와 나는 둘 중 하나가 아웃될 때까지 학교에서만 만나거나 전화로만 이야기하기로 했다. 내가 먼저 아웃될 리는 없다. 이보다 더 조심할 수도 없기 때문이다. 학교에 오갈 때도 내 차로 따로 다녔다. 주변을 꼼꼼히 살펴본 후에야 차에서 내렸고, 내린 후에는 현관까지 바람처럼 내달렸다. 키티에게 정찰대 역할도 맡겼다. 차에서 내릴 때든, 집에서 나갈 때든 항상 키티가 먼저 나서서 아무도 없는지 확인했다. 내가 이기면 내 소원이 뭐가 됐든 혜택을 나눠주겠다고 이미 키티에게 약속했다.

하지만 나는 지금까지 방어전만 펼쳤다. 아직 존 매클래런을 아웃시키려는 시도조차 하지 못했다. 두렵기 때문은 아니었다. 그러니까 게임은 두렵지 않다는 말이다. 그냥 존에게 무슨 얘기를 해야 할지 모르겠다. 무슨 말을 해야 한다는 건 내 착각일수도 있다. 존이 나한테 관심 있을지도 모른다는 생각 자체가 주제넘은 것일 수도 있다.

점심식사 후 크리스가 날듯이 복도를 달려오더니 사물함 앞에 죽치고 앉아 있는 루커스와 나를 보고 미끄러지듯 멈춰 섰다. 루커스와 나는 포도맛 팝시클 아이스크림을 나눠 먹고 있었다. 크리스가 바닥에 털썩 주저앉으며 말했다. "나 죽었어."

나는 깜짝 놀라서 숨을 삼켰다. "누구한테?"

"존 매클래런, 그 망할 놈한테!" 크리스는 루커스가 두 손으로 쥐고 있던 팝시클을 낚아채고 한입에 털어 넣었다.

"무례해." 루커스가 말했다.

"어떻게 된 건지 말해봐. 처음부터 끝까지." 내가 다그쳤다.

"오늘 아침 학교에 오는데 존이 나를 미행했어. 주유소에 기름 넣으러 들어갔는데 내가 돌아서자마자 존이 차에서 내리더라고. 따라오고 있는 줄도 몰랐다니까!"

"그런데 존은 네가 주유소에 갈지 어떻게 알았어?" 루커스가 물었다. 루커스는 지금 이 암살자 게임이 어떻게 돌아가는지 잘 알고 있었다. 그러니 마지막에 제너비브와 나만 남게 되면 제너비브와 같은 동네에 사는 루커스에게 도움을 받을 수 있을지 모른다.

"주유 펌프로 내 차에서 기름을 빼놨더라고."

"허어어." 나는 심호흡을 했다. 존이 이렇게까지 진지하게 게임에 임하고 있다니 나도 단단히 각오해야 할 것 같다. 애들이 별로 흥미를 못 느낄까 봐 걱정했는데 그렇지 않은 모양이다. 갑자기 존의 소원이 무엇일지 너무 궁금했다. 이렇게까지 하는 걸 보면 정말 간절한 소원이 있는 모양이었다.

"진짜 쩐다." 루커스가 고개를 끄덕이며 말했다.

"너무 철저하게 준비해서 화도 안 나더라니까." 크리스는 얼굴로 흘러내린 머리카락을 입으로 불어 넘겼다. "젠한테 할머니

차 내놓으라고 할 참이었는데. 그 기회를 날린 게 너무 아쉬워."

"차? 그게 네 소원이었어?" 루커스가 눈을 동그랗게 뜨고 물었다.

"나한테는 추억이 많은 차란 말이야. 일요일 오후마다 할머니랑 그 차 타고 미용실에 가고 그랬어. 어느 모로 보나 그 차는 내가 가졌어야 했다고. 젠이 할머니한테 안 좋은 말들을 해서 우리 사이를 갈라놓지만 않았어도!"

"어떤 차야?" 루커스가 물었다.

"오래된 재규어."

"색깔은?"

"검은색."

내가 크리스와 잘 아는 사이가 아니었다면 지금 크리스 눈에 눈물이 맺혔을 거라고 생각했을 것이다. 나는 한 팔로 크리스를 안았다. "내가 팝시클 하나 사줄까?"

크리스가 고개를 절레절레 저었다. "오늘 밤 배꼽티 입어야 해. 배 나오면 안 된다고."

"네가 아웃됐으면 존은 이제 누굴 잡아야 하는 거야?" 루커스가 물었다.

"카빈스키. 그 자식이 시도 때도 없이 제너비브랑 붙어 있는 바람에 잡을 수가 없었어! 젠이 내 이름 갖고 있는 줄 알았거든." 크리스가 나를 흘깃 보았다. "미안, LJ."

루커스와 크리스가 딱하다는 표정으로 나를 바라봤다.

크리스가 피터 이름을 가지고 있었는데 존이 크리스를 아웃시켰으니 이제 피터의 이름을 가진 사람은 존이다. 그러면 피터나 제너비브 둘 중 하나가 내 이름을 갖고 있다는 말이 된다. 그리고 존의 이름은 나한테 있으니 피터나 제너비브 중 하나가 다른 한 명의 이름을 갖고 있을 것이다. 그렇다는 것은 둘이 동맹을 맺었다는 뜻이며, 나아가 두 사람이 누구 이름을 갖고 있는지 서로 말해줬다는 의미다.

나는 침을 꿀꺽 삼켰다. "두 사람이 여전히 친구로 지낸다는 건 나도 알고 있어. 그리고 요즘 제너비브한테 안 좋은 일이 있다던데, 아니야?"

"무슨 일이 있는데?" 크리스가 한쪽 눈썹을 높이 치켜세우며 물었다.

"피터 말로는 집안일이라던데." 내 말에 크리스는 멍한 표정을 지었다. "그럼 크리스 너는 전혀 들은 게 없어?"

"지난주 웬디 이모 생일 파티 때 좀 이상하게 굴긴 했어. 평소보다 더 싸가지가 없더라고. 저녁 내내 거의 말도 안 하고." 크리스가 어깨를 으쓱했다. "무슨 일이 있긴 있나 본데 나는 모르겠다." 크리스가 또다시 입으로 바람을 불어 머리카락을 넘겼다. "젠장, 할머니 차를 빼앗을 기회가 날아가다니."

"너를 위해 내가 존 매클래런을 잡아주겠어. 너의 죽음이 헛되지 않으리니!" 내가 크리스에게 맹세했다.

"진작 잡았으면 난 죽지도 않았거든?" 크리스가 나를 무섭게 째려봤다.

"존이 30분 거리에 사는 걸 어쩌라고! 걔네 집 가는 길도 모른단 말이야."

"어쨌든 너한테도 일부 책임이 있어." 그때 수업 시작을 알리는 종이 울렸다. 크리스가 자리에서 일어났다. "나 먼저 간다, 기지배들아." 크리스는 복도 끝으로 사라졌다. 다음 수업 교실과는 반대되는 방향이었다.

"나한테 기지배라 그랬어." 루커스가 나를 보고 인상을 찡그렸다. "크리스한테 나 게이인 거 얘기했어?"

"안 했어!"

"알았어. 난 너한테만 얘기했단 말이야. 비밀이라고 했잖아. 기억나?"

"루커스, 당연히 기억하지!" 갑자기 걱정됐다. 내가 크리스한테 무슨 얘길 했던가? 아무 말도 안 했다고 거의 백 퍼센트 확신하지만, 루커스가 그렇게 얘기하니 나도 갑자기 신경이 쓰였다.

"좋아." 루커스가 한숨 섞인 투로 말했다. "어쨌든 상관없어." 그리고 먼저 자리에서 일어나 내게 한 손을 내밀어 일으켜줬다. 루커스가 이렇게 매너 좋은 남자다.

39

오늘은 내가 처음으로 벨뷰에서 금요일 밤의 칵테일 타임을 여는 날이다. 모든 일이 계획대로 착착 진행……되진 않았다. 시작해서 30분이 지났는데 아직 스토미 할머니, 모랄레스 할아버지, 얼리샤 할머니, 넬슨 할아버지밖에 오지 않으셨다. 넬슨 할아버지는 알츠하이머를 앓고 있으신데 간호사가 새로운 환경을 접하게 해드린다며 모셔왔다. 넬슨 할아버지는 구리 단추가 달린 네이비색 캐주얼 재킷을 말쑥하게 차려입으셨다. 마고 언니가 칵테일 타임을 진행할 때도 참석자가 많지는 않았다. 그래도 매과이어 할머니는 꼬박꼬박 나왔는데 지난달에 다른 양로원으로 옮기셨다. 몬테로 할아버지는 지난 연휴에 돌아가셨다. 칵테일 타임에 새로운 활기를 불어넣겠다고 자넷 앞에서 그렇게 호들갑을 떨었는데 고작 네 명이라니……. 가슴 밑바닥에서 작은 올리브 씨앗만 한 두려움이 느껴졌다. 이렇게 참석률이 낮은 걸 자넷이 안다면 금요일 밤 모임을 아예 취소할지도 모른다. USO 파티*라는,

---

* 1940년대의 미군 위문 파티를 테마로 한 댄스 파티. USO는 'United Service Organizations(미군위문협회)'의 약자이다.

다음 모임에 쓸 만한 기막힌 아이디어가 있는데 모임이 취소되면 안 된다. 오늘 칵테일 타임이 실패하면 자넷이 USO 파티를 허락해주지 않을 것이다. 파티를 열었는데 겨우 네 명만 참석한 데다 그중 한 명이 저렇게 꾸벅꾸벅 졸고 있는 상황이라면 이미 크게 실패한 거나 다름없긴 해도……. 스토미 할머니는 아직 망한 분위기를 눈치채지 못한 건지, 아니면 아예 신경 쓰지 않기로 한 건지 혼자 피아노를 치며 노래 부르는 데 열심이었다. 그런 말도 있지 않은가. 쇼는 계속되어야 한다고.

나는 계속 바쁘게 움직이는 척하며 얼굴에서 미소를 잃지 않으려고 애썼다. *랄랄랄라, 아름다운 밤이에요.* 나는 진짜 칵테일 바처럼 보이게끔 유리잔들을 일렬로 가지런히 정리했다. 여기에 내가 챙겨온 물건들도 진열했다. 우리 집에서 가져온 가장 좋은 식탁보를 탁자에 깔았다(그레이비소스* 자국도 없고 새로 빨아서 다림질한 것이다). 그 위에는 작은 화병 하나와 땅콩 버터 쿠키가 담긴 접시를 놓았다(처음에는 알레르기를 일으키는 분이 계실까 봐 땅콩 버터를 내놔도 될지 고민했는데 어르신들은 음식 알레르기가 적다는 사실이 생각났다). 엄마 아빠 이니셜이 새겨진 은제 얼음통은 레몬과 라임을 썰어 담은 은접시와 잘 어울렸다.

이미 양로원을 한 바퀴 돌며 비교적 활동적인 분들이 머무는 숙소 문을 두드려봤지만 안에 계신 분은 거의 없었다. 활동적인 사람이라면 금요일 저녁에 집 안에 죽치고 앉아 시간을 보내지

---

* 육류를 구울 때 생겨난 육즙으로 만든 소스.

라라 진의 두 번째 이야기

않는다는 걸 나는 왜 몰랐을까.

나는 소금 뿌린 땅콩을 하트 모양 크리스털 접시에 부었다. 이 접시는 얼리샤 할머니의 기증품으로 할머니가 얼음 집게와 함께 창고에서 꺼내다 주셨다. 땅콩을 담고 있는데 존 앰브로즈 매클래런이 담청색 옥스퍼드 셔츠와 네이비색 캐주얼 재킷 차림으로 나타났다. 넬슨 할아버지의 옷차림과 거의 똑같다! 하마터면 비명을 지를 뻔했다. 나는 얼른 두 손으로 입을 틀어막고 탁자 뒤로 숨었다. 존이 나를 보면 도망갈지도 모른다. 존이 여기서 뭘 하는지 모르겠지만 나한테는 녀석을 잡을 수 있는 완벽한 기회다. 나는 탁자 뒤에 쭈그리고 앉아서 머리를 열심히 굴렸다.

그런데 피아노 연주가 멈춤과 동시에 나를 찾는 스토미 할머니의 목소리가 들렸다. "라라 진? 라라 진, 어디 갔어? 탁자 뒤에 있지 말고 이리 나와라. 소개해줄 사람이 있어!"

나는 천천히 자리에서 일어났다. 존 매클래런이 나를 빤히 쳐다봤다. "네가 왜 여기 있어?" 존은 셔츠 칼라 때문에 목이 갑갑한지 칼라를 잡아당기며 물었다.

"여기서 봉사활동하거든." 나는 대답하면서도 안전거리를 유지하려고 애썼다. 존이 놀라면 안 된다.

스토미 할머니가 손뼉을 딱 쳤다. "둘이 아는 사이야?"

"친구예요, 할머니. 전에 한 동네 살았거든요." 존이 대답했다.

"스토미 할머니가 너네 할머니였어?" 나는 어안이 벙벙했다. 그렇다면 할머니가 소개해주고 싶어 한 손자가 바로 존이라는 말이잖아! 이 넓고 넓은 세상에서 하필 이 동네의 이 양로원이라니! *우리 손자는 젊은 로버트 레드퍼드처럼 생겼거든.* 맞아요, 할머니. 정말 젊은 로버트 레드퍼드네요.

"우리 증조할머니야. 친할머니는 아니지만." 존이 말했다.

할머니가 주변을 휙 둘러봤다. "조용히 해! 네가 내 증 어쩌구라는 걸 다른 사람들이 알 필요는 없으니까!"

존이 목소리를 낮췄다. "우리 증조할아버지랑 재혼하셨거든."

"내가 제일 좋아했던 남편이지. 고약한 노인네, 저세상에서 잘 살고 있나 모르겠네." 할머니가 존을 한 번 보고는 내 쪽으로 시선을 돌렸다. "조니, 보드카 한 잔 가져다주겠니? 레몬 잔뜩 넣어서." 할머니는 다시 피아노 앞에 앉아 연주를 시작했다. "내가 사랑에 빠질 때면……."

존이 가까이 다가오려고 하자 나는 손가락을 겨누었다. "거기 딱 서, 존 앰브로즈 매클래런. 너 내 이름 갖고 있어?"

"난 아니야. 맹세해. 내가 갖고 있는 이름은…… 아냐, 누구 이름인지는 말하지 않겠어." 존이 입을 다물었다가 내게 물었다. "잠깐만. 너 내 이름 가지고 있어?"

나는 길 잃은 어린양만큼이나 순진한 얼굴로 고개를 저었다. 존은 여전히 못 믿겠다는 얼굴이었고, 그러거나 말거나 나는 스토미 할머니의 보드카를 준비했다. 할머니의 취향은 내가 잘 안다. 먼저 잔에 각얼음 세 개를 넣고 보드카를 2온스 정도 부은 다음 탄산음료를 아주 약간 넣는다. 여기에 레몬 세 조각을 짜넣고, 짜고 남은 조각도 잔에 함께 넣는다. "자, 받아." 내가 유리잔을 건네며 말했다.

"탁자 위에 올려놔." 존이 말했다.

"존! 나한테 네 이름 없다고 했잖아!"

존이 고개를 저었다. "탁자 위에."

나는 잔을 내려놓았다. "네가 나를 의심하다니 믿기지가 않네. 과거의 넌 항상 사람들을 믿어주고 사람들의 선한 면을 알아봐주는 그런 사람이었는데."

"그냥…… 탁자 뒤에서 움직이지 마." 존은 여전히 거리를 두고 딱딱하게 말했다.

빌어먹을. 존이 계속 이렇게 3미터 안으로 접근하지도 못하게 하면 대체 어떻게 아웃시키지?

내가 대수롭지 않다는 듯 말했다. "나야 뭐 상관없어. 이제 나도 널 못 믿겠거든! 내 말은, 네가 여기 왔잖아. 이런 엄청난 우연이 어떻게 일어날 수 있느냐 이거지."

"할머니가 너무 간절하게 말씀하셔서 안 올 수가 없었다고!"

나는 고개를 홱 돌려 할머니를 보았다. 스토미 할머니는 미소 가득한 얼굴로 우리를 바라보며 피아노 연주를 이어나갔다.

모랄레스 할아버지가 주뼛주뼛 다가왔다. "라라 진, 나랑 한 곡 출 수 있니?"

"그럼요." 내가 대답했다. 그리고 존을 향해 엄중히 경고했다. "가까이 오기만 해봐."

"나한테 가까이 오지 마!" 존은 허공에서 손사래를 치며 나를 쫓아냈다.

모랄레스 할아버지가 음악에 맞춰 천천히 나를 리드하는 동안 나는 할아버지 어깨에 얼굴을 가리고 웃었다. 아무래도 나한테 스파이 기질이 좀 있는 것 같다. 존은 이제 2인용 안락의자에 앉아서 스토미 할머니가 피아노 치는 모습을 보며 얼리샤 할머니와 이야기하고 있었다. 존이 여기 나타나다니, 정말 완벽한 타이밍이다. 이렇게 운이 좋을 수 있다니. 존이 다음 모의 UN 총회에 참석할 때를 노릴 계획이었는데, 훨씬 더 좋은 기회를 잡았다.

존의 등 뒤로 몰래 다가가 불시에 덮쳐야겠다는 생각을 하고 있을 때였다. 스토미 할머니가 피아노 연주를 잠시 멈추고 손자와 춤을 추겠다며 자리에서 일어났다. 나는 얼른 오디오로 달려가 할머니가 쉬는 동안 틀기로 한 음악 CD를 넣었다.

존은 춤추기 싫다고 했다. "할머니, 저는 춤 안 춘다고 말씀드렸잖아요." 존은 중학교 때도 체육관에서 스퀘어 댄스*를 배울 때 꾀병을 부리며 빠지곤 했다. 춤추는 걸 그 정도로 싫어했다.

당연히 할머니는 귓등으로도 듣지 않았다. 할머니는 존을 안락의자에서 일으켜 세우고 폭스트롯 댄스**를 가르치기 시작했다. "네 손을 내 허리에 올려." 할머니가 명령했다. "오늘 밤 내내 피아노 앞에 앉아 있으려고 하이힐도 안 신었다." 할머니는 존에게 스텝을 가르치려고 했지만 존은 번번이 할머니 발을 밟았다. "아야!"

나는 웃지 않을 수 없었다. 모랄레스 할아버지도 마찬가지였

---

* square dance. 미국의 대표적인 전통 춤. 네 쌍의 남녀가 마주 서서 정사각형을 이루며 춘다.
** fox-trot dance. 재즈 템포의 4분의 4박자 곡에 맞춰 추는 사교 댄스.

라라 진의 두 번째 이야기

다. 할아버지는 춤을 추며 두 사람이 있는 쪽으로 나를 이끌었
다. "내가 대신 들어가도 될까?" 할아버지가 존에게 물었다.

"당연하죠!" 존은 스토미 할머니를 모랄레스 할아버지의 품에
떠밀다시피 했다.

"조니, 신사답게 라라 진에게 춤을 청해야지." 할머니가 이렇게
말하는 순간 모랄레스 할아버지가 할머니를 빙글 돌렸다.

존은 탐색하는 눈길로 나를 바라봤다. 나에게 존의 이름이 정
말로 있든 없든 계속 나를 의심할 것 같은 느낌이었다.

"어서 춤을 청해." 할아버지가 존을 다그치며 나를 향해 씩 웃
었다. "라라 진도 춤추고 싶지 않겠어? 안 그러니, 라라 진?"

나는 너무 아쉽다는 듯 울적한 표정으로 어깨를 으쓱했다.
누가 봐도 무도회에서 춤 신청을 기다리고 있는 여자의 표정이
었다.

"젊은 친구들이 춤추는 모습을 보고 싶구먼!" 노먼 할아버지
가 저쪽에서 소리쳤다.

존 매클래런이 나를 보며 이마를 찌푸렸다. "앞뒤로 왔다 갔
다 하기만 하면 나한테 발 밟힐 일은 없을 거야."

나는 망설이는 척하다가 고개를 끄덕였다. 심장이 두근거렸
다. 목표물 확보 완료.

우리는 마주 섰다. 나는 두 팔로 존의 목을 감싸고, 존은 한
팔을 내 허리에 올렸다. 우리는 좌우로 몸을 흔들었지만 박자
가 어긋났다. 나는 160센티미터가 안 될 정도로 키가 작은데 존
은 거의 180센티미터쯤 되어 보였다. 그렇지만 내가 하이힐을 신

었으니 춤을 추기에는 적당한 키 차이다. 저쪽에서 스토미 할머니가 나를 보며 의미심장한 미소를 지었지만 나는 못 본 척했다. 존이 내 계획을 눈치채기 전에 어서 녀석을 아웃시키고 싶었다. 그런데 우리를 지켜보는 어르신들의 표정이 무척 즐거워 보였다. 몇 분 더 기다렸다가 작전을 개시해도 손해 볼 건 없을 것이다.

춤을 추다 보니 중학교 2학년 때 있었던 댄스 파티가 생각났다. 다들 둘씩 짝을 짓는데 나에겐 함께 가자는 친구가 아무도 없었다. 갈 때도 제너비브와 함께 차를 타고 갈 줄 알았는데 제너비브는 피터네 엄마가 데리러 오기로 했다며 먼저 차를 타고 레스토랑으로 가겠다고 했다. 피터와 둘이 데이트하는 분위기라 내가 따라가면 너무 이상할 것 같았다. 그래서 결국 제너비브와 피터가 함께 가고, 존은 사브리나 폭스와 커플이 되었다. 존이 내게 블루스라도 청하지 않을까 내심 기대했지만 그런 일은 없었다. 존은 그 누구하고도 춤을 추지 않았다. 그날 제대로 춤추며 즐긴 사람이 있었다면 피터뿐이다. 피터는 언제나 한가운데서서 남들의 시선을 즐겼다.

존은 한 손으로 내 허리를 붙잡고 나를 리드했다. 게임에 대해서는 완전히 잊은 얼굴이었다. 이제 내 과녁 정중앙에 들어온 거나 다름없다.

"아주 못하진 않네." 내가 말했다. 하프 라인을 넘어가는 라라 진 송 커비. 박자에 맞춰 행동을 개시합니다. 기다려라, 존! 오, 사, 삼, 이…….

"그런데…… 너랑 카빈스키랑 사귄다고?"

나는 완전히 얼이 빠져서 잠시 게임을 잊고 말았다. "으응……."

"둘이 사귄다고 해서 솔직히 놀랐어." 존이 목을 가다듬고 말했다.

"왜? 나는 피터가 좋아할 타입이 아니라서?" 나는 별말 아닌 듯 툭 내뱉었지만, 심장에 돌이라도 맞은 듯 가슴이 쓰렸다.

"아니, 그건 아니야."

"그럼 왜?" 나는 존이 이렇게 말할 거라고 생각했다. *피터가 네 타입이 아니니까.* 조시 오빠도 그렇게 말했다.

존은 곧바로 대답하지 않았다. "네가 모의 UN에 왔던 그날, 너를 찾아 주차장까지 따라 나갔는데 너는 이미 가고 없었어. 그러다 나중에 네 편지를 받고 너한테 답장을 보냈지. 너도 나한테 답장을 보내줬고, 타임캡슐 파티에도 나를 초대해줬어. 그걸 달리 받아들이지 못했던 것 같아. 내 말 이해하겠어?" 대답을 기다리는 존의 얼굴에서 간절함이 느껴졌다. 그렇다고 대답하면 마음을 더 열어 보이게 될 것 같아 두려웠다.

갑자기 얼굴이 화끈거리고 쿵쾅거리는 소리가 귀에 가득 울렸다. 그제야 내 심장이 엄청 빠르게 뛰고 있다는 걸 깨달았다. 몸은 그걸 아는지 모르는지 계속 춤을 추었다.

"어리석은 생각이었는지도 모르지. 그런 일들은 모두 한참 전의 이야기니까."

그런 일? *무슨 일?* 그게 뭔지 알고 싶었지만 물으면 안 될 것 같았다. "내가 기억하는 게 뭔지 알아?" 나는 불쑥 물었다.

"뭔데?"

"농구하다가 트레보 반바지가 찢어진 적 있잖아. 다들 웃으며 놀리는 바람에 트레보가 엄청 짜증 냈어. 근데 넌 웃지 않고 자전거를 타고 집에 가서 반바지를 가져왔지. 그때 나 엄청 감동했어."

"고마워." 존의 얼굴에 희미한 미소가 스쳤다.

우리는 한동안 말없이 춤을 추었다. 존과 함께 있으면 굳이 말을 하지 않아도 마음이 편했다. "존?"

"음?"

나는 고개를 들어 존의 얼굴을 보며 말했다. "너한테 할 얘기가 있어."

"뭔데?"

"나한테 있어. 네 이름 말이야."

"진짜야?" 존이 어찌나 낙담한 표정을 짓는지 괜히 죄지은 기분이었다.

"진짜야. 미안." 나는 두 손으로 존의 어깨를 톡 쳤다. "아웃!"

"아, 그럼 너는 이제 카빈스키를 잡아야겠네. 카빈스키는 내가 잡고 싶었는데. 계획도 다 세워놨단 말이야."

"어떤 계획?" 나는 궁금해 죽겠다는 얼굴로 물었다.

"날 아웃시킨 사람한테 왜 그걸 알려줘야 해?" 존이 반항했다. 하지만 괜히 한번 버텨보는 것이다. 존이 머지않아 내게 털어놓으리라는 걸 나도 알고 존도 안다.

나는 슬슬 존의 비위를 맞춰주었다. "어우, 야아! 나를 그냥 너 아웃시킨 사람으로만 생각하는 거야? 난 네 펜팔 친구잖아."

존이 살짝 웃었다. "알았어, 알았다고. 내가 도와줄게."

노래가 끝나자 우리는 한 걸음씩 물러섰다. "같이 춤춰줘서 고마워." 내가 말했다. 이제야 존과 함께 춤추는 게 어떤 기분인지 알게 되었다. "이기면 어떤 소원 말하려고 했어?"

존은 1초도 망설이지 않고 대답했다. "네가 만든 땅콩 버터 초콜릿 케이크. 그 위에 리세스 피시즈 초코볼로 내 이름 써서."

나는 놀라서 존을 가만히 바라봤다. 네 소원이 그거란 말이야? 내가 만든 케이크? 다른 좋은 소원 다 놔두고? 존에게 절이라도 하고픈 심정이었다. "내가 영광인데!"

"진짜 맛있었다니까."

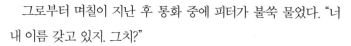

40

그로부터 며칠이 지난 후 통화 중에 피터가 불쑥 물었다. "너 내 이름 갖고 있지. 그치?"

"아니야!" 피터에게는 존을 잡았다는 말을 아직 하지 못했다. 피터에게, 그리고 내 예상이 맞는다면 제너비브에게도 너무 많은 정보를 주고 싶지 않았다. 이제 남은 사람은 우리 셋뿐이다.

"내 이름 갖고 있는 거 맞네!" 피터가 꿍얼거렸다. "이제 이 게임 하기 싫어. 너무 외롭고 정말…… 정말 짜증 나. 학교 밖에서 네 얼굴 못 본 지 벌써 일주일이나 됐잖아! 이 게임 대체 언제 끝나?"

"피터, 네 이름 나한테 없어. 내가 가지고 있는 건 존이야." 거짓말을 하려니 조금 미안했지만 이기려면 어쩔 수 없다. 나중에 후회해봤자 소용없다.

잠시 침묵이 흐르더니 피터가 불쑥 물었다. "그럼 걔네 집까지 운전하고 가서 아웃시키려고? 걔네 집 엄청 멀잖아. 네가 원하면 내가 태워다줄 수 있어."

"아직 어떻게 할지 계획 못 세웠어. 너는 누구 이름 갖고 있어?" 분명 나 아니면 제너비브다.

피터가 뜸을 들였다. "말 안 할 거야."

"그럼 다른 사람한테도 얘기 안 했어?" 이를테면 제너비브에게
도…….

"안 했어."

흠. "알았어. 나는 누구 이름 갖고 있는지 얘기해줬으니까 너
도 알려줘."

피터가 발끈했다. "알려달라고 한 적 없거든? 네가 그냥 말한
거잖아. 라라 진, 네가 내 이름 갖고 있으면서 거짓말한 거라면
그냥 와서 나 좀 아웃시켜줘! 이렇게 빌게. 지금 당장 우리 집으
로 와. 내 방에 몰래 들어올 수 있게 해줄게. 그렇게 해서라도 널
다시 볼 수만 있다면 무방비 상태로 기다리고 있을게."

"싫어."

"싫어?"

"그런 식으로 이기고 싶지 않아. 나한테 네 이름이 있다면 정
정당당하게 너를 잡아 아웃시키고, 두고두고 그 사실에 만족을
느낄 거야. 처음으로 암살자 게임에서 이기는 건데 그런 식으로
오점을 남길 순 없어." 나는 잠시 말을 멈췄다. "그리고 말이야,
너네 집도 안전 구역이거든?"

피터는 짜증이 가득 담긴 신음을 내뱉었다. "그래도 금요일
라크로스 경기엔 와줄 거지?"

라크로스 경기라고! 피터를 아웃시키기에 딱 좋은 기회다. 나
는 짐짓 침착하게 말했다. "그날은 안 돼. 아빠가 데이트 있다고
집에서 키티랑 같이 있으라고 하셨어." 거짓말이지만 피터가 그

걸 어떻게 알겠어?

"그럼 키티랑 같이 오면 되잖아. 키티도 시합 구경하고 싶다고 했단 말이야."

나는 재빨리 머리를 굴렸다. "안 돼. 그날 학교 끝나고 피아노 레슨이 있어."

"키티가 언제부터 피아노를 쳤는데?"

"얼마 안 됐어. 옆집 아줌마가 악기를 연주하면 강아지 훈련에 도움이 된다고 했대. 강아지 진정시키는 데 좋다나." 나는 입술을 깨물었다. 피터가 이 말을 믿을까? 나는 급하게 한마디 덧붙였다. "다음 시합 땐 무슨 일이 있어도 꼭 간다고 약속할게."

"정말 너무한다, 커비." 피터가 더 큰 소리로 짜증을 냈다.

귀여운 녀석, 곧 보게 될 테니 조금만 참아.

시합 날 경기장에서 피터를 깜짝 놀라게 해줄 것이다. 우리 학교 색깔이 들어간 옷을 위아래로 차려입고, 얼굴에는 피터의 등번호를 그려 넣어야지. 경기장에서 피터가 날 보면 엄청 좋아할 것이다. 전혀 예상하지 못하겠지!

내가 이 암살자 게임에 왜 이렇게 매달리는지 나도 잘 모르겠다. 그냥 시간이 흐를수록 이기고 싶은 마음만 자꾸 커진다. 물론 제너비브한테 이기고 싶은 것도 있다. 하지만 그게 전부는 아니다. 어쩌면 내가 변했다는 사실을 증명해 보이고 싶어서 그런 건지도 모르겠다. 더 이상 마시멜로처럼 말랑말랑한 사람이 아니라는 걸 증명하고 싶고, 내게도 투지가 있다는 걸 보여주고 싶다.

라라 진의 두 번째 이야기

전화를 끊고 나서 존에게 문자로 내 계획을 전달했다. 존이 경기장까지 데려다주겠다고 했다. 마침 경기가 존의 학교에서 있을 예정이었다. 우리 집까지 왔다가 다시 학교에 가도 괜찮겠냐고 물으니 존은 카빈스키가 아웃되는 모습을 볼 수만 있다면 충분히 그럴 가치가 있다고 했다. 나는 걱정을 한시름 놓았다. 피터를 잡으러 가다가 길을 잃게 되는 불상사만은 피하고 싶었기 때문이다.

드디어 금요일, 수업이 끝나자마자 집으로 달려온 나는 우리 학교 상징 색으로 옷을 갈아입었다. 담청색 티셔츠, 흰색 반바지, 흰색과 담청색으로 줄무늬가 들어간 무릎양말. 머리에 파란 리본도 달았다. 한쪽 뺨에는 크게 '15'를 그려 넣고, 흰색 아이라이너로 테두리까지 칠했다.

존이 우리 집 진입로에 차를 세우자마자 나는 급히 달려나갔다. 존은 색이 바랜 오리올스 모자를 깊이 눌러쓰고, 차에 올라타는 나를 유심히 바라봤다.

"무슨 응원단 같은데." 존이 웃으며 말했다.

"그해 여름에도 매일 이렇게 쓰고 다녔어." 나는 존이 쓰고 있는 모자 챙을 톡톡 두드리며 말했다.

존은 차를 후진하며 비밀을 숨긴 사람처럼 씩 웃었다. 전염성 있는 미소다. 어느새 나도 씨익 웃고 있었다. 존이 왜 웃는지는 모르지만. "뭐야? 왜 그렇게 웃는데?" 내가 무릎양말을 끌어올리며 물었다.

"아무것도 아니야."

"말하라니까!" 나는 존의 옆구리를 쿡 찔렀다.

"그해 초여름에 엄마가 내 머리를 너무 이상하게 잘라놔서 정말 창피했거든. 그때부터 엄마한텐 절대 머리 안 맡겨." 존은 대시보드의 시계를 확인했다. "시합이 몇 시 시작이라고 했지? 5시?"

"응!" 나는 너무 흥분해서 가만히 있지 못하고 엉덩이를 위아래로 들썩였다. 내가 게임을 끝내면 피터도 뿌듯해할 것이다. 피터는 내가 잘 안다.

존의 학교까지 오는 데 30분이 채 안 걸렸다. 스쿨버스가 도착하려면 아직 시간이 조금 남았다. 그래서 존이 안에 들어가 자판기에서 간식거리를 뽑아 오기로 했다. 존은 탄산음료 두 캔, 소금과 식초 맛이 나는 감자칩 한 봉지를 사 왔다.

얼마 지나지 않아 라크로스 유니폼을 입은 키 큰 흑인 남자애가 차 있는 쪽으로 천천히 달려왔다. "매클래런!" 남자애가 큰 소리로 존의 이름을 부르며 얼굴을 차창 가까이 들이밀었다. 두 사람은 주먹을 맞부딪쳤다. "시합 끝나고 대니카네 집으로 올 거야?" 남자애가 물었다.

존은 나를 흘끗 돌아보더니 대답했다. "아니, 못 가."

존의 친구는 그제야 내가 있는 걸 알고 눈을 크게 뜨며 물었다. "옆엔 누구야?"

"나는 라라 진이라고 해. 이 학교 학생은 아니야." 내가 직접 대답했다. 멍청한 대답이었다. 이 학교 학생이 아닌 건 보자마자 알았을 텐데.

"네가 라라 진이구나!" 존의 친구가 고개를 주억거렸다. "네 얘기 많이 들었어. 매클래런이 양로원을 기웃거리는 게 너 때문이지? 그렇지?"

나는 얼굴이 빨개졌다. 반면 존은 여유 있게 웃으며 말했다. "이제 그만 가라, 에이버리."

에이버리가 존 너머로 손을 뻗어 나와 악수했다. "만나서 반가웠어, 라라 진. 다음에 또 봐." 에이버리는 필드 쪽으로 달려갔다. 계속 앉아서 기다리고 있는데 차 쪽으로 다가와 존에게 인사하고 가는 사람이 몇 명 더 있었다. 내 생각이 딱 맞았다. 존은 친구가 많다는 거, 그리고 존을 짝사랑하는 여자애도 많다는 거 말이다. 차를 지나 필드 쪽으로 이동하던 여자애들 중 한명이 차 안을 빤히 들여다봤다. 내가 누군지 궁금해하는 눈빛이었다. 존은 내게 요즘 무슨 티비 프로그램을 보는지, 4월 봄방학 때랑 여름방학 때 뭘 할 건지 물었다. 나는 아빠가 한국에 가보고 싶어 한다고 말했다.

"너희 아빠와 얽힌 재밌는 추억이 하나 있어." 존이 내 쪽으로 비스듬히 시선을 돌렸다.

"아이고, 이런. 아빠가 또 무슨 짓을 한 거야." 나는 앓는 소리를 냈다.

"너희 아빠 말고 내가 무슨 짓을 좀 했거든." 존이 헛기침을 했다. "말하려니 부끄럽다."

나는 어서 듣고 싶다는 듯 두 손을 문질렀다.

"너한테 댄스 파티 파트너 부탁하려고 너희 집에 찾아갔었어.

엄청난 계획을 준비해갔지."

"나한테 그런 부탁 안 했잖아!"

"알아. 내 얘기 계속 들어봐. 이야기 들을 거야, 말 거야?"

"엄청난 계획을 준비했는데, 그래서?" 나는 뒷이야기를 재촉했다.

존이 고개를 끄덕였다. "막대기 한 다발이랑 꽃 몇 송이를 가져다가 '댄스 파티?'라는 글자를 만들어 너희 집 창문에 붙이려고 했단 말이야. 그래서 한창 글자를 만들고 있는데 너희 아빠가 집에서 나오시더라고. 너희 아빠는 내가 이 집 저 집 돌아다니면서 마당을 청소하는 중이라고 생각하셨나 봐. 나한테 10달러를 주시는 거야. 그걸 받았더니 갑자기 의욕이 사라져서 그냥 집에 가버렸어."

나는 웃음을 터뜨렸다. "그런 일이 있었다니 난…… 몰랐어." 존이 나한테 댄스 파티 파트너를 신청하려고 했었다니! 남자가 나를 위해 그런 행동을 한다는 건 어떤 기분일까? 그 오랜 세월 동안 혼자 짝사랑하고 보내지 않을 편지를 쓰면서 끙끙 앓았지만, 내가 좋아하는 만큼 똑같이 나를 좋아해준 남자는 한 명도 없었다. 항상 혼자서 누군가를 마음에 품었다가 혼자 끝을 냈다. 그게 안전했다. 하지만 이건 처음이다. 비록 지나간 일이지만, 나는 이제야 알게 됐으니 아무리 지나간 일이라도 내겐 처음 일어난 일이다.

"나중에 얼마나 후회했는지 몰라." 이 말을 듣자 어떤 기억이 떠올랐다. 피터가 내게 그런 말을 했었다. 존이 나한테 댄스 파티 파트너 신청을 하지 않은 걸 엄청 후회했다고. 내가 그 말을 듣고 너무 좋아하자 피터는 그냥 농담한 거라며 재빨리 수습했다.

그때 스쿨버스가 도착했다. "시작이다!" 내가 말했다. 버스에서 선수들이 한 명씩 내리는 모습을 보고 있자니 조바심이 났다. 저기 게이브, 대럴…… 그런데 피터가 안 보인다. 마지막 한 명까지 다 내렸는데 여전히 피터는 안 보인다. "정말 이상하네……."

"자기 차로 따로 오는 거 아닐까?" 존이 물었다.

나는 고개를 저었다. "그런 적 없어." 나는 가방에서 휴대폰을 꺼내 문자를 보냈다.

ㅡ너 어디야?

답장이 없다. 무언가 잘못된 게 분명하다. 피터는 시합을 절대 빼먹지 않는다. 독감에 걸렸을 때도 경기에 나갔던 아이다.

"금방 올게." 나는 존에게 말하고 차에서 내려 필드로 달려갔다. 선수들이 몸을 풀고 있었다. 사이드라인에서 운동화 끈을 묶고 있는 게이브가 눈에 띄었다. "게이브!"

게이브가 놀란 얼굴로 바라봤다. "라지! 여기서 뭐 해?"

내가 숨을 헐떡이며 물었다. "피터는 어디 있어?"

"나도 몰라." 게이브가 뒷목을 긁으며 말했다. "근데 피터네 집에 급한 일이 생겼다고 코치님한테 들었어. 되게 중요한 일인가 보더라고. 중요한 일이 아니면 시합 빼먹을 애가 아니잖아."

나는 곧장 주차장으로 달려갔다. 차에 오르자마자 헐떡거리며 말했다. "피터네 집까지 좀 데려다줄래?"

제너비브의 차가 가장 먼저 눈에 들어왔다. 피터네 집 앞 도로에 세워져 있었다. 그리고 길에 서 있는 두 사람의 모습이 보였다. 피터가 두 팔로 제너비브를 안고 있었다. 제너비브는 혼자선 제대로 서지 못하는 사람처럼 피터에게 기대 있었다. 피터의 가슴에 얼굴을 묻고서. 피터는 제너비브의 머리를 부드럽게 어루만지며 귀에 대고 무슨 말을 속삭였다.

이 모든 일이 순식간에 일어났다. 하지만 꼭 슬로모션처럼 느껴졌다. 물속을 걷고 있는 기분이었다. 아마도 잠시 숨 쉬는 걸 잊은 모양이다. 머리가 어지럽고 주변의 모든 게 흐릿해 보였다. 두 사람이 저러고 있는 걸 대체 몇 번이나 봤더라? 너무 많아서 셀 수도 없다.

"그냥 지나가자." 나는 간신히 목소리를 냈다. 존은 계속 운전했다. 차는 피터의 집 바로 앞을 지나갔다. 두 사람은 고개를 들지 않았다. 정말 다행이다, 고개를 들지 않아서. 나는 조용히 말했다. "나 좀 집에 데려다줄래?" 차마 존의 얼굴을 쳐다볼 수 없었다. 존이 그 광경을 봤다는 사실이 너무 끔찍했다.

"아마 그런 게 아닐지도……." 존은 잠시 말을 멈췄다. "그냥 포옹한 것뿐이잖아, 라라 진."

"나도 알아." 어쨌든 제너비브 때문에 피터가 시합을 빼먹은 건 사실이다.

"이제 어떻게 할 거야?" 우리 집에 거의 도착했을 때 존이 물었다.

안 그래도 차를 타고 오면서 계속 그 생각만 했다. "피터한테 오늘 저녁 우리 집으로 오라고 해야겠어. 그래서 걔를 아웃시킬 거야."

"게임을 계속하려고?" 존은 놀란 말투였다.

나는 창밖을 내다봤다. 익숙한 풍경이 눈에 들어왔다. "당연 하지. 피터를 아웃시킨 다음 제너비브도 아웃시킬 거야. 그리고 내가 이기는 거지."

"왜 그렇게까지 이기고 싶어 하는데? 소원 때문에 그래?"

나는 대답하지 않았다. 입을 열면 눈물이 쏟아질 것 같았다.

차가 우리 집 앞에 멈춰 섰다. "태워다줘서 고마워." 나는 웅얼 거리며 말하고 존이 대답하기도 전에 차에서 내렸다. 집으로 들 어가 발을 대강 흔들어서 신발을 벗고 2층 내 방으로 곧장 뛰었 다. 그리고 침대에 누워 천장을 가만히 바라봤다. 몇 년 전에 붙 여놓은 야광 별들이 보였다. 나는 자리에서 일어나 별을 다 떼어 냈다. 하나만 남기고. 돌고드름처럼 단단히 들러붙어서 떨어지 지 않는 하나만.

밝은 별, 빛나는 별, 오늘 밤 내가 본 첫 번째 별. 그럴 수 있다 면, 그럴 수 있다면, 오늘 밤 내 소원을 들어줘. 내 소원은 울지 않는 거야.

나는 피터에게 문자를 보냈다. 제너비브랑 다 놀았으면 우리 집으 로 와.

---

* 미국 자장가 <밝은 별, 빛나는 별(Star light, star bright)>의 노랫말 일부.

피터의 대답은 간단했다. 알았어.

그냥 "알았어"라니. 부정도 설명도 변명도 없다. 나는 지금껏 피터에게 그럴 만한 이유가 있을 거라고 생각했다. 피터는 믿어도 내 직감은 믿지 않으려 했다. 나는 왜 항상 괜찮지도 않은 일에 괜찮은 척하면서 모든 걸 양보하는 걸까? 피터를 놓치기 싫어서?

계약서를 만들 때 우리는 항상 진실만을 얘기하자고 했다. 절대 서로의 마음을 아프게 하지 말자고도 했다. 그런데 피터는 벌써 두 번이나 약속을 어겼다.

41

피터와 나는 우리 집 앞 현관에 앉아 있었다. 거실에서 티비 소리가 흘러나왔다. 키티가 영화를 보고 있었다. 무거운 침묵이 피터와 나 사이에 내려앉았다. 귀뚜라미 소리만 이따금 들릴 뿐이었다.

먼저 입을 연 건 피터였다. "네가 생각하는 그런 게 아니야, 라라 진. 정말이야."

나는 잠시 뜸을 들이며 생각을 정리했다. 생각을 어떻게든 잘 끼워 맞춰서 말이 되는 무언가로 만들고 싶었다. "얼마 전까지만 해도 나는 집에서 가족들과 시간 보내는 걸 가장 좋아했어. 집이 아늑하니까. 그런데 너랑 어울려 다니고부터는 꼭…… 네가 나를 바깥세상으로 이끌어준 것만 같았어." 이 말에 피터의 눈빛이 촉촉해졌다. "처음엔 무서웠지만 시간이 지날수록 나도 좋았어. 나의 일부분은 영원히 네 옆에 머물고 싶어 하는 것 같았어. 충분히 그럴 수 있었는데, 영원히 너를 사랑할 수 있었는데……."

"그럼 그렇게 하면 되잖아." 피터는 아직 희망이 남은 것처럼 말했다.

"난 못 해." 내 숨소리가 불안정했다. "둘이 같이 있는 거 봤어. 네가 제너비브를 안고 있더라. 제너비브는 네 품에 안겨 있고. 이미 다 봤어."

"다 봤으면 알 거 아냐. 네가 생각하는 그런 게 아니란 걸 너도 알 거 아냐." 피터가 말하기 시작했다. 나는 가만히 피터의 얼굴을 바라봤다. 피터가 고개를 숙였다. "제발, 그런 눈으로 보지 마."

"어쩔 수가 없어. 나는 지금 너를 이런 눈으로 볼 수밖에 없어."

"오늘 젠이 나한테 도움을 청했어. 그래서 제너비브와 함께 있었던 것뿐이야. 그냥 친구로서 할 일을 한 거라고."

"소용없어, 피터. 이미 오래전에 제너비브는 네가 자기 남자라고 선언했어. 네 옆에 내가 있을 자리는 없는 것 같아." 눈물이 차오르며 눈앞이 흐려졌다. 나는 소매로 눈물을 훔쳤다. 피터와 함께 계속 이러고 있기가 힘들었다. 피터의 얼굴을 보는 것만으로도 가슴이 너무 아팠다. "나한테 이러면 안 돼. 이런 취급 받을 이유는 없어…… 난 내 남자친구에게 가장 중요한 사람이 되고 싶다고."

"나한텐 네가 가장 중요해."

"아니야. 아닌 것 같아. 너한텐 제너비브가 제일 중요해. 제너비브한테 무슨 비밀이 있는진 모르겠지만 아직도 걜 감싸고돌잖아. 대체 뭐가 그렇게 무서워? 내가? 내가 걔한테 무슨 짓이라도 했어?"

피터가 힘없이 두 손을 펼쳐 보였다. "내가 너한테 왔잖아. 이제 내게 가장 중요한 사람은 너야."

"아니, 아니야. 내 말 맞잖아. 내가 아니라 제너비브잖아." 피터는 어떻게든 반박하려고 했지만 소용없었다. 진실이 내 앞에 놓여 있는데 어떻게 피터의 말을 믿을 수 있단 말인가? "너한테 가장 중요한 사람이 제너비브라는 걸 내가 어떻게 아냐고? 네가 항상 제너비브를 선택하기 때문이야."

"말도 안 되는 소리 하지 마!" 결국 피터가 폭발했다. "그 동영상 찍은 사람이 제너비브라는 걸 알았을 때 내가 말했어. 너한테 두 번 다시 상처 주면 나하고 완전히 끝이라고." 피터가 계속 무어라 말했지만 내 귀에는 아무것도 들어오지 않았다.

피터는 알고 있었다. 그 동영상을 찍은 게 제너비브라는 걸 알고 있었다. 알고 있었으면서 내게 아무 말도 하지 않은 것이다.

피터는 말을 멈추고 나를 빤히 바라봤다. "라라 진? 왜 그래?"

"알고 있었어?"

피터의 얼굴이 잿빛이 되었다. "아냐! 네가 생각하는 그런 게 아니야. 난 전혀 모르고 있었어."

나는 입술을 지그시 깨물었다. "늦게 알았다고 해도 나한테는 얘기하지 않았잖아." 이제 숨 쉬기조차 힘들었다. "넌 내가 얼마나 힘들어하는지 알면서도 계속 제너비브 편만 들었어. 그러다가 사실을 알게 됐을 땐 아예 입을 다물었고."

피터가 급하게 변명을 시작했다. "내가 설명할게. 그 동영상을 찍은 게 젠이라는 건 정말 최근에야 알았어. 내가 직접 물었더니 그제야 사실대로 털어놓고 잘못을 인정하더라고. 스키 여행 갔던 날 밤 제너비브가 야외 온탕에서 우리를 봤대. 그래서 동영상을 찍었다더라고. 나중에 그걸 어노니비치한테 보낸 것도, 학생회 때 강당에서 튼 것도 제너비브였어."

나는 이미 그걸 알고 있었다. 그렇지만 피터의 말을 믿기로 했고, 알면서도 모르는 척했다. 대체 왜 그랬던 걸까? 피터를 위해서?

"요즘 개네 집에 안 좋은 일이 있어서, 제너비브 상태가 완전 엉망이야. 게다가 질투가 나서 우리 둘의 모습을 찍었다가……."

"그게 뭔데? 개네 집에 대체 무슨 일이 있는 건데?" 피터가 대답할 거라고는 생각하지 않았다. 피터는 절대 내게 말하지 않을 것이다. 나는 그저 내 말이 맞다는 걸 이렇게 증명하고 싶었다.

피터는 괴로운 얼굴이었다. "말 못 하는 거 알잖아. 대답 못하는 거 알면서 왜 자꾸 날 곤란하게 만들어?"

"너를 곤란하게 만든 건 너 자신이야. 네가 제너비브 이름 가지고 있지? 게임 말이야. 너한테 제너비브 이름이 있고, 제너비브한텐 내 이름이 있는 거지?"

"그 빌어먹을 게임은 왜? 커비, 우리 얘기를 하자고."

"나한텐 그 빌어먹을 게임이 중요하거든." 피터는 늘 제너비브에게 충실하다. 나는 그다음이다. 피터에게 제일 중요한 사람은 제너비브다. 나는 두 번째다. 그게 정해진 공식이다. 지금까지 늘 그랬다. 두 번째라면 이제 넌더리가 난다. 그때 문득 떠오르는 게 있어 불쑥 물었다. "스키 여행 갔던 날 밤 제너비브가 왜 밖에 나와 있었어? 걔 친구들은 다 산장에 있었잖아."

피터는 잠시 눈을 감았다. "그게 뭐 어때서?"

나는 그날 밤의 기억을 떠올려봤다. 내가 나타났을 때 피터는 몹시 놀란 눈치였다. 당황한 것 같기도 했다. 피터는 나를 기다리고 있었던 게 아니었다. 피터가 기다린 사람은 제너비브였다. 지금도 마찬가지다. "내가 그날 밤 사과하러 나가지 않았다면, 너는 제너비브와 키스했을지도 모르겠네?"

피터는 곧바로 대답하지 않았다. "그건 나도 몰라."

이 세 마디 말로 모든 게 확인되었다. 피터의 대답에 나는 숨이 멎을 것 같았다. 내가 입을 열었다. "그 게임에서 이기면 말이야…… 내가 무슨 소원을 빌고 싶은지 알아?" 말하지 마. 말하지 말라고. 말해버리면 다시 주워 담을 수 없단 말이야. "너랑 애초에 아무것도 시작하지 않았으면 좋았을 거라고……." 내 머릿속을 맴돌던 이 말이 이제는 공기 중에 떠돌고 있었다.

피터는 숨을 크게 들이마셨다. 그리고 눈을 잔뜩 찡그리며 입을 굳게 다물었다. 내가 피터에게 상처를 준 것이다. 내가 바란 게 이거였나? 처음에는 그런 줄 알았는데, 지금 피터의 얼굴을 보고 있으니 잘 모르겠다. "그게 네 소원이라면 굳이 게임에서 이길 필요도 없어, 커비. 네가 원한다면 당장 그렇게 할 수 있으니까."

나는 두 손을 내밀어 피터의 가슴 위에 올렸다. 눈에는 눈물이 가득 고였다. "너는 아웃이야. 누구 이름 가지고 있어?" 그게 누군지는 나도 이미 알고 있다.

"제너비브."

나는 자리에서 일어섰다. "잘 가, 피터." 나는 집 안으로 들어가 문을 닫았다. 그리고 뒤돌아보지 않았다. 한 번도.

우리는 그렇게 쉽게 헤어졌다. 아무것도 아닌 것처럼. 아무 관계도 아니었던 것처럼. 우리가 원래 함께할 운명이 아니었기 때문에 이렇게 된 것일까? 피터와 나는 그냥 우연이었던 걸까? 우리가 함께할 운명이었다면 둘 다 이렇게 쉽게 돌아서지는 못했을 것이다.

이제 알 것 같다. 우리는 함께할 운명이 아니었다.

라라 진의 두 번째 이야기

42

피터와 나, 우리의 만남과 이별은 고등학생이 아니었다면 일어나지 않았을 일이다. 이 모든 일이 순식간에 일어났다는 말이다. 이별의 고통도 머지않아 사그라들 것이다. 그래도 이게 내 인생에서 처음 경험한 실연이기에 배신감으로 인한 이 쓰라린 상처를 가슴에 담고서 영원히 간직할 것이다. 이 또한 사랑하다 보면 겪게 되는 과정의 일부다. 피터와 영원히 함께할 거라고 생각했던 것은 아니다. 이제 겨우 열여섯, 열일곱일 뿐이니까. 먼 훗날 이 일을 애틋하게 떠올릴 날이 오겠지.

두 눈에 눈물이 차오를 때나 울다 잠들 때도 계속 이런 생각만 들었다. 어찌나 울었는지 눈물을 닦을 때 뺨이 쓰라렸다. 피터로 인해 슬픔의 우물이 생겨났다. 그리고 이 슬픔은 거기서 끝나지 않았다.

어떤 생각 하나가 머릿속에서 끊임없이 맴돌았다. *엄마가 보고 싶다. 엄마가 보고 싶다. 엄마가 너무너무 보고 싶다.* 엄마가 있었다면 내게 나이트 티 한 잔을 가져다주고 침대 발치에 앉았을 것이다. 내가 엄마 무릎을 베고 누우면 엄마는 손가락으로 내 머리를 어루만지며 이렇게 속삭여줬겠지. *괜찮아질 거야, 라*

라 진. 곧 괜찮아질 거야. 그리고 나는 그 말을 믿었을 것이다. 엄마의 말은 늘 옳았으니까.

아, 엄마. 너무 보고 싶어요. 지금 내게 제일 필요한 사람은 엄마인데 왜 여기 없는 거예요?

나는 지금까지 피터가 준 거라면 하나도 버리지 않고 다 모아놓았다. 내 얼굴을 그려준 냅킨, 처음으로 함께 영화관에서 본 영화 표, 피터가 밸런타인데이 때 써준 시. 그리고 목걸이도. 당연히 목걸이도 있다. 아직은 내 손으로 목걸이를 끄를 용기가 나지 않는다. 아직은 그럴 수 없다.

토요일이지만 하루 종일 침대에 누워 있었다. 간식을 먹을 때나 오줌 마려워하는 제이미를 안마당에 내보내줄 때만 잠깐씩 일어났다. 나는 너무 빨리 로맨틱 코미디의 슬픈 장면에 도달해버렸다. 이제 내가 할 일은 제너비브를 아웃시킬 계획을 짜는 것이지만 그럴 수가 없었다. 제너비브나 게임을 생각하면, 그리고 무엇보다 피터를 생각하면 가슴이 너무 아파서 견딜 수가 없었다. 제대로 집중할 수 있을 때까지 게임에 대해서는 잊기로 했다.

존이 문자로 안부를 물었지만 뭐라고 대답해야 할지 모르겠어서 답장도 나중으로 미루었다.

유일하게 집 밖으로 나간 건 벨뷰에 갈 때뿐이었다. 일요일 오후에 파티 준비를 위한 회의가 있었다. 스토미 할머니가 거들어준 덕분에 자넷이 USO 파티를 허락해줬다. 그러니 쇼는 계속되어야 한다. 이별 따위 될 대로 되라 그래.

스토미 할머니 말로는 파티 얘기로 양로원 전체가 떠들썩하다고 했다. 마을에 페른클리프라는 꽤 큰 규모의 양로원이 하나 더 있는데 거기서도 몇 명이 버스로 와서 참여할 거라는 말이 있었다. 그 소식에 스토미 할머니도 상당히 좋아했다. 할머니는 페른클리프에 괜찮은 홀아비가 적어도 한 명 있다고 했다. 지역 도서관에서 열리는 시니어 북클럽*에 갔다가 알게 된 분이라고 했다. 이 말이 다른 할머니들의 의욕을 더욱 끌어올렸다. "머리가 아주 기품 있는 은색이야." 스토미 할머니는 미끼를 하나씩 던졌다. "아직 운전도 하더라고!" 나 역시 이 고급 정보를 직접 퍼뜨리기로 했다. 파티를 위해서라면 뭐든 이용할 생각이었다.

모든 파티 참가자는 '전쟁채권'을 다섯 장씩 받게 된다. 이걸 위스키 펀치 한 잔이나 조그만 국기 배지, 또는 한 번의 댄스로 교환할 수 있다. 이건 모랄레스 할아버지의 아이디어다. 사실 할아버지가 처음 내놓은 아이디어는 전쟁채권 한 장을 내면 여자와 춤출 수 있게 해주자는 것이었는데, 다들 할아버지를 성차별주의자라고 비난하며 남자 또는 여자와 춤출 수 있는 교환권으로 하자고 했다. 언제나 실용성을 추구하는 얼리샤 할머니는 이렇게 말했다. "남자보다 여자들이 더 많을 거야. 그러니까 여자들이 알아서 준비하자고."

나는 각 호실마다 문을 두드리며 1940년대에 찍은 사진이 있으면 빌려달라고 부탁했다. 제복을 입은 사진이나 USO 파티에

---

* 나이가 많은 장년층의 독서 토론 모임.

서 찍은 사진이면 더 좋다고 했다. 어떤 할머니는 "미안하지만, 1945년에 나는 겨우 여섯 살이었어!"라며 화를 냈다. 나는 부모님 사진도 괜찮다고 재빨리 수습했지만 문은 이미 닫혀버렸다.

스크랩북 만들기 강좌는 결국 댄스 파티 준비위원회로 변질되었다. 내가 전쟁채권을 인쇄하면 모랄레스 할아버지가 종이 절단기로 채권을 하나씩 잘랐다. 강좌에 새로 들어온 모드 할머니는 인터넷을 할 줄 아는 유일한 분이라 다과상을 장식할 전쟁 관련 기사를 찾아 가위로 오리는 작업을 맡았다. 그리고 모드 할머니의 친구인 클로디아 할머니는 파티에 내보낼 음악 목록을 작성했다.

얼리샤 할머니는 작은 탁자에서 혼자 작업했다. 할머니는 연보라색, 복숭아색, 청록색 등 다양한 색깔의 종이학으로 장식 줄을 만들었다. 파티의 주제색인 붉은색, 흰색, 파란색이 아니라 다른 색을 쓰는 것에 스토미 할머니가 이의를 제기했다. 하지만 얼리샤 할머니는 물러서지 않았고, 나도 얼리샤 할머니와 같은 의견이라고 말했다. 얼리샤 할머니가 가져온 일본계 미국인들의 포로수용소 사진들은 멋진 은색 액자에 끼워져 있었다.

"이 사진들 때문에 분위기 다 망치겠어." 스토미 할머니가 내게 말하는 척하면서 큰 소리로 내뱉었다.

"무지렁이들도 좀 보고 배우라고 가져온 거야." 얼리샤 할머니가 돌아서며 말했다.

스토미 할머니는 똑바로 서면 160센티미터가 조금 넘는데, 하이힐까지 신으면 170센티미터쯤 된다. "얼리샤, 당신 지금 나한 테 무지렁이라고 한 거야?" 나는 움찔했다. 스토미 할머니는 이 파티에 엄청 공을 들이는 중이었다. 그래서인지 최근 들어 신경 이 날카로워진 것 같다.

지금 나는 두 분의 다툼을 감당할 자신이 없다. 제발 싸우지 들 마시라고 간청하려는 찰나, 얼리샤 할머니가 강철같이 차가 운 표정으로 스토미 할머니를 노려보며 말했다. "무무*가 아주 잘 어울리는 무지렁이지."

스토미 할머니와 나는 너무 놀라서 몸이 굳었다. 스토미 할머 니가 갑자기 얼리샤 할머니 쪽으로 보란 듯이 다가가더니 탁자 위의 종이학들을 바닥에 내동댕이쳤다. 얼리샤 할머니는 비명을 질렀고, 나는 또다시 너무 놀라서 아무 말도 못 하고 가만히 서 있었다. 사람들이 모두 고개를 들어 쳐다봤다. "스토미 할머니!"

"너 지금 저 여자 편드는 거야? 나더러 무지렁이라고 했다고! 이 스토미 싱클레어를 뭐라 불러도 상관없지만 무지렁인 절대 아냐!"

"누구 편을 들려는 게 아니에요." 나는 종이학을 주우려고 허 리를 굽히며 말했다.

"편을 들 거면 내 편을 들어야지." 얼리샤 할머니가 스토미 할 머니 쪽으로 턱을 내밀며 말했다. "자기가 무슨 여왕마마라도 되는 줄 아나 본데, 파티 때문에 짜증이나 내는 어린애나 다름

---

* muumuu. 여성들이 편하게 입고 다니는 헐렁하고 화려한 색상의 원피스.

없잖아!"

"어린애라니!" 스토미 할머니가 소리를 꽥 질렀다.

"제발 그만들 좀 하세요." 갑자기 창피하게 눈가에 눈물이 고였다. "오늘은 안 되겠어요." 내 목소리가 가늘게 떨렸다. "아무래도 안 되……."

두 분은 서로 눈길을 주고받더니 내 옆으로 달려왔다. "애야, 왜 그래?" 스토미 할머니가 부드럽게 물었다. "분명 남자 문제야."

"여기 앉자, 앉아." 얼리샤 할머니가 말했다. 두 분은 나를 소파로 데려가 가운데 앉히고 내 양옆에 앉았다.

"다들 나가!" 스토미 할머니가 크게 외치자 다른 분들이 황급히 방을 나섰다. "이제 얘기해봐라. 무슨 일인지."

나는 셔츠 소매 끝자락으로 눈물을 훔쳤다. "피터랑 헤어졌어요." 이 말을 소리 내서 말한 건 이번이 처음이었다.

스토미 할머니가 깜짝 놀라서 물었다. "너랑 그 잘생긴 청년이랑 헤어졌다고? 다른 남자 때문이야?" 할머니는 내가 그렇다고 대답하길 기대하는 표정이었다. 내가 존 때문에 헤어졌다고 생각하는 것이다.

"다른 남자는 없어요. 얘기하자면 복잡해요."

"아가, 그건 전혀 복잡할 게 없는 문제야. 우리 젊었을 땐 말이다……."

"라라 진이 말하게 좀 놔두지 그래?" 얼리샤 할머니가 스토미 할머니를 노려봤다.

"피터가 전 여자친구를 못 잊어서요. 제너비브라고……." 내가

라라 진의 두 번째 이야기

코를 훌쩍이며 말했다. "야외 온탕 동영상 찍어서 인터넷에 올린 것도 제너비브 짓이었어요. 근데 피터는 그걸 알았으면서 저한테 말해주지도 않았어요."

"네가 알면 속상해할까 봐 그런 게 아닐까?" 얼리샤 할머니가 말했다.

스토미 할머니가 격렬하게 고개를 흔들었다. 어찌나 격렬한지 귀고리가 흔들리며 쉭 소리를 냈다. "아주 썩을 놈이 따로 없구 먼. 네 남자친구면 너를 여왕처럼 떠받들어야지. 제너비브고 뭐 고 간에."

"당신은 라라 진이 당신 증손자랑 사귀었으면 해서 그런 말 하는 거잖아." 얼리샤 할머니가 정곡을 찔렀다.

"그러면 좀 어때서!" 스토미 할머니가 눈을 반짝이며 물었다. "라라 진, 말해봐라. 오늘 밤 다른 계획은 없니?"

이 말에 세 사람 모두 웃었다. "아직은 피터 말고 다른 남자 생각할 여유가 없어요. 할머니는 아직도 첫사랑 기억하세요?"

스토미 할머니는 남자가 그렇게 많았으니 기억 못 하지 않을 까? 그런데 할머니는 고개를 끄덕였다. "개릿 올리리. 나는 열다 섯, 그이는 열여덟 살이었어. 둘이 춤 한 번 췄을 뿐이지만 그이 가 나를 바라볼 때 그 기분은 정말……." 할머니는 이렇게 말하 며 가볍게 몸을 떨었다.

나는 왼쪽에 앉은 얼리샤 할머니를 보며 물었다. "할머니 첫 사랑은 남편분이었던 필립 할아버지죠?"

놀랍게도 할머니는 천천히 고개를 저었다. "내 첫사랑은 앨버트야. 우리 큰오빠하고 절친이었는데, 난 내가 그 사람이랑 결혼할 줄 알았어. 근데 그러지 않았지. 우리 필립을 만났으니까." 할머니 얼굴에 미소가 떠올랐다. "내 평생 가장 사랑한 남자는 필립이야. 하지만 앨버트를 잊지는 못할 거야. 그렇게 어린 시절이 있었다니! 스토미, 우리가 그렇게 어렸었다는 게 믿어져?"

스토미 할머니의 대답은 여느 때처럼 쾌활하지 않았다. "백만 번은 더 죽었다 살아난 것 같아. 그런데 기억이 나긴 난단 말이지." 두 눈이 촉촉해진 할머니가 전에 없이 부드러운 목소리로 말했다.

"그래, 그러게 말이야." 얼리샤 할머니의 목소리가 메아리처럼 울렸다.

두 분은 다정하게 미소 지으며 나를 바라봤다. 너무나 따뜻하고 진심 어린 애정을 받고 있다는 느낌에 또다시 눈물이 차올랐다. "이제 피터가 제 남자친구가 아니라고 생각하면 뭘 어떻게 해야 할지 모르겠어요." 내가 큰 소리로 푸념을 늘어놓았다.

"그 녀석이랑 사귀기 전에 지냈던 대로 지내면 되지. 네 삶을 살면 돼. 처음에는 남자친구가 그립겠지만 시간이 지나면서 차츰 괜찮아지거든." 얼리샤 할머니가 메마른 손으로 내 뺨을 어루만졌다. 할머니 입술에 미소가 떠올랐다. "필요한 건 시간뿐이다, 얘야. 너한테는 아직 시간이 많으니까 걱정 마라."

위안이 되는 말이었다. 하지만 그 말이 꼭 들어맞는 건 아닐지도 모른다. 젊은 사람들의 시계는 조금 다른 속도로 돌아간다. 똑같은 시간이라도 더 길고, 더 강렬하고, 더 생동감 있지 않을까. 지금 내가 아는 건 피터 없이는 일분일초가 끝없이 길게 느껴진다는 것뿐이다. 피터가 내게 돌아오길 기다리는 이 시간은 영원히 끝나지 않을 것 같다. 나, 라라 진은 피터가 돌아오지 않으리란 걸 알지만, 내 마음은 어째서인지 끝났다는 걸 받아들이지 못하는 것 같다.

시간이 좀 지나니 눈물이 마르고 다시 기운이 생겼다. 나는 자넷의 사무실에서 파티 준비를 위한 세부사항을 논의했다. 파티 장소로 응접실을 제안하는 자넷의 말은 내게 청천벽력 같은 소식이었다. "응접실은 너무 좁을 것 같은데요?"

"네 입장을 모르는 건 아닌데, 가장 큰 체육실은 그날 빙고 게임이 잡혀 있어. 빙고 팀에서 금요일 저녁을 늘 예약해놓거든."

"하지만 USO 파티도 규모가 큰 행사잖아요! 빙고 팀이 하루만 응접실에서 하면 안 돼요?"

"라라 진, 그건 내 마음대로 할 수 있는 일이 아니야. 빙고 게임 때문에 여러 지역에서 많은 분들이 오신단 말이야. 그중엔 이곳 임대 중개인의 어머니도 계셔. 여러 방침이 얽혀 있어서 나도 손쓸 도리가 없구나."

"그럼 식당은요?" 식탁을 모두 치우고 가운데에다 댄스 무대를 마련하면 된다. 다과는 한쪽 벽에 길게 식탁을 연결해서 차려놓으면 되고. 가능할 것이다.

자넷은 '꼭 일을 그렇게 키워야겠니?'라고 묻는 얼굴로 나를 바라보았다. "그럼 그 많은 식탁이랑 의자는 누가 다 치울 건데? 네가?"

"음, 저도 있고요, 도와주실 분 몇 명 구해오면 되잖아요."

"만약 어르신들이 돕다가 누구 한 분 허리라도 삐끗해서 우리 양로원을 고소하면 어쩌려고? 제안은 고맙지만 안 되는 건 안 되는 거야."

"식탁을 전부 치울 필요는 없어요. 반만 치우면 되잖아요. 도와줄 사람 몇 명 구해주실 수 없을까요?" 자넷이 고개를 절레절레 저었다. 순간 머릿속에 떠오르는 생각이 있었다. "페른클리프에서도 몇 분이 버스 타고 오신다는 얘기를 들었어요. 페른클리프요. 맨날 블루리지 산맥*에서 제일가는 양로시설이라고 광고하는 거기요."

"아이고, 페른클리프라니. 거긴 진짜 아니야. 거기서 일하는 인간들이 얼마나 엉터린 줄 아니? 나는 석사학위도 있다고. 블루리지산맥에서 제일가는 양로시설이라니. 참 나, 지나가는 개가 다 웃겠다."

이제 마무리만 제대로 하면 된다. "솔직히 말해서 이번 댄스파티가 어르신들 기대에 부응하지 못하면 우리 양로원이 망신당할지도 몰라요. 그런 일이 생기게 내버려둘 수는 없잖아요. 페른클리프에서 오신 분들이 우리 양로원을 보고 여기로 오고 싶게 만들면 정말 좋을 것 같아요."

"알았다, 알았어. 관리인들한테 말해서 준비하는 거 도와줄

---

* 미국 남동부 애팔래치아산계에서 가장 높은 산맥.

　　　　　　　　　　　　　　　　　　　　라라 진의 두 번째 이야기

게." 자넷이 나를 향해 손가락을 내저으며 말했다. "하여간 한번 물면 놓지를 않는다니까."

"후회하지 않으실 거예요. 사진 잘 찍을게요. 웹사이트에 올려놓으면 사람들이 보고 벨뷰에 오고 싶어 할 거예요!"

이 말에 자넷은 만족스러운 듯 눈을 찡긋했다. 나는 참고 있던 숨을 그제야 내쉬었다. 이 파티가 잘되어야 한다. 반드시 그래야만 한다. 지금 내게 희망은 이것뿐이다.

43

나는 일요일 밤이면 머리에 컬을 넣는다. 머리에 컬을 넣는다는 건 본질적으로 긍정적인 행동이다. 컬을 넣으며 다음 날 무슨 일이 일어날지 생각하는 그 시간이 좋다. 게다가 다음 날 아침에 일어나서 보면 그렇게 부스스하지 않고 제법 괜찮다.

머리카락 절반을 핀으로 고정해놓고 나머지 절반을 거의 완성했을 때 크리스가 창을 넘어 들어왔다. "집에 들어가면 외출금지당할 게 분명해. 엄마가 잠들 때까지 기다렸다가 들어가야겠어." 크리스가 모터사이클 재킷을 벗으며 말했다. "아직도 카빈스키 때문에 우울한 상태야?"

나는 반대쪽 머리카락을 고데기에 감았다. "그래. 내 말은 아직 사십팔 시간도 안 지났으니 당연하다는 얘기야."

크리스가 한 팔을 내 어깨에 올렸다. "이런 말 하긴 싫지만, 어차피 처음부터 너희 둘은 잘될 수가 없었어."

나는 상처받은 얼굴로 크리스를 노려봤다. "대단히 고맙네요."

"뭘, 사실이잖아. 둘이 사귀게 된 계기도 그렇고, 동영상 때문에 그 난리를 쳤잖아." 크리스는 내 손에서 고데기를 낚아채 자기 머리를 말기 시작했다. "하지만 너한테는 이런 경험도 괜찮은 것 같아. 그동안 너무 온실에서만 살았잖아. 이제 세상 보는 눈이 생기겠지."

나는 고데기를 다시 빼앗아 들고 크리스 머리를 고데기로 한 대 쥐어박는 시늉을 했다. "날 위로해주려고 온 건지, 내 결점을 얘기해주려고 온 건지 통 모르겠거든?"

"미안! 그냥 해본 말이야." 크리스가 나를 보고 활짝 웃었다. "너무 오래 슬퍼하진 마. 그건 네 스타일이 아냐. 카빈스키 말고도 남자는 많다고. 내 사촌이랑 만났던 난잡한 남자애들 말고 존 매클래런 같은 친구 말이야. 걔 섹시하더라. 걔가 너한테 관심 없었으면 내가 대시했을 거야."

"아직은 다른 사람 만날 생각 없어. 방금 막 피터랑 헤어졌다고." 나는 차분하게 말했다.

"너랑 그 조니 사이에 불꽃이 팍 튀던데. 타임캡슐 파티 때 내 눈으로 직접 봤다고. 걔는 너 좋아해." 크리스가 한쪽 어깨로 나를 툭 쳤다. "너도 예전에 걔 좋아했잖아. 어쩌면 그 마음이 아직 남아 있을지도 몰라."

나는 못 들은 척하고 한 번에 한 줌씩 계속해서 머리에 컬을 넣었다.

화학 시간에 피터는 계속 내 앞자리에 앉았다. 단지 몇 미터 앞에 있는 사람이 애타게 그리울 수도 있다는 걸 전에는 알지 못했다. 화학 시간 내내 피터가 나를 한 번도 돌아보지 않아서 더 그리웠을 것이다. 나는 내 인생에서 피터가 얼마나 많은 부분을 차지하고 있었는지 몰랐던 것 같다. 피터는 내게 너무나……
친숙한 사람이었다. 그런데 이제는 저 멀리 사라졌다. 아니, 사
라지지 않았다. 아직 내 앞에 있으니까. 하지만 내가 닿을 수 없
는 사람이 되었다. 사라진 것보다 이게 더 끔찍한 것 같다. 함께
했던 그 짧은 시간은 정말 좋았다. 정말, 아주 정말 좋았다. 안
좋을 리가 없잖아? 어쩌면 아주 정말 좋은 것들은 오래 지속되
지 않는 것인지도 모른다. 그래서 그 짧은 시간이, 그 덧없는 순
간이 더 달콤하게 느껴지는 건지도. 아니, 어쩌면 그냥 내 기분
달래려고 이렇게 생각하는 건지도 모르겠다. 효과는 미약하지
만 지금은 그것만으로도 충분하다.

수업이 끝난 후 피터가 자리에서 잠시 꾸물거리더니 나를 돌
아보며 말했다. "안녕."

나는 심장이 쿵쾅거렸다. "안녕." 그 순간, 피터가 다시 돌아
오라고 하면 알겠다고 대답해야지 하는 말도 안 되는 생각이
들었다. 자존심이든 뭐든 다 잊어버릴 거야. 제너비브까지도.

"내 목걸이 돌려줘. 진심이야." 피터가 말했다.

나는 내 목에 걸려 있는 하트 로켓에 손가락을 뻗었다. 오늘
아침에 목걸이를 벗어놓고 오고 싶었지만 그럴 수가 없었다.

그런데 목걸이를 돌려줘야 하는 건가? 스토미 할머니는 예전
에 남자친구들한테 받은 장신구나 징표를 다 갖고 있던데. 헤어
졌다고 해서 남자친구한테 받은 유일한 기념품을 돌려줘야 하
는 줄은 꿈에도 몰랐다. 하지만 비싼 것이기도 하고, 피터는 현
실적인 사람이니까……. 아마 환불받으려고 하는 거겠지. 그러

면 피터 어머니도 이걸 다시 팔 수 있을 테고. "그래야지." 나는 목걸이의 걸쇠를 찾아 더듬었다.

"지금 당장 돌려달라는 말은 아닌데……." 피터가 말했다. 내 손은 여전히 걸쇠를 찾고 있었다. 어쩌면 조금 더 가지고 있게 해줄지도 몰라. 어쩌면 영원히. "그럼 지금 받아갈게."

걸쇠를 끄를 수가 없었다. 영원히 끌러지지 않을 것 같다. 게다가 피터가 바로 앞에 저러고 서 있어서 너무 당황스럽다. 결국 피터가 내 뒤로 와서 머리카락을 한쪽으로 쓸어주었다. 내 상상인지도 모르지만 피터의 심장이 뛰는 소리를 들은 것 같았다. 피터의 심장이 뛰었다. 그 순간 내 심장은 찢어지는 것 같았다.

44

키티가 내 방으로 뛰어 들어왔다. 나는 혼자서 숙제를 하고 있었다. 숙제한다고 책상 앞에 앉은 지 한참 지났지만 아직 끝내지 못했다. 전에는 학교 끝나고 피터랑 스타벅스에 가서 숙제를 했는데, 벌써 외롭다.

"피터 오빠랑 헤어졌어?" 키티가 물었다.

나는 주춤했다. "누가 그래?"

"그건 신경 쓰지 말고 질문에 대답이나 해."

"으……응."

"피터 오빠가 아깝지." 키티가 가차 없이 내뱉었다.

나는 의자에 앉은 채 뒤로 털썩 기댔다. "뭐? 너는 내 동생이 잖아. 네가 피터를 편들면 안 되지. 내 입장도 모르면서 말이야. 그걸 네가 꼭 알아야 하는 건 아니지만, 어쩜 그렇게 한 번도 내편을 안 들어주는 거야?"

키티가 입술을 오므렸다. "언니 입장은 뭔데?"

"내 입장은 그러니까…… 좀 복잡해. 피터가 아직도 제너비브를 못 잊은 것 같아."

"피터 오빠는 그 언니를 이제 여자로 생각하지 않아. 그건 변명이 못 돼."

"못 봤으면 그런 소리 하지 마!" 나는 버럭 소리를 질렀다.

"언니는 뭘 봤는데 그래?" 키티는 턱이 무기라도 되는 양 앞으로 쭉 내밀고 집요하게 물었다. "말해봐."

"내가 뭘 봤다는 게 아니라, 그동안 쭉 알고 있었던 거지. 그냥…… 됐어, 신경 꺼. 너는 이해 못 해."

"피터 오빠가 그 언니한테 뽀뽀하는 거라도 봤어? 응?"

"그건 아니지만……."

"그럼 아무것도 못 봤네." 키티가 가자미눈으로 나를 노려봤다. "혹시 그 이름 이상한 오빠랑 관련 있는 거 아냐? 존 앰버튼 매클래런인가 뭔가 하는 오빠 말이야."

"아니야! 그게 갑자기 무슨 소리야?" 나는 순간 놀라서 숨을 삼켰다. "잠깐! 너 또 내 편지 읽었지?"

키티가 얼굴을 찡그렸다. 읽은 게 분명하다. 이 조그만 불한당 같으니!

"말 돌리지 마! 그 오빠 좋아하냐고 묻잖아!"

"존 매클래런하곤 전혀 상관없어. 그냥 피터랑 내 문제야."

그 동영상을 찍어서 퍼뜨린 사람이 제너비브라는 얘길 키티에게 하고 싶었다. 피터가 그걸 알면서도 계속 제너비브를 감싸고 돌았다는 얘기도. 하지만 피터에 대해 키티가 품고 있는 이미지를 깨뜨리고 싶지는 않았다. 키티에게 그런 짓을 하는 건 잔인하다. "키티, 존이랑은 상관없어. 피터가 아직 제너비브를 못 잊어서 그래. 나도 어쩔 수가 없었어. 마고 언니랑 조시 오빠처럼 그냥 그렇게 깨질지도 모르는 일인데, 피터가 그런다고 해서 지나치게 심각해질 필요는 없잖아. 고등학교 때 하는 연애가 길면 얼마나 길겠어. 다 그럴 만한 이유가 있다니까. 나이도 어린데 심각해져서 뭐해." 말을 마치기도 전에 눈물이 차올랐다.

"울지 마." 키티가 다정하게 한 팔로 나를 안았다.

"안 울어. 그냥 눈물 찔끔한 거야."

키티가 한숨을 푹 내쉬었다. "사랑이 이런 거라면 난 사양할래. 사랑 같은 건 필요 없어. 난 나이 들면 내가 하고 싶은 것만 할 거야."

"그게 무슨 말이야?"

키티가 어깨를 으쓱했다. "좋아하는 남자가 생기면 뭐, 데이트는 하겠지만 그 남자 때문에 집에 처박혀서 울지는 않을 거야."

"키티, 꼭 운 적 없는 사람처럼 말한다, 응?"

"중요한 일이면 울지."

"요전엔 아빠가 밤새 티비 못 보게 한다고 울었잖아!"

"맞아. 나한텐 그게 중요한 일이었거든."

나는 코를 훌쩍였다. "내가 왜 너랑 이런 얘기를 하고 있는지 모르겠다." 키티는 아직 어려서 이해하지 못할 것이다. 마음 한구석에는 키티가 영원히 몰랐으면 하는 바람이 있었다. 나도 몰랐으면 좋았겠지만.

그날 밤 아빠와 함께 설거지를 하고 있는데 아빠가 갑자기 헛기침을 하고 입을 열었다. "키티 말로는 엄청난 사건이 있었다

라라 진의 두 번째 이야기

고 하던데. 괜찮니, 라라 진?"

나는 유리잔을 물에 헹구어 식기세척기에 넣었다. "키티가 벌써 얘기했나 보네요. 안 그래도 조만간 말씀드리려고 했어요." 하지만 마음 깊은 곳에선 아무 말도 하고 싶지 않기도 했다.

"아빠랑 얘기하고 싶지 않니? 내가 나이트 티 한 잔 만들어줄 게. 엄마 것만큼 맛이 좋지는 않겠지만, 그래도……."

"다음에요." 나는 상냥하게 대답하려고 애썼지만, 아빠가 만든 나이트 티는 사실 좀 별로다.

아빠가 한 팔로 내 어깨를 감싸 안았다. "시간이 지나면 괜찮아질 거야. 진짜야. 세상에 남자가 피터 카빈스키만 있는 것도 아니잖니."

나는 한숨을 내쉬었다. "그냥 또 이렇게 상처받고 싶지 않아서 그래요."

"상처 안 받고 살 수는 없어. 그것도 삶의 일부니까. 올라가서 쉬어라. 마무리는 내가 할 테니." 아빠가 내 머리에 입을 맞췄다.

"고마워요, 아빠." 나는 아빠를 주방에 혼자 두고 나왔다. 아빠는 행주로 냄비의 물기를 닦으며 노래를 흥얼거렸다.

아빠는 이 세상에 남자가 피터만 있는 건 아니라고 했다. 그건 나도 안다. 진짜로 세상에 남자는 많다. 하지만 아빠를 보면 딱히 그런 것 같지도 않다. 이 세상에 아빠에게 엄마 말고 다른 여자는 없다. 그게 아니라면 아빠는 지금쯤 다른 여자를 만났을지도 모른다. 아빠도 상처받지 않으려고 자신을 보호하고 있는 게 아닐까? 어쩌면 내가 의외로 아빠를 많이 닮았는지도 모르겠다.

45

또 비가 내렸다. 학교가 끝나면 키티와 제이미를 데리고 공원에 가려고 한 계획은 취소했다. 대신 침대에 앉아 머리에 컬을 넣으며 은색 구슬처럼 쏟아져 내리는 비를 바라봤다. 날씨도 내 기분에 감응된 모양이다.

실연의 슬픔에 잠겨 있느라 그동안 게임에 대해서는 완전히 잊고 있었다. 그런데 이제 다시 기억이 되살아났다. 나는 이 게임에서 이길 것이다. 제너비브를 꼭 아웃시키고 말 것이다. 제너비브에게 피터와 게임을 모두 빼앗길 수는 없다. 그건 너무 공정하지 않다. 그런데 무슨 소원을 빌면 좋을까? 제너비브에게서 빼앗을 수 있는 게 뭐가 있지? 좋은 소원이 딱 생각나면 좋으련만!

도움이 필요하다. 크리스에게 전화했지만 받지 않았다. 다시 한번 걸어볼까 하다가 대신 존에게 문자를 보냈다.

─제너비브 잡는 거 도와줄래?

몇 분 후에 답장이 왔다.

─나야 영광이지.

존은 소파에 앉아 상체를 앞으로 숙인 채 나를 골똘히 바라봤다. "너는 어떻게 하고 싶어? 일대일로 맞붙기? 아니면 은밀한 첩보작전?"

나는 존 앞에 아이스티가 담긴 유리잔을 내려놓고 옆에 앉았다. "일단 제너비브를 감시하는 일부터 시작해야 할 것 같아. 제너비브가 어떤 동선으로 움직이는지 전혀 모르거든." 그리고…… 이 게임에서 이기게 되면 제너비브의 그 대단한 비밀이 뭔지 알아낼 수 있을지도 모른다. 제법 괜찮은 보너스다.

"좋은 생각 같아." 존이 고개를 들어 차를 한 모금 마셨다.

"제너비브네 집 비상 열쇠가 있는 곳을 알아. 크리스랑 진공청소기 가지러 간 적이 있거든. 음…… 이런 장난은 어떨까? '너를 지켜보고 있다'라고 적은 쪽지를 베개 밑에 두고 오는 거야. 완전 소름 끼치지 않을까?"

존은 사레라도 들린 듯 켁켁거렸다. "그렇게 해서 얻는 게 뭔데?"

"나도 몰라. 이런 건 네가 전문가잖아!"

"전문가라니? 내가 무슨 전문가야? 그렇게 실력이 좋으면 아직도 살아서 게임을 하고 있겠지."

"내가 벨뷰에 있다는 걸 미리 알 방법이 없었으니 그랬지. 그냥 네가 운이 안 좋았을 뿐이야."

"그러고 보면 우린 참, 우연히 자주 만난 것 같아. 벨뷰도 그렇고, 그날 모의 UN도 그렇고 말이야."

나는 고개를 숙여 내 손을 내려다봤다. "그게…… 전부 우연은 아니었어. 모의 UN에서 마주친 건 사실 우연이 아니야. 널

찾으러 갔던 거거든. 네가 어떻게 변했나 보고 싶더라고. 네가
모의 UN에 계속 참여할 것 같았어. 중학교 때 정말 열심이었으
니까."

"모의 UN을 열심히 했던 건 말하기 연습하느라 그런 거였어.
말더듬증을 고치려고 말이야." 존은 잠시 생각에 잠겼다. "잠깐
만, 그날 나를 찾으러 왔었다고? 내가 어떻게 변했나 보려고?"

"응. 그게…… 늘 궁금했어."

존은 아무 말 없이 가만히 나를 바라봤다. 그러다 아이스티
잔을 급하게 내려놓더니 도로 집어 들었고, 이내 다시 컵받침에
다 얌전히 내려놓았다. "그날 내가 집에 가고 나서 카빈스키랑
어떻게 됐는지 물어봐도 돼?"

"아, 우리 헤어졌어."

"헤어졌구나." 존은 무표정한 얼굴로 말했다.

그때 꼬마 스파이처럼 현관문 근처에 숨어 있는 키티를 발견
했다. "거기서 뭐 해, 키티?"

"음…… 빨간 피망 후무스* 좀 남은 거 있어?"

"나도 몰라. 네가 가서 봐봐."

존의 눈이 휘둥그레졌다. "라라 진, 네 동생이야?" 그리고 키
티 쪽을 보고 말했다. "예전에 봤을 땐 엄청 꼬마였는데, 정말 못
알아보겠네."

"맞아. 내가 좀 컸거든." 키티가 예의라고는 눈곱만큼도 없는

---

* 삶은 병아리콩을 으깨서 만든 소스 요리.

라라 진의 두 번째 이야기

태도로 말했다.

나는 키티를 노려보며 말했다. "손님한테 예의를 지켜야지." 키티는 휙 돌아서 위층으로 올라가 버렸다. "미안해. 저 애가 피터를 엄청 좋아해서 그런지 자꾸 미친 소리를 하……."

"미친 소리?"

내 주둥이를 한 대 쥐어박고 싶었다. "아, 그게, 너 땜에 내가 피터랑 헤어졌다고 생각해서 말이야. 당연히 너 땜에 그런 건 아닌데…… 넌 나를 그런 식으로 생각하지 않잖아. 그러니 미친 소리 맞지." 내가 왜 이런 말을 하는 거지? 신이시여, 왜 제게 입을 주셔서 이런 멍청한 소리를 하게 만드시나요?

침묵을 견딜 수가 없어 멍청한 소리라도 더 해야 하나 싶은 찰나 존이 먼저 입을 열었다. "그게…… 그렇게 미친 소리는 아닌데."

"그래! 미쳤다는 의미는 아니야." 나는 얼른 입을 다물고 앉아 앞만 바라봤다.

"우리 집 지하실에서 병 돌리기 게임 했던 거 기억나?"

나는 고개를 끄덕였다.

"나 그때까지 키스해본 적이 없어서 너한테 키스할 때 엄청 긴장했어." 존은 다시 찻잔을 집어 들었다. 입에 잔을 대고 기울였지만 잔에 남은 건 얼음뿐이었다. 나와 눈이 마주치자 존은 씨익 웃었다. "그러고 나서 다른 남자애들이 날 얼마나 들들 볶았는지 몰라. 좋은 기회를 날려먹었다고."

"그렇지 않았어."

"그즈음 트레보네 형이 한 말이 있었거든. 자기는 여자를……." 존이 말을 맺지 못하고 머뭇거렸다. 내가 고개를 끄덕이며 부추기자 다시 입을 열었다. "그 형이 자기는 키스만으로도 여자가 오르가슴을 느끼게 할 수 있다는 거야."

나는 꺅 비명을 지르며 웃음을 터뜨렸다가 놀라서 두 손으로 입을 틀어막았다. "내 평생 그런 말도 안 되는 거짓말은 처음 들어봐! 나는 트레보네 형이 여자랑 말하는 것도 본 적이 없는데. 그리고 그게 가능하기나 해? 백번 양보해서 그게 가능하다고 해도 숀 파이크는 절대 못 할 것 같은데."

존도 웃음을 터뜨렸다. "지금이야 그게 거짓말이라는 걸 알지만, 그때는 다들 믿었다니까."

"그게 끝내주게 좋은 키스는 아니었던 것 같아." 내 말에 존이 당황한 표정을 지었다. 나는 얼른 덧붙였다. "그래도 형편없는 키스는 아니었어. 진심으로 하는 말이야. 근데 나도 키스에 대해선 문외한이거든. 그러니 내가 무슨 말을 할 수 있겠어?"

"알았어, 알았어. 나 기분 좋으라고 하는 말인 거 다 알아." 존이 잔을 내려놓았다. "그래도 많이 좋아졌어. 여자들이 그렇게 얘기하더라고."

대화가 약간 이상한 방향으로 흘러가는가 싶더니 어느새 고백 타임이 되었다. 나는 살짝 긴장됐지만 기분이 나쁘지는 않았다. 비밀을 공유하는 공모자가 된 기분이 들어서 오히려 좋았다. "오호, 키스깨나 해본 것 같은 말투네?"

존이 다시 웃음을 터뜨렸다. "뭐, 남부럽지 않을 정도랄까." 그리고 잠시 뜸을 들이다 말을 이었다. "네가 그날을 기억하고 있다니 놀랍다. 그즈음 넌 카빈스키한테 완전히 빠져 있어서 거기에 누구누구가 있었는지 기억 못 할 줄 알았거든."

"완전히 빠져 있었던 건 아니거든!" 나는 존의 어깨를 밀치며 말했다.

"아냐, 맞아. 네가 게임하는 내내 병만 노려보고 있었다니까. 이렇게." 존은 병을 집어 들더니 무섭게 노려봤다. 눈에서 레이저라도 나올 것 같았다. "네 차례를 기다리면서 말이야."

"으, 그만해." 나는 얼굴이 빨개졌다. 정말 그랬었다.

존이 웃으며 계속했다. "먹이를 노리는 한 마리 매 같았어."

"닥쳐! 어떻게 그런 걸 다 기억해?" 나도 함께 웃음을 터뜨렸다.

"나도 너랑 똑같았거든."

"너도 피터만 쳐다봤어?" 그냥 재미있으라고 한 농담이었다. 며칠 만에 처음으로 즐겁게 웃으며 시간을 보내는 중이었다.

존이 확신에 찬 감청색 눈으로 나를 바라봤다. 나는 숨을 내쉴 수가 없었다. "아니. 난 너를 보고 있었어."

갑자기 귓가에 음악 소리가 들렸다. 그건 내 심장이 세 배의 속도로 뛰는 소리였다. *기억 속에선 모든 일이 음악에 맞춰 일어나는 것 같아.* 윌리엄스의 희곡 《유리 동물원》에서 내가 가장 좋아하는 구절이다. 눈을 감고 그날 존의 집 지하실에서 있었던 일을 떠올리면 그 소리를 다시 들을 수 있을까? 몇 년이 지난 지금, 그 순간을 떠올린다면 어떤 음악 소리가 들릴까?

그때 존과 눈이 마주쳤다. 내 목에서 무언가 두근거리기 시작하더니 쇄골을 지나 가슴까지 내려갔다. "나 너 좋아해, 라라 진. 예전에도 좋아했지만 지금은 더 좋아하고 있어. 네가 카빈스키 와 헤어진 지 얼마 안 됐고, 아직 마음 아파하는 거 알아. 하지 만 내 마음을 분명하게 전달하고 싶었어."

"음…… 알았어." 내가 낮게 속삭였다. 존의 말은 아주 분명했 다. 달리 해석할 여지가 없었다. 망설임도 전혀 없었다. 정말이지 아주 명확했다.

"그래. 그럼 이제 이길 방법을 궁리해보자." 존은 휴대폰을 꺼 내 구글맵을 열었다. "오기 전에 제너비브네 집 주소를 검색해봤 거든. 네 말대로 하는 게 좋을 것 같아. 일단 시간을 두고 상황 부터 파악하는 거야. 서두르지 말자고."

"으응." 나는 아직 꿈속을 헤매는 중이었다. 도통 집중이 되지 않았다. 존 앰브로즈 매클래런이 분명하게 전달하고 싶었다는 그 말 때문에…….

키티가 거실에 다시 등장했을 때 나도 정신이 다시 돌아왔다. 키티는 오렌지소다가 담긴 컵과 빨간 피망 후무스 통, 피타칩 봉지를 양손에 들고 소파로 오더니 굳이 존과 나 사이로 비집 고 들어왔다. "좀 줄까?"

"그래." 존이 피타칩을 한 개 집으며 말했다. "맞다. 네가 전략 짜는 데 능하다고 하던데, 진짜야?"

"뭘 봐서 그런 말을 하는데?" 키티는 여전히 경계하는 말투로 물었다.

"라라 진의 편지를 모두 보낸 게 너라고 들었거든. 아니야?"

키티가 고개를 끄덕였다. "그럼 전략에 능한 거 아냐?"

"뭐, 그래. 맞아."

"잘됐다. 우리 좀 도와줘."

키티가 내놓은 아이디어들은 다소 극단적이었다. 제너비브의 차 타이어를 칼로 찢는다거나, 제너비브의 집에 악취 폭탄을 던져서 제너비브를 밖으로 유인한다거나 하는……. 하지만 존은 키티의 제안을 하나도 빠뜨리지 않고 받아 적었다. 키티도 존의 그런 모습을 눈여겨봤다. 그런 걸 놓칠 아이가 아니다.

46

다음 날 아침, 땅콩 버터 토스트를 놓고 한참 꾸물거리고 있는 키티에게 신문을 보던 아빠가 결국 한 말씀 하셨다. "서두르지 않으면 스쿨버스 놓칠 텐데."

키티는 듣는 둥 마는 둥 하더니 느긋하게 책가방을 가지러 위층으로 올라갔다. 버스를 놓치면 내 차를 얻어 타고 갈 속셈인가 본데 나도 늦긴 마찬가지였다. 늦잠을 자는 바람에 내가 가장 좋아하는 청바지를 못 찾고 그다음으로 좋아하는 청바지로 타협해야 했다.

내 시리얼 접시를 헹구다가 창밖을 내다보니 키티의 스쿨버스가 지나갔다. "너 버스 놓쳤어!" 나는 2층을 향해 소리 질렀다.

하지만 아무 반응이 없었다.

나는 점심 도시락을 가방에 밀어 넣으며 다시 한 번 소리쳤다. "나랑 같이 갈 생각이면 서둘러! 다녀올게요, 아빠!"

현관문 옆에서 신발을 신고 있는데 키티가 등에 멘 가방을 통통 튕기며 쏜살같이 문밖으로 달려나갔다. 나도 키티를 뒤따라 나가며 현관문을 닫았다. 그 순간 검은색 아우디에 기대선 피터의 모습이 눈에 들어왔다. 피터가 키티를 보며 씩 웃었다. 나는 기습당한 사람처럼 그 자리에 멍하니 서 있었다. 처음에는 피터가 나를 보러 왔나 싶었다. 아니, 그럴 리가 없잖아. 대체 이게 무슨 함정인가 싶었다. 나는 날쌔게 주변을 두리번거리며 제너비브가 있는지 확인했다. 아무도 보이지 않았다. 피터가 그렇게까지 잔인한 짓을 할 리가 없는데, 그런 의심을 한 게 괜히 미안했다.

"안녕!" 키티가 격렬하게 손을 흔들며 피터에게 달려갔다.

"준비됐어, 꼬맹이?" 피터가 키티에게 물었다.

"그럼." 키티가 내 쪽을 돌아보며 말했다. "작은언니, 우리랑 같이 가도 돼. 내가 언니 무릎에 앉을게."

피터는 자기 휴대폰만 들여다봤다. 내가 보고 싶어 왔을지도 모른다는 희망은 순식간에 날아가 버렸다. "아냐, 난 됐어. 그 차엔 두 명밖에 못 타." 내가 말했다.

피터가 조수석 문을 열어주자 키티는 재빨리 올라탔다. "빨리 가자, 오빠."

피터는 내 쪽으로 고개도 돌리지 않고 그냥 가버렸다. 뭐, 끝난 건 끝난 거니까.

"무슨 케이크 만들어줄 거야?" 그날 밤 키티가 의자에 앉아 나를 보며 물었다. 내일의 파티를 위해 케이크를 굽는 중이었다. 나는 키티를 위해 그 어느 때보다도 성대한 파자마 파티를 구상해두었다. 생일이 한참 지난 후에 열리는 파티인 만큼 기다린 보람을 안겨주고 싶었고, 열 살이라는 나이도 나름 큰 의미가 있으니 제대로 해주고 싶었다. 엄마는 없지만 내가 있는 한 키티는 아주 특별한 밤샘 생일 파티를 경험하게 될 것이다.

"미리 말하면 재미없거든?" 나는 미리 계량해둔 밀가루를 큰 그릇에 넣었다. "오늘 하루는 어땠어?"

"좋았지. 수학 퀴즈에서 A마이너스 받았어."

"오, 잘했네. 또 다른 좋은 일은 없었고?"

키티가 어깨를 으쓱했다. "버톨리 선생님이 출석 부르다가 실수로 방귀 뀐 것 같아. 애들이 다 웃더라고."

베이킹파우더, 소금. "그래, 그랬군. 음, 피터가 학교까지 곧장 데려다줬어? 가는 길에 어디 들르지는 않고?"

"도넛 가게에 가서 도넛 사줬어."

나는 입술을 깨물었다. "좋았겠네. 피터가 무슨 말 안 해?"

"무슨 말?"

"글쎄, 삶에 대한 얘기?"

"언니 얘기는 전혀 안 했어. 그게 궁금한 거지?" 키티가 눈을 부라리며 말했다.

나는 뜨끔했다. "하나도 안 궁금하거든?" 물론 거짓말이었다.

키티와 나는 스무 번째 항목인 '좀비 분장—사진촬영 부스, 소품, 네일 아트'까지 준비를 다 마쳤다.

나는 키티의 생일 케이크를 공들여서 준비했다. 산딸기잼이 들어간 초콜릿 케이크에 화이트 초콜릿 프로스팅을 올렸다. 소스는 양파를 넣은 사워크림, 빨간 피망 후무스, 찬 시금치, 이렇게 세 가지를 준비했다. 전채요리로는 소시지 롤을 만들었다. 영화 보면서 먹을 짭짤한 캐러멜 팝콘도 있다. 음료로는 진저에 일을 넣어 마시는 라임셔벗 펀치를 준비했다. 이것 때문에 다락에서 오래된 유리 볼까지 꺼내왔다. 그런데 꺼내놓고 보니 USO 파티에도 딱 어울릴 것 같았다. 다음 날 아침식사로는 초콜릿칩 팬케이크를 만들 예정이다. 이 모든 것이 키티에게는 무척 중요하다. 브리엘 생일에는 브리엘네 엄마가 간식으로 딸기 스무디를 만들어줬고 얼리샤 버나드네 엄마는 크레이프를 만들어줬다고 했다. 키티가 항상 이런 얘기를 늘어놓으니 나도 당연히 신경이 쓰였다.

밤 내내 아빠는 혼자 방 안에 유배돼 있을 예정인데 그걸 오히려 다행으로 여기는 것 같았다. 하지만 그전에 내 방에 있는 조그만 빈티지 서랍장을 아래층으로 옮겨주는 임무를 완수해야 했다. 나는 나이트 가운, 파자마, 상하의가 붙은 내복과 털 실내화를 잘 정리해서 서랍장에 차곡차곡 넣었다. 송 자매가 신는 털 슬리퍼들을 모아놓으니 제법 많았다.

다들 도착하자마자 잠옷으로 갈아입었다. 누가 뭘 입을지 결정하는 동안 실랑이를 하면서 깔깔 웃고 비명을 질렀다.

나는 연한 분홍색 실내복을 입었다. 중고 매장에서 구입했는데 아직 가격표도 떼지 않은 새 옷이었다. 영화 〈파자마 게임〉의 주인공 도리스 데이가 된 기분이었다. 털 장식 달린 하이힐만 있으면 완벽한데 없어서 너무 아쉬웠다. 파티를 준비하면서 키티한테 옛날 영화 상영시간을 넣자고 했다가 매몰차게 거절당했다. 나는 재미있게 보이려고 내 머리에다 헤어 롤러를 말았다. 키티 친구들에게도 헤어 롤러를 권했지만 다들 기겁하며 싫다고 했다.

아이들이 너무 시끄러워서 나는 계속 "얘들아, 얘들아!" 하고 소리 질러야 했다.

매니큐어 타임이 반쯤 지났을 때 보니 키티가 저 뒤에 멀찍이 떨어져 있었다. 처음에는 생일 파티의 주인공답게 자기 영역에서 여유롭게 시간을 보내는 줄 알았는데, 다시 보니 제이미랑 노는 모습이 그리 편치 않아 보였다.

아이들이 머드팩을 하려고 위층으로 올라갈 때 나는 키티의 팔을 잡고 물었다. "재밌어?" 키티는 고개를 끄덕이며 재빨리 빠져나가려 했지만 나는 단호한 얼굴로 다시 물었다. "자매의 맹세를 잊진 않았겠지?"

키티는 머뭇거렸다. "샤네는 소피하고만 놀려고 해." 순간 키티의 눈에 눈물이 그렁그렁 맺혔다. "나한텐 신경도 안 쓰는 것 같아. 걔네 둘이 매니큐어 똑같이 한 거 봤어? 나한텐 매니큐어 똑같이 하자고 말하지도 않았단 말이야."

"널 따돌리려고 그런 건 아닐 거야."

키티가 앙상한 어깨를 으쓱해 보였다.

내가 한 팔로 키티를 껴안았지만 키티는 계속 꼿꼿이 서 있었다. 나는 키티의 머리를 지그시 눌러 내 어깨에 뉘었다. "우정이라는 게 원래 힘든 것 같아. 자라다 보면 변하기 마련인데, 모두 같은 속도로 자라면서 변하기란 쉽지 않거든."

키티가 고개를 번쩍 들었지만 나는 다시 키티의 머리를 뉘었다. "언니랑 제너비브 언니도 그렇게 된 거야?"

"솔직히 말해서 제너비브와 나 사이에 무슨 일이 있었던 건지 나도 잘 모르겠어. 제너비브가 이사를 가긴 했지만 그 후에도 친하게 지냈거든. 그런데 어느 날 갑자기 이렇게 됐더라고." 이렇게 말하고 보니 친구들한테 소외당한 아이에게 그다지 위로가 되는 말은 아닌 것 같았다. "키티 너한텐 그런 일 절대 없을 거야."

키티가 기운 없이 작게 한숨을 내쉬었다. "변하지 않고 그대로 있으면 안 되는 걸까?"

"아무것도 변하지 않으면 너도 자랄 수 없어. 영원히 열 살이 되지 못하고 아홉 살에만 머물러 있어야 한다고."

"그런 건 상관없어." 키티가 팔등으로 코를 훔쳤다.

"그럼 영원히 운전도 못 하고, 대학도 못 가고, 집도 못 사고, 강아지 입양도 못 하게 되는데? 그런 거 다 해보고 싶다고 했잖아. 넌 모험정신이 강한데, 영원히 아이로 살면 불편하지 않겠어? 애들은 뭐든 어른 허락을 받아야 하잖아. 어른이 되면 허락 같은 거 필요 없이 하고 싶은 거 다 할 수 있는데."

키티가 한숨을 내쉬었다. "그래. 그건 그렇지."

나는 키티의 머리카락을 뒤로 쓸어 넘겨주었다. "이제 영화 틀어줄까?"

"공포영화야?"

"당연하지."

다시 기운을 차린 키티는 사업가라도 된 양 흥정하기 시작했다. "R 등급이어야 해. 애들이나 보는 건 사양이야."

"알았어. 하지만 무섭다고 내 방에서 잘 생각은 마. 저번에도 너희들이 계속 깨워서 제대로 못 잤다고. 그리고 누구네 집에서 항의 전화라도 오면 너희들끼리 몰래 본 거라고 둘러댈 거야."

"상관없어."

키티는 위층으로 잽싸게 달려갔다. 키티 입장에선 끔찍한 생각일 수도 있지만 나는 지금 이대로의 키티가 좋다. 키티가 영원히 아홉 살이라고 해도 상관없을 것 같다. 아직까진 키티의 고민이 내가 감당할 수 있는 수준에 있었다. 내 손바닥에 딱 맞는 크기라고 할까? 내가 키티에게 아직 필요한 존재라는 사실이 위안이 된다. 키티가 고민하거나 원하는 걸 신경 쓰다 보면 내 고민은 잊게 된다. 누가 나를 필요로 한다는 사실이 좋고, 내게도 다른 사람이 필요할 때가 있다는 사실이 좋다. 피터와의 이별은 캐서린 송 커비가 열 살이 되는 일에 비하면 아무것도 아니다. 키티는 엄마 없이 두 언니와 아빠의 도움만으로 이렇게 쑥쑥 자랐다. 그건 쉬운 일이 아니다. 키티는 정말 대단한 일을 해내고 있는 것이다.

그나저나 벌써 열 살이라니. 열 살이면 더 이상 어린애가 아니다. 어린이와 어른의 중간이다. 어릴 적 장난감이며 미술도구들을 갖고 놀기에는 키티가 너무 많이 자랐다고 생각하니 조금 울적해졌다. 자란다는 건 정말 괴로우면서도 즐거운 일 같다.

휴대폰이 진동음을 울렸다. 아빠가 보낸 불쌍한 문자다.

— 이제 아래층에 내려가도 안전한가? 목말라 죽겠다.

— 아무도 없다, 오버.

— 알았다, 오버.

47

제너비브를 미행하는데 이상하게 친숙한 기분이 들었다. 잠시 따라다니며 감시했을 뿐인데도 까마득한 기억이 물밀듯이 되살아났다. 내가 예전부터 제너비브에 대해 알았던 것들과 몰랐던 것들이 어지럽게 뒤섞였다. 제너비브는 패스트푸드점 웬디스의 드라이브 스루로 들어갔다. 나는 제너비브의 봉투를 들여다보지 않아도 뭐가 들어 있는지 알 수 있다. 프로스티 작은 컵으로 하나, 프렌치 프라이 작은 사이즈와 소스, 치킨너깃 여섯 조각과 너깃 소스.

존과 나는 제너비브를 따라 동네를 돌아다니다 정지 신호에 걸려 놓친 후 벨뷰로 방향을 돌렸다. USO 파티 준비회의에 참석해야 했다. 파티 날짜가 이제 정말 얼마 남지 않아서 날짜에 맞춰 준비를 끝내기 위해 다들 총력을 기울이고 있었다. 벨뷰는 내게 위안을 주는 쉼터이자 안전한 공간이었다. 제너비브는 내가 벨뷰에서 일한다는 사실을 모르니 이곳에서 아웃당할 위험이 없다. 또한 다시 싱글이 된 피터는 제너비브와 함께 어디든 돌아다닐 순 있겠지만, 벨뷰에서 두 사람을 마주칠 일은 없다.

회의를 시작할 무렵 눈이 내리기 시작했다. "4월에 눈이라니!

이게 말이 돼?" 사람들이 모두 창가에 모여 고개를 절레절레 저었다. 우리는 파티 때 식당을 어떻게 꾸밀지 의논했다. 현수막은 존이 도와주기로 했다.

회의가 끝났을 땐 눈이 몇 센티미터 쌓여 있었다. 쌓인 눈은 순식간에 얼어붙었다. "조니, 이런 날씨에 운전은 안 돼. 절대 허락하지 않을 거다." 스토미 할머니가 말했다.

"할머니, 괜찮을 거예요. 저 운전 잘해요."

할머니가 존의 팔뚝을 찰싹 때렸다. "할머니라고 부르지 말랬지! 그냥 스토미라고 불러. 그리고 운전은 안 된다고 했다. 절대 허락하지 않을 거야. 너희 둘 다 오늘 밤 여기서 자고 가라. 너무 위험해." 할머니는 절대 양보하지 않겠다는 표정으로 나를 보았다. "라라 진, 지금 당장 아버지한테 전화해. 날씨가 이 모양이라 내가 집에 못 가게 한다고 말씀드려."

"아빠가 데리러 올 수 있어요."

"그 불쌍한 홀아비가 여기 오다가 교통사고라도 당하면 어쩌려고? 안 돼. 그런 일이 생기게 놔둘 순 없어. 네 휴대폰 이리 내놔라. 내가 직접 전화할 테니."

"하지만 내일 학교도 가야 한다고요."

"휴교야." 스토미 할머니가 미소를 지으며 말했다. "좀 전에 티비에서 휴교령이 내려졌다고 했어."

나는 계속 저항했다. "아무것도 안 가지고 왔단 말이에요! 여긴 제 칫솔도 없고 잠옷도 없고 아무것도 없잖아요!"

"가만히 있으면 이 스토미가 알아서 다 챙겨주마. 걱정은 붙들어 매." 할머니가 한 팔로 나를 안으며 말했다.

그리하여 나는 존 앰브로즈 매클래런과 함께 양로원에서 밤을 보내게 되었다.

아무리 기후 변화 때문이라지만 4월에 눈보라가 치다니 꼭 마법 같다. 스토미 할머니의 거실 창밖 정원에 핀 조그마한 분홍 꽃들 위로 하얀 눈이 마구 흩뿌려졌다. 키티가 팬케이크에 설탕가루를 뿌려놓은 모양과 비슷했다. 순식간에 많이도 쌓였다. 조금만 더 있으면 분홍 꽃이 하얀 눈에 가려 전혀 보이지 않을 것 같다.

우리는 스토미 할머니의 거실에 앉아 크래커 배럴*에서 파는 것 같은 거대한 체커 말로 체커 게임을 했다. 존이 나한테 두 번 연달아 이기고 나더니 혹시 내가 사기를 치는 건 아닌지 물었다. 나는 대답하지 말까 하다가 결국 아니라고 대답했다. 체커 실력은 존이 나보다 훨씬 나았다. 스토미 할머니가 블렌더로 직접 만든 피냐 콜라다 칵테일을 가져다주셨다. '몸 따뜻해지라고 럼을 약간' 넣었다고 했다. 전자레인지에 데운 냉동 스파나코피타**도 있었는데 우리 둘 다 손을 대지 않았다. 오디오에서는 빙 크로스비의 노래가 흘러나왔다. 9시 반쯤 되었을 때 할머니가 하품을 하며 이제 미용과 건강을 위해 자야 할 시간이라고 말

* Cracker Barrel. 음식점과 기념품점이 혼합된 형태의 체인점 브랜드.
** 시금치를 주 재료로 한 파이.

라라 진의 두 번째 이야기

했다. 존과 나는 당황해서 서로 눈길을 주고받았다. 잠자기엔 너무 이른 시간이었다. 자정 이전에 잠자리에 든 게 대체 언제였는지 기억도 나지 않는다.

스토미 할머니는 나만 할머니 숙소에서 재워주겠다고 했다. 존에게는 모랄레스 할아버지와 같이 자라고 했다. 존은 별로 내키지 않은지 "저 그냥 여기 바닥에서 자면 안 돼요?"라고 물었다.

놀랍게도 할머니는 고개를 저었다. "라라 진 아버지가 아시면 별로 달가워하지 않을걸!"

"저희 아빠는 별로 신경 쓰실 것 같지 않은데요, 할머니. 아빠한테 전화해서 물어볼까요?"

하지만 할머니는 계속 안 된다며 단단히 못을 박았다. 존에게 반드시 모랄레스 할아버지 침대에서 자야 한다고만 했다. 내게는 순응하지 말고 모험을 즐기며 콘돔을 챙기고 다니는 여자가 되라고 누누이 말하더니, 생각보다 훨씬 옛날 분인 모양이었다.

할머니가 존에게 수건과 고무 귀마개를 건네며 말했다. "모랄레스 씨가 코를 골거든." 그리고 존에게 잘 자라고 입을 맞췄다.

"할머니가 그걸 어떻게 아세요?" 존이 인상을 찡그렸다.

"모르는 게 좋을걸!" 할머니는 몸을 가볍게 흔들며 주방으로 발을 옮겼다. 뒷모습이 정말 여왕마마 같았다.

"정말 영원히 모르고 싶다." 존이 목소리를 낮춰 내게 말했다.

나는 웃지 않으려고 볼 안쪽을 깨물었다.

"휴대폰 진동으로 해놔. 문자할게." 존이 문을 나서며 말했다.

스토미 할머니의 코 고는 소리와 얼어붙은 눈송이가 창턱에 떨어지는 소리 말고는 아무 소리도 들리지 않는 고요한 밤이었다. 나는 할머니의 침낭 안에서 계속 몸을 뒤척였다. 너무 더워서 가만히 누워 있을 수가 없었다. 할머니가 난방 온도를 높여놓은 모양이었다. 아젤리아 동棟의 대니 할아버지를 비롯한 이곳의 노인들은 벨뷰가 너무 춥고 난방이 '형편없다'며 불평했는데, 나한테는 충분히 뜨거웠다. 할머니 잠옷인, 목 부분이 훤히 드러나는 복숭아색 새틴 원피스를 입긴 했지만 전혀 도움이 되지 않았다. 나는 존의 문자를 기다리며 옆으로 누운 채 휴대폰으로 캔디크러시 게임을 했다.

— 밖에 나가서 놀래?

나는 곧바로 답장을 보냈다.

— 그래! 여기 너무 더워.
— 2분 후 복도에서 보자.
— 응.

나는 너무 급하게 침낭에서 나오느라 하마터면 넘어질 뻔했다. 휴대폰을 손전등 삼아 코트와 부츠를 찾았다. 할머니는 계속 코를 골고 있었다. 목도리가 보이지 않았지만 존을 기다리게 하기 싫어서 목도리도 안 두르고 그냥 나갔다.

존은 이미 복도에 나와 있었다. 위로 살짝 뻗친 뒷머리를 보는 순간 마음만 먹으면 존과 사랑에 빠질 수 있을 것 같은 기분이 들었다. 존이 나를 보고 손을 내밀며 노래했다. "나랑 같이 눈사람 만들래?" 내가 웃음을 터뜨리자 존이 말했다. "쉿쉿, 이러다 사람들 다 깨겠어! 아직 10시 반밖에 안 됐다고!" 이 말은 웃음소리를 더 키우기만 했다.

우리는 최대한 숨죽여 웃으며 카펫이 깔린 긴 복도를 따라 달렸다. 하지만 웃음소리를 낮추려고 할수록 참기가 더 힘들었다. "도저히 못 참겠어." 나는 미닫이문을 열고 마당으로 나가면서 계속 숨을 헐떡였다.

우리 둘 다 가쁘게 숨을 내쉬었다. 하지만 눈앞에 펼쳐진 광경을 보자 웃음이 절로 멈췄다.

양털만큼이나 두꺼운 눈이 땅 위에 포근히 내려앉아 있었다. 너무 아름답고 고요했다. 기쁘고 행복한 나머지 가슴이 아플 정도였다. 이 순간만큼은 너무나 행복했다. 잠시나마 피터를 잊을 수 있었다. 나는 고개를 돌려 존을 바라봤다. 존은 얼굴에 희미한 미소를 머금고 나를 바라봤다. 순간 가슴속 깊은 곳에서 초조한 떨림이 느껴졌다.

나는 한 바퀴 빙 돌며 노래를 불렀다. "나랑 같이 눈사람 만들래?" 우리는 다시 키득거리며 웃었다.

"너 때문에 우리 둘 다 쫓겨나겠어." 존이 경고하듯 말했다.

나는 존의 두 손을 맞잡고 최대한 빠르게 빙그르르 돌았다. "양로원 노인네 같은 소린 그만하시지!" 내가 소리쳤다.

그때 존이 손을 놓는 바람에 둘 모두 휘청거렸다. 존은 얼른 눈을 한 움큼 움켜쥐더니 꾹꾹 눌러서 공을 만들었다. "뭐? 노인네라고? 노인네한테 한번 당해볼래?"

나는 눈을 밟고 미끄러지면서도 잽싸게 달아났다. "그러기만 해봐, 존 앰브로즈 매클래런!"

존은 웃느라 숨을 헐떡이며 나를 뒤쫓았다. 결국 내 허리를 붙잡고 내 등 안으로 눈덩이를 집어 넣을 듯 팔을 쳐들더니 금방 나를 놓아줬다. 존은 눈이 휘둥그레져서 물었다. "말도 안돼. 너 지금 코트 안에 우리 할머니 잠옷 입고 있는 거야?"

나는 깔깔 웃으며 말했다. "보고 싶어? 완전 섹시한데 말이야." 나는 코트의 지퍼를 내리는 척했다. "잠깐. 일단 뒤돌아서 봐."

존이 고개를 절레절레 저으며 "너무 이상하다" 하더니 내가 시키는 대로 뒤돌아섰다. 그러자 나는 눈을 한 움큼 쥐어 꽉꽉 누른 다음 내 코트 주머니에 넣었다.

"됐어. 이제 뒤돌아도 돼."

존이 몸을 돌리는 순간 나는 존의 머리를 향해 눈덩이를 던졌다. 눈덩이는 존의 눈을 정확하게 때렸다. "아악!" 존이 비명을 지르며 코트 소매로 얼굴을 닦았다.

나는 너무 놀라서 존에게 다가갔다. "어떡해. 미안해. 괜찮아?"

내가 말을 마치기도 전에 존은 두 손으로 눈을 움켜쥐고 나를 향해 돌진했다. 그렇게 해서 우리의 눈싸움이 시작되었다. 우리는 계속해서 서로를 추격했다. 나는 존의 등 한가운데에 정확히 한 방을 더 날렸다. 그러다 내가 미끄러져서 엉덩이를 찧을 뻔했고, 그제야 비로소 휴전에 들어갔다. 존이 제때 잡아주어서 다행이었다. 하지만 존은 나를 곧바로 놔주지 않았다. 한 팔로 나를 안고 내 얼굴을 가만히 바라봤다. 존의 속눈썹에 눈송이가 묻어 있었다. "네가 카빈스키를 잊지 못했다는 걸 내가 몰랐다면 지금 너한테 키스했을 거야."

나는 몸을 떨었다. 피터를 만나기 전까지 내 인생에서 가장 로맨틱했던 순간은 존 앰브로즈 매클래런과 비 오는 날 축구공을 주울 때였다. 그리고 지금도 그때만큼이나 로맨틱하다. 존과는 데이트 한번 해본 적 없는데 어째서인지 내 생의 가장 로맨틱한 두 번의 순간이 모두 존과 함께였다.

"너 몸이 꽁꽁 얼었네. 안으로 들어가자." 존이 나를 놓아주며 말했다.

우리는 스토미 할머니 숙소가 있는 층으로 올라가서 응접실에 앉아 몸을 녹였다. 독서등 외에는 모든 조명이 꺼져 있어서 어둑하고 조용했다. 이곳 사람들은 밤이 되면 다들 자기 숙소로 들어가 쉬는 모양이었다. 스토미 할머니도 없이 우리끼리 이러고 앉아 있으니 학교에서 밤을 새우는 것처럼 기분이 이상했다. 우리는 프렌치 스타일의 화려한 소파에 앉았다. 나는 발을 녹이려고 부츠를 벗고서 발가락을 꼼지락거렸다.

"불을 붙일 수 있으면 좋을 텐데." 존이 두 팔을 쭉 뻗으며 벽난로를 바라봤다.

"그러게, 가짜만 아니었어도. 양로원에서 벽난로를 못 쓰게 하는 법이 있는 게 분명하……." 나는 말끝을 흐렸다. 복도로 나오는 스토미 할머니의 모습이 보였다. 할머니는 실크 기모노 차림으로 살금살금 걸음을 옮기며 모랄레스 할아버지 방으로 향했다. 맙소사!

"왜 그래?" 나는 재빨리 손으로 존의 입을 틀어막았다. 그리고 자리에 앉아 바짝 엎드리고는 거의 기다시피 해서 바닥으로 내려왔다. 존도 바닥으로 끌어내렸다. 딸각하고 문 닫히는 소리가 들릴 때까지 우리는 그렇게 엎드려 있었다. "대체 뭔데? 뭘 본 거야?"

나는 몸을 일으키고 앉아 낮게 속삭였다. "네가 과연 알고 싶을지 나도 모르겠다."

"세상에, 뭐냐니까? 그냥 말해봐."

"스토미 할머니가 빨간 기모노를 입고 모랄레스 할아버지 방으로 몰래 들어가셨어."

"맙소사, 그건······." 존은 말문이 막혔다.

"그래, 유감이야." 나는 동감한다는 표정으로 존을 보았다.

존은 고개를 절레절레 저으며 소파에 기대앉더니 두 다리를 앞으로 쭉 뻗었다. "와! 정말 어처구니없다. 우리 증조할머니가 나보다 더 활발하게 성생활을 하고 있다니."

나는 묻지 않을 수 없었다. "그럼······ 넌······ 여자애들이랑 많이 안 해본 거야?" 그리고 허둥지둥 덧붙였다. "미안해. 내가 좀 꼬치꼬치 묻는 성격이라." 나는 뺨을 벅벅 긁었다. "참견이 심하다고 할 수도 있고······ 내키지 않으면 대답 안 해도 돼."

"아니야, 대답할게. 지금까지 난 한 번도 안 해봤어."

"뭐라고!" 믿을 수가 없었다. 어떻게 그럴 수가 있지?

"왜 그렇게 놀라?"

"글쎄, 그냥…… 남자들은 다 해봤을 거라고 생각했거든."

"음, 여자친구를 한 번 사귀어보긴 했는데 그 친구가 워낙 독실한 기독교인이어서 말이야. 근데 그것도 괜찮았어. 어쨌거나 남자라고 다 섹스를 하며 사는 건 아냐." 존이 잠시 멈췄다가 물었다. "너는 해봤어?"

"나도 안 해봤어."

"잠깐. 나는 네가 카빈스키랑……." 존이 혼란스러운 듯 얼굴을 찡그렸다.

"아니야. 왜 그렇게 생각해?" 아, 그 동영상. 나는 침을 꿀꺽 삼켰다. 나는 존이 그 동영상을 안 봤을 거라고 생각했다. "너도 그 야외 온탕 동영상 봤구나."

존이 잠시 머뭇거리더니 입을 열었다. "으응. 처음에는 넌 줄 몰랐어. 나중에 타임캡슐 파티에서 네가 카빈스키랑 사귄다는 걸 알고 나서야 그게 너희 둘이었다는 걸 알았고. 어떤 애가 교실에서 보여준 적 있긴 한데 자세히 보진 않았거든."

"그냥 키스만 한 거야." 나는 고개를 떨구었다. "네가 안 봤으면 좋았을 텐데."

"왜? 솔직히 나랑은 전혀 상관없는 일이잖아."

"네가 편견 없이 나를 봐주는 게 참 좋아. 나를 보는 사람들 시선이 예전과 달라졌다는 걸 느끼거든. 그런데 너는 언제나 나를 예전의 라라 진으로 봐주잖아. 무슨 말인지 알지?"

"나한테는 네가 그렇게 보이니까. 나한테는 여전히 예전 모습 그대로야. 앞으로도 그럴 거고, 라라 진."

나를 바라보며 이렇게 말해주는 존 매클래런을 보고 있으니 몸 안쪽에서부터 따뜻한 기운이 황금빛으로 퍼지며 얼었던 발가락까지 스르르 녹는 기분이었다. 존에게 키스하고 싶다. 피터랑 키스할 때와 느낌이 어떻게 다를지, 존과의 키스로 실연의 상처를 지울 수 있을지 궁금하다. 잠시만이라도 피터를 잊고 싶다. 하지만 존은 눈치챌지도 모른다. 존이 내게 키스하지 않는 걸 보면 내 마음속 어딘가에 피터가 남아 있다는 사실을, 여기에 단지 우리 두 사람만 있는 게 아니라는 사실을 이미 눈치챈 것 같다.

대신 존은 이렇게 물었다. "왜 넌 항상 나를 풀네임으로 불러?"

"나도 모르겠어. 그냥 너를 생각하면 자연스럽게 풀네임이 떠오르는 것 같아."

"그 말은 내 생각을 자주 한단 얘기네?"

나는 웃었다. "아니, 네 생각을 자주 하는 건 아니지만 생각할 땐 풀 네임이 떠오른다는 얘기야. 나는 새 학년이 시작될 때마다 선생님들한테 내 이름이 그냥 라라가 아니고 라라 진이라고 여러 번 설명하거든. 근데 처드니 선생님이 그거 때문에 너를 존 앰브로즈라고 부르기 시작했던 거 기억나? '존 앰브로즈 씨?'"

"존 앰브로즈 매클래런 3세입니다, 부인." 존이 거들먹거리는 엉터리 영국식 억양으로 말했다.

나는 까르륵 웃었다. 3세를 만나보긴 처음이었다. "진짜 3세야?"

"응. 진짜 짜증 나. 우리 아빠가 주니어라 JJ이고, 우리 가족이랑 친척들은 나를 아직도 리틀 존이라고 불러." 존이 인상을 찡그렸다. "리틀 존보다는 차라리 존 앰브로즈가 나은 것 같아. 리틀 존은 래퍼 같잖아. 〈로빈 후드〉에 나오는 그 남자도 있고."

"너희 가족은 진짜 고상한 것 같아." 하지만 난 존의 엄마가 존을 데리러 왔을 때 한 번 본 게 다였다. 존의 엄마는 다른 엄마들보다 젊어 보였고, 존과 마찬가지로 피부가 우윳빛이었다. 머리카락은 옅은 금발로 다른 엄마들보다 길었다.

"아냐. 우리 가족은 고상하고는 거리가 멀어. 우리 엄마는 어젯밤에도 젤로 샐러드를 디저트로 줬다니까. 아빠는 스테이크를 완전히 익히지 않으면 안 드시는 분이고, 우리 가족은 휴가 갈 때도 차로 갈 수 있는 곳만 가."

"나는 너희 집이 그러니까…… 부자인 줄 알았어." '부자'라는 단어를 입 밖에 내는 순간 몹시 부끄러웠다. 다른 사람들의 재산에 대해 언급하는 건 너무 속이 비어 보이는 것 같다.

"우리 아빠는 진짜 짠돌이야. 건설회사를 운영하는데 꽤 잘나가거든. 그래서 자수성가했다는 자부심이 엄청나. 아빠는 대학을 안 나왔어. 할아버지 할머니도 마찬가지고. 우리 집에서 대학에 간 건 우리 누나들이 처음이야."

"내가 너에 대해 아는 게 거의 없었구나." 존 앰브로즈 매클래런에 대해 새로 알게 된 것이 너무나 많다!

"이제 네 차례야. 너에 대해 내가 모르는 게 있으면 알려줘."

나는 웃음을 터뜨렸다. "나에 대해선 모르는 게 거의 없을 텐데. 내 연애편지가 그 증거잖아."

다음 날 아침, 코트를 입는데 재채기가 나왔다. 스토미 할머니는 펜슬로 눈썹을 그리다가 곁눈으로 나를 슬쩍 보았다. "어젯밤 조니랑 눈싸움하고 놀다가 감기에 걸린 모양이지?"

당황스러웠다. 할머니가 그 얘기만큼은 꺼내지 않아줬으면 했는데. 간밤에 스토미 할머니와 모랄레스 할아버지의 은밀한 만남에 대해선 절대 얘기하고 싶지 않단 말이다! 존과 나는 할머니가 할아버지 방에 들어갔다 나온 후에도 30분을 더 응접실에서 시간을 때웠다. 나는 힘없이 말했다. "몰래 나가서 죄송해요. 너무 이른 시간이라 잠이 안 왔거든요. 그래서 눈싸움하며 놀았어요."

할머니가 한 손을 내저었다. "내가 바라던 바다." 그리고 할머니는 내게 윙크를 날렸다. "그래서 조니더러 모랄레스 씨랑 같이 자라고 한 거야. 장애물이 있으면 자극이 되는 법이니까."

나는 등골이 오싹했다. "너무 치밀하시잖아요!"

"고맙다, 얘야." 할머니는 굉장히 뿌듯해 보였다. "첫 번째 남편으로 우리 조니만 한 남자는 없을 거야. 그건 그렇고, 둘이 키스는 진하게 했겠지?"

"안 했어요!" 나는 얼굴이 불타올랐다.

"나한테는 말해도 된다니까."

"할머니, 저희 키스 안 했어요. 만약 했다고 해도 할머니랑 감상을 나누진 않을 거예요."

할머니가 코를 높이 치켜들었다. "그렇게 치사하게 굴 건 없잖니!"

"저 이만 가볼게요. 아빠가 앞에서 기다리세요. 다음에 봬요!"

서둘러 밖으로 나서는데 할머니가 큰 소리로 말했다. "걱정 마라. 조니한테 들을 테니까! 둘 다 파티에서 보자꾸나, 라라진!"

밖에 나와보니 해가 쨍쨍하게 빛났다. 그 많던 눈이 거의 다 녹고 없었다. 어젯밤 일이 꼭 꿈만 같았다.

48

USO 파티 전날 밤, 나는 쇼트브레드 반죽에 세이지 허브를 넣은 설탕을 뿌리고 밀대로 밀면서 스피커폰으로 크리스와 통화했다. "크리스, 로지 더 리베터* 포스터 좀 빌려줄 수 있어?"

"당연하지. 근데 그건 어디에 쓰려고?"

"내일 벨뷰 양로원에서 1940년대를 테마로 USO 파티를 하는데……."

"그만! 아, 지루해. 어떻게 입만 열면 벨뷰 얘기야!"

"내 일이니까!"

"으, 나도 일자리나 구할까?"

어이가 없다. 크리스와 대화하다 보면 꼭 크리스 중심으로 이야기가 흘러가고 만다. "재미있는 일이 하고 싶으면 파티에 와서 '담배 아가씨' 하지 않을래? 옷 귀엽게 입고 조그만 모자만 쓰면 돼."

"진짜 담배?"

---

* Rosie the Riveter. 제2차 세계대전 당시 전쟁에 나간 남성들을 대신해 군수공장에서 일한 미국 여성 노동자들의 상징으로 쓰이는 말. 오늘날에는 미국 여성주의에 대한 상징으로 널리 쓰인다.

라라 진의 두 번째 이야기

"아니, 초콜릿 들어 있는 거. 나이 드신 분들한테 담배는 안 좋으니까."

"거기 술도 있어?"

그렇다고 대답하려다가 술은 어차피 양로원 분들을 위한 거라 사실대로 말했다. "술은 없을걸. 약을 드시는 분들도 있고 보행 보조기를 쓰시는 분들도 있어서 위험할 수 있거든."

"언제 하는데?"

"내일!"

"아, 미안. 그 파티 때문에 금요일 저녁을 버릴 순 없어. 금요일인데 더 재미있는 일이 생기지 않겠어? 화요일이 낫겠다. 파티를 화요일로 옮길 수 있나?"

"안 돼! 그냥 내일 학교 올 때 포스터나 갖다줘!"

"알았어. 안 까먹게 미리 문자 좀 보내줘."

"알았어." 나는 통화를 하며 입으로 바람을 불어서 머리카락을 넘기고, 둥글게 만 쿠키 반죽을 얇게 썰었다. 전채요리에 쓸 당근과 셀러리도 썰어야 하고, 짤주머니로 머랭*도 짜놓아야 한다. 빨간색, 하얀색, 파란색 줄무늬가 들어간 머랭 키세스를 만들 생각인데 색이 뒤섞일까 봐 걱정이다. 으…… 그럼 그냥 보라색 머랭 키세스로 만족해야 하나? 더 안 좋은 일이 일어날 수도 있다. 안 좋은 일이라고 하니 문득 생각나는 사람이 있었다. "제너비브 소식 들은 거 있어? 계속 조심하고 있긴 한데, 제너비브

---

* 달걀 흰자에 설탕을 조금씩 넣어가며 세게 저어 거품을 낸 것.

가 게임을 계속하고 있는지 모르겠어." 수화기 건너편에서는 침묵만 흘렀다. "피터한테 섹스 주술을 거느라 바쁘신가?" 나는 크리스가 맞장구쳐주길 반쯤 기대했다. 크리스는 늘 제너비브를 물어뜯는 일에 앞장서니까.

하지만 내 예상은 빗나갔다. 크리스는 이렇게 대답할 뿐이었다. "나 끊을게. 엄마가 개 산책시키라고 들들 볶아서 말이야."

"포스터 까먹지 마!"

49

수업이 끝난 후 키티와 나는 주방에 진을 쳤다. 주방 조명이 제일 밝았다. 분위기를 제대로 내보려고 방에서 스피커를 가져다 앤드루스 시스터스의 노래를 틀었다. 키티는 수건을 깔고 그 위에 내 화장품, 실핀, 헤어스프레이를 쭉 늘어놨다.

나는 인조 속눈썹을 집어 들었다. "이건 어디서 났어?"

"브리엘이 걔네 언니 거 훔쳐서 나한테 한 팩 줬어."

"키티!"

"그 언니는 모를 거야. 엄청나게 많거든."

"다른 사람 물건을 그냥 가져오면 안 돼."

"내가 아니라 브리엘이 가져온 거야. 어쨌든 다시 돌려줄 순 없어. 속눈썹 붙여줘, 말아?"

나는 망설였다. "붙이는 방법은 알아?"

"응, 브리엘네 언니가 하는 거 수백 번 봤어." 키티가 내 손에서 속눈썹을 가져갔다. "언니가 붙이기 싫다면 어쩔 수 없고. 뒀다가 내가 쓰면 되니까."

"음…… 알았어, 그럼. 어쨌든 도둑질은 절대 안 돼." 나는 얼굴을 찡그렸다. "야, 너네 내 물건에도 손댄 거 아냐?" 생각해보니 고양이 귀 모양의 니트 비니가 몇 달째 안 보인다.

"쉿, 말하지 마." 키티가 말했다.

머리하는 데 시간이 제일 오래 걸렸다. 빅토리롤* 스타일링 방법을 알아내느라 키티와 함께 동영상을 수없이 반복해서 보았다. 빗질을 엄청나게 많이 해야 하고 헤어 롤러와 스프레이도 엄청 많이 들어갔다. 실핀도 수백 개쯤 쓴 것 같다.

나는 내 모습을 거울에 비춰보았다. "이건 좀…… 과한 것 같지 않아?"

"뭐가 과하다는 건데?"

"머리에 시나몬 번을 올린 것 같잖아."

키티가 내 얼굴에 아이패드를 들이밀었다. "봐, 이 여자도 그래. 원래 그렇게 하는 거야. 진짜처럼 보여야지. 적당히 타협하려고 하면 테마에 충실할 수 없어. 그게 무슨 머리인지 아무도 모를 거라고." 나는 천천히 고개를 끄덕였다. 키티 말이 맞다. "그리고 난 좀 이따 제이미 훈련 때문에 로스차일드 아줌마네 가봐야 해. 그러니까 처음부터 다시 할 시간 없어."

입술에는 벽돌색 립스틱과 빨간 소방차색 립스틱을 섞어 바른 다음 핫핑크색 파우더로 살짝 눌러서 완벽한 체리레드를 구현했다.

립스틱을 티슈로 살짝 찍어내고 있는데 키티가 물었다. "존 앰버 매캔드루스라고 했던가? 그 예쁘장한 오빠가 데리러 온대?

---

* 1940년대 유행 헤어스타일. 머리를 빗어 올려 정수리 양쪽으로 돌돌 말아 고정한다.

라라 진의 두 번째 이야기

아니면 양로원 가서 만날 거야?"

나는 경고의 의미로 키티 얼굴 앞에 티슈를 흔들었다. "존이 데리러 올 거니까 착하게 구는 게 좋을 거야. 그리고 예쁘장하진 않거든?"

"피터 오빠랑 비교하면 예쁘장한 편이지."

"솔직히 말하면 둘 다 예쁘장하다고 할 수 있지. 피터도 문신이 있거나 우락부락한 몸은 아니잖아. 어쨌든 외모에 대한 자부심이 엄청 강해." 피터는 쇼윈도나 유리문이 있으면 반드시 자기 모습을 비춰보았다.

"존 오빠도 그래?"

"아니, 걔는 그런 타입 아냐."

"흥."

"키티, 존이랑 피터 비교하는 짓 좀 그만해. 누가 더 예쁜지 알아서 뭐하려고."

키티는 내 말을 전혀 못 들었다는 듯 자기 말만 계속했다. "피터 오빠 차가 더 좋아. 조니 뭐시기 차는 SUV 아냐? 따분해. 요새 SUV 좋아하는 사람이 어딨어? 기름만 많이 먹는 그런 차를."

"아마 하이브리드일 거야."

"지금 뭐시기 오빠 편드는 거야?"

"내 친구잖아!"

"피터 오빠는 내 친구야."

옷 입는 과정도 복잡하긴 했지만 하나하나 음미하며 즐겁게 입었다. 오늘 밤에 대한 기대가 그만큼 컸다. 뒤쪽에 솔기가 있는 스타킹을 신는데 좀처럼 제대로 신기지가 않았다. 솔기가 다리 뒤에서 일직선이 되게 신으려다 보니 한없이 시간을 잡아먹었다. 다음은 드레스를 입을 차례였다. 하얀 호랑가시나무 잔가지와 열매가 그려져 있고 어깨에는 짧고 하늘하늘한 소매가 달린 네이비색 드레스다. 마지막은 신발이었다. 나는 발가락 위에 리본 장식이 있고 발목에 스트랩이 달린 투박한 빨간색 하이힐을 신었다.

다 갖추어 입으니 근사했다. 빅토리롤에 대해서는 키티의 말이 맞다는 걸 인정할 수밖에 없었다. 제대로 살리지 않았다면 어딘가 부족해 보였을 것이다.

아래층으로 내려가니 아빠가 나를 보고 호들갑을 떨면서 사진을 백만 컷 정도 찍다가 몇 컷을 마고 언니한테 보냈다. 사진을 본 언니가 곧바로 화상전화를 걸어오자 내 모습을 직접 보여줬다. "스토미 할머니하고 사진 찍는 거 잊지 마. 할머니가 섹시 드레스를 어떻게 연출했는지 꼭 보고 싶어." 언니가 말했다.

"그다지 섹시하진 않던데. 할머니가 1940년대 드레스에서 직접 패턴을 떠서 바느질하시는 걸 봤거든."

"할머니라면 어떻게든 섹시함을 불어넣으셨을 거야. 존 매클래런은 뭘 입을 거래?"

"나도 모르겠어. 비밀이라고 안 가르쳐주더라."

"흠."

언니의 '흠'에는 많은 것이 함축돼 있었지만 나는 모르는 척했다.

아빠가 마지막으로 현관문 앞에서 사진을 찍고 있을 때 로스차일드 아줌마가 건너왔다. "눈부시게 멋진데, 라라 진!"

"그렇죠? 정말 예쁘죠?" 아빠는 마냥 좋다는 얼굴이었다.

"제가 1940년대 스타일을 정말 좋아하거든요."

"혹시 켄 번스 감독의 〈전쟁〉이라는 다큐멘터리 보셨습니까? 제2차 세계대전에 관심이 있다면 그건 꼭 보셔야 합니다." 아빠가 말했다.

"두 분이 같이 보시면 되겠네요." 키티가 말하자 로스차일드 아줌마가 적당히 하라는 눈빛을 보냈다.

"혹시 DVD로 갖고 계세요?" 아줌마가 아빠에게 물었다. 키티의 두 눈이 기대감으로 환하게 빛났다.

"당연하죠, 언제든 빌려드릴게요." 아빠가 여느 때처럼 아무 생각 없이 대답하자, 키티가 도끼눈으로 아빠를 노려보다가 고개를 홱 돌렸다. 그러더니 갑자기 입을 쩍 벌렸다.

키티의 시선을 따라 고개를 돌리니 지붕을 내린 빨간 머스탱 컨버터블이 저쪽에서 다가오고 있었다. 운전석에는 존 매클래런이 앉아 있었다.

나 역시 존을 보는 순간 입이 쩍 벌어졌다. 존은 제복을 완벽하게 갖춰 입은 모습이었다. 황갈색 드레스셔츠에 황갈색 넥타이, 황갈색 바지에 황갈색 벨트와 모자까지. 머리는 옆으로 가르마를 타서 넘겼다. 진짜 군인처럼 늠름해 보였다. 존이 나를 보고 활짝 웃으며 손을 흔들었다. "대박." 나는 숨을 깊이 들이

마셨다.

"진짜 대박이다." 옆에서 로스차일드 아줌마가 눈을 크게 뜨고 말했다. 아빠와 켄 번스의 DVD 같은 건 이미 기억 저 너머로 사라지고 없었다. 다들 가만히 서서 제복을 갖춰 입고 빨간 머스탱에 앉아 있는 존을 멀거니 바라보기만 했다. 존은 내 꿈속에서 그대로 걸어 나온 것 같은 모습이었다. 존이 집 앞에 차를 대자 다들 차 주위로 몰려들었다.

"이건 누구 차야?" 키티가 따지듯 물었다.

"우리 아빠 차야. 오늘만 빌렸어. 다른 차들하고 멀리 떨어진 자리에 주차한다는 조건으로. 네가 편한 구두를 신고 나왔으면 좋았는데, 라라 진……." 존은 갑자기 입을 다물고 나를 위아래로 훑어보았다. "와, 진짜 멋지다." 존이 손가락으로 내 시나몬 번을 가리켰다. "네 머리 정말…… 진짜 같아."

"진짜니까!" 나는 조심스럽게 머리를 만졌다. 갑자기 내 시나몬 번 같은 머리와 빨간 립스틱이 너무 튀어 보이는 것 같았다.

"그건 아는데, 그러니까 내 말은…… 진짜 1940년대 사람 같다고."

"너도 그래." 내가 말했다.

"앉아봐도 돼?" 키티가 불쑥 끼어들었다. 한 손으로 이미 조수석 문을 잡고 있었다.

"그럼. 근데 운전석에 앉아보고 싶지 않아?" 존이 차에서 내리며 말했다.

키티가 재빨리 고개를 끄덕였다. 로스차일드 아줌마도 키티

옆에 앉았고, 아빠는 그 모습을 사진으로 찍었다. 키티는 자연스럽게 운전대에 한 팔을 올리고 포즈를 취했다.

존과 나는 멀찍이 떨어져 있었다. "그 제복은 어디서 구했어?" 내가 물었다.

"이베이에서 주문했지. 나 모자 제대로 쓴 거 맞아? 머리에 비해 모자가 너무 작은 것 같지 않아?" 존이 걱정하는 얼굴로 물었다.

"아냐. 제대로 쓴 것 같은데." 존이 파티를 위해 제복까지 구입하는 수고를 했다니 정말 감동이었다. 이렇게까지 하는 남자는 별로 없을 것이다. "스토미 할머니가 보면 완전 좋아하시겠다."

"너는? 너도 마음에 들어?" 존이 내 얼굴을 물끄러미 바라보며 물었다.

"나도 좋아. 너 오늘 진짜 멋있어." 나는 얼굴이 붉어졌다.

늘 그랬던 것처럼 이번에도 마고 언니 말이 맞았다. 스토미 할머니는 드레스의 치맛단이 무척 짧아져서 무릎 한참 위에 있었고, 가슴골도 살짝 드러나 있었다. "내 각선미도 참 여전하다니까." 할머니가 빙그르르 돌며 흡족한 표정을 지었다. "어릴 때부터 승마로 다져진 몸이거든."

페른클리프에서 밴을 타고 온 은발의 노신사가 감탄 어린 눈으로 스토미 할머니를 바라봤으나 할머니는 못 본 척했다. 한 손을 엉덩이에 올리고 포즈를 취하며 긴 속눈썹이 돋보이는 눈을 깜박이기만 했다. 저 노신사가 전에 할머니가 얘기한 잘생긴 할아버지인 모양이다.

나는 피아노 앞에 앉은 할머니의 모습을 사진 찍어서 곧바로 마고 언니에게 보냈다. 언니는 웃는 표정과 엄지손가락 두 개의 이모티콘을 답장으로 보냈다.

나는 성조기 장식을 적절히 배치하다가 존을 보았다. 식탁을 식당 가운데로 끌면서 스토미 할머니 쪽으로 다가가고 있었다. 그때 얼리샤 할머니가 내 옆으로 쭈뼛쭈뼛 다가왔고, 할머니와 나는 함께 존을 구경했다. "저 친구랑 사귀어봐."

"할머니, 말씀드렸잖아요. 저, 남자친구랑 헤어진 지 얼마 안 됐다고요." 나는 낮은 목소리로 대꾸했다. 그러면서도 제복을 입은 존의 옆모습에서 눈이 떨어지지 않았다.

"그럼 새 남자를 만나야지. 인생이 얼마나 짧은데." 이번만큼은 얼리샤 할머니와 스토미 할머니의 의견이 일치했다.

스토미 할머니가 존의 넥타이와 조그만 모자를 바로잡아 주었다. 그리고 손가락에 침을 묻혀 존의 머리까지 매만져주려 하자 존이 잽싸게 머리를 쏙 뺐다. 존은 나와 눈이 마주치자 할머니 때문에 못살겠다고, 제발 살려달라는 얼굴로 바라보았다.

"네가 가서 좀 구해줘라." 얼리샤 할머니가 말했다. "식탁 정리는 내가 마무리할 테니까. 포로수용소 사진은 이미 다 전시했으니 걱정 말고." 포로수용소 사진은 출입문 옆에 전시되어 있어서 입장할 때 가장 먼저 눈에 띄었다.

나는 서둘러 존과 스토미 할머니에게 갔다. 할머니가 나를 보고 환하게 웃으며 확신에 찬 목소리로 말했다. "라라 진 좀 봐

라. 진짜 완벽한 인형 같지 않니?"

존은 정색하고 말했다. "라라 진, 너는 완벽한 인형 같구나."

나는 웃음을 터뜨리며 한 손으로 머리를 매만졌다. "시나몬 번 머리를 한 인형이지요."

아직 7시도 안 됐는데 사람들이 밀려들기 시작했다. 나이 드신 분들은 대체로 일찌감치 나타나는 경향이 있다. 그런데 아직 음악이 완전히 준비되지 않은 상태였다. 스토미 할머니는 파티에서 가장 먼저 준비해야 하는 것이 음악이라고 했다. 손님들이 파티장으로 걸어 들어올 때의 분위기를 결정하는 게 음악이기 때문이다. 마음이 초조해지기 시작했다. 아직 할 일이 너무 많았다. "일단 준비부터 끝내야겠어."

"뭘 해야 하는지 나한테도 알려줘. 내가 이 클럽 부사령관이잖아. 1940년대 사람들도 클럽이라는 말을 썼을까?" 존이 말했다.

나는 웃으며 대답했다. "그랬을 것 같은데!" 나는 다시 준비를 서둘렀다. "그럼 네가 내 스피커랑 아이팟 좀 연결해줄래? 다과상 옆에 있는 큰 가방에 들어 있어. 그리고 5A실에서 테일러 할머니도 좀 모시고 와줘. 모시러 가겠다고 약속했거든."

존은 나를 향해 경례한 후 달려나갔다. 탄산음료를 마셨을 때처럼 찌릿한 느낌이 등줄기를 따라 내려갔다. 오늘 밤은 두고두고 기억할 만한 밤이 될 것 같다!

파티가 시작되고 한 시간 반쯤 지났을 때였다. 스토미 할머니와 같은 층에 사는 크리스털 클레먼스 할머니가 사람들을 모아놓고 스윙 댄스를 가르치기 시작했다. 스토미 할머니는 당연히 맨 앞줄에서 정열적으로 록 스텝을 밟았다. 나도 다과상 뒤에서 혼자 따라 했다. 원-투, 쓰리-포, 파이브-식스. 초반에 모랄레스 할아버지와 춤을 한 번 추긴 했지만 그게 다였다. 할머니들이 몸을 움직일 수 있는 괜찮은 남자를 빼앗아가지 말라는 눈으로 나를 계속 노려보았기 때문이다. 양로원은 대체로 남자가 적은 편이라 남자 파트너도 충분하지 않았다. 거의 절반 정도 부족해 보였다. 할머니들은 가여운 존을 가리키며 파트너 없는 여자들이 많은데 남자가 저렇게 무례하게 굴면 되겠느냐고 불평했다.

존은 식탁 맞은편에 서서 콜라를 마시며 음악에 맞춰 고개를 까닥거리고 있었다. 나는 정신없이 왔다 갔다 하느라 존과 이야기할 틈도 없었다. 나는 식탁 위로 몸을 내밀고 외쳤다. "재미있어?"

존이 고개를 끄덕였다. 그러다가 쿵 소리가 나도록 세차게 유리잔을 내려놓았다. 식탁이 흔들리는 바람에 나는 깜짝 놀라 뒤로 물러났다. "좋아. 죽기 아니면 까무러치기다. 오늘이 그날이야." 존이 말했다.

"무슨?"

"춤추자."

"네가 싫다면 춤출 필요 없어." 나는 당황해서 말했다.

"아니야, 추고 싶어. 가만히 있다 갈 거였으면 우리 할머니한테 스윙 댄스를 배우지도 않았어."

"할머니한테 언제 스윙 댄스를 배웠어?" 나는 눈을 크게 뜨고 물었다.

"그런 건 신경 쓰지 말고 나랑 춤이나 추자."

"그런데…… 전쟁채권은 남았어?" 내가 농담조로 물었다.

존이 바지 주머니에서 전쟁채권을 한 장 꺼내더니 다과상 위에 탁 내려놓았다. 그런 다음 내 손을 잡고 댄스 무대 중앙으로 이끌었다. 마치 전장에 나가는 군인 같았다. 존이 몹시 진지한 얼굴로 무대에 집중하더니 모랄레스 할아버지에게 신호를 보냈다. 내 휴대폰을 다룰 줄 아는 분이 모랄레스 할아버지뿐이어서 할아버지가 음악을 담당하고 있었다. 글렌 밀러의 재즈곡 〈인 더 무드In the Mood〉가 스피커에서 시끄럽게 울려 퍼졌다.

"해보자." 존이 단호하게 고개를 끄덕이며 말했다.

우리 둘은 함께 춤을 추었다. 록 스텝, 사이드, 같이, 사이드, 다시 반복. 록 스텝, 원-투-쓰리, 원-투-쓰리. 우리는 상대의 발을 수백 번씩 밟았다. 하지만 존은 계속 나를 빙글빙글 돌리며 함께 빙글빙글 돌았다. 우리는 붉게 상기된 얼굴로 마주보며 웃음을 터뜨렸다. 음악이 끝났을 때 존은 나를 감아 안았다가 내 손을 잡고 마지막으로 휙 돌려세웠다. 모두 박수를 쳤다. 모랄레스 할아버지가 큰 소리로 외쳤다. "너희가 최고다!"

존이 아이스 댄서처럼 나를 안아서 번쩍 들어 올리자 사방에서 함성이 터졌다. 나는 너무 웃어서 얼굴에 쥐가 날 것 같았다.

파티가 끝난 후 존은 나를 도와 장식을 치우고 이것저것 정리했다. 존이 큰 상자 두 개를 들고 먼저 주차장으로 나갔고, 나는 어르신들에게 인사하면서 빠뜨린 게 없는지 다시 한 번 확인했다. 아직 스윙 댄스의 흥분으로 들떠 있는 상태였다. 파티가 워낙 성공적이어서 자넷도 무척 기뻐했다. 자넷이 다가와 두 손으로 내 어깨를 꽉 움켜잡았다. "정말 기특하다, 라라 진." 게다가 존과 춤까지 추다니……. 열세 살 때의 나였다면 기절했을 게 분명하다. 그러나 열여섯 살의 나는 공중을 나는 것처럼 양로원 복도를 날아다녔다. 마치 꿈속에 있는 듯한 기분이었다.

미끄러지듯 정문을 나선 순간, 계단을 올라오는 제너비브와 피터의 모습을 보았다. 두 사람은 팔짱을 끼고 있었다. 타임머신을 타고 피터와 내가 사귀기 전의 과거로 되돌아온 느낌이었다. 피터와 나 사이에 아무 일도 없었던 것처럼.

두 사람이 점점 가까이 다가왔다. 불과 3미터 정도를 남겨놓고 나는 온몸이 굳어버렸다. 여기서 빠져나갈 방법이 없을까? 패배를 반복하지 않고 이 굴욕에서 벗어날 방법이 정말 없는 걸까? 그동안 USO 파티와 존에게 정신이 팔려서 게임을 완전히 잊고 있었다. 지금 이 상황에서 내가 할 수 있는 게 뭐가 있을까? 이대로 돌아서서 양로원으로 뛰어 들어갈까? 제너비브는 밤새 주차장에서 기다릴 것이다. 그러면 나는 철창에 갇힌 토끼 신세가 되고, 결국 제너비브가 이기게 된다.

어쨌든 이미 늦었다. 두 사람이 나를 발견했다. 피터는 팔짱을 끼고 있던 팔을 뺐다.

"여기서 뭐 해? 그 화장은 또 뭐고?" 피터가 내 눈과 입술을 가리켰다.

나는 얼굴이 벌겋게 달아올랐다. 화장에 대한 질문은 못 들은 척하고 그냥 이렇게 대답했다. "나 여기서 일하잖아. 기억 안 나? 제너비브, 네가 여기 왜 왔는지 알겠다. 피터, 정말 고마워. 제너비브가 날 아웃시키는 것까지 도와주고 말이야. 정말 의리 있네."

"커비, 너 아웃시키는 거 도와주려고 온 거 아니야. 네가 여기 있는 줄도 몰랐어. 말했잖아, 난 게임에 관심 없다고!" 피터는 제너비브를 돌아보며 따지듯 물었다. "너네 할머니 친구분한테 받아 올 게 있다고 하지 않았어?"

"맞아. 이거 참 대단한 우연이네. 내가 이긴 것 같다. 그치?"

제너비브는 나한테 이겼다고 확신했는지 상당히 의기양양한 모습이었다. "나 아직 안 죽었거든?" 내가 말했다. 건물 안으로 도망칠까? 내가 부탁하면 스토미 할머니가 하룻밤 재워주실지도 몰라.

바로 그때 존의 빨간 머스탱 컨버터블이 굉음을 내며 주차장으로 들어왔다. "안녕, 얘들아!" 존이 소리쳤다. 피터와 제너비브는 그 광경에 입을 떡 벌렸다. 그제야 우리 두 사람의 옷차림이 정말 이상해 보이겠구나 하는 생각이 들었다. 존은 제2차 세계대전 당시의 제복 차림에 조그만 모자를 쓰고, 나는 새빨간 입술에 빅토리롤 스타일로 머리를 말아 올린 모습이라니…….

피터가 눈에 불을 켜고 존을 노려보았다. "너는 여기서 뭐 하는 거야?"

존이 쾌활하게 대답했다. "우리 증조할머니인 스토미 할머니가 여기 계셔. 얘기 들은 적 있을 거야. 우리 증조할머니랑 라라 진이랑 친구거든."

"피터는 전혀 기억 못 할걸." 내가 말했다.

피터가 찡그린 얼굴로 나를 돌아봤지만, 기억 못 하는 게 분명하다. 참 피터답다. "그 의상은 또 뭐야?" 피터가 거친 목소리로 물었다.

"USO 파티. 외부인은 참석 못 하는 VIP 전용 파티라서, 미안." 존이 말을 마치며 피터를 향해 모자를 살짝 들어 보였다. 그 동작이 피터를 더 열 받게 한 모양이었다. 피터가 열 내는 모습을 보니 왠지 고소했다.

"USO 파티가 대체 뭔데?" 피터가 내게 물었다.

"제2차 세계대전에서 유래한 거야." 존이 느긋하게 조수석 위로 한 팔을 뻗으며 말했다.

"너한테 안 물었어. 라라 진한테 물었다고." 피터가 버럭 화를 냈다. 그리고 매서운 눈으로 나를 보며 물었다. "이거 데이트야? 둘이 데이트하는 거야? 이 차는 대체 누구 건데?"

대답하려는 순간 제너비브가 내 쪽으로 다가왔다. 나는 재빨리 달아나 기둥 뒤로 숨었다. "애처럼 굴지 마, 라라 진. 네가 졌어. 이긴 사람은 나고. 어서 인정해!" 제너비브가 말했다.

기둥 뒤에서 고개를 빼꼼 내밀었을 때 존과 눈이 마주쳤다. 존은 내게 어서 차에 타라는 신호를 보냈다. 나는 고개를 끄덕였다. 그리고 존이 조수석 문을 여는 순간 전속력으로 차를 향해 뛰었다. 내가 문을 닫기도 전에 차가 출발했다. 피터와 제너비브의 모습이 흙먼지 속으로 사라졌다.

다시 뒤를 돌아보았다. 피터는 여전히 입을 벌린 채 우리를 바라보고 있었다. 질투하는 피터의 모습을 보니 기분이 좋았다. "살려줘서 고마워." 내가 숨을 고르며 말했다. 심장이 계속 쿵쾅거렸다.

"별말씀을." 존은 정면을 응시한 채 활짝 웃었다.

정지 신호에 걸리자 존이 내 쪽으로 고개를 돌렸다. 얼굴을 마주보고 있으니 또다시 웃음이 터졌다. 웃느라 숨을 쉬기 힘들 정도였다.

"두 사람 표정 봤어?" 존이 운전대에 이마를 대고 숨을 헐떡이며 물었다.

"정말 상황에 딱 어울리는 표정이었어!"

"영화에서처럼!" 존이 나를 향해 활짝 웃었다. 존의 파란 눈동자가 환하게 빛났다.

"맞아, 진짜 영화 같았어." 나는 좌석 등받이에 머리를 기댔다. 눈을 크게 뜨고 달을 바라보았다. 너무 크게 떴는지 눈이 시렸다. 나는 지금 제복을 입은 남자와 함께 빨간 머스탱 컨버터블에 앉아 있다. 밤공기가 새틴처럼 부드럽게 내 얼굴을 어루만지고 별은 온통 밝게 빛나고 있다. 행복하다. 여전히 얼굴에 미소를 가득 머금고 있는 걸 보면 존도 분명 행복한 것이다. 우리는 역할극을 즐겨야 한다. 피터와 제너비브는 잊자. 그때 신호가 초록색으로 바뀌었다. 나는 머리 위로 두 팔을 쭉 펴고 외쳤다.

"달려, 조니!" 존이 속도를 내며 달리자 나는 함성을 질렀다.

우리는 잠시 빠른 속도로 달리다가 다시 정지 신호에 걸렸다. 존은 서서히 속도를 줄이면서 한 팔로 나를 끌어당겼다. "1950년대 영화 보면 이렇게 하지 않아?" 존이 한 손으로는 운전대를 잡고, 다른 손으로는 내 어깨를 감싼 채 물었다.

다시 심장이 콩닥거리기 시작했다. "음, 정확히 말하면 우린 지금 1940년대 옷을 입고 있거든……." 그 순간 존이 내게 키스했다. 존의 입술은 따뜻하면서도 단호했다. 나는 눈꺼풀을 파르르 떨다가 눈을 꾹 감았다.

존이 입술을 떼고 나를 내려다보았다. 그리고 반쯤 진지한 말투로 물었다. "처음보다 좋았어?"

나는 정신이 아찔했다. 존의 입술에 내 립스틱이 묻어 있었다. 나는 손을 뻗어 존의 입술을 닦았다. 신호가 초록색으로 바뀌었다. 우리는 그대로 있었다. 존은 여전히 내 얼굴만 바라보았다. 뒤에서 경적 소리가 들렸다. "신호 바뀌었어."

존은 전혀 움직이지 않았다. 계속 나만 바라보고 있었다. "대답 먼저 해."

"더 좋았어." 존은 다시 가속 페달을 밟았다. 우리는 또다시 달렸다. 나는 여전히 숨을 쉴 수 없었다. "나중에 너 모의 UN 연설하는 거 보고 싶어!" 내가 허공에 대고 외쳤다.

"뭐? 왜?" 존이 웃었다.

"봐두면 좋을 것 같아서. 넌 분명…… 엄청 위엄 있어 보일 것 같아. 우리들 중에서도 네가 가장 많이 변한 것 같고."

"어떻게?"

"너는 원래 조용한 성격이었잖아. 너만의 세계에 빠져 있는 것처럼. 그런데 지금은 굉장히 대담해진 것 같아."

"긴장 많이 하는 건 여전해, 라라 진." 위로 뻗쳐 있던 존의 머리카락 몇 가닥이 아직도 그대로 있다. 좀처럼 내려앉을 줄 모른다. 위로 뻗쳐 내려오지 않는 저 몇 가닥이 무엇보다 더 내 마음을 끌어당긴다.

50

존이 나를 집 앞에 내려주고 간 뒤 나는 키티를 데리러 로스
차일드 아줌마네 집으로 갔다. 아줌마는 내게 들어와서 차 한
잔하고 가라고 권했다. 키티는 음량을 낮춘 티비 소리를 배경음
악 삼아 소파에 누워 자고 있었다. 아줌마와 나는 레이디 그레
이* 차가 담긴 잔을 들고 다른 소파에 앉았다. 아줌마가 파티
가 어땠는지 물었다. 웬일인지 나는 저녁에 있었던 일을 하나도
빠짐없이 아줌마에게 털어놓게 됐다. 아직 밤공기에 취해 있어
서 그랬는지, 실핀이 자꾸 머리를 찌르는 통에 정신이 멍해져서
인지, 아니면 아줌마가 눈을 반짝이며 내 이야기에 열중해서인
지는 모르겠지만. 존과 함께 스윙 댄스를 추고, 그런 우릴 보고
사람들이 환호하고, 피터와 제너비브를 만나고, 존과 키스한 이
야기까지 전부…….

내가 키스 이야기를 했을 때 아줌마는 손으로 얼굴에 부채질
하며 이렇게 말했다. "아까 그렇게 제복을 차려입고 머스탱을 끌
고 나타나니까 정말…… 어우, 말도 마." 아줌마가 휘파람 소리

---

* Lady Grey. 오렌지 향을 넣은 홍차.

라라 진의 두 번째 이야기

를 냈다. "추잡한 늙은이가 된 기분이었다니까. 꼬마일 때부터 알았던 남자애를 보고 그런 생각을…… 그런데 정말 잘생겼잖아!"

나는 머리에서 실핀을 뽑으며 큭큭 웃었다. 아줌마가 손을 뻗어 핀 뽑는 걸 도와주었다. 시나몬 번이 풀리면서 두피에 얼얼하고 시원한 느낌이 쫙 퍼졌다. 엄마가 있었다면 이런 기분일까? 늦은 밤 엄마와 함께 찻잔을 놓고 앉아 남자 이야기를 하는 게 이런 기분일까?

아줌마가 비밀 얘기라도 하듯 목소리를 낮췄다. "있잖아, 내가 충고 딱 하나만 할게. 네가 인생의 매 순간을 느끼며 살 줄 아는 사람이 되었으면 좋겠어. 그러려면 늘 눈을 뜨고 있어야 해. 무슨 말인지 알지? 뭘 하든 항상 올인하고 마지막 한 방울까지 쥐어짜야 한다는 거야."

"그럼 아줌마는 후회 같은 건 안 하세요? 다 올인했기 때문에?" 나는 아줌마가 이혼했을 때 동네 사람들이 하던 말을 떠올렸다.

"그렇진 않아. 후회는 항상 남거든." 아줌마는 약간 허스키한 목소리로 웃었다. 담배를 피우거나 감기 걸린 사람들이 잘 내는 섹시하게 허스키한 목소리로. "내가 왜 너한테 충고를 한답시고 이러고 있는지 모르겠다. 마흔 살 먹은 이혼녀가 말이야. 정확히는 마흔두 살이지만. 내가 대체 뭘 알겠니? 뭐, 대답할 필요는 없어." 아줌마는 아쉽다는 듯 길게 한숨을 내쉬었다. "담배가 너무 그리워."

"키티가 냄새나는지 검사할걸요." 내 경고에 아줌마가 또다시 허스키한 웃음을 터뜨렸다.

"키티를 실망시키면 안 되지."

"저렇게 작고 어려도 얼마나 사나운지 몰라요. 키티를 조심하세요, 로스차일드 아줌마." 나는 정색하고 진지하게 말했다.

"아이고, 라라 진. 그냥 트리나라고 불러주면 안 될까? 내가 나이를 좀 먹긴 했지만, 그리 많이 먹진 않았잖아."

나는 망설였다. "알았어요. 그런데 트리나 아줌마…… 우리 아빠 어때요?"

아줌마가 얼굴을 약간 붉혔다. "음, 정말 좋은 분 같아."

"연애할 정도로 좋아요?"

"글쎄, 너희 아빠가 딱히 내 타입은 아니라서…… 게다가 나한테 별 관심도 없으신 것 같고, 하하."

"아줌마도 아시죠? 키티가 두 분 엮어주려고 하는 거요. 그게 불편하시면 제가 키티한테 그만두라고 할게요." 이렇게 말했다가 정정해서 다시 말했다. "키티한테 잘 얘기해서 그만두라고 설득해볼게요. 그런데 키티가 헛다리를 짚은 것 같진 않아요. 제가 보기에도 두 분이 잘 어울릴 것 같거든요. 아빠는 요리도 좋아하고 불 피우는 것도 좋아하세요. 쇼핑몰 가는 것도 아주 싫어하진 않아요. 책을 챙겨가서 보시거든요. 그리고 아줌마는, 아줌마는 재미있는 분 같아요. 즉흥적이기도 하고 뭣보다…… 밝은 분 같아요."

아줌마가 나를 보고 미소 지었다. "나는 뒤죽박죽 엉망진창

이야."

"뒤죽박죽도 나쁘지 않아요. 특히 우리 아빠 같은 분한테는 오히려 긍정적인 영향을 미칠 수도 있고요. 데이트 한 번 정도는 괜찮지 않으세요? 그냥 가볍게 만나서 나쁠 건 없을 것 같은데요?"

"이웃이랑 데이트하는 건 까다로운 문제야. 데이트했다가 잘 안되면 곤란하잖아. 계속 마주치고 살아야 하는데 말이야."

"잘됐을 때 얻을 수 있는 결과에 비교하면 사소한 문제 아니에요? 잘 안되더라도 길에서 마주치면 그냥 조용히 인사하고 각자 갈 길 가면 되는 거잖아요. 별거 아니라고요. 제가 그렇게 객관적일 순 없지만, 저희 아빠 정말 괜찮은 분이에요. 정말 최고라고요."

"그야 나도 알지. 나도 너희 자매들을 쭉 봐왔으니 말이야. 딸 셋을 이렇게 잘 키울 수 있는 남자는 별로 없어. 너희 아빠처럼 가정에 헌신하는 분도 없을걸. 너희 셋은 아빠의 왕관에 박힌 진주 같은 존재야. 그게 당연한 거고. 딸에게 아빠와의 관계는 살면서 만나게 될 모든 남자와의 관계에 제일 중요한 영향을 미치거든."

"그럼 딸과 엄마의 관계는요?"

아줌마는 깊은 생각에 잠긴 듯 고개를 한쪽으로 기울였다. "그래, 평생 만나게 될 여자들과의 관계에선 엄마와의 관계가 제일 중요한 것 같아. 엄마나 자매들과의 관계가 그렇겠지. 너한테는 마고와 키티가 있으니 다행이야. 너도 이미 알고 있겠지만 부모님이 항상 우리 곁을 지켜주실 순 없으니까 말이야. 자연의 법칙대로라면 부모님이 먼저 돌아가시고 나서도 자매들은 평생 함께할 수 있잖아."

"아줌마도 자매가 있으세요?"

아줌마가 고개를 끄덕였다. 까무잡잡한 얼굴에 서서히 미소가 떠올랐다. "언니가 하나 있어, 지니 언니. 너희 자매들처럼 자주 어울리진 않았지만, 나이 들면서 언니가 엄마를 점점 많이 닮아가더라고. 그래서 엄마가 많이 그리울 땐 언니한테 가서 엄마 얼굴을 보는 거지." 아줌마가 코를 찡그리며 말했다. "좀 소름 끼치는 얘긴가?"

"아뇨. 아름다운 얘기 같아요." 나는 잠시 망설이다가 말했다. "저도 마고 언니 목소리를 들으면 그럴 때가 있거든요. 언니가 아래층에서 빨리 준비하고 내려와 차에 타라고 소리칠 때나 저녁상 다 차렸다고 말할 땐 엄마 목소리와 비슷하단 느낌을 받아요. 그래서 가끔 엄마라고 착각해요. 아주 잠깐이지만요." 갑자기 눈물이 솟구쳤다.

아줌마의 눈에도 눈물이 맺혔다. "딸 입장에선 엄마가 더 이상 안 계시다는 걸 받아들이기가 특히 힘든 일 같아. 나는 이제 중년이라 엄마가 돌아가신 게 그리 특별한 것도 아니지만 가끔 고아가 된 기분이 들어." 아줌마가 나를 보고 빙긋 웃었다. "하지만 그건 우리가 어떻게 할 수 있는 일이 아니잖아. 안 그러니? 사랑하는 사람을 잃었을 때 가슴이 계속 아프면 그 사랑이 진짜였다는 걸 알게 되는 거야."

나는 눈물을 닦았다. 피터와 나, 우리의 사랑도 진짜였을까? 계속 가슴이 아픈 걸 보면 그런 것 같다. 하지만 극히 일부분만 진짜였는지도 모른다. 나는 코를 훌쩍이며 물었다. "다시 확인하는 차원에서 여쭤보는 건데요, 저희 아빠가 데이트 신청하면 받아주실 거예요?"

아줌마가 크게 웃음을 터뜨리다가 키티가 뒤척거리자 깜짝 놀라 한 손으로 입을 막았다. "키티가 누굴 닮았는지 이제 알겠어."

"트리나 아줌마, 아직 대답 안 하셨어요."

"알았어. 그렇게 할게."

나는 흐뭇해서 씩 웃었다. 좋았어.

화장을 지우고 씻은 다음 파자마로 갈아입고 나니 거의 새벽 3시였다. 그런데도 별로 피곤하지 않았다. 지금 내게 필요한 건 수다였다. 마고 언니에게 오늘 있었던 일을 시시콜콜 얘기하고 싶었다. 스코틀랜드는 다섯 시간 더 빠르니 지금 아침 8시 정도 됐을 것이다. 언니는 일찍 일어나는 사람이니 시도해서 나쁠 건 없겠지.

전화를 걸었을 때 언니는 아침 먹으러 갈 준비를 하고 있었다. 언니가 화장대 위에 노트북을 올려놓고 얼굴에 선크림, 마스카라, 립밤을 바르는 동안 우리는 이야기를 나누었다.

나는 먼저 언니에게 파티가 어땠는지 얘기하고, 파티가 끝나고 나서 피터와 제너비브가 벨뷰에 나타난 이야기도 했다. 그리고 가장 중요한 부분인 존과의 키스까지 모조리 이야기했다. "언니, 나는 한 번에 두 사람 이상 사랑할 수 있을 것 같아." 어쩌면 나는 천이백 번 정도 사랑에 빠질 수도 있을 것 같다. 순간 내가 한 마리 꿀벌이 되어 데이지에서 장미로, 장미에서 백합으로 옮겨 다니며 꿀을 빠는 모습을 상상했다. 남자란 저마다 조금씩 다른 방식으로 달콤한 게 아닐까…….

"너 말이야?" 언니가 머리를 포니테일로 묶으려다가 손가락으로 화면을 톡톡 쳤다. "라라 진, 너는 누굴 만나든 일단 반쯤 사랑에 빠지고 보는 애잖아. 그게 네 매력이야. 사랑과 사랑에 빠지는 거 말이야."

언니 말이 맞는 것 같다. 나는 어쩌면 사랑과 사랑에 빠진 걸지도 모른다! 그것도 나름 괜찮은 것 같다.

라라 진의 두 번째 이야기

51

내일은 우리 동네에서 봄맞이 축제가 열린다. 키티는 나를 대신해서 케이크워크cakewalk 게임에 쓸 케이크를 하나 가져가겠다고 학부모회에 말해두었다. 케이크워크에서는 아이들이 음악에 맞춰 번호가 적힌 원을 따라 천천히 걷는다. 여기까진 의자에 먼저 앉기 놀이와 비슷하다. 그러다가 음악이 멈추면 무작위로 번호 하나를 추첨한다. 그럼 뽑힌 번호 앞에 서 있는 아이가 같은 번호의 케이크를 받아 간다. 내가 축제에서 가장 좋아하는 게임이 바로 케이크워크다. 집에서 만든 다양한 케이크도 구경할 수 있고 순전히 운에 따라 결정된다는 점도 좋다. 당연히 아이들은 케이크 테이블에서 가장 먹고 싶은 케이크를 찜해놨다가 원을 천천히 돌면서 케이크 번호에 뽑히려고 애쓰지만, 그것 말고는 딱히 할 수 있는 게 없다. 기술이나 재주가 필요하지 않은 게임이다. 말 그대로 옛날 음악에 맞춰 원을 따라 걷기만 하면 된다. 빵집에 가서 먹고 싶은 케이크를 구입하는 게 더 쉽긴 하지만, 어떤 케이크를 받게 될지 모른다는 기대와 설렘은 결코 무시할 수 없다.

나는 초콜릿 케이크를 준비할 계획이다. 아이들은 물론이고 대부분의 어른들도 초콜릿 맛을 가장 좋아한다. 장식은 프로스팅을 화려하게 넣으면 된다. 프로스팅으로는 솔티드 캐러멜이나 패션 프루트*를 생각 중이다. 모카 휩도 괜찮을 것 같다. 어두운 색에서 밝은 색으로 그러데이션을 넣은 옴브레 케이크를 만들어 볼까 하는 생각도 들었다. 내 케이크를 탐내는 사람이 많을 것만 같다.

오늘 아침 키티를 데리러 샤네의 집에 갔다가 샤네 어머니인 로저스 아줌마한테 케이크워크에 어떤 케이크를 낼 건지 물었다. 아줌마는 초등학교 학부모회 부회장이었다. 아줌마가 크게 한숨을 내쉬며 말했다. "식료품실에 있는 던컨하인즈 믹스 제품 중에 아무거나 써서 만들어야지. 아니면 푸드라이온 마트에 가서 사 오든지." 아줌마도 내게 무슨 케이크를 구울 거냐고 물었다. 내 계획을 이야기하자 아줌마가 말했다. "올해의 10대 엄마 상을 뽑을 때 너한테 투표할게." 나는 환하게 웃으며 각오를 다졌다. 정말 최고의 케이크를 만들어 '키티네 케이크'의 진면목을 모두에게 알려줘야지! 아빠나 마고 언니에게는 말하지 않았지만, 중학교 때 영어 선생님이 어머니날을 맞아 엄마와 딸을 위한 티타임을 마련한 적이 있다. 방과 후의 일정이고 꼭 참석하지 않아도 됐지만 나는 정말 참석하고 싶었다. 선생님이 준비한다는 샌드위치와 스콘도 맛보고 싶었다. 하지만 그건 엄마와 딸을 위한

---

* passion fruit. 브라질 원산의 아열대 식물. 보라색 또는 노란색 과실 속에 젤라틴 상태의 과육과 많은 씨앗이 있으며 향기가 매우 좋다.

라라 진의 두 번째 이야기

자리였다. 언니가 학교 행사에 친할머니를 모시고 간 적이 몇 번 있어서 나도 친할머니한테 부탁할 수도 있었지만 그건 같을 수가 없었다. 키티가 나처럼 그런 일에 마음 쓸 것 같진 않지만 그래도 난 신경이 쓰였다.

케이크워크는 초등학교 음악실에서 열린다고 했다. 자진해서음악도 준비해 가기로 한 나는 '설탕'이 들어간 노래로 음악 목록을 가득 채웠다. 디 아치스의 〈슈거, 슈거〉를 가장 먼저 넣었고, 〈슈거 색Sugar Shack〉〈슈거 타운〉〈내 사랑 슈거 파이I Can't Help Myself(Sugar Pie Honey Bunch)〉 같은 노래도 넣었다. 내가 음악실에 도착했을 때 피터네 엄마가 다른 아줌마와 함께 케이크를 배치하고 있었다. 나는 어쩔 줄 몰라 머뭇거렸다.

피터 엄마가 먼저 인사를 건넸다. "안녕, 라라 진." 피터 엄마는 미소를 지었지만 그리 반갑지 않은 눈빛이었다. 눈이 마주치는 순간 가슴이 철렁하고 내려앉았다. 나는 피터 엄마가 자리를 비운 후에야 마음을 놓을 수 있었다.

하루 종일 많은 사람이 모여들었다. 원하는 케이크를 받으려고 두 번 이상 게임에 참여하는 사람들도 있었다. 나는 아직 주인을 만나지 못한 내 캐러멜 초콜릿 케이크 쪽으로 사람들이 돌게 했다. 사람들의 시선을 사로잡은 건 독일식 초콜릿 케이크였다. 가게에서 사 온 게 분명해 보였지만, 남의 취향에 대해 내가 뭐라고 할 수는 없다. 나는 독일식 초콜릿 케이크가 너무 싫다. 대체 눅눅한 코코넛 조각을 왜 좋아하는지 모르겠다. 으, 싫어.

키티는 친구들과 한참 돌아다니다가 뒤늦게 나타나서 도와주겠다며 유세를 떨었다. 그렇게 한 시간쯤 지났을 때 피터가 동생 오언을 데리고 음악실에 나타났다. 스피커에서는 〈내게 설탕을 부어줘Pour Some Sugar on Me〉가 흘러나오고 있었다. 키티가 두 사람에게 다가가 인사하고 케이크를 보여주는 동안 나는 휴대폰만 쳐다봤다. 고개를 푹 숙인 채 문자를 보내는 척했다. 그때 피터가 내게 다가왔다.

"네 케이크는 어느 거야? 저 코코넛 조각 올려진 거?"

나는 고개를 번쩍 쳐들었다. "마트에서 파는 케이크는 취급 안 하거든?"

"농담이야, 커비. 네 건 저 캐러멜 초콜릿 케이크잖아. 프로스팅이 화려한 거 보면 딱 알아." 피터는 입을 다물고 주머니에 양손을 찔러 넣었다. "너도 알겠지만, 난 그날 젠이 너 잡는 거 도와주려고 양로원에 갔던 거 아니야."

나는 어깨를 으쓱했다. "벌써 제너비브한테 문자 보내서 내가 여기 있다고 알려줬을지도 모르지."

"몇 번을 말해. 난 그딴 게임에 관심 없다고 했잖아. 바보 같은 게임이야."

"난 아직 관심 많아. 어떻게 하면 이길지 궁리 중이야." 내가 다음 곡을 틀자 아이들이 둥글게 서서 뛰기 시작했다. "그래서 제너비브랑 다시 만나는 거야?"

"네가 무슨 상관인데?" 피터가 거칠게 내뱉었다.

나는 또다시 어깨를 으쓱했다. "둘이 결국 다시 만날 줄 알았어."

피터는 이 말에 발끈해서 나가려고 하다가 도로 멈춰 섰다. 그리고 뒷목을 문지르며 말했다. "그날 내 질문에 대답 안 했잖아. 매클래런이랑 데이트라도 한 거야?"

"네가 무슨 상관인데?"

피터가 콧김을 내뿜었다. "몇 주 전까지만 해도 넌 내 여자친구였잖아. 그러니까 상관하는 거야. 난 우리가 왜 헤어졌는지도 모르겠다고."

"네가 기억이 안 난다니 나도 무슨 말을 해야 할지 모르겠다."

"그냥 사실대로 말해. 나 약 올리지 말고." '약'이라는 단어를 발음할 때 피터의 목소리가 뒤집어졌다. 평소 같았다면 함께 웃음을 터뜨렸을 것이다. 지금 그럴 수 있다면 얼마나 좋을까. "너랑 매클래런이랑 대체 무슨 사이야?"

갑자기 무언가 걸린 것처럼 목이 메어서 아무 말도 할 수 없었다. "아무것도 아냐." 키스는 했지만. "우린 그냥 친구야. 존은 게임 도와주는 거고."

"말은 좋네. 처음에는 너한테 편지를 보내더니 이젠 너를 차에 태우고 다니질 않나, 양로원에서 같이 소꿉장난을 하질 않나."

"네가 네 입으로 편지는 괜찮다고 했잖아."

"뭐, 그랬던 것 같긴 한데."

"싫으면 싫다고 말했어야지." 키티가 미간을 잔뜩 찡그린 채 이쪽을 보고 있었다. "이 얘긴 더 이상 하고 싶지 않아. 난 일하러 온 거라고."

"매클래런이랑 키스했어?" 피터가 나를 노려보며 물었다.

사실대로 말해야 하나? 그래야 해? "그래. 한 번."

피터가 눈을 깜박였다. "그러니까 지금 네 말은, 그 바보 같은 게임을 시작했을 때부터, 아니, 시작하기 전부터 나는 잘 만나주지도 않으면서 매클래런하고 노닥거렸다는 거야?"

"우린 헤어졌잖아, 피터. 우리가 사귀는 동안에 제너비브랑 놀아난 건……."

피터가 턱을 치켜들고 소리쳤다. "난 키스 안 했거든!" 몇몇 어른이 우리를 쳐다봤다.

"두 팔로 제너비브를 안고 있었지." 나는 목소리를 낮춰 말했다. "껴안고 있었다고!"

"달래느라 그런 거라니까. 아우, 정말! 젠이 울어서 그랬다고 말했잖아! 나한테 복수하려고 매클래런이랑 키스한 거야?" 피터는 내가 그렇다고 대답해주길 바라고 있었다. 자기 때문에 그런 거라고 믿고 싶어 한다. 하지만 난 존과 키스할 때 피터는 안중에도 없었다. 존과 키스하고 싶어서 키스한 것뿐이다.

"아니야."

피터의 턱 근육이 씰룩거렸다. "나랑 헤어질 땐 남자친구에게 가장 중요한 사람이 되고 싶다는 말을 하더니 지금 이건 뭐야. 이건 널 가장 아끼는 사람을 내치는 거야." 피터는 불량스럽게 케이크 테이블 쪽을 가리켰다. "케이크나 만들어 먹는 게 더 좋은가 봐, 어?"

그 말이 내 가슴에 비수를 꽂았다. "그렇게 말하지 마. 왜 그런 소리를 해? 케이크 만들어 먹으면 당연히 좋지. 안 먹을 거면

라라 진의 두 번째 이야기

뭐하러 만들어?"

피터가 인상을 찡그렸다. "내 말은 그게 아니잖아. 알면서 왜 딴소리야!"

음악이 끝나자 아이들이 자기 케이크를 받으러 갔다. 그중엔 키티와 오언도 있었다. "형, 가자." 오언이 피터에게 말했다. 오언의 손에는 내 캐러멜 초콜릿 케이크가 들려 있었다.

피터는 케이크를 흘깃 보더니 매서운 눈으로 나를 노려보았다. "이 케이크는 싫어."

"형이 이거 받아 오라고 했잖아!"

"이제 싫다고! 도로 갖다놓고 저 끝에 있는 무지개색 설탕 뿌려진 거나 가져와."

"그렇게는 안 돼. 케이크워크는 그렇게 하는 게 아냐. 자기가 서 있던 자리 번호대로 받아 가야 해." 키티가 피터에게 말했다.

피터가 당황해서 입을 쩍 벌렸다. "아, 그냥 바꿔줘."

키티가 내 옆으로 다가오며 말했다. "안 돼."

피터가 오언을 데리고 나간 후 나는 뒤에서 키티를 꼭 끌어안았다. 결국 키티는 내 편이었다. 송 자매는 언제나 하나다.

52

키티는 축제에 남아 더 놀고 싶어 했다. 나는 하는 수 없이 혼자 차를 끌고 집으로 돌아가다가 도로에서 제너비브의 차를 발견했다. 그렇게 미행이 시작되었다. 드디어 제너비브를 무너뜨릴 기회가 찾아왔다.

제너비브는 여전히 운전이 거칠었다. 신호가 바뀌기 직전에 내빼는 버릇 때문에 몇 번 놓칠 뻔하기도 했다. *차로 미행하기엔 내 운전 실력이 부족하다고!* 나는 제너비브를 향해 소리를 버럭 지르고 싶었다.

제너비브의 차가 어느 건물 앞에 멈춰 섰다. 내 기억에 따르면 제너비브의 아빠 사무실이 이 건물에 있을 것이다. 제너비브가 건물 안으로 들어가는 걸 보고 나도 같은 골목에 차를 세웠다. 너무 가까이 붙이지는 않았다. 먼저 시동을 끈 다음 들키지 않으려고 좌석을 뒤로 눕혔다.

그렇게 10분쯤 가만히 앉아 있었다. 제너비브가 주말에 아빠 사무실을 찾은 이유가 뭔지 짐작도 되지 않았다. 비서 일을 도우러 온 건가? 어쩌면 한동안 이러고 있어야 할 것 같다. 영원히 기다려야 한다면 영원히 기다릴 것이다. 무슨 일이 있어도 나는 이길 거니까. 소원도 필요 없다. 그냥 이기기만 하면 된다.

차에 앉아 졸고 있는데 두 사람이 건물에서 나왔다. 정장에 갈색 수트를 입은 남자는 제너비브의 아빠였고, 옆에 젊은 여자가 함께 있었다. 나는 앉은 채로 최대한 몸을 낮췄다. 처음에는 옆의 여자가 제너비브인 줄 알았는데 제너비브보다 키가 커 보였다. 나는 눈을 가늘게 뜨고 다시 확인했다. 내가 아는 여자 같다. 저 여자는 마고 언니와 같은 학년이었는데…… 마고 언니와 함께 봉사활동했던 언니다. 맞다, 애나 힉스. 두 사람은 함께 주차장으로 나와 여자의 차 쪽으로 향했다. 여자가 차 열쇠를 찾느라 주머니를 뒤지고 있는데, 제너비브의 아빠가 여자의 팔을 잡아 돌려세우더니 키스를 하기 시작했다. 아주 정열적이었다. 혀까지 써가며 키스를 퍼부었고, 두 손으로는 여자의 몸을 계속 더듬었다.

세상에, 저 여자는 마고 언니랑 동갑이라고! 아직 열여덟 살밖에 안 됐다고! 그런데 제너비브의 아빠는 성인 여자를 대하듯 키스를 퍼붓고 있다. 딸을 둔 아빠가 저럴 수 있다니! 저 여자도 누군가의 딸일 텐데…….

갑자기 속이 울렁거렸다. 어떻게 아내를 두고 저런 짓을 할 수 있지? 제너비브를 생각하면 정말……. 제너비브도 아는 걸까? 안 좋은 일이 있다는 게 이거였을까? 만약 우리 아빠가 저런 짓을 한다면 나는 아빠를 절대 이전처럼 대할 수 없을 것 같다. 내 인생도 더 이상 이전 같지 않을 것이다. 아빠가 그런 짓을 한다면 그건 가족에 대한 배신일 뿐 아니라, 아빠라는 사람에 대한 배신이기도 하다.

나는 더 이상 보고 싶지 않아 두 사람이 차를 타고 나갈 때까지 계속 고개를 숙이고 있었다. 잠시 후 차에 시동을 걸려고 하는데, 제너비브가 어깨를 굽히고 팔짱을 낀 채 건물에서 나왔다.

세상에, 제너비브가 나를 봤다. 제너비브는 눈을 가늘게 뜨고 내 쪽을 노려보더니 곧장 다가왔다. 차를 빼고 싶었지만 그럴 수 없었다. 제너비브가 내 앞에 서서 창문을 내리라고 거칠게 손짓했다. 나는 창문을 내렸지만 제너비브의 눈을 바라볼 수 없었다.

"너도 봤어?" 제너비브가 다짜고짜 물었다.

"아니, 난 아무것도……." 나는 힘없이 대답했다.

제너비브의 얼굴이 벌겋게 달아올랐다. 내 대답이 거짓말이라는 걸 아는 것이다. 순간 제너비브가 울음을 터뜨릴까 봐 겁이 났다. 어쩌면 나를 한 대 칠지도 모른다. 차라리 때렸으면 좋겠다. "어서 해." 제너비브가 말했다. "어서 날 잡으라고. 그러려고 여기 온 거잖아." 나는 고개를 저었다. 제너비브는 운전대를 잡고 있던 내 손을 낚아채서 자기 쇄골을 때렸다. "자, 네가 이겼어, 라라 진. 게임 끝이야."

제너비브는 발을 돌려 자기 차로 향했다.

외할머니가 알려주신 한국어 중에 그런 말이 있다. '정情'이라고. 서로 사랑하던 두 사람이 미워하게 돼도 칼로 베듯 끊어낼 수 없는 연결고리 같은 게 정이라고 했다. 미움이 쌓여도 예전의 감정이 어느 정도는 남아 있기 마련이며, 그래서 쉽게 떨쳐낼 수 없는 게 인연이라고 했다. 상대에 대한 애정이 마음 어딘가에는 항상 살아 있을 거라고도 했다. 아마도 내가 지금 제너비브에게 느끼는 감정 중에 그 정이라는 게 포함되어 있는 것 같다. 정 때문에 제너비브를 미워할 수 없는 것이다. 우리 두 사람은 그렇게 연결되어 있다.

피터가 제너비브를 놓지 못하는 것도 정 때문이 아닐까? 두 사람도 정으로 연결되어 있으니까. 우리 아빠가 제너비브 아빠처럼 그런 짓을 저지른다면, 나 역시 나를 절대 저버리지 않을 누군가에게 도움을 청하고 싶을 것이다. 언제나 같은 자리에서 나를 사랑해주는 사람에게 의지하고 싶을 것이다. 제너비브에게는 피터가 그런 사람이다. 그러니 그런 일로 제너비브를 시기할 수는 없다.

53

팬케이크로 아침식사를 마치고 주방을 정리하는데 아빠가 말했다. "송 자매 중에 곧 생일인 사람이 있는 것 같은데……." 그러더니 노래를 시작했다. *"너는 열여섯, 이제 곧 열일곱……."* 갑자기 아빠에 대한 애정이 마구 샘솟았다. 이런 사람이 우리 아빠라니, 나는 정말 행운아다.

"그게 무슨 노래예요?" 키티가 불쑥 끼어들었다.

나는 키티와 손을 맞잡고 주방을 빙그르르 돌았다. *"나는 열여섯, 이제 곧 열일곱, 내가 아직 순진하다는 건 나도 알아요. 남자들은 내게 예쁘다고 하겠죠. 정말 그렇게 믿을래요."*

아빠는 어깨에 행주를 걸치고 행군하는 것처럼 제자리걸음을 했다. 그리고 저음의 바리톤으로 노래를 이어받았다. *"당신에게 조언해줄 현명하고 나이 많은 사람이 필요해요……."*

"성차별주의자 같은 노래잖아!" 내가 한 팔로 키티의 허리를 안고 뒤로 눕히는 동작을 할 때 키티가 이렇게 말했다.

"그건 그래." 아빠도 행주로 키티를 툭 치며 동의했다. "그 남자애도 나이가 많거나 현명한 건 아니었으니까. 나치 훈련병이었잖아."

"대체 무슨 얘기 하는 건데?" 키티가 혼자 멀찍이 떨어져 서서 물었다.

"영화 〈사운드 오브 뮤직〉에 나오는 노래야." 내가 말했다.

"그 수녀 나오는 영화 말하는 거야? 난 그거 안 봤어."

"어떻게 〈소프라노스〉는 봤으면서 〈사운드 오브 뮤직〉을 안 볼 수 있어?"

"키티가 〈소프라노스〉를 봤다고?" 아빠가 깜짝 놀란 목소리로 물었다.

"그냥 예고만 본 거예요." 키티가 재빨리 변명했다.

나는 정자에서 노래 부르던 첫째딸 리즐처럼 빙글빙글 돌면서 혼자 노래를 계속했다. *"나는 열여섯, 이제 곧 열일곱, 장미처럼 순결하죠…… 남자들은 내게 예쁘다고 하겠죠. 정말 그렇게 믿을래요…….."*

"왜 알지도 못하는 남자가 하는 말을 믿겠다는 거야?"

"노래잖아, 내 얘기가 아니라! 아, 진짜!" 나는 멈춰 섰다. "그런데 리즐의 행동은 멍청했어요. 리즐 때문에 가족들이 나치한테 잡힐 뻔했잖아요."

"굳이 말하자면 나는 폰 트랩 대령 잘못이라고 생각해. 롤프는 아직 어린애나 마찬가지잖아. 롤프는 폰 트랩 가족을 그냥 보내주려고 했는데 게오르그가 굳이 맞서려고 했으니까." 아빠는 고개를 저으며 덧붙였다. "게오르그 폰 트랩은 자존심이 너무 강한 사람이야. 아, 우리 〈사운드 오브 뮤직〉의 밤을 여는 건 어때?"

"좋아요." 내가 말했다.

"진짜 이상한 영화 같아. 게오르그라니, 무슨 이름이 그래?" 키티가 말했다.

아빠와 나는 키티가 없는 것처럼 계속 대화를 이었다.

"오늘 저녁 어때? 내가 타코를 준비할게!" 아빠가 물었다.

"저는 안 돼요. 오늘은 벨뷰에 가야 해요."

"그럼 키티 너는 어때?" 아빠가 키티에게 물었다.

"소피네 엄마가 라크스 케이크* 만드는 거 가르쳐준댔어요. 라크스 위에 애플소스 뿌리면 더 맛있는 거 아셨어요?"

아빠의 어깨가 축 처졌다. "그래, 그건 나도 알아. 앞으로 너희랑 놀려면 한 달 전에 예약해야겠구나."

"아니면 로스차일드 아줌마를 초대하세요. 아줌마도 주말을 쓸쓸하게 보내거든요." 키티가 말했다.

아빠가 우스꽝스러운 표정을 지었다. "무얼 하든 옆집 사람이랑 〈사운드 오브 뮤직〉을 보는 것보단 나을 것 같은데?"

"꼭 타코 만드세요! 인기 만점이잖아요. 물론 아빠도 인기 만점이지만." 내가 신나서 끼어들었다.

"아빠는 언제나 인기 만점이거든?" 키티도 가세했다.

"얘들아."

"잠깐만요." 내가 아빠의 말을 가로막았다. "한마디만 더 할게요. 아빠도 사람을 좀 만나셔야 해요."

---

* 으깬 감자로 만드는 팬케이크의 한 종류.

"사람 만나거든!"

"여태 두 번인가 만난 게 전부잖아요." 내 말에 아빠는 반박할 기운도 없는 모양이었다. "로스차일드 아줌마한테 데이트 신청해보세요. 예쁘고, 직업도 있고, 키티가 좋아하고, 가까이 사는 것도 좋잖아요."

"그러니까 데이트 신청하면 안 되는 거야. 이웃이나 직장 동료하고 데이트하면 안 돼. 오다가다 계속 마주칠 텐데 잘 안되면 곤란하잖아."

"밥 먹는 데서 똥 때리지 말라는 거랑 같은 말이죠?" 키티의 말에 아빠가 이마를 찌푸렸다. 키티가 재빨리 정정했다. "밥 먹는 데서 볼일 보지 말라고요. 그 말씀 하신 거죠?"

"그래. 내 말이 그 말이야. 그런데 앞으로 험한 말은 안 썼으면 좋겠어."

"죄송해요. 그래도 로스차일드 아줌마한테 기회는 한 번 주셔야 한다고 생각해요. 잘 안되면 어쩔 수 없는 거고요." 키티가 잘못했다는 투로 대답했다.

"너희가 너무 큰 기대를 품을까 봐 걱정돼서 그래."

"인생이 그런 거죠. 항상 잘 풀리는 건 아니잖아요. 라라 진 언니랑 피터 오빠를 보세요." 키티가 말했다.

"와, 정말 너무하네!" 나는 키티를 노려보았다.

"그냥 내 말이 맞다는 근거를 댄 것뿐이야." 키티는 이렇게 대답하더니 아빠에게 가서 두 팔로 허리를 끌어안았다. 키티만큼 목적 달성을 위해 최선을 다하는 아이도 없을 것이다. "한번 생각해보세요, 아빠. 타코, 수녀, 나치, 그리고 로스차일드 아줌마."

아빠가 한숨을 내쉬었다. "로스차일드 아줌마는 분명 약속이 있을 거야."

"아빠가 데이트 신청하면 아줌마가 받아들인다고 했어요." 나도 모르게 이 말이 불쑥 튀어나왔다.

"정말 그랬어? 진짜야?" 아빠는 깜짝 놀랐다.

"진짜예요."

"어…… 그럼 데이트 신청을 해봐야겠다. 커피나 술 한잔하자고 해야지. 첫 데이트에 〈사운드 오브 뮤직〉은 너무 기니까."

키티와 나는 함성을 지르며 하이파이브를 했다.

    나, 마고 언니, 조시 오빠가 생일날 작은 식당에서 아침식사를 함께하는 건 우리 세 사람의 전통 비슷한 것이었다. 내 생일이 주중이면 우리는 일찍 일어나서 등교하기 전에 식당에 들렀다. 내가 블루베리 팬케이크를 주문하면 마고 언니가 팬케이크에 초를 하나 꽂고 조시 오빠와 함께 생일축하 노래를 불러주었다.

    내 열일곱 살 생일 아침, 조시 오빠에게서 생일축하 문자가 왔다. 나는 그걸 식당에서 만날 일 없다는 뜻으로 받아들였다. 조시 오빠한테도 새 여자친구가 생겼는데, 마고 언니 없이 우리 둘만 식당에 가면 이상할 것 같긴 하다. 문자로 충분하다.

    아빠가 아침식사로 초리소 소시지를 넣은 스크램블드에그를 만들어줬다. 키티는 제이미 사진을 덕지덕지 붙인 커다란 카드를 주었다. 마고 언니는 화상통화로 생일을 축하해줬다. 내 선물이 그날 오후나 다음 날 도착할 거라는 말도 빼먹지 않았다.

    학교에 가니 크리스와 루커스가 자판기에서 뽑은 도넛에 초를 하나 꽂고 복도에서 생일축하 노래를 불러줬다. 크리스는 립스틱을 선물로 주며 "나쁜 여자가 되고 싶을 때를 위한 레드"라고 말했다. 화학 시간에 피터를 보았지만 피터는 아무 말 없었다. 내 생일인 것도 모르는 것 같았다. 그런 식으로 헤어졌는데 피터에게 축하의 메시지를 기대하는 게 어이없긴 하다. 특별한 사건은 없었지만 충분히 좋은 날이라는 것에는 변함이 없었다.

수업이 모두 끝나고 나오니 학교 앞에 주차된 존의 차가 보였다. 존은 차 앞에 서 있었지만 아직 나를 못 본 모양이었다. 화창한 오후에 내리쬐는 햇살을 받으니 존의 금발이 후광처럼 환하게 빛을 발했다. 그 모습을 보는 순간, 열렬히 탐구하는 마음으로 존을 사랑했던 아득한 과거의 기억이 본능적으로 다시 나를 사로잡았다. 저 가느다란 두 손과 저 광대뼈가 만들어낸 곡선에 얼마나 감탄했는지 모른다. 그때 그 시절엔 존의 얼굴을 마음에 새겨 두고 완벽하게 암기했던데…….

나는 서둘러 존에게 다가갔다. "안녕!" 내가 손을 흔들며 말했다. "어떻게 이 시간에 여기 있는 거야? 오늘 학교 안 갔어?"

"조금 일찍 나왔어."

"네가? 존 앰브로즈 매클래런이 조퇴를 했다고?"

존이 웃었다. "이걸 주려고." 존이 코트 주머니에서 상자를 하나 꺼냈다. "자, 받아."

나는 상자를 받아 들었다. 묵직하고 단단한 게 들어 있는 것 같았다. "이거…… 지금 열어봐도 돼?"

"너 좋을 대로 해."

나는 포장지를 뜯었다. 나를 바라보는 존의 시선이 느껴졌다. 포장지를 뜯으니 하얀 상자가 나왔다. 존은 초조해 보였다. 나는 미소 지을 준비를 했다. 이 상자에 무엇이 들어 있든 분명 내 마음에 들 테니 안심해도 된다고 말해주고 싶었다. 존이 나를 위해 선물을 준비했다는 사실만으로도 나는…… 오, 세상에!

얇은 하얀색 포장지를 펼치니 황동 받침대에 놓인 오렌지만 한 스노 글로브가 보였다. 소년과 소녀가 그 안에서 아이스스케이트를 타고 있었다. 빨간 스웨터를 입고 귀마개를 두른 소녀는 팔과 다리로 8자를 만들었고, 소년은 소녀를 보며 감탄하는 모습이었다. 호박 보석 안에 갇힌 채 시간이 멈춘다면 이렇게 될까? 완벽한 한 순간을 유리알 안에 그대로 옮겨놓은 것 같다. 눈이 내리던 4월의 그날 밤처럼.

"맘에 들어." 내가 말했다. 정말 마음에 쏙 들었다. 나를 정말 잘 아는 사람만 줄 수 있는 선물이었다. 나를 알아주는 사람이 있고, 나를 이해해주는 사람이 있다는 건 정말이지 굉장한 기분이었다. 눈물이 날 것 같았다. 지금 이 순간과 이 스노 글로브를 영원히 간직하고 싶다.

나는 까치발로 서서 존을 껴안았다. 존도 두 팔로 나를 꼭 안아주었다. "생일 축하해, 라라 진."

존의 차에 올라타려는데 저쪽에서 우리를 향해 성큼성큼 걸어오는 피터의 모습이 보였다. "잠깐 기다려봐." 피터의 얼굴에 기분 좋은 미소가 살짝 감돌았다.

"안녕?" 나는 힘없이 인사했다.

"안녕, 카빈스키." 존도 인사를 건넸다.

피터가 존을 보고 고개를 끄덕해 보였다. "생일 축하한다는 말을 아직 못 해서."

"아까 화학 시간에 봤잖아." 내가 말했다.

"그렇긴 한데 네가 급하게 나가버리더라고. 줄 게 있어. 손 내밀어봐." 피터는 내 손에서 스노 글로브를 가져가더니 존에게 건넸다. "잠깐 이것 좀 들어줄래?"

나는 피터에게서 존으로 시선을 옮겼다. 왠지 불안했다.

"손 내밀어봐." 피터가 재촉했다. 나는 손을 내밀기 전에 존의 얼굴을 한 번 더 바라보았다. 피터는 주머니에서 무언가를 꺼내 내 손바닥에 내려놓았다. 내 하트 로켓이었다. "원래 네 거잖아."

나는 머뭇거리다 입을 열었다. "난 네가 엄마한테 환불받은 줄 알았어."

"아니야. 다른 여자한테 가는 걸 볼 수는 없지."

나는 눈을 깜박였다. "피터, 나는 이거 못 받아." 나는 목걸이를 돌려주려고 했지만 피터는 고개를 저으며 받지 않으려고 했다. "피터, 가져가."

"싫어. 네가 내게 돌아오면 네 목에 그 목걸이를 다시 걸어주고, 핀도 줄 거야." 피터는 내 눈을 마주보고 말했다. "1950년대에 그렇게 했다며? 기억하지, 라라 진?"

나는 입을 열었다가 그냥 다물었다. "그 핀은 그런 의미가 아니었던 것 같은데." 나는 목걸이를 건네며 말했다. "부탁이야, 제발 가져가."

"소원이 뭔지 말해봐." 피터는 물러서지 않았다. "무슨 소원이든 상관없어. 내가 들어줄게, 라라 진. 뭐든 말만 해."

머리가 어지러웠다. 학교 건물에서 주차장으로 향하는 아이들이 우리 옆을 스쳐 지나가는 가운데 내 옆에는 존이 있고, 피터는 이 세상에 자기와 나 둘밖에 없다는 듯 나만 바라보고 있었다.

존의 목소리가 들리는 순간 나는 다시 정신을 차렸다. "지금 뭐 하는 거야, 카빈스키?" 존이 고개를 절레절레 저었다. "너도 참 한심하다. 라라 진한테 그런 짓 해놓고 이제 와서 너한테 돌아오길 바라는 거야?"

"너는 빠져, 선댄스 키드." 피터가 날카롭게 쏘아붙였다. 그리고 내게 다시 부드러운 목소리로 말했다. "내 맘 아프게 하지 않겠다고 약속했잖아. 계약서에 그렇게 적어놓고 내 맘 아프게 하면 어떡해, 커비."

피터가 이렇게까지 진심을 담아 말하는 건 본 적이 없었다. "미안해." 나는 겨우 목소리를 냈다. "난 못 하겠어."

나는 피터를 외면하고 존의 차에 올라탔다. 하지만 내 손에는 피터의 목걸이가 놓여 있었다. 뒤돌아보았을 땐 이미 멀리 떠나온 후였다. 피터가 아직 그 자리에 서 있는지 확인할 수 없었다. 심장이 마구 뛰기 시작했다. 둘 중에 누굴 잃으면 더 후회하게 될까? 현실 속의 피터일까, 아니면 꿈속의 존일까? 내 옆에 없으면 안 되는 사람은 누구일까?

존과 손을 맞잡았던 날이 떠올랐다. 눈밭에 나란히 누워 있을 때였다. 존이 웃을 때 파란 눈동자가 더 파랗게 빛났다. 그 파란 눈동자를 포기하고 싶지 않다. 하지만 피터도 포기하고 싶지 않다. 두 사람 모두 내가 사랑하고 싶은 모습을 너무나 많이 갖고 있다. 피터에게는 남자다운 자신감, 인생을 낙관적으로 보는 태도, 키티를 아끼는 상냥한 마음이 있다. 그리고 우리 집 앞에 서 있는 피터의 차를 볼 때마다 가슴이 두근거리는 것도 좋다.

존과 나는 잠시 아무 말이 없었다. 존이 정면에 시선을 고정한 채 물었다. "내게도 기회가 있었을까?"

"너와는 정말 마음 편하게 사랑에 빠질 수 있었을 거야." 나는 낮은 목소리로 말했다. "이미 절반 정도는 사랑에 빠진 거나 다름없었으니까." 존의 목젖이 위아래로 움직였다. "내 기억 속의 넌 정말 완벽했어. 지금도 완벽하고. 꿈속에서 그대로 걸어 나온 것처럼 말이야. 내가 사랑했던 남자들 중에 한 명을 고르라면 널 고를 거야."

"그런데?"

"그런데…… 나는 아직 피터를 사랑해. 어쩔 수가 없어. 피터가 처음으로 내 가슴에 들어와서…… 나가려고 하질 않아."

존이 패배한 사람처럼 한숨을 내쉬었다. 그 소리를 들으니 가슴이 아팠다. "망할, 카빈스키." 존이 말했다.

"미안해. 하지만 너도 좋아해. 정말 좋아해. 우리가…… 중학교 2학년 때 댄스 파티에 갔다면 더 좋았을 텐데."

존 앰브로즈 매클래런은 마지막으로 이렇게 말했다. "그땐 우리가 인연이 아니었던 것 같아. 지금도 아닌 것 같고." 이 말에 나는 가슴이 너무나 벅차올랐다. 존은 내 눈을 빤히 바라보며 말했다. "어쩌면 나중에 다시 기회가 찾아올 수도 있겠지."

55

화장실에서 머리를 다시 묶고 있는데 제너비브가 들어왔다. 나는 입이 바싹 말랐다. 제너비브도 잠시 머뭇거리다 화장실 개인 칸 쪽으로 향했다. 내가 먼저 입을 열었다. "자꾸 화장실에서 보네." 제너비브는 대답이 없었다. "젠…… 며칠 전엔 내가 미안했어."

제너비브가 휙 돌아서더니 내게 다가왔다. "네 사과는 필요 없어." 그리고 내 팔을 움켜잡았다. "하지만 누구한테든 얘기하면 내가 정말……."

"말 안 해! 말 안 한다고! 절대 안 해." 내가 크게 외쳤다.

제너비브가 내 팔을 놓았다. "나한테 미안해서 그러는 거지?" 그러면서 씁쓸하게 웃었다. "정말 위선자가 따로 없다니까. 다정하고 상냥한 척 여기저기 들이밀고 다니는 것도 진짜 넌덜머리가 나. 다른 애들은 속일 수 있겠지만 난 네가 어떤 애인지 잘 알아."

제너비브의 말투에서 얼마나 깊은 원한이 느껴지는지 기가 막힐 정도였다. "내가 너한테 뭘 어쨌다고 그래? 왜 그렇게 날 싫어하는 거야?"

"적당히 좀 해. 아무것도 모른다는 척 연기하지 마. 네가 내 뒤통수 친 거 인정하라고."

"잠깐만. 내가 너한테 무슨 뒤통수를 쳤는데? 인터넷에 내 동영상 올린 건 너잖아! 네 기분이 그렇다고 해서 상황을 뒤바꾸려고 하면 안 되지. 나는 에포닌이고 네가 코제트라고! 이제 와서 날 코제트로 둔갑시키지 마!"

제너비브의 입술이 일그러졌다. "대체 뭔 소리를 하는 거야?"

"〈레미제라블〉!"

"난 뮤지컬 같은 거 안 봐!" 제너비브는 돌아서서 나가려고 하다가 발을 멈추고 말했다. "중학교 1학년 때 너희 둘이 같이 있는 거 봤어. 네가 피터한테 키스하는 거 봤다고."

제너비브가 거기 있었다고?

제너비브는 놀라는 나를 보고 재미있어하는 눈치였다. "그날 재킷을 놓고 나와서 되돌아갔더니 너네 둘이 소파에서 키스하고 있더라. 넌 친구끼리 어기면 안 되는 규칙을 어긴 거야. 어쩌다 네 마음속에선 내가 악역이 된 모양인데, 이것만은 분명히 알아둬. 난 그냥 못되게 굴고 싶어서 못되게 군 게 아냐. 다 네가 자초한 일이지."

머리가 어질어질했다. "알고 있었으면서 왜 나랑 계속 친구 했던 거야? 나랑 관계를 끊은 건 훨씬 이후의 일이잖아."

제너비브가 어깨를 으쓱했다. "네가 보는 앞에서 제대로 엿 먹이고 싶었거든. 피터는 결국 내 차지가 됐지, 네가 아니라. 정말이야, 그날 그 순간부터 너와 나는 친구가 아니었어."

라라 진의 두 번째 이야기

이상하다. 그동안 제너비브에게 들은 모든 말 중에 지금 들은 말이 가장 가슴 아프다. "정확히 하자면 내가 먼저 피터한테 키스한 게 아니야. 피터가 내게 키스한 거야. 피터가 키스하기 전까진 그 앨 남자로 생각하지도 않았어."

"그날 피터가 네게 키스한 건 오로지 내가 피터에게 키스해주지 않았기 때문이야. 넌 대용품이었던 거지." 제너비브가 한 손으로 머리를 쓸어 넘겼다. "그때 네가 털어놨다면 용서했을지도 몰라. 그랬을 수도 있었다는 얘기야. 넌 결국 아무 말도 하지 않았지만."

나는 침을 삼켰다. "말하고 싶었어. 그게 내 첫 번째 키스였지만, 날 좋아하지도 않는 엉뚱한 남자애와 키스했다는 걸 인정하고 싶진 않았어."

이제야 알겠다. 제너비브가 왜 그렇게 나와 피터를 떨어뜨려 놓으려고 했는지 알 것 같다. 피터에게 의지하는 척하면서 자기가 여전히 피터에게 가장 중요한 사람이라는 걸 확인하고 싶었던 것이다. 제너비브가 그동안 내게 한 짓들은 변명의 여지가 없지만 이제 내 잘못도 눈에 들어온다. 그날 제너비브에게 피터와 키스한 걸 솔직히 털어놨어야 했다. 제너비브가 피터를 얼마나 좋아하는지 잘 알고 있었으니까.

"미안해, 제너비브. 진심이야. 시간을 되돌릴 수 있다면 정말 되돌리고 싶은 심정이야." 제너비브가 놀란 표정을 지었다. 마음이 조금 누그러진 것 같았다. 나는 충동적으로 내뱉었다. "우리 예전에 친구였잖아. 다시 예전처럼 친구가 될 수 있을까?"

제너비브는 하늘의 달을 따달라는 부탁이라도 들은 것처럼 어처구니없다는 표정으로 나를 노려보았다. "정신 차려, 라라 진."

정신이 번쩍 들었다. 여러 가지 의미에서······.

56

　나는 오두막에 누워 창밖을 내다보았다. 달이 가느다랗게 빛났다. 손톱깎이로 잘라낸 엄지손톱 같다. 내일이면 오두막은 더 이상 없다. 이전까진 아무 생각이 없었는데 막상 사라진다고 하니 너무 아쉽다. 어린 시절 가지고 놀던 장난감을 잃어버렸을 때와 비슷한 기분이랄까. 평소엔 별 관심 없었는데 더 이상 가질 수 없게 되면 갑자기 소중해지는 그런 것 말이다. 어쨌든 이 오두막은 단순한 오두막 이상이었다. 어린 시절을 향해 작별을 고하는 느낌이었고, 모든 게 끝나는 기분이었다.

　몸을 일으켜 앉으니 그게 눈에 들어왔다. 마룻바닥 틈새에 풀잎처럼 삐죽 튀어나와 있는 보라색 실 쪼가리……. 실 끝을 잡아당겨 보았다. 내가 제너비브에게 주었던 우정 팔찌다.

　정말이야, 그날 그 순간부터 너와 나는 친구가 아니었어.

　그건 사실이 아니었다. 우리는 그 후에도 계속 밤샘 파티와 생일 파티를 함께했다. 제너비브는 부모님이 이혼할 것 같을 때마다 내게 울며 두려움을 털어놓았다. 그동안 계속 나를 미워할 수는 없었던 것이다. 제너비브가 한 말은 사실이 아니었다. 이 우정 팔찌가 그 증거다.

제너비브는 가장 아끼는 보물을 타임캡슐에 넣을 때 이 팔찌를 선택했다. 내가 내 우정 팔찌를 선택한 것처럼. 그런데 타임캡슐 파티를 할 때 그 팔찌를 몰래 꺼내서 숨긴 것이다. 나한테 보여주고 싶지 않았던 거겠지. 하지만 이제 나도 알 것 같다. 제너비브에게 내가 소중한 사람이었다는 것을. 우리 두 사람이 한때 진정한 친구였다는 것을. 두 눈에 눈물이 맺혔다. 안녕, 제너비브. 안녕, 내 중학교 시절의 추억. 안녕, 나의 오두막. 뜨거웠던 그해 여름, 내게 소중했던 모든 것들이여, 안녕.

인생을 살다 보면 사람들이 끊임없이 내게 들어왔다가 나간다. 그들이 내 세상의 전부인 듯한 기분이 들 때가 있다. 그러다가 어느 순간 더 이상 아무것도 아닌 게 되어버린다. 누구와 얼마나 함께할 수 있을지는 알 수 없다. 1년 전만 해도 조시 오빠가 내 인생에서 빠져나갈 거라고는 전혀 상상하지 못했다. 그리고 마고 언니를 매일 보지 못하는 기분이 어떨지, 언니가 옆에 없으면 얼마나 허전할지 생각해보지 못했다. 내가 미처 깨닫기도 전에 조시 오빠는 내 인생에서 빠져나가고 없었다. 이런 이별은 감당하기 힘들다.

"커비?" 깜깜한 나무 아래서 피터의 목소리가 들렸다.

"나 여기 있어." 나는 일어나 앉았다.

피터는 천장에 머리를 부딪히지 않으려고 고개를 잔뜩 수그린 채 재빨리 사다리를 타고 올라와 반대쪽 벽에 붙어 앉았다. 우리는 그렇게 마주보고 앉았다. "내일 오두막을 불도저로 밀어

버릴 거래." 내가 말했다.

"뭐? 진짜?"

"응. 새로 이사 오는 분들이 정자를 세운대. 있잖아, 영화 〈사운드 오브 뮤직〉에 나오는 그런 거."

피터가 한쪽 눈을 찡그리며 물었다. "왜 나를 여기로 부른 거야, 라라 진? 〈사운드 오브 뮤직〉 얘기나 하자고 부른 것 같지는 않은데."

"제너비브 일 나도 알고 있어. 그 비밀 말이야."

피터는 벽에 등을 기대고 고개를 뒤로 젖혔다. 머리가 벽에 닿으며 작게 쿵 소리가 났다. "걔네 아빠 진짜 쓰레기야. 전에도 바람피운 적은 있는데 그렇게 어린 여자랑 바람난 건 이번이 처음이고." 피터는 마침내 말할 수 있게 되어 안도한 듯 장황하게 설명했다. "걔네 부모님 사이가 정말 안 좋았을 땐 젠이 자해하려고 했어. 그래서 내가 옆에서 젠을 지켰던 거야. 그게 내 임무였으니까. 나도 가끔 무섭긴 했지만 그게 싫지는 않더라고…… 누가 나를 필요로 한다는 게……." 피터는 한숨을 내쉬었다. "나도 알아. 젠이 날 이용했을 수도 있다는 거. 처음부터 알고 있었어. 그런데 아무것도 모르는 척하는 게 더 쉬웠던 것 같아. 나도 겁이 났거든."

"뭐가?" 나는 숨을 내쉬며 물었다.

"네가 실망할까 봐." 피터가 시선을 멀리 돌렸다. "섹스가 네게 중요한 일이라는 거 나도 알아. 그래서 더 망치고 싶지 않았어. 너는 순결하니까, 라라 진. 그런데 내 과거가 너무 복잡한 거 같아서……."

나는 피터에게 말해주고 싶었다. *네 과거에는 전혀 신경 쓰지 않는다고.* 하지만 그건 사실이 아니었다. 그리고 그제야 나는 깨달았다. 제너비브를 잊지 못한 사람은 피터가 아니라 나라는 사실을. 피터를 만나는 내내 나는 제너비브와 나를 비교했다. 어떻게 비교하든 나는 제너비브에 비해 부족했다. 피터와 제너비브의 관계에 비하면 피터와 나의 관계는 하찮아 보였다. 제너비브를 놔주지 않은 사람은 나였다. 피터와 내 관계가 가망 없다고 생각한 사람도 바로 나였다.

갑자기 피터가 물었다. "네 소원이 뭐야, 라라 진? 네가 게임에서 이겼잖아. 어쨌든 축하해. 네가 이겼어."

나는 감정이 복받쳤다. "너와 함께했던 시간으로 되돌아갔으면 좋겠어. 너는 너다운 모습으로, 나는 나다운 모습으로 같이 즐겁게 지내고 싶어. 나중에 늙어서 지금 이 순간을 돌이켜봤을 때 정말 달콤한 첫사랑이었다고 생각할 수 있었으면 좋겠어." 마지막 문장을 말할 때 얼굴이 뜨겁게 달아올랐다. 하지만 솔직히 말할 수 있어서 기뻤다. 잠깐이긴 했지만 피터가 달콤하고 부드러운 눈으로 나를 바라보았다. 나는 부끄러워서 시선을 돌렸다.

"벌써 다 끝난 것처럼 말하지 마."

"그런 의미는 아니야. 첫사랑이 꼭 마지막 사랑이어야 할 필요는 없지만, 첫사랑은 언제나 첫사랑이니까 특별하잖아. 처음은 언제나 특별하니까."

"너는 내 첫사랑이 아니야. 하지만 나한테 가장 특별한 사람인 건 분명해. 너는 내가 사랑하는 여자야, 라라 진."

사랑. 피터가 '사랑'이라고 말했다. 정신이 몽롱했다. 나는 사랑받는 여자다. 남자에게 사랑받는 여자. 언니, 동생에게 사랑받는 여자도 아니고, 아빠에게 사랑받는 여자도 아니고, 집에서 키우는 강아지에게 사랑받는 여자도 아니다. 남자에게 사랑받는 여자. 그냥 남자가 아니라 눈썹이 아름답고 운동을 잘하는 남자에게 사랑받는 여자. "네가 곁에 없으니까 미치겠더라." 피터가 뒷머리를 문지르며 말했다. "우리 그냥……."

"나 때문에 미칠 것 같았다는 얘기야?" 내가 불쑥 물었다.

피터가 꿍얼거렸다. "내가 만났던 여자들 중에 이렇게까지 날 미치게 한 건 너뿐이라는 얘기야."

나는 피터에게 다가가 손가락으로 피터의 눈썹을 어루만졌다. 손끝에 닿는 촉감이 실크처럼 부드러웠다. "계약서에 서로의 마음을 아프게 하지 말자고 했는데 또다시 그런 일이 생기면 어쩌지?"

피터가 거칠게 말했다. "또 그렇게 되면 어떡하냐고? 그렇게 겁을 내면 아무것도 할 수 없어. 무슨 일이 생기든 진심으로 부딪쳐보자, 라라 진. 올인하는 거야. 계약서는 잊어버려. 울타리는 필요 없으니까. 내 마음 아프게 해도 돼. 내 마음으로 너 하고 싶은 거 다 해."

나는 한 손을 심장이 뛰는 피터의 가슴에 올렸다. 심장박동이 느껴졌다. 손이 스르르 미끄러져 내렸다. 피터의 심장은 내 거다.

이제 믿을 수 있다. 피터의 심장은 내가 보호하고 사랑하고 아프게도 할 수 있는 내 거다.

사랑은 우연으로 가득하다. 그래서 무섭기도 하지만 놀랍기도 하다. 키티가 내 편지들을 발송하지 않았다면, 내가 그날 밤 야외 온탕에 나가지 않았다면, 지금 피터의 옆에는 제너비브가 있을지 모른다. 하지만 키티는 그 편지들을 보냈고, 나는 그날 밤 야외 온탕에 나가 피터를 만났다. 수십 수백 가지의 길이 있었을 것이다. 하지만 지금 우리에게 일어난 일은 이렇다. 이것이 우리가 선택한 길이고, 이것이 우리의 이야기다.

더 이상은 어중간하게 사랑하고 싶지 않고 어중간하게 사랑받고 싶지도 않다. 이제 모든 걸 다 가지고 싶다. 그러려면 내가 가진 모든 것을 걸어야 한다.

그래서 나는 피터의 손을 잡고 내 심장에 살포시 올렸다. "내 마음도 잘 보살펴줘. 이제 네 거니까."

피터가 나를 바라보았다. 지금껏 한 번도 본 적이 없는 눈빛이었다. 분명하다. 피터는 지금까지 다른 여자를 이런 눈빛으로 바라본 적이 한 번도 없다.

나는 피터의 품에 안겼다. 우리는 꼭 끌어안고 키스를 나누었다. 몸이 가볍게 떨렸다. 우리 둘 다 알고 있었다. 오늘 밤 우리가 진짜가 되리라는 걸.

"진짜라는 건 만들어지는 게 아니야. 그냥 일어나는 일이지."

말 인형이 말했습니다.

"진짜가 되는 건 아파?"

토끼가 물었습니다.

"가끔은 그래."

언제나 정직한 말 인형이 대답했습니다.

"하지만 네가 진짜라면 아픈 건 신경 쓰지 않게 돼."

_ 마저리 윌리엄스, 《헝겊 토끼의 눈물The Velveteen Rabbit》

감사의 말

그 누구보다 내 편집자인 저린 재퍼리Zareen Jaffery에게 진심으로 감사합니다. 저린이 없었다면 이 책을 쓸 수 없었을 거예요. 내 출판인이자 사랑하는 친구인 저스틴 챈다Justin Chanda와 앤 저피안Anne Zafian, 메키샤 텔퍼Mekisha Telfer, 케이티 허시버거Katy Hershberger, 크리시 노Chrissy Noh, 루시 커민스Lucy Cummins, 루실 레티노Lucille Rettino, 크리스티나 페코럴Christina Pecorale, 리오 코테즈Rio Cortez, 미셸 패드랠라 리오Michelle Fadlalla Leo, 캔디스 그린Candace Greene, 수지 킴Sooji Kim에게도 감사의 말을 전합니다. 어느덧 S&S에서 보낸 시간이 10년이 되었습니다. 하지만 그 어느 때보다 더 여러분을 사랑하고 있습니다. 변함없이 저와 제 책을 응원해주는 S&S 캐나다 팀 여러분 역시 감사합니다.

정말 멋진 에이전트인 에밀리 반 비크Emily van Beek와 몰리 자파Molly Jaffa, 그리고 폴리오 팀Folio team 전체에게도 사랑과 존경의 말씀을 전합니다. 금요일마다 파트타임으로 나를 도와준 엘라나 입Elena Yip에게도 감사합니다. 또 원고 검토에 도움을 준 한국 사촌 지민 김Jimin Kim에게도 감사드려요. 당신은 최고예요!

글을 쓸 때, '딴 짓'을 할 때, 그리고 그 밖의 모든 일에서 나의 파트너가 되어준 시오반 비비안Siobhan Vivian에게도 감사합니다. 시오반, 당신이 없었다면 불가능했을 거예요. 그리고 이 세상에서 내가 가장 사랑하는 사람 중 하나인 아델 그리핀Adele Griffin, 당신은 모든 이야기에서 영감을 찾아주는 사람이죠. 아울러 모건 맷슨Morgan Matson에게도 감사드리고 싶어요.

　그리고 마지막으로 독자 여러분, 언제나 사랑합니다.

제니

P. S. 여전히 널 사랑해

1판 1쇄 인쇄 | 2019년 5월 15일
1판 1쇄 발행 | 2019년 5월 22일

지은이 제니 한
옮긴이 이성욱
펴낸이 김기옥

문학팀 제갈은영 | **마케팅** 김주현
경영지원 고광현, 김형식, 임민진

인쇄·제본 (주)민언프린텍

펴낸곳 한스미디어(한즈미디어(주))
주소 (04037) 서울시 마포구 양화로 11길 13(서교동, 강원빌딩 5층)
전화 02-707-0337 | **팩스** 02-707-0198 | **홈페이지** www.hansmedia.com
출판신고번호 제313-2003-227호 | **신고일자** 2003년 6월 25일

ISBN 979-11-6007-365-2 04840
    979-11-6007-363-8 04840 (SET)

한스미디어 소셜 카페 http://cafe.naver.com/ragno | 트위터 @hans_media
페이스북 www.facebook.com/hansmediabooks | 인스타그램 @hansmystery